AF363316

INFLAMABLE 2

Eva M. Soler   Idoia Amo

ÍNDICE

CAPÍTULO 1

Ryan se bajó del taxi y examinó la casa que tenía frente a él. ¿Se habría equivocado? Le había dado al conductor la dirección que le había pasado Jimmy por el móvil, pero aquella casa parecía muchísimo más grande que en las fotos. Era del mismo color, también, pero por si acaso, revisó el número de la puerta y sí: coincidía.

—Chico, son veinte dólares —pidió el taxista, acercándole su maleta.

—Ah, sí, perdón.

Le entregó un billete y cogió la maleta, mirando de nuevo la edificación. Tenía tantas ventanas que perdió la cuenta, algo lógico por otra parte: Jimmy se había asegurado de que su madre les encontrara una casa donde hubiera cinco habitaciones. La fachada estaba pintada en colores claros, azul en su mayoría intercalado con blanco. Mientras se acercaba a la verja de madera, también blanca, comprobó que había un porche que rodeaba la primera planta y varios sofás en una esquina. Una ligera brisa le agitó el pelo y aspiró el aroma a mar, que se podía ver desde donde se encontraba: metros y metros de arena blanca y agua limpia y azul hasta donde alcanzaba la vista. Aquello le parecía increíble. Si un año atrás alguien le hubiera dicho que iba a vivir en una casa como esa, lo hubiera tomado por loco. Estar en una de las islas de Pensacola, y además compartirla con amigos… indescriptible Tuvo ganas de pellizcarse por si acaso, pero en lugar de eso, se acercó a la puerta para llamar al timbre.

—¡Eh, Ryan! —Escuchó la voz de Jesse y levantó la vista hacia el porche superior—. Entra, Jimmy ha dejado abierto.

Ryan lo saludó con la mano y atravesó la verja, dirigiéndose a la puerta principal. Justo cuando estaba alargando la mano, esta se abrió y apareció Ekekiela con una gran sonrisa.

—Bueno, ¿qué? —le dijo—. ¿He cumplido o no he cumplido?

—Dirás que tu madre ha cumplido —matizó Talisa, que estaba oculta tras él y a la cual Ryan no había llegado a ver—. Quita, anda, que no me dejas pasar.

El chico se hizo a un lado y entonces sí, Ryan la vio y ella se acercó para darle un abrazo.

—Me alegro de verte. Acabamos de llegar, Jimmy nos hará un *tour* completo en cuanto aparezca Camilla, aunque ya hemos curioseado un poco.

Le guiñó un ojo, mientras él paseaba la vista por el recibidor. Madre de Dios, si aquello era más grande que cualquiera de los apartamentos cochambrosos en los que había vivido. Jimmy había estado enviado fotos y localizaciones de sitios durante una semana sin parar, cumpliendo su promesa, aunque al final se habían demorado en escoger y firmar el contrato unos quince días. Algunas casas eran pequeñas o demasiado caras o estaban lejos, pero aquella, además de parecer grande, se encontraba a solo media hora del centro, con lo que podían llegar a cualquiera de las estaciones sin tener que pasar mucho tiempo en la carretera. La playa estaba a un paso, solo había que bajar un camino de madera, y, ahora que podía verla por dentro, le parecía que las fotos no le hacían justicia. Estaba deseando subir y ver las habitaciones.

—¿Qué tal la formación? —preguntó Talisa.

—Bien, me quedan todavía un par de semanas y el examen final, pero la verdad es que me está gustando más de lo que pensaba.

—Estoy deseando pillar habitación —dijo Jesse, que bajaba las escaleras en aquel momento.

Ryan se fijó en que las maletas de los demás estaban a un lado de las mismas, así que dejó la suya allí. Entonces escucharon el sonido de una moto, así que Jimmy se acercó para abrir de nuevo y vieron que hacía gestos con el brazo.

—Es Camilla —informó—. Menuda moto se ha pillado la tía.

—Mejor, que en el garaje solo caben dos coches —dijo Jesse—. La puede dejar en un lado.

—¿Dónde has aparcado? —le preguntó Talisa a Ryan.

—He venido un taxi. Todavía no he cogido un coche, he estado mirando de segunda mano y…

—¿De segunda mano? —interrumpió Camilla, que justo entraba con un casco de moto bajo el brazo—. ¡Hola a todos! —Silbó con admiración—. Menudo sitio, Ekekiela, tendremos que regalarle a tu madre unos bombones o algo.

Fue abrazando a todos de uno en uno. Aunque se habían visto unos días atrás en la firma del contrato, la ocasión merecía el cariño extra.

—Sí, ya sabes, alguno cutre que…

—¿Cutre por qué? —intervino Jesse.

—Bueno, lo que puedo permitirme.

—Chico, creo que estás pensando todavía con tu mente de camarero. Ahora eres bombero… bueno, en tu caso paramédico, ¿no te han dicho el sueldo?

Y entonces Ryan cayó en la cuenta de que sí, se lo habían dicho; y no, no tenía nada que ver con sus días de camarero, todo lo contrario: había tenido que mirar dos veces la cifra para creer lo que veía. Cierto, la casa no era barata, pero era un gasto a dividir entre cinco y restándolo del sueldo mensual, le quedaba más que de sobra para lo que quisiera. Y un coche nuevo… por qué no, sí que podía permitírselo. Movió la cabeza, sonriendo.

—La falta de costumbre —dijo.

—Vida nueva para todos —sonrió Talisa, frotándole el brazo con una sonrisa.

—Tengo mis cosas en la moto —informó Camilla, dejando el casco sobre un mueble—. Pero luego las saco, antes quiero ver esta preciosidad. —Jesse abrió la boca y ella le dio un manotazo en el hombro—. Y no, no me refería a ti.

—Venga, seguidme. Ekekiela hizo un gesto hacia las escaleras—. Vamos arriba y así hacemos el reparto de las habitaciones.

Todos lo siguieron hasta la primera planta, con tantas puertas que parecía un hotel. La habitación principal tenía su propio cuarto de baño, pero además había otros dos fuera para compartir entre las otras cuatro habitaciones, además de un aseo en la planta baja.

Ekekiela abrió la puerta de la habitación principal y todos entraron, mirándola sin dar crédito. Camilla abrió una de las puertas, que era el baño, mientras Talisa hacía lo propio con otra y se asomaba sin poder ocultar su asombro.

—¿Esto es el armario? —preguntó.

—Ni el de Narnia —comentó Jesse, asomándose a su lado.

—Narnia entera cabe ahí —dijo Ryan.

—Los muebles son un poco anticuados —dijo Ekekiela—. Ya lo visteis en las fotos, pero bueno, no importa, como va a ser mi habitación…

—¿Cómo? —Camilla salió del baño—. ¿Por qué la tuya?

—¿Se ha hecho un sorteo y no me he enterado? —preguntó Talisa.

—A ver, calma. —El chico levantó los brazos en gesto de paz mientras retrocedía al ver que todos lo miraban—. Soy el más grande, es lo lógico. —Señaló la cama—. Es de dos veinte por dos, perfecta para mí.

—Esto hay que jugárselo y ya está —dijo Jesse.

—¿Dados, cartas? —propuso Ryan.

—Nada, venga, aquí mismo y ahora —dijo Talisa, poniéndose una mano a la espalda—. Piedra, papel o tijera, por turnos.

Camilla se apresuró a ponerse delante de ella y contó hasta tres… pero perdió. Se fue a la ventana a admirar las vistas al mar con gesto de pena, aunque esperaba que le tocara alguna de las otras que tenía ventanas hacia allí.

Uno a uno, fueron pasando para enfrentarse a Talisa, aunque por desgracia para ellos, sin ningún éxito. En cuanto Ekekiela vio que su papel era cortado por los dedos de la chica, gruñó fastidiado.

—Tenía que haber sido al mejor de tres —protestó.

—No seas mal perdedor.

—¡Pero si la que se va a perder eres tú en esta habitación! Qué digo en la habitación… ¡en la cama misma! Solo la almohada es tan grande como tú.

—Ay, y lo bien que voy a dormir…

Y sin más, se tiró directamente sobre la cama cuan larga era. Apenas rebotó ni se hundió, y estiró brazos y piernas con una sonrisa.

—Ni muy blando ni muy duro, esto es el paraíso. Puedo ponerme de lado, en diagonal, dar mil vueltas…

Camilla se acercó para coger la almohada y tirársela encima. En efecto, tal y como el hawaiano había dicho, la tapó casi entera, pero Talisa se limitó a abrazar el objeto con cariño. Blandita, rellena de plumas y con una funda de algodón en colores pastel. ¡Si hasta olía bien, a suavizante de flores!

—El paraíso… —repitió.

—¿El karma está tonto o qué pasa? —murmuraba Jesse, mientras salían a ver el resto de las habitaciones—. ¿Cómo es posible que la más pequeña se quede con el cuarto más grande? ¡No tiene sentido!

—La vida es tan injusta… —Ekekiela seguía protestando, pero entonces abrieron la siguiente puerta y se quedó callado—. Anda.

La siguiente habitación no era tan grande, pero la cama sí. Vistas al mar, un armario enorme… y Camilla extendió la mano al momento y se la jugó con Jesse. Ekekiela puso los ojos en blanco, temiéndose el resultado, aunque aquella se la ganó Ryan. Por suerte para él, el tamaño enorme de las camas era una constante, y aunque al final le tocó una habitación cuyas vistas eran también al mar, pero solo a medias, la cama sí cumplía sus requisitos para no estar con los pies al aire y se dio por satisfecho.

Una vez asignadas las habitaciones y repartidos los baños compartidos, bajaron para continuar viendo el enorme salón en el que cabían todos sin problema y que, además, estaba conectado al comedor y a la cocina, con una isla en la que bromearon sobre que Talisa podría irse a vivir sobre ella. La chica les sacó la lengua, pero la verdad era que todo allí impresionaba. Era mejor de lo esperado; Talisa había pensado que las fotos estarían tomadas en ángulos cuidados para hacer que todo pareciera más grande o luminoso, pero no: la realidad superaba todas sus expectativas.

En el exterior, además de el porche en la primera planta, había otro que rodeaba toda la casa y, en una esquina bajo cubierta, un jacuzzi.

—Eso ni lo vi en las fotos —dijo Ryan, cubierta del todo su capacidad de asombro.

—Hay que limpiarlo y prepararlo —comentó Talisa, tras levantar la lona que lo cubría—. Habrá que comprar cloro, imagino.

—¿Habéis visto la barbacoa? —Jesse señaló a otro lado del jardín—. Aquí tenemos de todo.

—Pues está claro lo que hay que hacer —dijo Ekekiela, frotándose las manos. —Todos lo miraron—. Una fiesta de inauguración. Todos empezamos a trabajar en un par de días. Bueno, menos el paramédico este. —Le dio un codazo a Ryan, que trastabilló—. Así que avisamos al resto y lo celebramos por todo lo alto.

—Por mí de acuerdo, correturnos —replicó Ryan, regresando a su lado. Le devolvió el codazo, pero sin lograr moverlo, algo que tampoco había esperado hacer—. En fin, ¿nos vamos instalando?

—Sí, y después hacemos la lista de cosas que hay que comprar —dijo Talisa—. Habrá que poner un bote, hacer turnos para la compra, la limpieza... Podemos hacer un calendario y colgarlo en la nevera, con nuestros turnos en las estaciones también y así sabemos dónde estamos cada uno. —Sacudió la cabeza con una sonrisa al ver la cara del hawaiano—. Tranquilo, que venden unos organizadores imantados con colorines maravillosos. Maravillosos los organizadores, no los colorines.

Ekekiela temía aquello, pero si la chica lo decía, se tendría que fiar. Al final había sido gracias a ella y su capacidad para organizar y planificar que había conseguido prepararse para los exámenes y aprobar, así que no iba a discutirlo.

—Voy a avisar en el grupo de la fiesta —dijo Camilla, sacando su móvil—. ¿Quedamos aquí en una hora para ir a hacer las compras? Así deshacemos las maletas y nos cambiamos de ropa o lo que sea.

A todos les pareció bien, así que ella envió un mensaje lleno de emoticonos festivos y cada uno fue a por sus cosas para llevar a sus respectivas habitaciones.

Talisa no tardó mucho en colocarlo todo en el vestidor y en el cuarto de baño. Entre que todo era enorme y que ella no tenía demasiadas cosas, le sobraba espacio, pero desde luego no pensaba quejarse por eso. Salió con una sonrisa y, al pasar por delante de la habitación de Ryan, vio que tenía la puerta abierta y que el chico estaba sentado en la cama, mirando hacia la ventana con un gesto extraño. Tocó con los nudillos en el marco y él la miró.

—¿Estás bien? —preguntó.

—Sí, es solo… —Se encogió de hombros—. Es que no me lo puedo creer. Esta habitación, esta ventana, esta casa... Y vosotros.

—Ya. —Entró y se sentó a su lado—. Nunca has tenido nada parecido.

—Ni de lejos.

—Bueno, esa habitación que me ha tocado es como mi antiguo apartamento entero, pero entiendo a lo que te refieres. Yo he vivido en familia, sé lo que es pegarme por un cuarto de baño y por quién va a comprar la leche. Pero imagino que hasta eso te hará ilusión.

—No sabes cuánta. Estoy deseando discutir sobre qué cereales comprar.

Se echaron a reír y Talisa le dio un abrazo.

—Oh, qué bonito, ¿ya estamos ensalzando la amistad? —dijo Camilla, desde la puerta.

Con una sonrisa, se acercó a ellos y también los abrazó.

—¿Ha empezado alguna fiesta privada y no nos hemos enterado? —preguntó Ekekiela, asomándose con Jesse.

—No seas tonto y ven aquí —le ordenó Talisa.

—No soy mucho de carantoñas.

—Esto es un abrazo grupal y la ocasión lo merece, así que venid aquí los dos —ordenó Camilla.

Jesse y Ekekiela se miraron. El primero se encogió de hombros y se unió a los demás, colocándose junto a la chica. A él tampoco le iban esas muestras de cariño, pero qué demonios, como excusa para acercarse a ella no era mala y, además, descubrió que el gesto le hacía sentir bien, que no era un abrazo sin más, sino algo que sellaba su lugar en el grupo. Por su parte, Ekekiela refunfuñó un poco pero acabó uniéndose también. Él solo cubría a un par de ellos con sus brazos, lo que hizo que el gesto se volviera aún más de unión. Pensaba separarse al instante, pero al final lo demoró unos segundos, movido por la misma sensación que había sentido a Jesse y que todos tenían: aquello era el principio de una nueva vida, compartirían profesión y casa, y la suma de ello significaba que ya eran como una familia.

Leo pasó a recoger a Abby para ir a la fiesta de inauguración de la casa de sus amigos. A pesar de quedar algún día, siempre había sido con el grupo alrededor, así que su sugerencia de compartir coche le había parecido una idea genial. Así pasaría algún tiempo a solas con ella y podría acompañarla a casa después. Podía significar algo o no, pero en fin, la ilusión no se la quitaba nadie. Estaba deseando que comenzaran su trabajo juntos en la estación. Aquello podía unirlos más al compartir turno y pasar tantas horas juntos, aunque suponía que no estarían muy a menudo solos en el trabajo, pero al menos no estaban cada uno en una punta.

Aparcó frente a su portal y le envió un mensaje para avisar de que estaba allí. La chica no tardó en bajar, con un vestido bajo el que se adivinaba un bikini y una bolsa de playa al hombro. Con el pelo suelto cayéndole sobre los hombros y aquella sonrisa estaba tan guapa que a Leo le dieron ganas de besarla en cuanto subió al coche. Pero se quedó quieto, sujetando el volante con una mano mientras apoyaba la otra en el respaldo del asiento del copiloto.

—Vaya, te veo preparada para el baño —sonrió.

—Han dicho que había jacuzzi, ¿tú no has traído bañador?

—Sí, claro, ahí tengo la bolsa. —Señaló el asiento trasero.

Ella dejó la suya también allí y se puso el cinturón. Lo miró y luego a la carretera.

—¿Vamos?

—Ah, sí, claro.

Arrancó y Abby comprobó su móvil.

—¿Algún mensaje de estos? —preguntó Leo.

—No, nada nuevo, es que justo me ha enviado Scott unas fotos con Deke, están de viaje en el Gran Cañón.

—Ah, ¿y qué tal se lo están pasando?

—Pues genial. En fin, Scott lo lleva a muchos sitios, a ver si cuando tengamos el calendario anual puedo organizar yo algo.

—¿Con los dos?

Ella se echó a reír.

—No, claro, con Deke. Con Scott hace tiempo que ni quiero ni me quiere en ningún viaje.

Leo no hizo ningún comentario al respecto, aunque sintió cierto alivio. En la graduación los vio muy amigables, tanto que no había podido evitar preguntarse si quizá allí todavía quedaba algo. Abby no solía hablar de Scott cuando quedaban con los demás, ni bien ni mal, pero que su exmarido le enviara fotos con asiduidad era un síntoma de que las cosas iba a mejor. Aunque aquel comentario significaba que todo era por el niño, lo cual le alegraba también por Abby, no solo por la parte que le tocaba a él. Si algo tenía claro, es que la chica quería al niño, aunque no pudiera estar con él todo lo deseable.

—¿Qué tal con tu padre? —preguntó ella.

Leo hizo un gesto que podía significar cualquier cosa. Aunque sus padres y su hermano habían asistido a la graduación, su padre todavía mostraba alguna reticencia a la profesión que Leo había escogido. Volaban las indirectas («ya sabes que siempre puedes volver», «los contactos están para utilizarlos»), pero al menos no con tanta insistencia como cuando realizaba la formación.

—Haciéndose a la idea, supongo.

Entró en la calle que indicaba el GPS y aparcó delante de una casa pintada en tonos azules y blancos. Ambos miraron por la ventanilla del coche y de nuevo al GPS.

—Ahora empiezo a arrepentirme de no dejar mi apartamento —comentó Abby.

Leo no dijo nada, acostumbrado a vivir en una casa el doble que aquella, pero la entendía: la ubicación era perfecta y, desde luego que al menos por fuera, el sitio era espectacular.

Cogieron sus bolsas y se bajaron para dirigirse a la verja de entrada y llamar al timbre. Escucharon un zumbido y Leo empujó la puerta para entrar. La principal se abrió también y, uno tras otro, salieron todos sus amigos, vestidos también con bañadores y ropa de verano.

—¡Qué bien, ya estáis aquí! —exclamó Talisa, abrazándolos.

—Bienvenidos, ¿qué os parece la chabola? —dijo Ekekiela, con un guiño.

—¡Estoy deseando verla por dentro! —exclamó Abby.

—Verás qué habitación me ha tocado —sonrió Talisa—. Vas a flipar.

—No me digas que tienes la más grande —dijo Leo, siguiéndolas al interior.

—Efectivamente —gruñó Ekekiela.

—Vaya con el karma, ¿no? La más pequeña y…

—No eches sal en la herida —dijo Camilla, riéndose—. La quería Ekekiela, pero nos las jugamos y ya veis, ganó la chica con más suerte.

—Voy a echar un ojo al fuego mientras les hacéis el tour —dijo Jesse—. No se nos vaya a incendiar algo.

Habían encendido fuego hacía un rato para tener preparadas las brasas a tiempo y estaba encargado de vigilarlo. El día anterior estuvo dedicado a más compras y terminar de colocar todo en la casa, además de buscar las instrucciones del jacuzzi y limpiarlo para llenarlo de agua y poder utilizarlo aquel día.

Leo sacó un par de packs de cerveza que había llevado para que las pusieran a enfriar, dejaron sus bolsas y Camilla y Talissa les enseñaron la casa. Después salieron todos al jardín a terminar de poner la mesa y pronto estaban bebiendo cerveza y preparando hamburguesas y salchichas en la barbacoa.

—La verdad es que se está genial aquí —comentó Leo, dando un trago a su lata.

—Pues se siente, que ya no hay habitaciones libres —le dijo Camilla, guiñándole un ojo.

Leo le sacó la lengua.

—No importa, espero que coincidamos para venir aquí por la cara.

—¿Ya tenéis vuestros horarios? —preguntó Talisa, mirando a ambos.

—Sí, empezamos en tres días —contestó Abby—. ¿Y vosotros?

—Yo todavía estoy con el curso —dijo Ryan.

—Nosotros mañana —dijo Camilla, señalándose a sí misma, a Jesse y a Talisa—. Por lo menos estáis juntos, como nosotros.

—Gracias por la parte que me toca —gruñó Ekekiela, cogiendo el pan para montarse una hamburguesa—. A mí me han dicho que me irán confirmando tras cada turno, según necesidad, así que voy a estar un poco de acá para allá. Empiezo también mañana, en el aeropuerto. Y ahí me han dicho que el turno es de setenta y dos horas, porque como es raro tener emergencias, pues los hacen más largos.

—Vaya, sí que va a estar complicado coincidir —comentó Abby.

Al menos tenía a Leo, pero iba a echar de menos a sus amigos. Habían compartido tantas horas en la academia que todavía no se había acostumbrado a estar de vuelta en su piso, sin la rutina de las clases físicas por la mañana y la teoría por la tarde. Había aprovechado aquellos días para ponerse al día con el artículo, hacer algunas revisiones y también había salido a correr con Leona como hacía cuando trabajaban juntas, pero no era lo mismo. Quién se lo hubiera dicho, pero todavía echaba de menos las palizas que les metía Darren, porque el sustituto desde luego que no había estado a la altura. ¿Qué habría sido de él?

—¿Habéis recibido alguna noticia de la academia? —preguntó.

—Nada, aparte de la confirmación del inicio de los turnos en destino —contestó Talisa—. ¿Y vosotros?

—Igual. ¿Qué habrá sido del teniente Shaw?

Talisa se sobresaltó ante la pregunta, aunque se recompuso con rapidez y esperaba que no se le hubiera notado. Vaya, llevaba días sin pensar en él... bueno, no tantos, quizá en realidad no eran sino horas, pero, ¿quién llevaba la cuenta? Y allí estaba Abby, sacando el conejo de la chistera cuando menos lo esperaba.

—Ni idea —dijo Camilla, con un suspiro soñador—. Pero ojalá nos lo encontremos en alguna salida.

—Claro, es un ambiente tan romántico —refunfuñó Talisa, cogiendo una patata frita y metiéndosela en la boca y así tener una excusa para no hablar.

—Bueno, la academia tampoco. —Miró a Abby—. ¿Por qué lo preguntas?

—Sin más, estaba pensando en que ahora salgo a correr y hago ejercicio con Leona, pero nada que ver con lo que hacíamos con él. Y será que se me ha pegado algo de tu masoquismo, pero lo echo de menos.

—Tranquila, que en la estación nos darán caña —dijo Jesse—. Cuando no hay salidas ya sabes, mantenimiento físico y a limpiar mangueras como locos.

—No puedo decir que esté deseando hacer eso —comentó Leo, con una mueca.

—Yo me preguntó cómo serán los compañeros —siguió Abby—. Vosotras por lo menos estaréis juntas, pero yo... Estoy sola en la estación. Y recordad, con el tipo ese borde, que es la que fuimos a visitar durante la formación.

Por un lado, le venía bien para su artículo puesto que el ambiente iba a ser muy propicio para cualquier situación machista: una mujer sola en una estación llena de hombres, incluidos sus superiores directos. Y desde luego que el capitán no había sido la amabilidad personificada cuando habían ido de visita a su estación, así que no esperaba un gran recibimiento. Por eso tenía sus dudas de que fuera a estar a gusto allí… que sí, podía ser bueno para el artículo, pero no tanto para su salud mental. Y por otro lado estaba Leo. El chico no había vuelto a comentar nada de su encuentro, pero a veces le parecía que la miraba de una forma más intensa de lo habitual, o que le iba a decir algo para luego quedarse callado. No llegaba a sentirse incómoda y esperaba que continuara así: lo apreciaba de verdad como amigo y no quería perderlo, además de que al compartir estación y turnos, si aquello cambiaba, todo se podía complicar demasiado y no quería. Bastante tenía con el artículo de marras, su exmarido y la relación con su hijo, que tenía firme intención de mejorar.

—Bueno, al menos la vista se te alegrara —comentó Camilla.

—Será posible que solo te fijes en eso… —Abby le tiró un trozo de pan, que ella esquivó riendo—. Camilla, un poco de seriedad, por favor.

—La vida ya es demasiado seria y el trabajo que vamos a tener, más. —Le devolvió el gesto, dándole en un brazo con su proyectil—. Qué menos que tener algo que mirar.

—¿No estáis nerviosos? —preguntó Ryan.

Él todavía tenía que terminar su formación, pero se preguntaba muchas veces cómo sería estar en una situación real. Cada vez que cogía un muñeco de reanimación o realizaba un falso torniquete de emergencia, no podía evitar pensar en cómo reaccionaría cuando se encontrara ante una víctima real. Porque una cosa era que el muñeco lanzara pitidos, pero solo de pensar que alguien dejara de respirar delante de él… se le ponía la piel de gallina.

Pensaba que era el único al ver que nadie respondía, pero cuando levantó la vista se encontró con que todos se estaban mirando entre ellos, como si ninguno quisiera contestar. Al final, fue Talisa quien levantó la mano.

—Vale, venga, lo admito: estoy un poco acojonada. A quien le pase lo mismo, que levante la mano.

Y en menos de dos segundos, todos la imitaron, incluido Ekekiela. Por mucho que le hubieran dicho que el aeropuerto era más tranquilo, a su respeto a encontrarse con fuego real se unía el hecho de enfrentarse a un entorno desconocido: gente nueva, capitán nuevo, lugar nuevo. Y eso, durante varias semanas hasta que conociera cada una de las estaciones. Sí, temía que le costara más que a los demás llegar a aclimatarse. Ellos iban a compartir siempre el mismo turno y con las mismas personas, tendrían compañeros nuevos pero estaba seguro de que pronto todos se acostumbrarían a su nueva vida. Él no lo tenía tan claro.

Camilla cogió una lata de cerveza y la levantó hacia el centro de la mesa.

—Venga, ánimo, chicos, que esto es una fiesta. Somos geniales y nos va a ir de puta madre, ¿vale? Así que brindo por nosotros y seguro que en un mes, tenemos otra fiesta igual celebrando lo bien que nos va.

Todos chocaron sus latas entre exclamaciones de ánimo y dieron un largo trago. Y así, una tras otra, las cervezas fueron desapareciendo y pronto estuvieron riendo y bromeando sobre anécdotas de la academia, sin preocuparse de la resaca del día después.

CAPÍTULO 2

—Aquí estamos —murmuró Camilla.

Jesse ajustó la mochila en su espalda y cubrió la distancia desde el coche hasta donde sus dos compañeras aguardaban frente a la estación dos. Observó la cara de ambas, sorprendido porque parecían asustadas, mucho más de lo que recordaba haber visto en la academia.

Y bueno, en cierto modo lo comprendía. Eso era la vida real, y ser las únicas mujeres en una estación imponía, pero al menos estaban juntas, no como Abby, que tendría que lidiar con ese tema sin ningún apoyo o ayuda.

—No os veía tan acojonadas en la academia, niñas —se burló, dándole un pequeño empujón a Camilla al pasar por su lado—. ¿Qué pasa, que unos pocos tíos rudos os van a amedrentar?

—No es eso —contestó Talisa—. Es que impone un poco, y esto de ser la novata no me gusta. A ver cómo son esos tíos.

—No te preocupes por eso.

—Tú no sabes con qué vehemencia se opuso el gremio a que las mujeres ingresaran en el cuerpo, ¿y si son unos machistas?

Camilla sonrió.

—Todos los hombres son machistas. Lo llevan en los genes. —Le apretó el brazo a su amiga—. Y te pongo el ejemplo de Ekekiela y este elemento aquí presente, mira cómo eran al principio.

Jesse hizo una mueca.

—Si es que no podéis dejar de mencionarme.

—Y sí, parece que al menos vosotros nos toleráis mejor, pero esas ideas siguen arraigadas en vuestras cabezas —siguió Camilla, con un mohín—. Hasta Steven lo piensa. No le parece bien que trabajemos en algo tan peligroso, que me lo soltó ayer en el cine.

—¿Y qué le dijiste? —preguntó Talisa, mirándola con curiosidad.

Entre el genio de su amiga y que solo salía con Steven desde hacía un par de semanas…

—Esperé a la salida, claro. —Camilla soltó una risita—. Y le solté mi superdiscurso sobre lo equivocado que estaba.

—Ya puedo dormir tranquilo. —Jesse pasó por su lado en dirección a la entrada—. Camilla, no sé qué haríamos sin escuchar las batallitas con tu ligue.

Talisa alzó una ceja, sin pasar por alto la expresión enfurruñada de Jesse. Juraría que estaba molesto, o al menos el tono con el que mencionaba a ese ligue no era de comprensión y alegría por la joven.

—Lo que pasa es que tienes envidia —soltó Camilla, sin la menor vacilación, y cuando Jesse se giró con cara estupefacta, añadió—: Sí, porque estoy saliendo con el chico más listo, guapo y simpático del mundo, y tú no.

—Menos mal —gruñó él—. Porque no me apetece mucho salir con el chico más listo, guapo y simpático del mundo… Anda que no tienes memoria frágil tú, ya veo que el teniente Shaw es historia.

—Pero si ni me acuerdo de su cara —dijo Camilla, divertida—. No sé ni lo que veía en él, la verdad.

Jesse meneó la cabeza, como si estuviera harto de soportar tonterías, y por una vez Talisa tuvo que darle la razón, aunque se preguntaba si era necesario mencionar a Darren cada dos por tres. Cogió su propia bolsa mientras observaba la estación por fuera, aún dudosa por lo que fuera a encontrar dentro. Ojalá congeniaran, porque iba a pasar mucho tiempo con esa gente y si no hacían migas podía volverse una pesadilla.

Examinó los camiones que aguardaban fuera, relucientes y cromados, y notó una pequeña punzada de aprensión. ¿Podría controlarlos? ¿Llegaría a ser buena en ese trabajo?

Jesse estaba en la puerta a punto de entrar cuando oyeron un coche derrapar. Los tres miraron hacia el aparcamiento, donde un vehículo familiar acababa de estacionar; Ekekiela salió de un salto, agarró su mochila y se acercó al trote hasta ellos.

—¿Qué haces aquí? —preguntó Camilla—. Pero, ¿no empezabas en el aeropuerto?

—Chica, qué recibimiento. Me han llamado hace veinte minutos para decirme que no, que me cambiaban de destino —resopló el hawaiano—. Y estaba a medio camino, ¡qué poca seriedad!

—Bueno, pues vamos de una vez, que solo faltaba llegar tarde el primer día.

Camilla empujó la puerta y entró, seguida de Jesse. Ekekiela se aproximó hasta Talisa, que continuaba mirando el edificio, como si se estuviera decidiendo si entrar o no.

—¿Dudas de última hora? —quiso saber, y ella se encogió de hombros—. Bueno, no tienes que preocuparte, estás conmigo. Yo te cuido.

El tono era de broma y eso ayudó a aliviar la preocupación de la rubia. Le dio un codazo con una risita y abrió la puerta.

—Al menos empezaré con caras conocidas —comentó Ekekiela, mirando todo con los ojos muy abiertos.

—El que no se consuela es porque no quiere.

Dentro olía a ceniza y a una mezcla de gasolina y cuero mojado, aromas con los que Talisa estaba familiarizada. De niña había correteado mil veces por la estación de su padre, soñando que era ella quien se deslizaba por la barra de metal, y ahí estaba. Unos cuantos años después, pero al fin su sueño era una realidad.

La estación dos era de las más grandes, por lo que había investigado, y estaba asombrosamente recogida. Nada más entrar se veían los camiones rojos que permanecían en el interior, con unos enormes percheros entre ambos donde reposaban las chaquetas oficiales. Las mangueras eran gruesas y amarillas y colgaban desde el techo hasta el suelo, sujetas en la pared con unos ganchos para no entorpecer. Las paredes estaban adornadas con fotos de los equipos, pero ninguno pudo acercarse a mirar porque un hombre ya se aproximaba hacia ellos con una sonrisa.

Por el uniforme, Talisa dedujo que era el capitán de la estación. Rondaría los cincuenta y pocos, pese a las canas, y no parecía tan en forma como cabría esperar, pero su expresión era amable.

—Ah, bien, ya habéis llegado —saludó, con una sonrisa—. Bienvenidos, soy el capitán Michael Ladd. ¿Vivís cerca?

—Sí, relativamente. —Jesse le estrechó la mano—. Soy Cortez, Jesse Cortez.

Camilla también se presentó, y después lo hicieron Ekekiela y Talisa. No hubo muecas ni miradas raras por parte del capitán, así que las dos chicas se relajaron.

—Está un poco desordenado —se excusó, señalando alrededor—. Si tenemos tranquilidad os enseñaremos bien todo esto, los cuartos cerrados son los suministros y demás, nada muy interesante. ¿Qué tal esos nervios?

—Controlados —respondió Camilla al momento—. ¿Cómo tenemos que llamarlo? ¿Capitán, Michael? ¿Capi? —bromeó, y él la miró—. Era una broma, ya sabe, por el Capitán América… es igual.

El capitán Ladd meneó la cabeza, como si no pillara el chiste, y les hizo un gesto para que lo siguieran a través de esa zona en dirección al interior de la estación.

—Os presentaré a mis chicos —comentó—. Tened paciencia, a veces se nos olvida lo que es ser novatos, pero os ayudarán en todo lo que puedan.

Jesse y Ekekiela se habían pegado al capitán, así que las dos chicas los siguieron unos pasos por detrás. Camilla notó que su móvil vibraba, de modo que lo sacó para revisar sus mensajes y sonrió.

—¿Qué, te ha tocado la lotería?

—Steven. Que si me apetece pasar el fin de semana en Nueva Orleans —suspiró—. No puedo creer mi suerte.

—Guarda eso, que nos van a reñir.

—Tengo mi propio despacho —estaba diciendo el capitán Ladd—. Por cierto, es ese de ahí y no se entra sin llamar, ¿entendido? Nunca, jamás, se entra sin llamar.

Ekekiela y Jesse se miraron, asintiendo a la vez, y después fue el turno de las chicas de dejar claro que comprendían la norma. El despacho del capitán estaba justo frente a la sala de relax, que a su vez se encontraba contigua a la cocina, y Talisa se asomó.

Allí había dos chicos sentados con un juego de mesa entre ambos, y de pie, apoyado contra la encimera con una taza de café, la última persona a la que esperaba ver: Darren.

La visión la dejó clavada en el sitio, mientras su mente asimilaba lo que sus ojos veían y se convencía de que no era su imaginación. No, para su desgracia, la figura masculina era muy real y Talisa se planteó la posibilidad de salir corriendo.

Un pellizco propinado por Camilla la sacó de golpe del mal momento en que se encontraba.

—¡No puedo creer mi suerte! —repitió, en susurros, antes de entrar con una enorme sonrisa y todo el desparpajo del mundo.

—¡Teniente Shaw! Que alegría encontrarlo aquí —exclamó la morena.

Jesse puso los ojos en blanco. Y Ekekiela, sin saber bien por qué, se giró hacia Talisa para examinar su expresión. Tenía la misma sensación del día en que el teniente había abandonado la academia y su amiga acudió a preguntar el motivo, la cara con la que había vuelto y que nadie más excepto él parecía haber notado.

Y la que tenía en ese momento era un poema, lo que le terminó de convencer de que algo se había perdido. Volvió la vista al frente y se dio cuenta de que la reacción del teniente era similar, aunque este se recuperó al momento y se acercó a saludarlos con una sonrisa.

—Ya suponíamos que habría caras nuevas, pero el capitán no nos había dicho nombres. —El tono fue una mezcla de amabilidad y reproche dirigido a Ladd, pero muy bien camuflado.

—Este es el teniente Shaw —presentó el capitán—. Parece que ya os conocéis, ¿fue vuestro instructor?

—Exacto, capi… tán —dijo Camilla—. ¡Esto sí que es tener suerte!

Talisa observaba la escena que se desarrollaba ante sus ojos como si estuviera a kilómetros de distancia. Al igual que en la academia, cuando soñaba con tenerlo a su lado, había pensado muchas veces en cómo reaccionaría si volvía a verlo. Tonta de ella, pensaba que podían coincidir en alguna salida conjunta, no en que fuera a tener que trabajar con él. Trabajar y todo lo demás. ¿Qué era aquello, una broma cósmica? Había cuatro estaciones, con tres turnos mínimo cada una… ¿y se lo encontraba allí? ¿Qué había hecho en alguna otra vida para que el karma la tratara así?

Tragó saliva, pensando en que incluso tenía un montón de frases listas para cuando esa coincidencia ocurriera, aunque por algún extraño motivo no recordaba ninguna en ese momento.

Claro que tampoco hubiera podido decirlas, porque estaban rodeados de gente. Camilla, cuya sonrisa era tan enorme que corría el peligro de caerse dentro. Jesse, que no parecía feliz en exceso, pero que le estrechó la mano con cordialidad.

Y Ekekiela… Ekekiela la miraba a ella.

Mierda, no le quedaba otro remedio que tragárselo todo, como le había tocado hacer meses atrás. En lo que se refería a Darren, siempre estaba sola… los peligros de llevar una relación en secreto, aunque, ¿había sido una relación? No, ni de broma.

Lo último que quería en aquel momento era tener el menor contacto con él, pero si no lo saludaba iba a parecer raro, y ella una maleducada. Estaba pensando en qué decir o qué hacer cuando vio que él extendía la mano en su dirección. Levantó la vista con cuidado de mantener una expresión neutra mientras se la estrechaba, preguntándose si Darren sentiría la misma inquietud, pero su mirada no revelaba nada. Ni siquiera la forma en que le cogió la mano le pareció especial; ni muy fuerte, ni muy suave, ni durante mucho tiempo. Pero sí el suficiente para que su piel se erizara ligeramente al contacto, lo que aumentó su fastidio. Pensaba que tenía más control, pero ya veía que en lo que se refería a él, nada había cambiado. Mierda.

Se apartó para que saludara a los demás, mirando a su alrededor como si fuera la primera estación que veía en su vida.

—Así que aquí fue donde lo destinaron —comentó Ekekiela entonces, carraspeando.

—Darren es el capitán suplente —explicó el capitán Ladd— Pero aquí todos nos comportamos como iguales. Podéis llamarme Michael sin problema, esos dos son Costa y Haneke.

Los dos bomberos alzaron la mirada del juego que compartían y los saludaron con un gesto de cabeza. Costa era de tez morena y ojos oscuros, no demasiado corpulento, y Haneke todo lo contrario, rubio, pálido y musculado.

—Remesa de novatos —dijo Costa, y los dos se rieron.

—Es broma. —El capitán le pegó en el hombro—. Os tratarán bien. —Se encogió de hombros con una mirada de disculpa—. Vais a tener que perdonarme, tengo un montón de papeleo. Darren, ¿te ocupas de enseñarles esto?

—Sin problema. Venid conmigo.

Bueno, eso de sin problema… se acababa de quedar helado. Ni de broma había imaginado encontrarse en esa situación, porque todos habían intentado que Ladd les cotilleara los nombres de los nuevos, pero el capitán creía en las normas y se guardó la información para sí mismo.

Información que hubiera estado bien saber, podía haberse mentalizado para lo que le venía encima, joder… no estaba preparado para enfrentarse a Talisa, ni mucho menos. Aún se sentía culpable por dejarla plantada, y a menudo batallaba con la tentación de ponerse en contacto con ella, aunque sabía que las probabilidades de que le arrojara algo a la cabeza eran infinitas.

El karma le estaba dando su merecido, seguro. Acción reacción, había hecho las cosas fatal y ese era su castigo.

Se recuperó en unos segundos, los mismos que tardó Camilla en situarse a su derecha, decidida a no perderlo de vista ni un segundo.

—Bueno, además de la parte que ya habéis visto y de la sala de relax, está la cocina. —Les hizo un gesto con la cabeza para que se asomaran—. Aquí abajo hay una lavandería pequeña, una sala con máquinas para hacer ejercicio y un par de cuartos por si viene algún familiar o lo que sea.

—¿Abajo? ¿O sea que hay dos alturas? —quiso saber Jesse.

—Sí, os lo enseñaré.

La parte de arriba contenía los lavabos y la zona de descanso. Todo estaba mucho más apretado que en el piso inferior: largas hileras de camas separadas con biombos portátiles, taquillas y por todas partes se veían cantidad de tazas de café, periódicos y libros. Los únicos espacios amplios eran los boquetes por los que descendían a la planta baja, donde estaban los camiones.

—De las camas al tubo hay siete pasos y medio —explicó Darren—. A veces suena la alarma en mitad de la noche y es más útil contar pasos que perder el tiempo encendiendo las luces.

Ekekiela se imaginó tratando de tirarse por ahí medio dormido y negó con la cabeza. Seguro que terminaba estampado en el suelo y era el hazmerreír del equipo.

—Esas son vuestras camas y los sacos para los períodos de descanso. —Darren señaló hacia la hilera—. Repartidlos como queráis, mientras no sean las ocupadas, y en las taquillas están vuestros uniformes. Podéis bajar si queréis o dormir si estáis cansados, lo que sea, ¿quién es el correturnos?

—Culpable. —Ekekiela alzó la mano.

—Ven conmigo, tienes que firmar una cosa. Nos vemos abajo —dijo Darren—. Y bienvenidos.

—Gracias, teniente —se apresuró a decir Camilla.

—Ya puedes llamarme Darren, Zhao —repuso él, sacudiendo la cabeza.

—Entonces tú a mí puedes llamarme Camilla. —Le guiñó un ojo—. O Cami, ya sabes, como camita… que cuando dices Zhao no se sabe si me estás llamando o despidiéndote.

Emitió una risita tonta que hizo que Talisa pusiera los ojos en blanco, mientras Darren se quedaba descolocado. Había olvidado el tonteo de la chica en la academia, o mejor dicho, no había querido prestarle atención. Pero si iba a compartir turno con ella, ya veía que el tema iba a continuar. Quizá debiera decirle algo, aunque tampoco quería complicar las cosas, que bastante tenía con Talisa en el grupo. Demasiados frentes abiertos… y lo bien que había empezado la semana, sin incendios ni explosiones ni emergencias graves. Ahora en retrospectiva, le parecía hasta peor. Lo que daría por un buen incendio…

—Sí, vale… —contestó—. Camilla. ¿Vamos, Ekekiela?

El hawaiano se encogió de hombros antes de desaparecer detrás de Darren y los tres se quedaron indecisos, intercambiando una mirada.

—¿Lo veis muy cambiado? —preguntó Camilla—. Bueno, da igual, ¡está guapísimo!

—Un momento —intervino Jesse—. ¿Qué pasa con Steven?

—¿Qué Steven?

—Steven. El chico más guapo, listo y simpático del mundo, ese Steven —comentó en tono burlón—. ¿Ahora es él quien ha pasado a la historia?

—Ese es historia de romanos —dijo ella con una risita, y se giró hacia su amiga—. ¿Se puede saber por qué tienes esa cara tan seria? ¡Deberías estar emocionada! ¿No es esto lo que llevabas tantos años soñando? ¿O es que no te gusta la estación?

Talisa no sabía ni qué responder. La estación le gustaba, claro que sí, y el teniente que había en ella todavía más… y al momento se dio un pescozón mental. No iba a acercarse más de lo necesario. Nada de charlas ni de confraternizar, nada de nada, cero.

«Si me engañas una vez culpa tuya, si me engañas dos, culpa mía», se dijo.

—Si no te gusta siempre puedes elegir otra cosa —dijo Jesse—. Ya sabes, después del período de prueba que son cuatro meses de instrucción práctica. Puedes elegir si te quedas aquí o te asignan a otro sitio… un camión bomba o una brigada de socorristas.

Ella alzó la ceja al oír sus palabras. Cierto, existían esas opciones, y también la de pedir un traslado a otra estación. Y casi seguro que eso era lo correcto, porque en aquel momento, nada se le antojaba peor y más difícil que ver a Darren continuamente.

Pero claro, no podía bajar, llamar a la puerta del capitán y decirle que quería un traslado, debía dejar pasar algo de tiempo y así pensar una excusa aceptable. Ya se le ocurriría. Y hasta entonces, aguantar como pudiera y evitarlo dentro de sus posibilidades.

Seguro que no le costaba, en la academia se las veía y deseaba para poder quedarse a solas con él, así que tenía experiencia.

Dejó su mochila sobre el cubículo que daba contra la pared, satisfecha al ver que el biombo les concedía toda la intimidad del mundo, y se sentó encima de la cama. No estaba mal, no era tan cómoda como la suya, pero resultaba aceptable. Esperaba que los baños estuvieran igual de bien, aunque se notaba que allí limpiaban y ordenaban a menudo, seguramente gracias al capitán Ladd.

Se recostó contra la pared mientras escuchaba como Camilla y Jesse abrían sus taquillas y sacaban los uniformes entre exclamaciones.

El golpeteo de las puertas, las risas de sus amigos, el olor de la ceniza, todo eso debería hacer que se sintiera feliz y sin embargo, no era así.

Vaya por Dios. Su primer turno, y se le iba a hacer el más largo del mundo.

Abby bajó las escaleras de su apartamento a paso ligero. Leo la estaba esperando abajo y no quería que, por su culpa, llegaran tarde el primer día. Para ir a buscarla el chico tenía que desviarse un poco, pero lo mismo le pasaba a ella si lo recogía a él, y el día de la fiesta habían decidido que lo mejor sería compartir coche. No solo por el ahorro que supondría, sino porque también así, podían turnarse según el cansancio o la necesidad de cada uno. Cuando Leo lo sugirió, le había parecido una gran idea.

Sonrió al llegar al portal y verlo fuera.

—¡Buenos días! —saludó, al subir.

—Vaya, qué contenta te veo, y eso que son las siete y media.

—Tengo ganas de empezar, ¿tú no?

—Sí y no.

Sí que le apetecía, claro, para algo se había esforzado tanto en graduarse, pero también tenía algo de respeto al hecho en sí. Recordaba los simulacros y cómo habían salido, sobre todo el primero, y temía no estar a la altura de las circunstancias.

—Yo también estoy un poco nervioso —confesó, incorporándose al tráfico—. Pero bueno, por lo menos estamos juntos y nos podemos apoyar mutuamente.

—Eso seguro.

Cuando hacía ese tipo de comentarios, a Abby le pasaban dos cosas por la cabeza: una, su revolcón en el coche, del cual ella había pasado página pero que a veces le daba la sensación de que Leo no; y la segunda, su artículo, que estaba deseando seguir escribiendo para narrar su experiencia como bombera desde dentro.

Pero últimamente, una vocecilla solía aparecer en su cabeza, diciéndole que quizá debería hablar con sus amigos y contarles lo que estaba haciendo. Valoraba mucho su amistad, la confianza que se había creado en el grupo después del tiempo que habían pasado en la academia y las dificultades superadas, sobre todo las chicas. No quería que nada estropeara esa relación, así que era algo que pensaba que tarde o temprano debería confesar. Pero hasta entonces no había encontrado el momento adecuado, así que lo iba posponiendo. Ya se lo diría cuando estuviera terminado y pulido, antes de que saliera.

Menos de media hora después, Leo estaba aparcando en la zona reservada de la estación uno para los trabajadores. Se bajaron del coche y ambos miraron hacia el edificio.

—No lo recordaba tan grande —comentó Leo.

Ella se encogió de hombros, aunque le pasaba lo mismo. Cuando habían estado de visita le había parecido interesante, se había fijado en mil cosas y detalles, pero entendía a lo que se refería. Ahora que iban a trabajar dentro, daba más respeto. En fin, lo mejor era entrar cuanto antes y ponerse manos a la obra, a ver qué tal eran sus compañeros. Esperaba que fueran más como Leo y menos como Ekekiela y Jesse al principio, aunque eso diera menos juego a su artículo.

Cogieron sus mochilas y se dirigieron a la entrada principal. Nada más pasar la puerta, Abby se fijó en algo que no había observado el día de la visita, ocupada como estaba en el tema relacionado con los bomberos en sí: había una recepción, pero nadie detrás de la misma.

El teléfono comenzó a sonar en aquel momento, y ambos observaron cómo un chico joven, alto y fuerte, salía de una sala contigua y corría a contestar. Mientras hablaba los miró, e hizo un gesto para que esperaran.

—¿Sois los nuevos? —preguntó, tras colgar.

—Sí —contestó Leo—. Abby y Leo.

—Soy Jordan. —Les estrechó la mano—. El capitán os está esperando, el turno empezó hace dos minutos y es muy estricto al respecto. —Por instinto, ambos miraron sus relojes—. Vamos, os llevaré con él.

—Tendremos que sincronizar la hora con los de aquí, como en las películas —susurró Leo, con una risita.

—Y no le gustan las bromas, ya os lo digo —añadió Jordan.

Leo iba a comentar lo bien que estaba de oído el chico, pero decidió callarse, ya que parecía que lo del humor no era algo que se apreciara en aquel sitio, al menos por el momento.

Siguieron a Jordan hasta la sala de donde había salido. Dentro había una mesa de reuniones, una pizarra con anotaciones en rotulador de diferentes colores y, con uno de ellos en la mano, estaba él: Connor Pearson. El "agradable" capitán que les mostrara la estación durante el curso.

—Primer día y tarde —dijo—. Sentaos. Antes de comenzar cada turno se hace una reunión para repasar las tareas a realizar y las salidas que hayan realizado los otros turnos, así que os sugiero llegar a tiempo la próxima vez.

—¿No podemos dejar las cosas antes? —preguntó Abby, mientras Leo se sentaba, solícito.

—No. —Señaló a su lado, donde estaba un hombre algo mayor que ellos, pero igual de serio que él—. Él es Glenn, mi teniente. Ellos Tyler y Jordan, que ya le habéis conocido. —Todos hicieron un gesto de saludo—. Los nuevos, os he hablado de ellos.

Abby se sentó con el ceño fruncido. Vaya, parecía que la poca simpatía del capitán no había sido casualidad de un día, sino que era algo innato en él. Lo observó mientras hablaba, comentando un incendio que habían atendido los del turno anterior. Vale, sí, Camilla tenía razón en que era atractivo. Mucho, si era objetiva. Pero el tono de su voz le restaba buena parte. Eso, y la calurosa bienvenida que les había profesado. ¿Tanto costaba un «bienvenidos»? Se preguntó si era por ellos, como novatos; por ella, por ser mujer, o simplemente era que se comportaba así siempre. La verdad, era una pena. Seguro que, de estar ahí, Camilla diría que era un desperdicio que aquellos ojos azules parecieran tan fríos, por ejemplo. Y también comentaría lo bien que le quedaba el pantalón del uniforme, así visto de espaldas. Vaya… A ver si se estaba desviando ella con la excusa de Camilla, porque se le iban los ojos a zonas que no debería y…

—¿Preguntas, Cook? —dijo él de pronto, sacándola de sus pensamientos.

—No, no.

Se enderezó, clavando la vista en algún punto de la pizarra tras él, pero no recordaba de qué demonios había estado hablando.

—Lo digo porque parecías distraída.

—Todo correcto.

—Entonces imagino que no tendrás problema en el último punto.

Vaya, porras, ¿qué había dicho? Algo sobre el equipo… no, no eran los uniformes, pero…

—Entonces os encargaréis vosotros —sentenció él—. Como ya conocéis la estación, no hace falta que os la enseñe. Llevad vuestras cosas a la zona común y después podéis empezar.

Todos se levantaron, por lo que ellos dos los imitaron, asumiendo que la charla se había acabado. El capitán y el teniente abandonaron la sala juntos, y entonces Jordan y Tyler se acercaron a ellos.

—En el fondo no es mal tipo —comentó Tyler, con media sonrisa.

—Será muy al fondo —dijo Abby.

—Os acompañaré a dejar vuestras cosas —se ofreció Jordan— Y después a las mangueras.

—¿Mangueras? —repitió ella, por si había escuchado mal.

—Sí. —Leo le dio un codazo—. Gracias a tu cara de póquer o yo qué sé, nos ha tocado limpiarlas, porque los del turno anterior no han tenido tiempo. Entonces se encargan los del turno siguiente.

¿Limpiar mangueras? ¡Pero si eso era lo peor! ¿Nada más llegar, y eso era lo que tenían que hacer? Tenía que ser una broma de novatos o algo.

—¿Los dos solos? —preguntó, por si acaso.

—Tranquilos, os explicaremos cómo —les dijo Tyler—. Pero sí, solos. Ya le cogeréis el truco, lo bueno es que el capitán es muy meticuloso con estas cosas y el reparto de tareas, así que la próxima vez no os tocará.

Escucharon de nuevo el teléfono, y Jordan salió corriendo hacia el sonido.

—Peor es eso —comentó Tyler, mientras salían de la sala—. Como os toque el teléfono, de aquí no os movéis.

—En otras estaciones hay alguien en recepción, ¿no? —dijo Abby.

—Sí, generalmente… —Ladeó la cabeza—. Chicas, ejem. Pero aquí no, aquí se va rotando según ordena el capitán. A Jordan le ha tocado porque en el último turno dejó sus botas fuera del armario, así que… —Se encogió de hombros—. Yo de vosotros me lo tomaría todo en serio. Cualquier detalle hará que os convirtáis en los esclavos del teléfono, como lo llamamos aquí.

Jordan terminó la llamada y se acercó justo para escuchar esa frase.

—Y el teléfono ni tan mal —añadió—. Lo peor es cuando viene alguien a pedir que le cambiemos las pilas de su alarma antiincendios o a ver por qué su extintor no funciona, cuando no le han quitado ni el seguro. La mayoría, gente mayor medio sorda. Es toda una experiencia, os lo aseguro.

Puso los ojos en blanco y ellos miraron entonces hacia la recepción de otra forma, como si fuera el infierno en la tierra. Bueno, al menos aquel día tenían el tema horrible de las mangueras, así que a peor no podía ir.

La zona compartida para dormir no estaba tan mal como habían esperado: las camas eran pequeñas, pero al menos estaban separadas por paredes bajas de pladur que daban cierta intimidad. Delante de cada una había una taquilla individual y pudieron ocupar dos espacios contiguos.

Tras dejarlo todo y ponerse los nuevos uniformes, los llevaron hasta las zonas de almacenamiento de las mangueras, que en aquel momento era un completo desorden. Tenían que estirarlas, separarlas, limpiarlas y comprobar que no estuvieran rotas o agujereadas por ninguna parte. De estarlo, deberían arreglarlas con un kit antipinchazos y parches que guardaban en un armario contiguo.

Por lo menos estaban descansados, porque la tarea era más física de lo que parecía. Las mangueras pesaban lo suyo y no era fácil manipularlas. Tras un par de palmaditas a cada uno por parte de sus nuevos compañeros, los dejaron solos con la tarea.

Abby cogió un trapo con gesto de asco y se sentó en el suelo para empezar con la primera manguera.

—¿Te ha sonado serio o a novatada? —preguntó.

—Quizá las dos cosas. —Se sentó junto a ella—. Pero tu cara de no estar prestando atención no ha ayudado, desde luego.

Ella enrojeció un poco, aunque no podía contestar a su reproche, visto lo visto. En fin, a ver si iba mejorando la cosa, porque como primer día, desde luego iban bastante mal.

Mientras comprobaba la manguera, pensó en cómo enfocar el tema del machismo. Por lo que parecía, el capitán era borde indiscriminadamente. Las zonas eran comunes, como había explicado, pero así era en todas las estaciones y por ahí tampoco podía encontrar nada a reprochar. En fin, la paciencia no era una de sus virtudes, pero ya tendría tiempo de ir viendo, igual que en la academia. Le había dado muchos y jugosos momentos para el artículo, seguro que allí habría más acción y experiencias que gustaran a los lectores.

Poco a poco, fueron avanzando y, un par de horas después, terminaron de colocar la última manguera en su sitio. Fueron a la zona de descanso para tomar un café y allí, jugando al futbolín, estaban Jordan y Tyler.

—¿Qué tal la experiencia? —preguntó el primero, con una sonrisa socarrona.

—Imagino que ya sabrás la respuesta —respondió Abby, molesta—. ¿Qué tal tú con el teléfono?

—Huy, menudo contraataque. —Tyler se rio—. No eres de las que se están calladas, no.

Ella levantó una ceja, mirándolo con el ceño fruncido. A ver si la aparente amabilidad del principio había sido solo momentánea.

—No, me gusta hablar mucho —replicó.

Leo, que había preparado el café, le tendió una taza y le dio un empujoncito. Sí, él también estaba mosqueado por el tema de las mangueras, pero tampoco quería enfrentarse a sus nuevos compañeros el primer día. Ni el segundo, ya puestos, no le gustaban las confrontaciones, y ya que iban a pasar tiempo juntos, mejor llevarse bien.

—¿Cuánto lleváis aquí? —preguntó, buscando cambiar de tema.

—Cuatro años —contestó Jordan—. Estuvimos juntos en la última remesa que hubo de novatos, antes de la vuestra. No había tantas plazas como ahora. —Miró a Abby—. Ni tan variadas.

—¿Es eso alguna indirecta? —se apresuró a decir ella.

—No, solo un hecho.

—¿Y tienes algún problema al respecto?

—Creo que estás muy susceptible.

Bueno, solo le faltaba hacer algún comentario sobre si estaba con la regla o algo similar.

—Supongo que estabais acostumbrados a vuestros otros compañeros —dijo Leo, tocándola en el brazo—. Nosotros también a la academia y a nuestro grupo, pero seguro que pronto nos hacemos a todo y seremos un buen equipo.

—Todo equipo es tan fuerte como su parte más débil.

Abby iba a contestar, pero entonces sonó la alarma, así que se limitó a lanzar una mirada que, de haber podido, lo hubiera fulminado en el sitio. Corrieron hacia la puerta y ella intentó adelantarse, pero ellos bloquearon la puerta poniéndose delante y se acabó formando un tapón. Entre empujones se acabaron abriendo paso todos, pero justo al otro lado encontraron al capitán Pearson, que observaba la situación con los brazos cruzados y el ceño fruncido.

—¿Se puede saber qué hacéis? —preguntó.

—Ellos… —empezó Abby.

Él levantó la mano, cortando su intento de explicación.

—No quiero disculpas, quiero que cojáis vuestros equipos ya y subáis al camión, esto no es el recreo.

—¿Disculpas? —Bueno, lo que le faltaba por oír—. En todo caso serían ellos, o más bien Jordan, que se me ha puesto delante para impedirme el paso y ha hecho unos comentarios que no me han gustado nada. Quiero dejar claro que aquí he llegado igual que el resto, así que merezco el mismo respeto y… —de nuevo, el capitán levantó la mano— no pienso callarme cuando…

—Ahora no es el momento de discurso, ni feministas ni —miró a Jordan, que se había adelantado también— de ningún tipo. He dicho que cojáis los equipos y al camión, hay una emergencia y eso es lo primero.

—Pero… —Abby lo intentó de nuevo.

—Se acabó la tontería. —La señaló con el dedo—. A la recepción, ya. Los demás, tenéis un minuto.

Dio una palmada y todos salieron corriendo, menos Abby, que pensó que iba a explotar de la rabia. Primero las mangueras, ¿y ahora el teléfono? ¿Iba a perderse la primera salida en su día de estreno? Bueno, aquello era increíble. Ahora sí que le picaban los dedos, en cuanto acabara el turno y llegara a casa, se pondría a escribir como una loca.

De telefonista. Lo que le faltaba. Se sentó tras la recepción de forma brusca y con gesto hosco, justo para ver cómo salían todos de los vestuarios y se dirigían al camión. Leo le hizo un gesto con la mano al pasar, con una mirada que supuso era de simpatía, y le devolvió el saludo. Al fin y al cabo, el pobre no había tenido nada que ver. Apenada, miró cómo el camión salía y se alejaba, lo que le hubiera gustado estar allí dentro… Pero no pudo regodearse mucho en su mala suerte, porque, a la vez que se abría la puerta y entraba una señora que parecía tener más de cien años, el teléfono comenzó a sonar, así que se obligó a poner cara amable y atender la recepción.

CAPÍTULO 3

Eran cerca de las doce de la noche y Talisa andaba preparando café cuando el capitán Ladd salió de su despacho. Se reunió con ella en la cocina mientras se estiraba, conteniendo un bostezo al mismo tiempo.

—Vaya, estamos solos —comentó—. ¿Cuánto llevo metido en el despacho?

—Un montón de horas —sonrió la chica, y le tendió una taza de café—. Maldita burocracia. No sé cómo lo aguantas.

—Como si tuviera otra opción. —Se sentó frente a ella y le dio un sorbo—. ¿Y los demás?

—Arriba, durmiendo.

—Eres una chica nocturna —comentó el capitán—. Siempre estás por aquí a estas horas.

Talisa se encogió de hombros. Más que nocturna, lo que pretendía era pasar el menor tiempo posible cerca de Darren, y resultaba más sencillo si permanecía dormida de día y despierta de noche. No tenía la menor idea de cómo podía afectar a su cuerpo ese cambio en su ciclo, pero por el momento era lo único que se le había ocurrido. Y funcionaba bastante bien, ya que la gente era rutinaria: si no había incendios o emergencias, preferían dormir de noche y hacer el resto de sus actividades habituales con luz solar. Así que allí estaba ella, alienándose sin ayuda de nadie. Veía a Jesse y Camilla en los cambios y poco más, pero como de cualquier manera alguien debía estar despierto por las noches, nadie ponía pegas.

—Es más tranquilo —murmuró, al ver que el capitán esperaba algún comentario por su parte.

Llevaba dos semanas y no quería que el resto la catalogara como antisocial o taciturna, pero aún no estaba preparada para mantener una relación de colegas con Darren. Y no podía hacerlo con los demás y excluirlo a él, de modo que no tenía otro remedio que seguir por ese camino, al menos hasta que se viera tranquila en su presencia.

—Tú eres la chica que toda la vida quiso ser bombero, ¿no? —preguntó el capitán Ladd, y ella asintió—. ¿Tú padre era bombero?

—Sí. Se jubiló hace un par de años. Se llamaba John.

—¿John Grady?

—Ese mismo. Trabajaba en la estación tres casi todo el tiempo, pero creo que pasó por todas en ciertos momentos, ¿lo conocías?

—No, yo solo llevo aquí un año y medio, antes estaba en la unidad de Chicago —explicó el capitán, cogiendo un sobre de azúcar para añadir a su café—. Aquello era estresante, mi mujer necesitaba un cambio de aires, así que decidimos venir donde terminan todos los jubilados.

La rubia soltó una risita.

—¿Y te gusta esto?

—Tiene sol y playa, es más que suficiente. Así que no llegué a conocer a tu padre, pero ya sabes, los bomberos somos uno, por lo que he escuchado hablar de él. Parece que era muy bueno, ¿fue quien te animó a seguir este camino?

Talisa permaneció pensativa unos segundos.

—Cuando era pequeña, me pasaba la vida entre estaciones —comentó—. Sabía los nombres de sus compañeros, todos y cada uno de ellos. Me tiraba muchas horas a su lado, así que para mí era el camino natural que seguir, aunque mi madre creyera que estaba loca. Y mi hermana.

—¿Y tu padre?

—No, él siempre me decía que podía conseguirlo, solo tenía que trabajar más que los demás porque al ser mujer lo tendría el doble de difícil.

El capitán asintió, acariciándose la barbilla.

—Pero lo conseguiste.

—Estoy aquí, ¿no?

—¿Y era lo que esperabas?

Talisa alzó la vista, sorprendida por su pregunta. El capitán la observaba sin quitar su gesto amable, pero ella no se dejó engañar: era más perspicaz de lo que parecía a simple vista.

—Lo comento porque no sé, quizá tienes problemas de integración. Tu compañera parece muy feliz y contenta, Cortez es más avinagrado, pero eso creo que es de serie, así que no me preocupa.

—Yo… —empezó ella, con cierta frustración por no poder explicarse—. ¿De verdad crees que tengo problemas de integración, capitán?

—Puedes llamarme Michael, si quieres. Y sobre tu pregunta, no sé si es que el trabajo no era lo que creías u otro tipo de problema. En Chicago apenas si hay mujeres y ha habido más de un problema legal, ¿es por eso? ¿Alguno de los chicos te ha dicho algo desagradable o…?

—No, claro que no —se apresuró a aclarar Talisa.

Él observó su rostro preocupado y le dio unas palmaditas en el hombro.

—A ver, comprendo que llevas aquí poco tiempo, dos semanas es pronto para adaptarse. Y sé bien lo que cuesta habituarse a un cambio de este tipo —dijo—. Pero si te pasa algo puedes contármelo y trataré de ponerle remedio. Quiero que estés cómoda en esta estación, Talisa, y si por algún motivo no lo estás, te ayudaré en lo que creas conveniente.

Ella se quedó muda y sin saber qué decir. No había esperado que el capitán fuera tan observador y no sabía bien qué decirle sin confesar el verdadero motivo de su ostracismo autoimpuesto.

—Gracias, de verdad, pero…

—Y si de verdad no encajas, por el motivo que sea, puedo facilitarte un traslado si pasado un tiempo descubres que este no es tu sitio. ¿Sabes cómo funciona?

—No muy bien.

Debería haberse negado al instante, porque al responder tan deprisa daba pie a que el capitán pensara que le interesaba esa opción, lo cual no era una mentira. Le interesaba, y mucho: aún no se había encariñado con nadie y era la forma perfecta de escapar de Darren. No se había atrevido a indagar, pero si él abría el tema de frente para que pudiera estudiarlo no iba a desaprovechar la oportunidad.

—¿Te interesa la opción del traslado, entonces? Puede que seas chica de brigada de socorrismo.

—O de camión bomba. No me gusta cerrarme ninguna puerta, pero por lo que tengo entendido, son cuatro meses de instrucción práctica, ¿verdad?

—Exacto. Podemos hablarlo dentro de unas semanas, a ver qué tal sigues.

La joven asintió en silencio. Por un lado, era lo ideal marcharse, pero por el otro… no quería llevar el lastre de ser «la que no encajaba». Quizá lo mejor fuera que tratara de solucionar el problema principal, pero la idea de hablar con Darren la ponía histérica. Mejor se lo pensaba con tranquilidad, que prisa no tenía.

—Lo del café no se te da mal, desde luego —elogió el capitán, tras acabarse la taza.

—Trabajé en una cafetería una temporada —sonrió ella—. Soy un pozo de sabiduría lleno de pequeños datos inútiles.

—¿Cuántos años tienes? ¿Veintisiete?

—Veinticuatro. Bueno, el mes que viene cumplo veinticinco.

El capitán miró al techo, seguramente recordando lo complicado que parecía todo a esa edad. La chica que tenía delante no dejaba de ser una cría. Decidida, sí, pero una cría.

Iba a hacer un comentario cuando de pronto sonó la alarma en la estación.

Talisa se quedó inmóvil y con los ojos muy abiertos, porque desde que estaban allí era la primera vez que la oía. Sí, habían hecho varias salidas sin importancia, a ayudar a personas cuyas llaves reposaban dentro de sus casas y cosas así, pero el sonido que alertaba de un incendio no había sonado hasta ese momento.

—Incendio en una casa en la esquina de las calles Neville y Sunset. Acudan como apoyo de la estación uno, repito, acudan como apoyo de la estación uno.

El capitán Ladd se puso en pie sin perder ni un segundo y la rubia lo imitó. Por suerte, llevaba el uniforme puesto y solo le faltaba el equipo, así que siguió al hombre hasta la zona de camiones. Apenas habían pasado dos minutos y pudo ser testigo de la rapidez con la que reaccionaban los bomberos: observó anonada como aparecían por los agujeros, como si de un truco de magia se tratara. Los últimos fueron Camilla y Jesse, que al ser su primera vez aún parecían desubicados y confusos.

—Vosotros. —El capitán se aproximó hasta ambos mientras los demás se vestían en tiempo récord y cogían los equipos—. Uno viene, el otro se queda. No podemos dejar esto solo.

Los dos se miraron y Jesse asintió.

—Ya me quedo yo —ofreció.

—Muy bien —contestó el capitán Ladd—. Atiende el teléfono y si hay alguna emergencia comunícate por radio. Iremos actualizando según veamos la situación. —Se dio la vuelta hacia el resto—. Vosotras, a la parte de atrás. Darren, tú conduces. ¡Vamos!

Talisa siguió a Camilla al interior del camión a toda velocidad. Haneke y Costa ya estaban dentro, abrochándose las chaquetas con destreza, así que las dos hicieron lo mismo. No era la primera vez que

Talisa presenciaba una alarma con salida, pero las veces anteriores había tenido que quedarse en la estación a cargo del compañero de turno de su padre. Por enésima vez se preguntó si estaría preparada para aquello o metería la pata de alguna manera, y al mirar a Camilla se dio cuenta de que su amiga también parecía preocupada.

—Tranquilas —dijo Costa—. Esa sensación pasará.

—Exacto —corroboró Haneke—. Nos os preocupéis, lo haréis bien.

Ambas agradecieron el apoyo, y también que no hicieran el habitual comentario tipo «cuidaremos de vosotras». El camión se puso en marcha con un chirrido y las dos se miraron: iba a ser un viaje movidito, no cabía duda.

Después de varios giros y quince minutos que parecieron interminables, Darren aparcó frente al edificio. Había un camión bomba fuera, pero no era nada fuera de lo común, ya que a un incendio podían acudir varios vehículos. El camión era pequeño y estaba equipado con una cisterna de mil novecientos libros de capacidad, además de cientos de metros de manguera.

—¡Abajo! —ordenó el capitán Ladd, saltando del vehículo a toda prisa al ver la densa humareda negra que escapaba por las ventanas del edificio.

Mientras los demás bajaban, el capitán y Darren se aproximaron hasta la entrada, donde se encontraba Leo desenroscando otra manguera a toda prisa.

—¿Cuántos hay dentro?

—¡Todos! —contestó Leo—. ¡La estación uno al completo, capitán, y están en apuros! Creo que no lo pueden controlar.

El capitán Ladd asintió y miró a Darren.

—Vale, vamos a repartirnos —decidió—. No podemos dejar a las nuevas solas, llévate una y yo me llevo a la otra. Grady, Costa y Haneke y entrad por el descansillo, yo voy abajo con Zhao. Informa de todo.

Se alejó sin darle tiempo a responder, así que Darren no hizo comentarios. El capitán daba las ordenes: no había nada que replicar. Se aproximó a Leo para arrebatarle la manguera de las manos y desenrollarla más deprisa mientras Talisa se acercaba hasta donde estaban los dos.

—¿Abby está dentro? —preguntó la chica a Leo.

—No, se ha quedado en la estación, atendiendo el teléfono —murmuró él, lo que hizo que Talisa alzara la ceja, sobre todo por su tono.

—No hay tiempo para charlas, dejadlo para más tarde —los interrumpió Darren—. Jacobi, ocúpate de la manguera.

—Entendido —asintió él.

—Vamos a entrar, ponte el equipo de respiración —ordenó Darren a Talisa, y al mismo tiempo le quitó la boquilla de la manguera a Leo—. Vamos.

Talisa le obedeció sin dudar. Tener que ir con él era una coincidencia perversa, pero sabía por propia experiencia que era la mejor opción en una situación de peligro. Puede que fuera un capullo en sus relaciones personales, pero a la hora de trabajar confiaba al cien por cien. Se puso todo el equipo y lo siguió al interior mientras se despedía de Leo con un gesto. El resto del personal fue inmediatamente detrás, así que se concentró en seguir a Darren para no perderse, ya que el vestíbulo estaba lleno de humo y la visibilidad era casi nula.

—¡Más cuerda!

Aquello no significaba ir a por otra manguera, sino desatascar de las esquinas y rellanos de escalera la que ya tenían entre manos para que quien iba delante pudiera avanzar sin dificultad.

Talisa abrió la radio.

—¡Brigada uno! —llamó, a cada paso que daba—. ¿Dónde estáis? ¿Me oye alguien? ¡Brigada uno!

En el descansillo había tal oscuridad que no se veía nada. Un incendio en un sitio cerrado y sin ventilación no arrojaba llamas, sino un denso manto de humo que no permitía distinguir más que reflejos de luz. Darren ya no veía al equipo en absoluto, aunque aún oía a Talisa.

—¡Brigada uno, por favor, responded! ¡Necesitamos la situación exacta! ¿Alguien me escucha?

—¡Costa, Haneke, revisad el resto de la casa con cuidado! —ordenó Darren, aún sin saber dónde se encontraban sus hombres con exactitud o si podían escucharlo.

Supuso que lo habían oído y se agachó para seguir internándose en aquella boca del lobo. Talisa iba manejando la manguera para que pudiera seguir sin tropiezos, pero Darren no la sentía cerca y eso le preocupaba. Se recordó a sí mismo que para algo la había entrenado de la mejor manera posible y que estaba preparada de sobra.

En aquel punto, el calor era insoportable. Darren conocía bien las cifras: la temperatura podía llegar a los ciento cincuenta grados a treinta centímetros del suelo, a doscientos sesenta a metro y medio, y a seiscientos cincuenta a la altura del techo.

—¡Abrid la boquilla de la manguera y enfriad el aire! —ordenó.

—Voy. —La voz de Talisa le llegó lejana.

De nuevo la inquietud. ¿Dónde estaba? Si se separaba de su lado podía terminar a saber dónde, y aún recordaba el simulacro, solo que allí no había ninguna colchoneta esperando.

Se concentró en encontrar el fuego sin ayuda, pero entonces chocó con algo. Notó que tiraban de su impermeable y lo guiaban hacia la izquierda, por un pasillo, así que dedujo que Talisa no estaba tan lejos como pensaba. Sujetó la manguera y lanzó varios chorros de agua hacia arriba, describiendo círculos amplios a su alrededor: aquello servía para enfriar el ambiente y evitar que el fuego los cercara.

—¿Cómo vas? —preguntó, esperando que la chica lo oyera.

—Estoy justo detrás de ti.

Talisa se concentró en respirar despacio. No quería verse obligada a salir del edificio antes de lo previsto para reabastecerse de oxígeno.

El calor aumentaba, pero siguió a Darren. El tanque de aire de casi catorce kilos que llevaba a la espalda comenzaba a hacerse pesado, pero no se quejó, podía soportarlo.

Pocos segundos después doblaron una esquina y encontraron un halo de luz, después el fuego: el cuarto donde había comenzado el incendio.

La visibilidad mejoró y Talisa comprobó que podía ver a más bomberos tras ellos, abriéndose paso a través del humo para enfrentarse a las llamas. Darren manejaba la manguera, lanzando chorros de agua sin descanso, así que recorrió la zona con la mirada hasta que encontró otras mangueras que el resto del equipo había transportado. Agarró una sin pensarlo para ayudar, mientras los gritos se sucedían a su alrededor. Escuchaba órdenes, la voz sofocada de Leo a través de la radio, los crujidos del fuego crepitando, y era ensordecedor.

—¡Retrocede! —le gritó Darren y ella obedeció de un salto—. Estás demasiado cerca. Con cuidado, Talisa, esto no es un simulacro.

Ella era consciente, pero antes de que pudiera replicar su tanque empezó a pitar. La alarma avisaba de que se quedaba sin aire, así que Darren le hizo un gesto con la cabeza para que saliera y no tuvo otro remedio que obedecer. Le cedió la manguera a un bombero que no conocía y usándola como guía volvió atrás hasta hallar la salida.

Fuera, el caos continuaba. Los bomberos entraban y salían, algunos con el tanque a cuestas, otros recién llegados que se acercaban para ayudar. Leo continuaba con la radio en la mano y Talisa se aproximó a su altura mientras el tanque se recargaba.

—¿Cómo va? —preguntó.

—Parece que hay problemas en el garaje —le explicó, y se tomó unos segundos para escuchar lo que le decían al otro lado—. ¡Necesitan ayuda en el garaje! —transmitió al instante—. ¡El incendio ha atrapado a tres ahí abajo!

Un pitido indicó que el tanque se había recargado, así que Talisa no lo dudó. Dentro había problemas y allí fuera no pintaba nada, así que se encaminó a toda prisa hasta la zona sin dudar.

En efecto, el fuego se había propagado hasta el garaje. Connor, Michael y Camilla se encontraban combatiéndolo cuando la puerta se había cerrado, dejándolos atrapados entre las llamas y el humo.

—¡Enfriad el aire! —exclamó Connor, con voz ronca y tensa.

Camilla obedeció al momento, lanzando agua a su alrededor. Miró al capitán Ladd por si este le daba alguna otra orden, algo más que pudiera hacer, pero él estaba ocupado rociando agua para tratar de sofocar las llamas en el lado contrario. La chica pensó que aquello no pintaba nada bien y se preparó para lo peor, asustada. Demasiado fuerte que su primera actuación terminara de ese modo, pero la bajada al garaje se había convertido en una ratonera de la que no podían escapar, sino los ayudaban pronto se les terminaría el tiempo.

—¿Cómo van los tanques? —preguntó el capitán Ladd.

—¡Casi a cero! —exclamó ella—. ¡No vamos a resistir mucho más! ¿Abro un boquete para dar salida al fuego?

El capitán miró a Connor, que asintió. Con solo el hacha sería largo y complicado, pero las opciones escaseaban y por intentarlo no perdían nada.

—¡Adelante!

Camilla se aproximó hasta la pared, notando que el calor y el humo eran prácticamente insoportables. Al otro lado se escuchaban gritos, así que se acercó todo lo posible.

—¿Hay alguien que me escuche? ¡Necesitamos ayuda urgente!

Al otro lado, Talisa se angustio al escuchar la voz desesperada de Camilla. ¿Por qué era la única que estaba allí, qué pasaba con el resto del personal, que corrían en todas direcciones sin detenerse?

—¡Tenemos que abrir un boquete aquí! —dijo por radio—. ¡Me parece que no van a aguantar!

Miró alrededor, haciendo memoria. Para abrir el boquete necesitaba una sierra eléctrica, recordaba haberla usado en alguna de las clases, pero en aquel momento no tenía la menor idea de donde podía estar. Tampoco se veía capaz de manejarla de buenas a primeras, apenas recordaba la clase en cuestión. Se sintió inútil por completo, con los gritos de Camilla y su capitán al otro lado de la puerta.

—¡Talisa! ¡El capitán no se encuentra bien, algo le pasa!

—Leo, ¿hay alguna sierra a la vista? —insistió a la radio—. ¡Por aquí tenemos problemas graves!

Le llegó la voz del chico entre zumbidos, pero nada claro.

—¡Camilla, háblame! ¿Qué está pasando ahí dentro?

Sentía el calor y el fuego crepitar, y una impotencia terrible. Unos golpes le indicaron que alguien trataba de derribar la puerta o hacer algo al respecto, así que finalmente decidió que no podía permanecer quieta. Tenía su hacha, si golpeaba alguna zona clave de la puerta quizás…

—¡Aparta!

La joven obedeció al momento, haciéndose a un lado. Darren y Costa llevaban la sierra y se pusieron a ello al momento mientras Talisa notaba como si el corazón fuera a saltar de su pecho de un momento a otro. Los dos hombres trabajaban a toda velocidad para abrir un boquete en la puerta.

—¡Camilla, aguantad, estamos abriendo! —exclamó—. ¿Estáis bien? ¡Que alguien me conteste!

Durante unos segundos no hubo respuesta y la rubia sintió que se desmoronaba, pero entonces una voz recia se dejó oír.

—Soy el capitán Pearson. ¡Vamos a enviar a vuestro capitán, estad preparados!

Por fin el boquete estuvo listo, y al caer el trozo, el humo y el calor salieron disparados desde el interior. Talisa corrió hacia el agujero mientras desde dentro empujaban al capitán Ladd al exterior.

—Joder —exclamó la rubia, sujetándolo por un lado mientras Costa hacia lo mismo por el otro.

—Necesita ayuda médica urgente —le respondió la misma voz de hombre—. ¡Shaw, una manguera aquí, ahora!

Darren la tenía preparada, así que introdujo medio cuerpo dentro del garaje para enfriar el ambiente.

—¡Zhao, fuera! —ordenó, agarrándola de la muñeca para hacerla salir sin miramientos.

Ella abandonó la manguera al momento para obedecer. Una vez fuera, vio que Darren regresaba al interior, pero no pudo decir nada porque Talisa se acercó a su lado con cara angustiada.

—¿Estás bien? —preguntó.

Camilla se preguntó qué aspecto tendría para que su amiga pareciera tan asustada, aunque lo cierto era que durante unos segundos había pensado que no saldría de aquella. Ese agujero y ver a Darren al otro lado… no tenía palabras, jamás se había alegrado tanto de ver a nadie.

—¿Y el capitán? —preguntó.

—De camino al hospital.

Las dos se giraron hacia el interior del garaje al escuchar gritos. Dentro, Connor se afanaba en rociar agua sin parar, y Darren en tratar de sacarlo de allí.

—¿Qué estás haciendo, Connor? No trates de apagar el fuego, ¡no puedes controlarlo!

Connor sacudió la cabeza.

—¡El viento sopla a cien kilómetros por hora, si se extiende será incontrolable!

Alzó los brazos para seguir hasta que sintió que Darren lo sujetaba.

—No podemos hacerlo solos, ¡hay que salir inmediatamente!

Tiró de su brazo con tanta fuerza que, durante unos segundos, Connor creyó que se lo desencajaría. Miró a su alrededor, consciente de que Darren tenía razón y no iban a poder sofocar aquello entre los dos. Por norma general no permitía que un teniente le diera órdenes, pero había trabajado antes con Darren y conocía su competencia. A veces, en medio del caos, Connor perdía el norte y llevaba su trabajo demasiado lejos. No era la primera vez que se ponía en peligro por algo así.

Cedió y abandonó la manguera para pasar al otro lado, justo un minuto antes de que el fuego lamiera la zona. En el exterior, el caos persistía.

—¡Necesitamos máscaras de oxígeno! ¡Y otra ambulancia!

Connor se giró al escuchar la voz femenina y se encontró a aquella chica rubia que había conocido durante la visita a su estación. Parecía haberse hecho cargo de la situación, y tampoco tenía nada que decir respecto a la morena que acompañaba al capitán Ladd, bastante más resolutiva de lo que esperaba en una novata.

—Aquí tiene, capitán. —Talisa le alargó el equipo de oxígeno.

—Gracias.

—¡Que alguien me informe de la situación actual! —pidió Darren.

—¡Sofocando el fuego, teniente! —La voz de Haneke crepitó desde la radio—. ¡Hemos abierto salidas en el techo y parece que el incendio comienza a remitir!

—Por Dios… ¡Jacobi, informa!

—Parece que todo vuelve a su cauce —dijo el chico, desde el camión—. ¡No hay más bajas, el fuego remite!

—¿La ambulancia?

—De camino al hospital.

—Está bien. —Darren se giró hacia Connor y Camilla—. Vosotros dos también tenéis que ir, vamos en el camión que tengo que ver cómo está Michael.

Talisa recordó que al estar tan cerca del fuego, ambos corrían riesgo por la inhalación de gases muy calientes.

—Tú vete a la estación con los chicos —le ordenó a Talisa—. Voy con ellos y traigo a Camilla de vuelta.

Ella asintió, sin atreverse a decir nada y un poco intimidada por su tono. Le hubiera gustado acompañar a Camilla para asegurarse de que estaba bien, pero las órdenes de Darren eran muy claras. Su amiga parecía encantada con la idea de aquel viajecito con el teniente, tanto que hasta encontró un momento para guiñarle el ojo a la rubia antes de seguirlo al camión.

Talisa aguardó hasta que se alejaron, aliviada porque al final todo parecía haber salido bien, pero sin saber cómo gestionar los nervios que sentía. Y su capitán estaba herido, aunque no sabía qué había sucedido con exactitud. Regresó hasta el camión de su unidad con paso alicaído. El tono con que Darren se había dirigido a ella… su primera actuación no era para estar orgullosa, desde luego. No quería ser dura consigo misma, sabía que las primeras veces estarían muy lejos de ser perfectas, pero aun así estaba convencida de que podía haberlo hecho mejor.

Costa y Haneke la aguardaban junto al camión.

—Hey, ¿y esa cara? —preguntó el primero—. ¿Hay noticias del capitán y son malas?

—No, acaban de irse —contestó ella.

—Pues anímate, muchachita. —Haneke le rodeó los hombros con el brazo—. Para ser tu primera vez lo has hecho muy bien.

—¡Pero si me he quedado como un pasmarote! Ni tenía la sierra, ni sabía dónde encontrarla.

—Bueno, pero como estabas en la radio sin dejar de informar pudimos actuar con rapidez —le dijo Costa—. Las primeras veces los novatos se quedan clavados en el sitio, así que teniendo en cuenta la situación…

—Ya, bueno, no sé. Darren no parecía muy contento.

—Darren es así. Hasta que no termina el problema y todo el mundo está bien es un poco borde, pero eso es todo. —Haneke le tendió la mano para ayudarla a subir al camión—, Qué te voy a contar que no sepas, si lo has tenido de instructor. ¿Acaso allí no era estricto?

—Demasiado.

Talisa hizo un gesto de despedida hacia Leo, que se lo devolvió. Esperaba que cuando todo estuviera tranquilo y tuvieran noticias del capitán desde el hospital podría llamar a la estación uno para hablar con ellos, a ver qué pasaba con Abby.

Una vez allí, dejó a los chicos relatando a Jesse lo ocurrido y se metió en la ducha para eliminar la ceniza. Parecía que los nervios iban remitiendo poco a poco, pero aún estaba preocupada por el capitán, solo esperaba que no fuera nada muy grave.

Camilla sujetó la mascarilla contra su rostro. Se suponía que tenía que estar un rato en observación, aunque Connor ya había salido del cuarto donde los habían acomodado. Se encontraba en el pasillo, con los brazos cruzados y aspecto tenso, intercambiando palabras con Darren que la joven no acertaba a escuchar.

Dejaron la charla cuando un médico se aproximó hasta donde estaban. Camilla mantuvo la mirada fija en ellos y las expresiones de sus rostros mientras el hombre de bata blanca hablaba. Vio como ambos se frotaban la frente al mismo tiempo y estuvo a punto de echarse a reír, pero se contuvo. No quería que pensaran que era insensible o algo similar; no había llegado a conocer muy bien al capitán Ladd, pero no deseaba que le sucediera nada.

El médico se marchó. Connor le dio unas palmaditas a Darren, que seguía con cara de funeral.

—No es para tanto, Darren.

—¡Ha tenido un infarto!

—Sí, pero está estable. Se va a recuperar —respondió Connor, arqueando una ceja—. Ya has oído al doctor, unos meses de descanso y listo.

—Claro que lo he oído, por eso tengo esta cara.

Connor lo miró, sin terminar de entender cuál era el problema. Darren era el capitán suplente y todos lo sabían. Lo sucedido al capitán Ladd era una desgracia, pero se pondría bien. Y mientras tanto, ¿a quién no le gustaba organizar todo al gusto y que se obedecieran sus órdenes?

—Será mejor que me vuelva a mi estación —comentó, apretándole el hombro—. Por cierto, buen trabajo de tu equipo. La chiquita ha aguantado muy bien la presión ahí dentro.

—¿Zhao? Como te oiga llamarla así…

—¿Es la primera salida seria que hacen? —Darren afirmó—. Pues nada mal. En cambio, la que me han puesto a mí me tiene contento.

—¿Cook? Era una buena alumna en la academia, ¿qué problema tienes con ella?

—Habla demasiado.

—¿Y está castigada al teléfono?

—Ya sabes que todos tienen que pasar por ahí, sea cuando sea. —Connor hizo un conato de sonrisa antes de alzar la mano para despedirse—. Nos vemos, Shaw.

Darren respondió al gesto y después se dio la vuelta hacia el cuarto donde Camilla continuaba con la mascarilla puesta. La morena había regresado a sentarse al verlos acabar la charla y le lanzó una mirada.

—¿Cómo estás? —preguntó Darren, entrando.

—Mejor, pero un poco mareada —contestó ella—. ¿Es normal?

—Sí. Esperaremos hasta que estés bien antes de irnos, por si acaso.

—No hace falta que te quedes de pie, puedes sentarte aquí. —Camilla dio un golpecito al lado libre que había a su lado. Él pareció dudar, así que añadió—. Vaya nervios he pasado, creo que aún me tiemblan las manos.

Darren cubrió la distancia hasta la camilla y se sentó junto a ella.

—¿Ha sido muy duro? —preguntó.

—No pensaba que fuera así, con ese caos. Bueno, no sé bien lo que esperaba, pero cuando estábamos ahí abajo creí que no lo contaba. Con el capitán inconsciente era difícil manejar las mangueras, y el humo y el calor…

—Sí, habéis estado cerca. —Darren le puso la mano sobre la muñeca y se la apretó—. Pero bueno, al final no ha sido así.

Camilla hizo un esfuerzo sobrehumano por no ponerse a dar botes. Era la primera vez que él tenía un gesto así hacia su persona, y vale, había tenido que exagerar un poco eso de los nervios, pero merecía la pena… era un primer paso, a partir de ahí sería más sencillo.

—¿Y el capitán? —quiso saber, tratando de alargar aquel momento.

—Se va a poner bien —contestó él—. Ha sufrido un infarto, pero los médicos lo han estabilizado, así que es cuestión de tiempo.

—Estaba muy preocupada.

—Sí, yo también.

Camilla iba a añadir algo cuando un pitido llenó la habitación. Darren se incorporó para apagarlo y ella frunció los labios, fastidiada por la interrupción.

—Esto ya está, podemos irnos, Zhao.

—¿No habíamos quedado en que me llamabas Camilla? —dijo ella, siguiéndolo.

—Sí, perdona. Me cuesta acostumbrarme.

La chica pensó en mantener su cara lánguida para ver si tenía suerte y la sujetaba del brazo hasta el camión, pero antes de darse cuenta Darren le había sacado una ventaja considerable, así que suspiró. Bueno, tenía que buscar el lado positivo: para ser su primera salida estaba bien, podía sacar partido al hecho de haber estado cerca de la muerte y Darren le había apretado la mano.

Todo eran cosas buenas, estaba deseando contárselo a Talisa.

CAPÍTULO 4

«Accidente con atrapamiento». Así dicho, de forma corta y aséptica, daba lugar a que la mente imaginara muchas cosas. Pero cuando Ryan llegó a la zona tras recibir el aviso, todo era mucho peor de lo esperado.

Era una noche fría para esa época del año y había amanecido con niebla. Eso, añadido a la falta de atención de un conductor en la autopista, había ocasionado que chocara su vehículo de forma violenta contra el quitamiedos y saliera volando hasta el carril contrario. Otro coche que venía de frente no había podido esquivarlo, y tras él, varios más chocaron en cadena, formando un atasco monumental en el que varias personas quedaron heridas, de más o menos consideración.

Los dos primeros coches eran los que peor estaban. Ambos se habían convertido en un amasijo de hierros, chapa doblada en formas imposibles y el olor a neumático quemado inundaba el lugar.

Jeff, su compañero y conductor de la ambulancia medicalizada, paró a varios metros de distancia, junto a uno de los camiones de bomberos que estaban echando espuma sobre el asfalto para enfriar la zona y evitar posibles incendios. Ryan echó un vistazo rápido, pero ninguno de los equipos que había era de sus amigos.

—Menudo bautizo vas a tener —comentó Jeff, mientras se dirigían a la parte trasera del vehículo.

—No me agobies, bastante nervioso estoy.

Abrieron las puertas y sacaron los kits de emergencia y la camilla, que dejaron a un lado hasta poder utilizarla. Ryan recordaba los simulacros, la formación específica… pero nada lo había preparado para la adrenalina del momento y el temor a lo que pudiera encontrarse dentro de los hierros. ¿Y si estaban muertos? ¿Y si los sacaban y no podían hacer nada por ellos? Cualquier opción lo ponía de los nervios, solo esperaba que esa misma tensión lo ayudara a no perderse ningún detalle.

Avanzó con Jeff hacia los coches machacados, donde un par de bomberos manejaban unas pinzas hidráulicas. Las habían usado una vez en una clase, pero ahora se le antojaban mucho más grandes que en aquel entonces. Al menos, no tenía que utilizarlas él.

—¿Qué tenemos? —preguntó Jeff.

—En el coche de debajo parece que solo hay una persona, no sabemos si inconsciente o muerta. Hasta que no retiremos al menos parte del otro no podremos llegar —contestó uno de ellos—. En este hay una mujer, dice incoherencias, pero al menos tenemos visual sobre ella. En cuanto la liberemos, os encargáis vosotros.

—Entendido.

—¿Y el otro? —preguntó Ryan.

—Viene otra unidad de camino, estará al llegar —contestó Jeff—. Tranquilo, con la primera tenemos más que suficiente.

Se había agachado para intentar mirar el interior y Ryan lo imitó, no muy contento con aquel comentario. La sangre no le impresionaba ni nada parecido, había pasado con éxito las prácticas y se veía capaz de atender heridos… pero claro, si el primer día se encontraba con brazos o piernas amputados no lo tenía tan claro. Desde donde estaban apenas se veía el interior, solo consiguió distinguir a una persona, con una mano fuera de la ventanilla rota (por suerte, pegada a su correspondiente brazo y cuerpo), y mucha sangre por todas partes.

Jeff le tocó un brazo y le indicó que se apartaran un poco hacia atrás, para evitar que saltara alguna pieza cortada. Las pinzas emitieron unos chirridos hidráulicos seguidos de unos chasquidos que le erizaron la piel.

Un par de bomberos más se acercaron para ayudar a sus compañeros a apartar el metal y trozos de hierro, hasta conseguir crear un boquete.

—Cuidado con los bordes —advirtió uno de ellos, mirando a Jeff y a Ryan—. Esto corta como una cuchilla de afeitar.

Al cortar se habían creado también varias aristas punzantes, así que los dos chicos extremaron la precaución mientras avanzaban para llegar hasta la mujer herida.

Jeff sacó un collarín de su bolsa y se lo colocó, no sin cierta dificultad. Comprobó su pulso, mientras Ryan cogía una linterna y le examinaba los ojos.

—Pupilas dilatadas —informó.

—Bailando en el jardín… —musitó la mujer—. Duendes saltando…

Jeff movió la cabeza.

—Me parece que esta va hasta las cejas. —Le palpó el pecho y los costados, a lo que ella emitió un quejido—. Hay que sacarla, ¿puedes cortar el cinturón?

—Mi cinturón de brillantes, gira y gira volando… —decía la joven.

Ryan cortó el cinturón y entre los dos, tiraron del cuerpo hacia arriba lo más suave posible por si tenía heridas internas, además de las visibles. Porque al elevarla, vieron que una pierna tenía un ángulo extraño y la otra, varias heridas sangrantes. Uno de los bomberos los ayudó a bajar de la estructura y así la llevaron hasta la camilla.

—¿Quieres conducir tú ahora y me encargo yo de ella? —preguntó Jeff, cuando subían la camilla a la ambulancia.

—Sí, gracias.

Ryan respiró aliviado. Conducir en aquellas circunstancias no era lo que más le atraía en ese momento, pero la mujer parecía estar hecha polvo y no quería que se le muriera nadie su primer día. Así que cerró las puertas tras Jeff y se apresuró a ponerse al volante para dirigirse al hospital más cercano. Ya había llegado otra ambulancia como la suya y más de diferentes hospitales para ocuparse del resto de heridos. Por suerte, la policía se había encargado de abrir un camino para los vehículos especializados y no tuvo problema en avanzar por la autopista y llegar al hospital a los pocos minutos.

Paró en la zona delimitada para ello y bajó a ayudar a Jeff, que le tendió una cartera.

—Toma, la tenía en el bolsillo —informó—. Da sus datos en admisiones mientras la atienden, enseguida salgo.

—Vale.

Su compañero se alejó empujando la camilla y él abrió la cartera para buscar algún documento identificativo. Encontró un carné de conducir y lo entregó a la chica que había tras el mostrador.

—¿Es del accidente múltiple? —preguntó ella.

—Sí, soy de la estación cuatro, unidad medicalizada.

—Espere un momento.

Empezó a teclear. Ryan miró el resto de la cartera, y se encontró con una chapa. Redonda, con fondo blanco y un número enorme en el centro: cinco. Y debajo, entre exclamaciones, «¡Felicidades por tus cincos años sobria!».

Pues sí que lo había celebrado bien…, pensó, mientras la guardaba en el bolsillito donde la había encontrado. Allí había también una tarjeta, con las letras «AA», un número debajo y por detrás otro junto a un nombre.

—¿Algún contacto de emergencia? —preguntó la chica.

—Quizá este. —Le tendió la tarjeta—. Pone Gail y un número.

La chica lo cogió y marcó. Tras intercambiar unas palabras, le devolvió a Ryan la tarjeta y el carné.

—Vendrán ahora.

—¿Es familiar suyo?

La chica se encogió de hombros. Jeff salió en aquel momento y Ryan se acercó a él.

—¿Qué tal está? —preguntó.

—Bastante mal. Ha dado positivo en alcohol y drogas, así que encima le caerá una buena si sale de esta.

—Tenía un contacto, han llamado para que venga. —Le enseñó la tarjeta—. Creo que ha decidido celebrar su sobriedad de una manera especial.

—Madre mía. —Movió la cabeza—. Voy a ver si encuentro un café, ¿vienes?

—No, voy a esperar aquí a que venga su contacto.

—No es necesario, se encargan en el hospital.

—Ya, ya sé, pero bueno, no me importa.

Jeff le apretó un hombro y se alejó en busca de una máquina. Ryan se sentó en un banco que había junto a la entrada, sin apartar la vista de la puerta, atento a cualquier persona que entrara. No fue hasta diez minutos después que apareció una chica. Rubia, delgada, con gestos nerviosos y enormes ojeras, se dirigió al mostrador de admisiones. Le recordaba a alguien, pero no conseguía ubicar a quién.

—Soy Gail Grady. —La escuchó decir—. Me han llamado por Marge... Margory O'Malley.

—¿Es usted familiar?

—No, pero es... bueno, casi. Pero de todas formas me han llamado ustedes.

—Un segundo. —La chica miró su ordenador—. Sí, la he llamado yo. —Le tendió unas hojas—. Tiene que rellenar esto y firmar, la están atendiendo.

—¿Y no puede decirme cómo está?

—Grave. —Le dio un bolígrafo—. Puede sentarse por ahí.

Le señaló la zona de bancos y sillas y ella fue a ocupar una vacía. Con los ojos humedecidos, Gail apenas si podía leer lo que ponía en aquellas hojas. ¿Qué habría pasado? Marge era una excelente conductora, jamás había tenido ni siquiera una multa de aparcamiento.

Apoyó el bolígrafo sobre la casilla que ponía «nombre», pero antes de escribir nada, notó que alguien se sentaba a su lado y le sujetaba el papel.

—¿Necesitas ayuda? —preguntó.

Levantó la vista, agradecida, encontrándose con los ojos más grandes y azules que había visto en su vida.

—Sí, por favor —contestó, entregándole todo.

—Yo he traído a tu amiga —dijo el chico.

—¿Sabes si está bien?

—Todavía la están examinando. —No quería mentir, pero tampoco podía entrar en detalles que no conocía—. Quedó atrapada en su coche, así que… bueno, está herida.

—¿Y cómo ha sido?

—Un accidente. —La miró de reojo—. ¿Te llamas Gail Grady?

—Sí, pero ahí hay que poner sus datos.

—Sí, lo sé. ¿Eres la hermana de Talisa?

Gail abrió los ojos desmesuradamente, mirándole entonces. Claro, ahora que se fijaba, reconocía esa cara en la foto de graduación de su hermana. Sus padres la habían puesto en el salón, bien a la vista. Era uno de sus compañeros, solo que no recordaba el nombre… estaba claro que el hawaiano no era, ni el hispano.

—Sí —contestó—. Perdona, pero no recuerdo…

—Ryan. —Le tendió una mano y ella se la estrechó—. Ryan Lassek.

—Ah, ¡claro! Eres uno de los compañeros de casa de mi hermana. Nos ha hablado de vosotros, todavía no he podido ir a ver el sitio, es que… —Inclinó un poco la cabeza—. Bueno, he tenido unos meses complicados, y… ahora empiezo a recuperarme, pero…

Un médico salió en aquel momento de la zona de emergencias.

—¿Familiares de Margory O'Malley?

—Sí. —Se levantó—. Yo. Soy su… soy amiga.

—Está en quirófano. Hemos tenido que inducirle el coma, tiene una pierna rota y varias costillas, van a extirpar el bazo y veremos qué más se encuentran. Cuando tenga más información, le diremos.

—Pero… no entiendo.

—La cantidad de alcohol en sangre lo complica todo, amén de que todavía estamos esperando los resultados definitivos de toxicología y…

—No, espere, eso es un error. Ella es abstemia, no bebe alcohol ni toma drogas desde hace cincos años.

—Pues ha empezado de nuevo. Disculpe, tengo otros pacientes.

Y sin más, regresó al interior. Gail notó como si el suelo se hundiera bajo sus pies, todo comenzó a dar vueltas y durante un segundo perdió el equilibrio, pero por suerte sintió unos brazos que la sujetaban y se agarró a ellos como si fuera un salvavidas.

—Tranquila. —Escuchó la voz de Ryan—. Siéntate, no pasa nada.

—Pero ella… —Notó un nudo en la garganta, mientras se dejaba llevar de nuevo a la silla—. No puede ser. Ella no bebe. Marge es mi espónsor, no puede ser.

—Quizá tuvo un mal día.

—Pero es que… —Hipó, ahogando un sollozo—. Me ha ayudado tanto, sin su ejemplo no sé si habría podido salir y… ¿Qué voy a hacer ahora? —Se echó a llorar—. No puedo volver a caer, no puedo. Necesito tener alguien a quien llamar, alguien que me entienda cuando la tentación es tan fuerte que… Si ella ha bebido, ¿por qué yo no? No lo entiendo.

Ryan le rodeó los hombros con el brazo, dejando que se desahogara. La escuchaba balbucear y entendía por lo que debía estar pasando. Su ejemplo a seguir, la persona que la guiaba y apoyaba en los momentos más oscuros, le había fallado estrepitosamente. Y no solo eso, estaba a punto de morir como consecuencia de sus errores. Para alguien en su estado, era normal que lo viera todo negro en aquel momento.

—¿Quieres que llame a Talisa? —se ofreció, buscando alguna forma de ayudarla.

—No, no, ella… seguro que hasta está sintiendo algo ahora, tenemos una conexión especial y… —Agitó la cabeza, moviendo sus cabellos rubios de un lado a otro—. Está de turno, no quiero que se preocupe por mí más de lo que ya lo hace. Cuando salí… —Lo miró, y decidió continuar hablando. Seguro que algo sabía por Talisa y si no, ya le daba igual—. Cuando salí de mi última rehabilitación, prometí a mi familia que no recaería, que lo haría con ayuda del grupo y que no interferiría en sus vidas. Ya se la he jodido bastante. Si la llamo…

—Ella lo entenderá.

—Lo sé, pero necesito hacer esto por mí misma. Siempre está ahí, para lo que yo necesite, y creo que es hora de que ella disfrute de su momento. Acaba de empezar su sueño como bombero, no quiero estropeárselo.

Él suspiró, mirando las hojas aún sin completar.

—¿Y alguien más del grupo?

—Supongo que podría ir a una reunión luego y… Pero no sé quién podría convenirme, me costó congeniar con Marge y ella era la más sólida, por decirlo así. —Se pasó las manos por las mejillas—. Dios, qué desastre.

Recuperó las hojas y el bolígrafo y comenzó a rellenar los papeles entre algún que otro sollozo. Estaba perdida, esa era la verdad. Sí, iría a una reunión, la necesitaba como el aire que respiraba, pero cuanto más pensaba en su grupo, menos se le ocurría quién podía sustituirla. La mayoría de los más veteranos ya tenían suficiente gente a su cargo, y los que eran como ella no estaban para ser espónsor de nadie.

—¿En qué consiste? —preguntó Ryan.

—¿El qué?

—Lo de ser espónsor. Quiero decir, entiendo que es hablar contigo, cogerte el teléfono si te da una crisis…

—Sí, y venir conmigo a las reuniones también si se puede. ¿Conoces a alguien?

—No, pero… bueno, si quieres puedo intentarlo, hasta que encuentres a uno mejor.

Gail lo miró, asombrada, y él le sostuvo la mirada. Ryan no estaba muy seguro de lo que estaba haciendo, pero la chica le había producido un deseo de protección desde la primera lágrima y, además, estaba el hecho de que fuera la hermana de Talisa. Solo por eso, ya se hubiera ofrecido a ayudarla, era lo menos que podía hacer por su amiga. Solo esperaba no decepcionar a ninguna de las dos, si Gail aceptaba.

Ella se lo pensó unos momentos, mientras terminaba de rellenar el papel. No estaba segura de que funcionara con alguien que no había pasado por lo mismo que ella, pero tampoco tenía garantías con alguien así, visto lo ocurrido con Marge. Así que cuando firmó la última hoja, afirmó con la cabeza.

—Gracias —le dijo—. Espero que no te arrepientas.

—Seguro que no.

Le cogió los papeles y los llevó a la recepción. Jeff apareció entonces con un par de cafés y Ryan les presentó, explicando que era la hermana de una compañera.

—Encantado —le dijo—. Nos quedaríamos a hacerte compañía, pero tenemos que volver al puesto.

—Claro, lo entiendo. —Gail sacó una tarjeta y se la entregó a Ryan—. Mi número.

—Vale, luego te llamo para que tengas el mío.

—Gracias de nuevo.

Le dio un abrazo y ellos dos se marcharon. Jeff le dio un codazo cuando salían por la puerta.

—Bueno, al final ha acabado bien la salida, ¿no?

—Más o menos.

Mejor no entraba en explicaciones, porque ni él sabía cómo acabaría todo aquello.

—¿Ryan?

El chico se giró hacia la voz, encontrándose con su antiguo instructor.

—¡Teniente Shaw! —exclamó, estrechando la mano que Darren le tendía—. Vaya, qué casualidad. —Miró tras él, pero no había nadie más—. ¿Algún problema en la estación?

—No, todos bien. Vengo a ver a nuestro capitán, tuvimos un incidente el otro día.

—Sí, ya me contaron Talisa y Camilla. Menudo susto…

—Gajes del oficio. ¿Y vosotros? ¿El accidente múltiple? —Los dos afirmaron—. Lo he oído por la radio. —Le dio unas palmadas en el hombro—. Me alegro de verte en marcha, a pesar de que no era lo que querías exactamente.

—Bueno, no está tan mal.

Sí, el día no podía haber sido más complicado, pero se sentía satisfecho con el trabajo realizado, lo cual ya era mucho.

—En fin, ya nos veremos —dijo Darren, despidiéndose con la mano.

Ellos le devolvieron el saludo y se dirigieron a su ambulancia. Darren entró en el hospital, satisfecho de ver a otro de sus exalumnos trabajando, pero pronto su buen humor se ensombreció de nuevo, según se acercaba a la habitación del capitán Ladd. Su turno acababa de terminar, pero las horas pasadas sustituyéndole ya le parecían demasiadas. Los médicos habían recomendado reposo, pero esperaba que no se tradujera en meses, como le habían dicho en un principio.

Llamó a la puerta y se asomó; el capitán estaba sentado en la cama, dando buena cuenta de una gelatina roja. Tenía una vía y un par de máquinas conectadas, pero en general su aspecto era mejor que el día del accidente.

—Pasa, pasa —le dijo, al verlo—. Nunca hubiera imaginado que estas cosas estuvieran tan buenas, ¿quieres probar?

—No, gracias.

—Mejor, tampoco iba a darte.

Darren sonrió a medias mientras acercaba una silla y la colocaba a un lado de la cama, de frente a él para poder hablar.

—¿Cómo estás hoy, capitán?

—Bastante mejor. —Tomó otra cucharada y la movió señalando las máquinas—. Ya ves, me tienen bien controlado.

—Y… ¿qué te han dicho?

—Una semana de observación y después, reposo en casa. —Se terminó la gelatina y dejó el envase con un suspiro—. Parece que no te va a quedar otra que sustituirme. —Él movió la cabeza de forma negativa—. Mira, sé que no te gusta estar al mando de forma continuada, pero es lo que hay. Si no lo haces tú, enviarán a alguien de fuera. ¿Prefieres eso?

Darren suspiró y se cruzó de brazos. Chantaje emocional, pues sí que iba bien el tema.

—Sabes que no. Tú eres nuestro capitán.

Ladd bajó la mirada unos segundos, pensando en aquellas palabras. En todos los años que lo había sido, en Chicago y después allí, con todos los peligros que había pasado y lo cerca que había estado de aquella hubiera sido su última salida…

—Darren, sabes que no me quedan muchos años, de todas formas.

—Eso son tonterías, estás sano como un roble… —Ladd lo miró enarcando una ceja—. Bueno, un roble en horas bajas. Pero eso no significa que sea el final.

—Quizá sí lo sea.

Lo había dicho en voz baja, pero Darren, para su desgracia, lo había escuchado perfectamente. Acercó aún más la silla y se inclinó hacia él.

—¿Me estás diciendo que vas a jubilarte?

—Sí, es eso lo que te estoy diciendo. Cuando me den el alta, me retiraré.

Darren se quedó callado mientras asimilaba aquellas palabras. Se había acostumbrado a él, a su forma de trabajar, a cómo guiaba al equipo de forma eficaz y justa. Y ahora le tocaría a él… conocía el proceso de sobra: se abriría una selección a la que se presentarían varios candidatos, se realizarían pruebas y un comité elegiría al mejor para ocupar el puesto de capitán. Pero eso llevaba semanas, meses incluso, y mientras tanto, él estaría de capitán en funciones porque para eso era el suplente.

—Lo harás bien —lo animó Ladd, con una sonrisa de ánimo.

—Supongo, no me queda otra. —Se levantó y le estrechó la mano—. Será mejor que me vaya, estamos de turno y los chicos esperan noticias de ti. Cuídate, ¿vale?

—Eso seguro, esa gelatina tiene tantos conservantes artificiales que estoy seguro de que saldré de aquí con diez años menos.

A su pesar, Darren sonrió. Echaría de menos su buen humor también, eso seguro.

Regresó a la estación y, nada más entrar, avisó por megafonía para que fueran todos a la sala de reuniones. Esperó allí mientras todo el grupo se reunía y ocupaba los asientos, Camilla en primera fila y Talisa, en cambio, al otro extremo. Apenas si la veía más que en las reuniones y en las salidas; al principio había pensado que era casualidad, pero cada vez tenía más claro que la chica lo estaba esquivando. En cierto modo, lo agradecía, porque tenía un nudo de culpabilidad en el estómago por su forma de marcharse y no sabía cómo librarse de él. Ni cómo disculparse, algo que tampoco sabía si ella aceptaría, después del tiempo que había pasado. Pero suponía que tarde o temprano tendría que hacer caso del elefante en la habitación…

Se dio cuenta de que todos lo miraban, expectantes, así que carraspeó y recompuso su expresión seria.

—El capitán Ladd no va a volver —soltó.

—¡Oh, Dios mío! —exclamó Camilla, llevándose una mano a la boca—. ¿Ha muerto?

—Pero si estaba bien… —murmuró Talisa.

—¿Cuándo ha pasado? —preguntó Costa.

—¿Por qué nadie nos ha dicho nada? —intervino Haneke.

—A ver, tranquilidad, calma —dijo Darren, elevando la voz y las manos—. Que no ha muerto, está bien. Bueno, no del todo, pero no va a volver.

—No entiendo nada —gruñó Jesse.

—Cuando le den el alta, se jubilará —resumió Darren—. Así que mientras se realiza el proceso para encontrar un nuevo capitán, soy el suplente. ¿Alguna pregunta? —Camilla levantó la mano—. Zh… Camilla.

Ella sonrió, satisfecha, y sacudió su melena antes de hablar.

—Somos uno menos —dijo—. ¿Vendrá alguien a cubrir el puesto?

—Imagino que Ekekiela vendrá algunos turnos, dependiendo de las necesidades de los demás. Con una persona menos podemos trabajar, el número está calculado para este tipo de percances, así que no es problema durante una temporada. —Esperó, pero nadie añadió nada más, así que dio una palmada—. Bien, pues seguid con lo que estuvierais haciendo.

Uno a uno, fueron abandonando la sala hasta que se quedó solo. Darren miró la pizarra, con unas anotaciones de Ladd que se habían quedado ahí, como si fueran algún mensaje póstumo, y las borró precisamente por eso: el hombre ni estaba muerto ni lo estaría en un futuro próximo, así que nada de lamentarse, había que adaptarse y punto.

Lo que le recordó que ya no tenía que ocupar su cubículo como el resto, sino que tenía un despacho en el que le esperaban un montón de papeleo y una habitación en la que descansar a su gusto. Al menos eso era una ventaja, no todo era malo.

Se dirigió a la habitación común y fue a su taquilla a sacar las cosas. Cogió un petate y lo fue llenando, y después hizo lo mismo con su litera. Sacó las cosas de los cajones y las metió también. Al salir, no pudo evitar echar la vista atrás con cierta nostalgia: vale, no era el lugar más cómodo del mundo, pero lo echaría de menos. Al menos, las pocas responsabilidades que tenía, en comparación. Se giró y se detuvo de pronto, ya que estuvo a punto de llevarse por delante a Talisa.

—Perdón —dijeron a la vez.

Se miraron unos segundos. Talisa frunció el ceño e hizo ademán de pasar por un lado, justo cuando él se movía hacia el mismo. Repitió por el otro, y de nuevo se impidieron el paso.

—¿Qué tal si uno de los dos se queda quieto? —preguntó, molesta.

Él suspiró, acomodándose el petate en el hombro. Quizá todo fuera una señal de que no podía postergarlo más, que ese era el momento de hablar.

—Deberíamos… —empezó, y carraspeó—. Ven a mi despacho, por favor.

—¿Tu despacho?

—Sí, el del capitán.

—Ah, sí, claro.

No, si encima, para una vez que se quedaban solos iba a parecer tonta. ¿Qué despacho iba a ser, si no había más? Resistió la tentación de darse un manotazo en la frente y lo siguió, mosqueada. ¿Para qué querría hablar con ella?

Al pasar junto a la sala de descanso, donde Jesse y Camilla estaban jugando a las cartas, ambos la miraron extrañados, y ella se encogió de hombros, dándoles a entender que tampoco tenía ni idea de por qué la llevaba hacia allí.

Al entrar en el despacho, se quedó quieta junto a la puerta, mientras Darren se metía hasta la habitación privada para dejar sus cosas allí. Al salir se quedó parado mientras decidía cómo afrontar aquella conversación, y al final optó por el modo profesional. Profesional y, sobre todo, seguro, porque se sentó en su silla y así, de esa forma, había una mesa en el medio que evitaba cualquier contacto físico.

—Cierra la puerta, por favor, y siéntate.

Ella obedeció, más mosqueada aún. ¿Y si Ladd le había comentado algo sobre ella? ¿Sobre su conversación y el posible traslado? Porque no se le ocurría ninguna otra razón por la que la hubiera llamado. Levantó la vista hacia él y observó cómo se frotaba la gente, su gesto preocupado, y reprimió el deseo de pasar el dedo por allí, como si así pudiera borrar aquellas pequeñas arrugas que se le formaban.

—¿No quieres el puesto de capitán? —preguntó.

Él la miró, sorprendido. Vaya, ¿tan transparente era? O eso, o la rubia lo conocía mejor de lo que había pensado, porque si, había pasado tiempo desde que se vieran, pero lo que habían compartido seguía ahí: en un rincón de su memoria al que no quería ir pero que, sin embargo, su mente visitaba demasiado a menudo.

—En realidad no —confesó.

—Pero es un ascenso. ¿Es porque no es definitivo?

—No, es lo que conlleva. —Cogió unos papeles de la mesa y los agitó, molesto—. Toda la burocracia, las reuniones en la central… Es como cuando estuve en la academia. Estuvo bien, pero ya te conté… —Sus ojos se cruzaron, ambos recordando el momento—. Bueno, que yo quería volver a la estación. Esto es lo mío, la acción, las salidas.

—Todo eso seguirá igual, aunque seas capitán.

—No, porque implica lo demás. Rellenar mil informes, dar explicaciones de por qué hicimos tal o cual cosa… Por Dios, ¡si hasta tengo que presentar presupuestos para café!

Ella tuvo que reprimir una sonrisa ante aquello. Alargó la mano y cogió uno de los papeles, con cuidado de no tocarle en ningún momento.

—No han evolucionado mucho —comentó.

—¿A qué te refieres?

—A mi padre no le gustaba esta parte tampoco y muchas veces lo ayudaba, en mis ratos libres. Si quieres, puedes delegarme algunas cosas, como los temas de compras. Obviamente, los informes personales no, a no ser que quieras que me ponga «excelente» siempre, pero llevar un inventario no me supone ningún problema.

Además, la ayudaría a mantener la mente ocupada. Las noches eran aburridas y le dejaban mucho tiempo libre para divagar, de ese modo estaría entretenida.

En su asiento, Darren se echó hacia atrás y la observó unos segundos. Ella estaba mirando el resto de los papeles esparcidos por la mesa, ordenándolos con una rapidez que a él se le escapaba, ya que ni siquiera habría sabido por cuál empezar.

—Esto es lo más urgente —informó Talisa, enseñándole una plantilla de pedido—. Los repuestos y recambios de los camiones, no puedes tardar más en pedirlo.

—Vale, sí, perfecto. —Empujó todo hacia ella—. ¿Seguro que no te importa?

—No, me encanta la gestión.

Justo lo que él odiaba… genial, se complementaban a la perfección, como en la cama. ¡No! Parpadeó y miró al techo, al ordenador y a la puerta de la habitación, que se había dejado abierta.

Mala idea. La próxima vez mejor dejaba abierta la puerta del despacho y cerrada la que tenía una cama, y no al revés.

—Pero imagino que no era esto por lo que me habías llamado. —Había hecho varios montones, y repartía los papeles en ellos—. ¿Qué querías decirme?

—Ah, ya. —Carraspeó—. Talisa, creo que te debo… ¿una disculpa?

—¿Es una pregunta?

—No, es una afirmación. No debí irme así.

Ella se quedó con un papel suspendido en el aire, mientras asimilaba aquellas palabras. Bueno, más valía tarde que nunca, ¿no? Aunque la disculpa no la tranquilizó ni la hizo sentir mejor; al contrario, le dejó un regusto amargo en la boca. Porque solo eran eso: cuatro palabras, sin más explicaciones, nada.

—Ya —replicó—. Bueno, ha pasado mucho tiempo.

—Lo sé. Debí llamarte.

—Pero no lo hiciste. —Dejó la hoja y cogió otra—. Así que ya no tiene mucho sentido todo esto, ¿no crees?

—No quiero que nuestra relación profesional se vea perjudicada por… —dudó unos segundos—. Lo que pasó.

¿«Lo que pasó»? Ni que fuera un tren que había ido de una estación a otra. ¿Qué clase de disculpa era aquella? No, si con lo bien que había estado esquivándolo… durante un momento había bajado la guardia, incluso le había ofrecido su ayuda, y así se lo agradecía.

—No ha sonado muy bien —dijo él, inclinándose hacia delante. Estiró una mano y le cogió la suya, sorprendiéndola—. Talisa, no quiero decir que no fuera nada, solo…

—No sé a dónde quieres llegar. —Tragó saliva, sintiendo el calor de su piel sobre la suya, lo cual le trajo demasiados recuerdos—. ¿Por qué ahora?

—Porque te lo debo.

—¿Y si hubiera estado en otra estación? Ni nos hubiéramos visto.

—Entiendo que estés enfadada.

¿Enfadada? En aquel momento, estaba decepcionada, pero también nerviosa por estar tan cerca de él, a solas, y se dio cuenta de que no era el enfado lo que le producía aquel calor en las mejillas. Atropelladamente, recogió los montones y se levantó con ellos entre los brazos.

—Iré a ponerme con esto —le dijo—. Y sobre lo otro… no te voy a decir que está olvidado, pero sí que es mejor dejarlo así.

Y salió sin mirar atrás, o mucho se temía que se tiraría encima suyo y acabarían en la mesa haciendo cosas que no deberían. Porque por muy serio que él hubiera estado, conocía aquella forma de mirarla.

Y no podía volver a enredarse con Darren después de lo ocurrido, no si había aprendido alguna lección los dos últimos meses. No podía permitir que volviera a romperle el corazón, no era tan idiota.

—¿Qué llevas ahí?

La voz de Camilla la sobresaltó. La chica la observaba con curiosidad desde la puerta de la sala de descanso, masticando chicle con parsimonia.

—¿Dónde? —Miró sus brazos, repletos de papeles—. Ah, esto. Nada, informes y tal, es que Darren anda liado con eso de ser suplente y bueno, pues le voy a ayudar.

—¡No jodas! —Se acercó a ella, la cogió del brazo y la metió en la sala, para que no las escucharan—. Pero qué suerte tienes, cabrona. Ya me podía haber llamado a mí para que lo ayudara.

Talisa abrió la boca para contestar, pero la cerró al momento. ¿Cómo iba a decirle que la oferta de ayudar era suya, si justo se estaba dando cuenta en ese instante del follón que tenía entre manos? Todo por intentar distraerse con los papeles de la mesa para no mirarlo a los ojos, si es que no tenía la cabeza en su sitio, estaba claro. Aunque en fin, meterse con esas cosas la tendría distraída y…

—Madre mía, el tiempo que vas a pasar con él por esto —siguió Camilla.

Entonces Talisa la miró, dándose cuenta de las repercusiones de su ofrecimiento. Por intentar esquivarlo, se había metido en algo que iba a ocasionar que pasaran más tiempo juntos.

Joder. ¿Qué les pasaba a sus neuronas? ¿Se habían ido de vacaciones o qué?

—Ha sido todo muy rápido y tampoco podía decirle que no —contestó, sin saber qué decir.

—¿Por qué a mí no se me ocurren estas cosas? Estoy verde de envidia, zorra, qué suerte la tuya.

—Sí. —Suspiró—. Mucha.

—Ahora tendrás que dormir menos por el día, ¿no? Que imagino que esas cosas de noche no se pueden hacer.

—No, claro, hay sitios a los que llamar y cosas que coordinar que no se pueden hacer de noche.

Y mientras lo decía, se percató aún más de la magnitud del lío en el que se había metido. Se sentó y miró los papeles. ¡Con lo bien que había empezado la mañana! Adiós su plan de horario nocturno, sus turnos consiguiendo esquivar a Darren...

Genial. Simplemente, genial.

CAPÍTULO 5

Abby depositó el bolígrafo sobre la libreta en la que escribía y consultó el reloj: quedaban solo quince minutos para que acabara su turno. A Dios gracias, porque necesitaba salir de la estación uno y airearse. A ser posible bien lejos de Connor Pearson.

Sentada en el mostrador de la entrada no podía sacar su portátil, obvio, pero dado que debía ocuparse del teléfono y este no siempre sonaba, había cogido la libreta que utilizaba para apuntar datos de sus investigaciones. Y ya llevaba como cinco páginas de un vómito furioso y lleno de veneno contra el capitán, quien cada día que pasaba caía un poco más bajo a sus ojos.

¿Cómo era posible que estuviera tan bien visto? ¡Si era un gilipollas de categoría! Usaba la excusa de la dichosa excelencia, pero aún no le había permitido hacer ni una sola salida. Desde el incidente el primer día, se había visto reducida a ser una simple secretaria. El hecho en sí no resultaba desagradable, hasta que el hombre se había permitido felicitarla «por su labor».

Ojalá tuviera su cara delante el día que saliera publicado el artículo, porque no había dejado títere con cabeza. La estación uno era un maldito agujero lleno de testosterona y machitos, incluso peor que en la academia. Como volviera a escuchar otro chistecito sobre «estar con la regla» acabaría pegándole un puñetazo a alguien, lo veía venir.

Su móvil zumbó, así que lo cogió para comprobar los mensajes.

«¿Hacemos algo en tus días libres o tienes que teclear?», preguntaba Leona.

Abby suspiró, furiosa. Si escribía más, su cerebro explotaría. Estaba demasiado enfadada, pero tal vez la compañía de su amiga le resultara beneficioso, podría desahogarse.

«¿Una copa?», respondió.

«¡Uhhhhh, esto no me lo esperaba! ¿Voy a recogerte?»

La morena le respondió con un pulgar hacia arriba y después guardó de nuevo el móvil. Escuchó ruido de pisadas y voces, hasta que aparecieron Glenn, Jordan y Tyler charlando entre ellos. El cambio de turno era inminente y todos aparecían relajados y sonrientes ante la perspectiva de descansar los próximos días. Algo que Abby podría compartir, si la hubieran dejado salir de aquel maldito escritorio en algún momento. Llevaba tres semanas y era insoportable, pero cada vez que intentaba sacarle el tema al capitán, este se excusaba diciendo que todos habían pasado por aquello. Cosa que la joven no dudaba, aunque sí de la longitud del castigo en el tiempo. Y aún estaba esperando que Leo pasara por allí, algo que mucho temía que no fuera a ocurrir. Al verlos frunció el ceño, ¿por qué había tenido tan mala suerte? Camilla, Jesse y Talisa estaban encantados en su estación, donde sus compañeros eran decentes, ¿y a ella le tocaba la pandilla de anormales de turno?

¿Y si se trasladaba?

—Venga, mujer, sonríe un poco que estás más guapa —comentó Tyler, a lo que los otros dos reaccionaron con sendas risitas.

Abby estuvo a punto de lanzarle el cuaderno a la cabeza, pero se contuvo al ver aparecer al capitán Pearson, con su mochila al hombro y acompañado de Leo.

—¿Todo en orden? —preguntó—. ¿Alguna llamada?

—No —contestó ella, en tono seco.

Vio que el capitán la miraba interrogante, como si esperara alguna explicación más, pero continuó callada, dispuesta a no darle ni un minuto de conversación gratuito. Connor sacudió la cabeza y con un gesto dio a entender a sus chicos que podían irse.

—Disfrutad —deseó—. Yo me quedo hasta que llegue la caballería. ¿No te marchas, Leo?

—Sí, nos vamos ya —comentó este, señalando a Abby con la cabeza—. Compartimos coche.

—Bueno, podéis marcharos también, que llegarán en tres minutos. Aquí la puntualidad es…

—Impecable —terminó Abby, cogiendo su libreta.

Connor alzó una ceja, dudando entre si reprenderla o no. Pero, ¿iba a echarle la bronca por terminar una de sus frases? No, bastante enfadada se la veía ya. Comprendía que estar en el teléfono le molestara, pero era un trámite por el que todos debían pasar, y además así evitaba escenitas innecesarias.

—Me cambio en un minuto —le dijo la chica a Leo, pasando por su lado.

Desapareció escaleras arriba, en dirección a su taquilla. Una vez solos, Leo y Connor permanecieron en una especie de silencio incómodo y tenso hasta que el capitán carraspeó.

—Tiene genio —comentó.

—Sí, es verdad, pero es muy válida.

—Bueno, eso lo decidiré yo cuando sea el momento.

—Claro, no pretendía…

—No te preocupes. Tendrá su oportunidad.

Connor lo dejó con la palabra en la boca para acercarse hasta la puerta y saludar al equipo que se incorporaba en ese momento.

Leo se mantuvo cruzado de brazos, observando la escena desde el mostrador. ¿Cuándo iba a tener Abby su oportunidad, si apenas la dejaban hablar y mucho menos despegarse del teléfono? Era demasiado pronto para llevarle la contraria al capitán, y este tampoco le inspiraba la suficiente confianza, pero hasta él veía que el trato que recibía la chica era del todo injustificado, además de injusto. Ojalá tuvieran un capitán como Darren: según le habían contado sus amigos, se portaba bien y siempre estaba dispuesto a echar una mano. Connor no daba pie a nada de eso, ni siquiera con el resto del turno con los que llevaba tiempo. Si se encontraban charlando o bromeando y entraba el capitán, todos se callaban y era como si el aire dejara de circular. Eso no podía ser bueno, por muy «excelente» que fuera el capitán.

Abby bajó con la ropa de calle y la mochila en un hombro. Le dio un toque para que se fueran y pasó saludando al turno que entraba, pero ignorando al mismo tiempo al capitán, al que ni se molestó en mirar.

—He quedado con Leona —informó la morena, nada más poner un pie en la calle—. Necesito copas, muchas copas. No puede tardar mucho, así que si quieres irte no hay problema.

—Vale.

—¿O te apetece unirte?

—Ah, ¿seguro?

—Pues claro. —Abby le apretó el brazo—. Eso sí, te aviso de que durante un buen rato me dedicaré a insultar a ese hombre de las cavernas y a sus estúpidos subordinados.

—Vaya, no sé cómo resistirme a esa proposición… —bromeó Leo.

—Haz lo que consideres, pero si vienes que sea a participar —se burló ella—. Mira, ahí llega, ¿nos sigues con el coche?

Leo afirmó, saludando con la cabeza a la amiga de Abby cuando esta detuvo el vehículo.

—¡Hey, chico mono! ¿Te vienes de copas?

—Ya me conoces, Leona, nunca digo que no a las proposiciones indecentes.

—Pues ya tardas.

Leo subió a su coche y las siguió durante un trayecto de unos quince minutos. Aparcó en la zona de la playa, así que dedujo que se encaminaban al Crystal Lounge, un sitio al que iban a menudo debido a las preciosas vistas y a una maravillosa carta de cócteles. Se reunió con ellas en la terraza, donde la suerte les sonrió y ocuparon una mesa que justo acababa de quedar libre.

Abby aspiró el olor a mar y cogió la carta con una mueca de satisfacción.

—Quiero todo —dijo.

—Empecemos por una ronda y luego seguimos —intervino Leo, temiendo tener que llevarlas hasta su piso si se emborrachaban demasiado.

—Joder, Abby, ¿de qué iglesia has sacado a este chico? —refunfuñó Leona—. ¡Que parece que tienes ochenta años, Leo!

—Venga, decidme qué queréis, que voy a la barra. —Él la fulminó con la mirada.

—Mira, tú trae dos jarras grandes de margaritas —pidió Abby, cerrando la carta.

—¿Dos jarras? Estáis locas, y no pienso hacer de taxi con las dos, que conste.

—Para algo están los taxis de verdad.

—Por favor, Leo. —Abby lo miró, suplicante.

Leo dejó la carta y se incorporó para meterse dentro del local, con el ceño fruncido. Cada vez que Abby quería algo solo tenía que poner esa cara y allí iba él, como los idiotas, a tirarse de cabeza si era necesario. No podía ser, debía equilibrar esa relación, ella tenía demasiado poder y no era justo.

Se sentó en la barra, sin quitar su expresión enfurruñada. Aquellas dos se iban a tomar dos jarras de tequila y a saber qué más, y por mucho que renegara, sabía que sería incapaz de dejarlas allí solas o de permitir que cogieran sendos taxis. Terminaría por meterlas en el coche, parar si necesitaban vomitar, y al final dejarlas sanas y salvas en sus apartamentos.

Mierda, a veces no sabía por qué era tan buen tío, la verdad.

—Siempre tardan una eternidad en atenderte —murmuró una chica a su lado, resoplando.

Leo se giró por si le hablaba a él, y al darse cuenta de que así era, se encogió de hombros.

—Demasiados alcohólicos juntos en el mismo lugar —contestó.

La chica soltó una risita al oírlo. Parecía demasiado joven para estar allí, pero eso no era asunto suyo, de modo que suspiró.

—Es jueves —volvió a decir ella—. Los jueves todos los universitarios salimos de estampida, es la operación pre-fin de semana.

Eso explicaba que pareciera tan joven, porque lo era. Como mucho tendría veintiuno, la edad justa para poder estar allí bebiendo.

—Sí, recuerdo esa etapa, el fin de semana empezaba pronto.

—Tampoco la habrás dejado atrás hace mucho, ¿no?

—Unos años. No tantos como para desentonar, pero los suficientes para no echarlo de menos.

—Sí, ya me lo imagino. Salir de fiesta es divertido, pero la odisea hasta conseguir la bebida no lo es en absoluto —se rio la chica—. Aun así, no puedo volver a la mesa sin alcohol. Mis amigas parecen el autobús de los Gremlins.

Leo soltó una carcajada justo cuando se acercaba el camarero. Llevaba prisa, como siempre les pasaba a los camareros en los locales de copas de moda, y no escucharía el pedido sino a medias, pero no podían desaprovechar la oportunidad.

—Adelante —ofreció Leo, con una sonrisa.

—¿De verdad? Pero tú estabas aquí antes.

—No te preocupes, no tengo que madrugar para ir a clase. —Y le guiñó un ojo.

—Muchas gracias. —Ella le devolvió una sonrisa brillante antes de mirar al camarero, que aguardaba a que se decidieran—. Ocho gelatinas de vodka y una jarra grande de mojito.

La joven observó cómo se marchaba y estiró la mano hacia Leo.

—Soy Skylar —se presentó.

—Y yo Leo.

—¿Quieres sentarte conmigo y con mis amigas, Leo? Después de lo amable que has sido, es lo menos que puedo hacer.

—Vaya, te lo agradezco mucho, pero he venido acompañado —se excusó él—. No son ocho Gremlins, pero también beben en condiciones.

—¿Vives por aquí?

—No, qué va, solo venimos por los cócteles, ya sabes. Hay que relajarse un poco después de trabajar.

—¿Sales tan tarde de trabajar? Joder… —dijo ella con una mueca.

Leo abrió la boca para responder, pero en aquel momento el camarero regresó para depositar la jarra de mojito ante la muchacha. Ella sacudió su melena color caramelo mientras echaba mano de la cartera.

Casi mejor, Leo no sabía qué hacía dando conversación a una desconocida de la que ni siquiera tenía claro que tuviera edad suficiente para estar allí. Mejor dejarse de líos.

—Toma y toma —decía el camarero, acercando la bandeja con las gelatinas.

—Gracias. —Ella le entregó unos billetes y se giró hacia Leo—. Y a ti también, por dejar que me cuele… es una pena que no quieras sentarte un rato con nosotras, pero me ha encantado conocerte.

Le dio unas palmaditas antes de coger la jarra con una mano y la bandeja con la otra, y se alejó a toda velocidad hacia una mesa que había al fondo del local.

Leo hizo su pedido entonces, y al pasar la mano por el sitio donde ella le había tocado, descubrió una tarjeta asomando del bolsillo de la cazadora. Había un número de teléfono impreso y el nombre de la joven: Skylar Johnson.

La buscó con la mirada, alegre y despreocupada mientras sus amigas reían a carcajadas.

Demasiado joven, se dijo, agarrando las jarras de margarita. Mejor que volviera a su mesa, donde le tocaría escuchar a Abby desahogarse mientras Leona le daba cuerda sin parar.

Menuda nochecita le esperaba.

Camilla se acomodó en uno de los sofás y cogió el mando, justo cuando Jesse alargaba la mano hacia el objeto desde el otro lado.

—Yo he llegado antes al salón —protestó él, al verla cambiar de canal.

—Ya, pero no has cogido el mando, que es el símbolo de poder. Así que… —Avanzó varios canales hasta para en uno—. Mira, este es divertido.

—¿Tatuajes? —La miró—. ¿No querías dejar todo eso atrás?

—Y esto me recuerda por qué. Son tatuajes a ciegas.

—¿Cómo, a ciegas?

—Van dos amigos y cada uno decide qué se va a tatuar el otro. A veces la cosa está bien y es gracioso, y otras… ¡adiós amistad!

Se rio y Jesse la miró como si estuviera loca. Con lo que le gustaban los tatuajes, desde luego que no ponía pegas a que cada uno se hiciera lo que quisiera, pero ¿a ciegas? Ni loco dejaría que le tatuaran algo sin saber qué iba a ser. Y vista la cara con la que la chica disfrutaba del programa, se podía imaginar que ella sería de las que escogería putear al amigo.

—Dentro de media hora hay partido —comentó, a ver si pillaba la indirecta.

—¿Partido de qué? Porque anda que no hay deportes.

—Fútbol americano, juegan…

—Bah, como si me importara. —Se encogió de hombros—. Pero mira, a esto no le queda mucho, y si haces palomitas, luego te dejo el mando.

—Chantajista.

Ella le sonrió con inocencia. Jesse se levantó y se dirigió a la cocina, cediendo. Mientras le dejara ver el partido, no le importaba preparar unas palomitas. Al fin y al cabo, solo era meterlas en el microondas y listo.

Mientras esperaba a que el aparato dejara de dar vueltas, escuchó que su móvil sonaba desde el salón.

—¡Te llaman! —le gritó Camilla, por si no lo había oído.

—¡Da igual, luego lo miro!

Pero dejó de escuchar el sonido, lo cual le mosqueó, porque apenas si había dado un par de tonos. Se asomó al salón, por si acaso, y se encontró con que sus peores temores se habían hecho realidad: Camilla tenía el teléfono pegado a la oreja.

—Móvil de Jesse Cortez —decía—. ¿Quién le llama?

Él le arrebató el teléfono, miró la pantalla y colgó al momento, palideciendo.

—Chico, ni que hubieras visto un fantasma.

—¿Quién te ha dado permiso para coger? —replicó Jesse, apretando el móvil en la mano.

—Creí que habías contestado que cogiera.

—No, no te he dicho eso. Además, ¿qué ponía en la pantalla?

—«No coger».

—¿Y eso no te ha dado ninguna pista?

—Yo qué sé, cada uno guarda sus contactos como quiere. Pensaba que quizá era una de esas claves y que en realidad sí había que coger.

Él estuvo tentado de tirarle el móvil a la cabeza, pero se lo pensó mejor y lo guardó en el bolsillo.

—No vuelvas a hacerlo —gruñó.

—Vale, vale, perdona. —Escucharon un pitido—. ¿Las palomitas?

Jesse regresó a la cocina, refunfuñando algo sobre la privacidad y los móviles personales. Echó las palomitas en dos boles y, al regresar, le entregó uno.

—Y… —empezó Camilla, tras meterse un par de puñados y masticar con parsimonia—. ¿Quién era?

—Nadie.

—Hombre, alguien era. Me ha dado tiempo a escuchar una voz de mujer… y no era tu madre, lo cual me ha dejado bastante intrigada, porque a ti no es que te llamen hordas de mujeres. —Jesse le tiró unas cuantas palomitas a la cara—. Huy, y encima te pones violento. Así que sí es «alguien».

Él la miró, dudando unos segundos. Aunque se llevaban bien y su nivel de confianza era elevado, aún había parcelas de su vida privada que no había compartido con sus amigos y compañeros de casa. Y tampoco era un tema del que le gustara hablar demasiado.

Pero entonces, su móvil comenzó a sonar y vibrar de nuevo, y lo sacó del bolsillo con el ceño fruncido.

Ahí estaba, ella otra vez. ¿Qué demonios querría? Llevaban meses sin hablar, desde que firmaran los papeles. Acercó el dedo al símbolo de rechazar… pero no llegó a pulsarlo. ¿Y si seguía insistiendo? Debería haberla bloqueado, todavía estaba a tiempo. Pero en lugar de eso, le dio al botón de contestar y se levantó para salir del salón, ante la mirada curiosa de Camilla.

—Espera —dijo, llevándose el móvil a la oreja. Subió a su habitación y cerró la puerta—. ¿Qué quieres?

—Hola, ¿qué tal estás?

¿Y le preguntaba eso sin más? ¿Cómo si no hubieran pasado meses, como si se hubieran visto el día anterior?

—¿Qué quieres, Vanessa?

—¿Estás enfadado?

—¿Es una pregunta en serio?

—Ya sé que hace mucho que no hablamos.

—Desde que estuvimos firmando con los abogados, sí. —Ella suspiró al otro lado del teléfono—. Está todo finiquitado, así que no sé qué…

—Quiero verte.

Aquello lo dejó mudo unos segundos. ¿Verlo? ¿Para qué?

—Mira, si quieres ver a un tío, ya tienes a Rex.

Y alejó el teléfono, dispuesto a colgar, pero entonces la escuchó contestar:

—Ya no.

Jesse miró la pantalla, imaginando su cara tras ella. Aquella que lo había enamorado, que le había hecho perder la cabeza como nunca en su vida, para luego traicionarlo de la peor manera posible.

—¿Jesse? ¿Hola? ¿Sigues ahí? Necesito verte, quiero hablar sobre lo que pasó y… ¿Jesse? Te echo de menos.

Él se acercó el móvil de nuevo, apretando los labios al escucharla. No.

—No me llames más —farfulló.

Y colgó. Al momento volvió a llamar, pero Jesse rechazó la llamada y tiró el móvil a la cama como si quemara.

Ni hablar, no volvería a hablar con Vanessa. No iba a caer de nuevo.

Regresó al salón sin el teléfono, ignoró la mirada de Camilla y recuperó el bol de palomitas.

—Oye, no te enfades —dijo ella—. De verdad que no te he oído y…

—Quedan veinte minutos para el partido y cambio, recuerda el trato.

Ella cerró la boca, decidiendo no insistir en el tema y ser cauta por una vez, ya que nunca le había visto con aquella expresión, como si estuviera dolido. Deslizó el mando hacia él como ofrenda de paz sin decir nada, ya habría otra ocasión.

Escucharon la puerta de la entrada y Talisa entró, cargada con dos bolsas, una carpeta y sacudiéndose el pelo como si fuera un perro mojado.

—¡Lo de la tormenta parece que iba en serio, joder, cómo llueve!

Para Camilla fue una bendición que apareciera su amiga, así se rompería un poco la tensión que había generado la misteriosa llamada recibida por Jesse. Que tendría que investigar, ya puestos, porque si tenía algún cotilleo sabroso necesitaba saberlo, aunque aquel no fuera el mejor momento.

—¿Por qué vienes tan cargada? —preguntó—. Por favor, dime que traes comida ahí.

—Traigo comida.

—¿Pero en plan genérico, o has pensado en cada uno de forma individual?

Talisa se aproximó a los dos, abrió una de las bolsas y sacó un par de paquetes.

—Hamburguesas para todos, la tuya sin mostaza y con lechuga. Para Jesse esos tacos grasientos que tanto le gustan. —Le guiñó un ojo—. Voy a dejar todo esto en mi cuarto, que me he tenido que traer algo de trabajo a casa, y enseguida bajo. No toquéis mis patatas, os aviso.

—Prométeme que siempre vivirás conmigo —se burló Camilla, dándole una palmadita en la cadera al verla pasar por su lado. Volvió a mirar a Jesse—. ¿Ves? Ya puedes quitar esa cara, que unos tacos le animan la noche a cualquiera.

—Es verdad. —Él cogió su bolsa y desplegó la comida sobre la mesilla—. Me muero de hambre. ¿Qué es eso de que se trae trabajo a casa?

—Papeleo, está ayudando a Darren.

—Madre mía, entre una cosa y otra se pasa media vida metida en su despacho. —Jesse se metió medio taco en la boca al mismo tiempo que cambiaba de canal—. Veo que no ha cambiado nada desde la academia.

Camilla asintió, pero segundos después asimiló la frase que acababa de escuchar y carraspeó.

—¿A qué te refieres? —preguntó.

—¿De qué?

—A lo que acabas de decir.

—Pues eso, que en la academia era la que más veces terminaba en su despacho con diferencia. Entre las broncas, la enfermería, los entrenamientos y a saber qué más lo ha tratado bastante más que el resto de nosotros.

—Ah, ya. Sí, es verdad.

Camilla se recostó contra el sofá, jugueteando con su comida pensativa. Jesse apartó la mirada unos segundos del partido al notar que se quedaba callada y alzó una ceja.

—¿Qué te pasa?

—No, nada. Sube eso, anda, que no se oye bien.

Jesse obedeció, centrando su atención de nuevo en el televisor mientras ella no dejaba de dar vueltas a las palabras del chico. Palabras que le parecían absurdas y que no tenían sentido, ¿qué trataba de insinuar Jesse? Le dedicó una mirada inquisitiva, pero se dio cuenta de que él siempre decía las cosas a la cara, no con rodeos, o sea que su comentario había sido sin mala intención.

Retrocedió atrás en el tiempo, pensando en la época en la academia. Y sí, era cierto que bien por una cosa u otra, Talisa había tenido un contacto con Darren ligeramente superior al resto, pero tenía explicación, ¿no? Los entrenamientos extra era algo que siempre estuvo ahí, desde el principio, y veía lógico que su instructor tuviera algo que decir al respecto. Lo de la enfermería igual, la rubia no se había tirado sola por el agujero, sino gracias a Ekekiela. Y todo así, como rezaba el título de esa película, Una serie de catastróficas desdichas.

Camilla sacudió la cabeza intranquila. Aquello no eran sino tonterías que se le pasaban por la cabeza, alentadas por el hecho de que su coqueteo perpetuo con Darren no parecía sufrir efecto alguno. Pero sería por otro motivo, estaba segura.

Talisa fue a su cuarto a quitarse la ropa mojada y dejar la carpeta con parte del papeleo que se había traído consigo. Así podría adelantar algo en sus días libres para después no tener que pasar tanto tiempo alrededor de Darren, que parecía que hiciera lo que hiciera todos los caminos la llevaban hacia él.

«Si me engañan una vez no es culpa mía, si me engañan dos sí», se repitió.

Lo que debía hacer era centrar sus recuerdos en esos dos últimos meses después de que la dejara plantada sin explicación alguna, y no pasar los minutos pensando en borrar las arrugas de su cara con el dedo. Si las neuronas estaban de vacaciones, más le valía traerlas de vuelta, aunque fuera del pescuezo.

Se sintió mejor y un poco más entera después de hacerse el recordatorio, así que salió del cuarto para acercarse hasta la habitación de Ryan. Se apoyó en la puerta para ver si oía movimiento, pero dentro todo estaba en silencio. Dio dos golpecitos y abrió una rendija: el cuarto estaba a oscuras y el chico dormido en la cama boca abajo.

—Ryan —susurró—. ¿No tienes hambre? He comprado comida para la cena.

Escuchó un murmullo y él alzó la cabeza, adormilado.

—¿Qué hora es? ¿Cuánto he dormido?

—La hora de cenar, Ekekiela llegará en seguida. ¿Puedo hablar contigo un minuto?

—Vale —murmuró el chico—. Pero no des la luz, que estoy sin peinar.

Talisa soltó una risita y entró, cerrando la puerta tras ella. Se fijó en que Ryan tenía la ventana abierta, por lo que corría el aire y se escuchaba la lluvia.

—No me gusta estar cerrado —comentó él, frotándose los ojos mientras se incorporaba en la cama.

—Ya veo…

—Creo que sé por qué quieres hablar conmigo —se adelantó él mientras encendía la luz de la mesilla— Gail.

La chica se sentó en una esquina de la cama. Justo cuando esperaba a que le prepararan el pedido, su hermana había telefoneado para charlar con ella un poco de todo, y entre medias le había dejado caer algo sobre Ryan y que este era su nuevo espónsor. Como siempre, la información que provenía de Gail era confusa y poco detallada, así que Talisa prefería hablar con el chico.

—Sí, es sobre eso. Verás, me ha contado una historia algo extraña que más bien parece el argumento de una novela romántica barata.

—Eh, de barata nada —se quejó Ryan.

—Bueno, cuéntamelo tú.

—Es más sencillo de lo que parece. Me tocó un accidente triple y la víctima era el apoyo de Gail, así que estaba su teléfono para avisar de emergencias… cuando llegó y escuché su nombre supe que era tu hermana, por eso me ofrecí a ayudarla.

Talisa lo observó, entrecerrando los ojos unos instantes.

—A ver, que todo es con buena intención, no pienses nada raro. Estaba muy nerviosa al saber que se había quedado sin espónsor y temí que eso la hiciera recaer, así que me ofrecí a serlo hasta que encuentre a alguien mejor.

—¿Y lo vas a hacer de verdad?

—Claro, quiero ayudar, en serio.

—¿Lo has hecho alguna vez? —Ryan negó—. Ryan, es demasiada responsabilidad. No te haces una idea de lo complicado que es este tema.

Él se frotó la frente, sin saber qué decir.

—No quiero que esto te repercuta en el mal sentido —añadió Talisa—. Créeme, he pasado por ello varias veces. No puedes implicarte demasiado, hazme caso.

—Pero, ¿no confías en mí?

Ryan no sabía si sentirse molesto o no por las palabras de la rubia. Pensaba que se llevaban bien y que se fiaba de él, pero si se veía en la necesidad de advertirle que…

—No se trata de ti, sino de ella. No me fío de ella. Ya he recorrido este camino muchas veces, y te agradezco que quieras ayudarla, pero sé cauteloso. Conozco bien a Gail.

Estuvo a punto de añadir algo más, pero se calló a tiempo. Por un lado, que Ryan estuviera a su lado la tranquilizaba, porque tenía la cabeza muy bien amueblada. Pero, por otro lado, temía que su hermana lo fuera minando poco a poco. Peor, que el lado seductor de Gail lo hiciera caer y después regresaran a la misma historia de siempre, esta vez con una nueva víctima en la lista. No quería que Ryan pasara a engrosar la rueda, pero no sabía bien cómo advertírselo sin que la malinterpretara.

Bueno, a ver cómo iban las cosas, por el momento lo dejaría fluir, ya que tampoco podía hacer mucho excepto apoyar a ambos y rezar porque saliera bien.

—Tranquila —comentó Ryan—. Te mantendré al corriente de todo. Creo que lo mejor será que hagamos equipo los tres, ¿qué te parece?

Talisa asintió. Pese a los palos que se había llevado con Gail, uno tras otro, siempre quería pensar que esa vez sería la última. No podía rendirse, ¿verdad?

—¿Qué has comprado? ¿Hamburguesas? —Ryan se frotó el estómago, esperanzado.

—Sí. Hamburguesas, y Jesse ha puesto el partido. —La rubia se incorporó de la cama—. Así que vístete y baja, anda.

—No tienes que decírmelo dos veces. —Ryan le guiñó un ojo.

CAPÍTULO 6

—Menuda cara que traes —comentó Leo, cuando Abby se subió a su coche.

—Le emoción del trabajo, ya sabes.

—Pensaba que entre la salida de la otra noche y los días libres te habría dado tiempo a calmarte un poco.

—No creas.

Sobre todo, porque gran parte de ese tiempo libre lo había dedicado a pasar a limpio y revisar el artículo, especialmente la última parte en la que despellejaba a su estimado capitán Connor Pearson. Pero claro, eso no podía decírselo. Además, para terminar de redondear su ánimo, Scott no le había llevado a Deke ningún día con el pretexto de que, al ser entre semana, tenía clase. Eso lo entendía, pero también podían haber quedado un rato en el parque después del colegio, por ejemplo. Últimamente lo notaba más distante; había pensado que era cosa de ella, por sus problemas en la estación, pero ya no lo tenía tan claro. De pronto, como si le estuviera invocando con su mente, recibió un mensaje suyo en el móvil.

—Vaya —murmuró.

—¿Qué pasa?

—Es Scott. Dice que va a pasar luego con Deke a la estación, que le hace ilusión verme con el uniforme trabajando.

—Qué bien, ¿no?

—Sí, espero que al imbécil ese no le importe.

Leo no necesitaba preguntar a qué imbécil se refería, lo tenía bastante claro.

—No creo, los demás han tenido visitas sin problema.

—Como si nos tratara a todos de la misma manera —refunfuñó.

—Bueno, sé positiva, al menos vas a ver a tu hijo, no te amargues con lo demás. Seguro que hoy no te pone a contestar el teléfono.

A Abby se le ocurrían otras mil maneras que tenía el capitán para putearla, pero se calló: Leo tenía razón, para una buena noticia que recibía y no la estaba disfrutando. Le contestó a Scott que le diría la mejor hora en cuanto llegara, no fuera a haber alguna emergencia y tuvieran que salir corriendo, y se guardó el móvil con una sonrisa, pensando en lo que el pequeño iba a disfrutar viendo los camiones y toda la parafernalia.

Llegaron a la estación quince minutos antes de la hora, pero aun así, se apresuraron a entrar para cambiarse y estar sentados en la sala de reuniones los primeros. Por lo menos, Connor no podría reprocharles ni un solo minuto de tardanza.

Poco a poco fueron llegando los demás y ocupando los sitios alrededor de la mesa, hasta que entró él y miró el reloj.

—Perfecto —dijo—. Así me gusta, todos a la hora.

Se puso frente a ellos y procedió a resumir lo que había ocurrido los turnos anteriores, como era su costumbre. Continuó con las salidas programadas que tenían, que en esa ocasión se limitaban a un par de apoyos a la policía en unos eventos, y al terminar sacó su lista de tareas internas. Esa que Abby odiaba con todas sus fuerzas.

—Bien, pasemos a la estación —dijo, apoyando el bolígrafo en el papel—. Cocina, Jordan y Tyler. Teléfono, Leo. Glenn, revisión de camiones. Abby, inventario.

Ella frunció el ceño, el mismo que había relajado al ver que no le había tocado la recepción, pero aquello no sonaba mucho mejor. Levantó la mano.

—¿De qué? —preguntó.

—De todo. —Le entregó una carpeta—. Aquí tienes las listas que debes comprobar. Anotas las cantidades al lado de cada descripción, es sencillo.

—Sí, tranquilo, que contar ya sé.

Se dio cuenta de que había sonado muy brusca, sobre todo teniendo en cuenta que tenía que hablar con él sobre su visita familiar, pero aquel hombre la sacaba de quicio.

—Reunión terminada —dijo él.

Se marchó de la sala y Leo se acercó a Abby con una sonrisa.

—¿Ves? Ya no estás en el teléfono. Y no me digas que el inventario es peor, que al menos es un cambio.

—Ya, en eso tienes razón. —Suspiró—. En fin, voy a hablar con él, a ver a qué hora se pueden pasar Scott y Deke.

Leo le dio un empujoncito cariñoso y salió con ella, para ir a ocupar la silla en la recepción. No hacía falta que estuviera allí sentado todo el tiempo, para algo había un timbre si se presentaba alguien, pero así se hacía al sitio y, además podría ver con tiempo cuando se presentaran Scott y Deke. Le había sorprendido tanto como a Abby aquel mensaje, puesto que su amiga le había contado que la relación no era tan fluida como había pensado. En la graduación especuló con una posible reconciliación entre ellos, pero se dio cuenta de que todo había sido un espejismo. Aunque eso no significara que Abby se acercara más a él. Tampoco era que se alejara, simplemente, seguían como amigos y no había ningún atisbo de otra cosa.

Elevó la mirada y la vio delante de la puerta de Connor, así que levantó el pulgar para darle ánimos.

Abby le devolvió el gesto y llamó un par de veces. Escuchó la voz de Connor desde el interior, así que se asomó.

—¿Puedo pasar? —preguntó.

Él la miró sorprendido. ¿Qué querría ahora? Precisamente la había quitado del teléfono para evitar protestas y porque no quería hacer distinciones entre ella y Leo, que era igual de novato. Pero seguro que la chica no estaba contenta tampoco y quería dejar su opinión bien clara. Le hizo un gesto con desgana para que pasara, y Abby se sentó en la silla frente a él.

—Tú dirás. —Connor se cruzó de brazos, con su habitual gesto serio.

—Hoy viene a verme mi hijo y solo quería saber si era mejor ahora por la mañana o por la tarde.

Aquello lo pilló desprevenido. ¿Un hijo? ¿Desde cuándo? Bueno, imaginaba que un buen tiempo o no podría decidir por sí mismo, pero no tenía ni idea de que estuviera casada. Y eso que tenía las fichas personales de todos, pero a las partes familiares no solía prestarles mucha atención, le interesaba más lo que podían o no hacer, no su vida personal.

—No sabía que estuvieras casada —dijo.

—Bueno, esa es una deducción un poco machista.

—¿Perdona?

—¿Por qué debería estar casada por tener un hijo? Podría ser madre soltera. O lesbiana.

—Las mujeres también se casan.

—Ese no es el tema.

Él se inclinó hacia atrás, tamborileando la mesa con los dedos.

—¿Siempre estás tan a la defensiva?

Bueno, lo que le faltaba por oír. Abby se envaró, dispuesta a soltar un buen discurso, pero su móvil vibró en el bolsillo… y recordó por qué estaba allí, así que decidió dejarlo para otro momento. Ya se desahogaría, ya.

—Da igual —contestó—. ¿Pueden venir o no?

—¿Pueden? ¿En plural?

—Claro, mi hijo acaba de cumplir nueve años, obviamente tiene que venir con alguien.

—¿Tu marido?

«Y dale…».

—Mi ex.

¿Y qué le hubiera costado dar toda la información desde un principio?, se preguntó Connor. No se había parado a pensar en cuántos años tendría el niño en cuestión, pero claro, no podía ser muy mayor porque ella tampoco lo era. Y estaba divorciada… claro, con ese genio, cualquiera la aguantaba. Carraspeó, porque si decía eso en voz alta, sonaría incluso peor.

—Por la mañana —contestó—. Avisa a Leo, dale sus datos para que los deje pasar. —La miró, levantando una ceja—. Aunque imagino que ya los conoce porque sois amigos, ¿no?

—Sí. —Se incorporó y dudó un segundo—. Gracias —dijo, al fin.

Salió con la última palabra atascada en la garganta. Cogió el móvil y le envió un mensaje a Scott, quien confirmó que llegarían en menos de una hora, y fue a avisar a Leo.

—¿El capitán no te ha puesto pegas? —preguntó este, en voz baja.

—No, nada. Imagino que mientras no tengamos ninguna actividad programada ni emergencia, no hay problema.

El teléfono comenzó a sonar, así que dejó a Leo con la llamada y se fue a comenzar el inventario, así al menos se entretendría hasta que llegaran Scott y Deke. Antes pasó por su taquilla y cubículo para asegurarse de que estaba todo en orden. Vaya, era como cuando sus padres iban a verla en la universidad y quería causar buena impresión: tenía la misma sensación. Solo que en aquel momento ella era la adulta y debería ser al revés, pero no se sentía así.

Había terminado de revisar el armario de la limpieza cuando Leo le envió un mensaje avisando de que habían llegado. Se dirigió a la entrada con una gran sonrisa, que se amplió al ver a su hijo. ¿Había dado un estirón? ¡Pero si no había pasado tanto tiempo desde la última vez que lo viera!

—¡Mamá!

Al verla, Deke agitó la mano mientras con la otra seguía cogido de su padre. Abby se acercó y se agachó para abrazarlo.

—Madre mía, ¡si estás enorme!

—Crezco muy rápido, dentro de poco voy a ser como papá. —Lo miró de reojo y se acercó a su oído para susurrar—: O como tú, y así me puedes dejar tu uniforme.

Abby se rio y lo abrazó de nuevo antes de incorporarse.

—Lo veo más alto —comentó.

—Sí, ha crecido. —Scott le revolvió el pelo—. ¿Nos enseñas todo esto? Está muerto de curiosidad por ver lo que hace su mamá.

—Te voy a hacer un recorrido VIP.

Le guiñó un ojo y extendió la mano para que se la cogiera, lo cual el niño hizo sin soltar la de su padre. Y así, como si fueran una familia feliz, Abby los llevó hasta los camiones. La explicación técnica que comenzó a realizar no duró ni tres frases, puesto que lo que le interesaba a Deke era subirse, ver qué botón era el de la sirena, cuál extendía la escalera… Abby lo dejó meterse en las cabinas y curiosear todos los compartimentos; el entusiasmo del niño era contagioso y su forma de ver las cosas la hizo sonreír. Si todo fuera tan bonito y emocionante como a él le parecía…

Prácticamente tuvieron que arrastrarlo de allí para recorrer el resto de la estación, pero solo el tubo de descenso le causó el mismo entusiasmo: la zona de entrenamiento, las literas y la cocina apenas si las observó. En la zona de descanso estaba Connor, que apenas si levantó la vista de su periódico para saludarlos con la cabeza, a pesar de que el niño pasó como una exhalación por su lado para ir al futbolín.

—¿Lo dejamos unos minutos ahí entretenido? —sugirió Scott—. Hay una cosa que quiero comentarte.

—Ah, vale, pues… No sé si molestará al capitán…

Connor miró a Deke y luego a ella al escuchar aquella frase.

—Tranquilos, de aquí no se escapa —dijo.

—¿Juegas tú conmigo? —preguntó Deke, girando los mandos de un lado.

—Seguro que tú solo puedes.

—Que no, que esto es de dos.

Connor dejó el periódico con un suspiro y se fue al futbolín. No era lo que más quería en aquel momento, pero había notado el tono serio en la voz del padre y suponía que quería hablar a solas con Abby, así que, a su pesar decidió hacerle el favor de vigilar al pequeño. Se colocó al otro lado y cogió los mandos, aunque sin moverlos demasiado.

Desde la puerta, Abby se quedó un poco descolocada por aquel gesto, pero no dijo nada y se alejó un par de metros para hablar con Scott. Desde allí podían ver a Deke, aunque él no los oiría.

—¿Qué pasa? —preguntó.

—Mira, no quiero que te lo tomes a mal ni que discutamos, pero creo que es hora de arreglar el tema de la custodia.

—¿Qué?

—Deke necesita una estabilidad y ahora mismo tenemos muchos flecos pendientes. Lo mejor sería que tuviera unas visitas organizadas, que supiera cuándo va a estar con cada uno de nosotros.

Abby frunció el ceño. Se habían dado un tiempo, ¿y ahora venía con el tema de la custodia de nuevo? Si apenas habían pasado… bueno, sí, más meses de los que había pensado, ahora que se daba cuenta.

—Mi abogado va a solicitar la custodia completa.

Ella abrió los ojos desmesuradamente. ¿Qué? ¿Completa? Pero…

—¡No, eso no lo puedes hacer! —exclamó, y al momento bajó la voz al ver que Leo los miraba desde la puerta—. Un niño necesita a su madre y hablamos de custodia compartida, Scott, quedamos en eso.

—Cuando trabajabas de periodista, no ahora que eres bombera. Abby, las cosas han cambiado para todos. Creo que…

—Lo que quieres es quitármelo, alejarlo del todo de mí. Si me dejaras verlo más a menudo…

—Abby, no se trata de lo que quiero yo. Ni de lo que quieres tú, ya puestos. Se trata de lo que es mejor para Deke.

—Y claro, eso lo sabes tú mejor que yo.

—No voy a discutir ahora contigo sobre eso. Búscate un abogado, ya recibirás noticias del mío.

Y sin más, se dio la vuelta para ir a la sala a buscar a Deke. Él salió aún entusiasmado y a Abby no le quedó más remedio que disimular su rabia mientras se despedía. Vaya con Scott… eso no lo había visto venir, joder, ¿qué iba a hacer? ¡Con lo complicado que era encontrar un buen abogado! Lo que le faltaba para terminar de redondear su vida: un juicio.

Leo se aproximó en cuanto salieron por la puerta, mirándola con preocupación.

—¿Qué ha pasado? —preguntó.

—Scott va a pedir la custodia completa al juez.

—Vaya… —Le dio un abrazo cariñoso—. Si puedo ayudarte en algo…

—Que me busque un abogado, dice. ¡Como si conociera a mil!

—Mira, por eso no te preocupes, te presto el mío.

—¿Qué? —Lo miró, sorprendida, aunque al momento se dio cuenta de que no debería estarlo—. Claro, tu familia... Sois de los que tenéis de eso.

Él sonrió, aunque entendía a qué se refería. Para él era normal hablar de «su» abogado, porque prácticamente era como si lo tuvieran en nómina en la familia. Igual que tenían un gestor, claro, pero a la gente con otro poder adquisitivo le parecía ciencia-ficción.

—Te lo agradezco, Leo, pero seguro que es demasiado caro.

Sus finanzas no estaban mal, pero ya se estaba imaginando facturas de miles de dólares.

—Por eso no te preocupes, es un favor que te hago como amigo y ya está.

Aquello era más que un favor y Abby no sabía cómo se lo podría devolver, pero también que no podía rechazarlo: seguro que además era uno de los buenos, así que afirmó con la cabeza.

—Te debo una gorda —le dijo, con lágrimas en los ojos.

Todo aquello la superaba, era la gota que colmaba el vaso, pero encima saber que podía contar con su amigo hasta para eso, terminó de romper su autocontrol. Lo abrazó con fuerza, algo reconfortada por el contacto, y al separarse vio que el capitán estaba junto a ellos, mirándolos con expresión confundida.

—¿Ha pasado algo? —preguntó, sin pasar por alto las mejillas mojadas de la chica.

—No, no, cosas familiares —contestó ella, pasándose las manos por la cara—. Ya sabes, los ex... bueno, problemas de custodia.

—Ah. En fin, espero que todo salga bien.

Dudó unos segundos y, ante la sorpresa tanto de Leo como de Abby, extendió la mano y dio un par de palmadas a la chica en el hombro antes de alejarse.

—¿Eso era para animarte? —susurró él.

Abby se encogió de hombros, tan confundida como él. Como gesto había quedado más bien escaso, porque más que dar ánimo, parecía que le hubiera sacudido el polvo, pero era un gesto, al fin y al cabo. Quizá no fuera tan antipático, en el fondo... aunque fuera muy, muy al fondo, visto el resto de su comportamiento. Sacudió la cabeza y centró su atención en Leo, que había sacado su móvil y buscaba el número de su abogado. Cómo se comportaba el capitán era lo menos importante en aquel momento, aunque lo utilizara en su artículo.

Ahora tenía que centrarse en Deke y cómo conseguir su custodia, por difícil que pareciera.

En la estación 2, Camilla acababa de machacar a Costa y Haneke en una partida de cartas y cogió el fajo de billetes con una sonrisa. Vale, eran de un dólar, porque tampoco era que se jugaran el sueldo, pero la satisfacción del momento bien lo valía. Pensó en ir a presumir delante de Talisa, pero la chica estaba tan concentrada en uno de aquellos libros de cuentas que decidió que era mejor no molestarla. Mejor buscar a Jesse, que desde la llamada de su ex estaba más taciturno de lo normal, que ya era decir, y apenas lo había visto desde que empezaran ese turno.

Lo encontró tumbado en su litera, con unos cascos puestos y mirando videos en el móvil. Agitó los billetes delante de su cara, rozándole de forma que él se quitó los auriculares y la miró con gesto hosco.

—¿Qué coño es eso? ¿Has robado en la máquina de refrescos?

—No, acabo de desplumar a Haneke y Costa.

—Desplumar, desplumar… ¿Cuánto hay? ¿Veinte?

—Casi cuarenta. —Lo empujó para que se moviera y le hiciera sitio a un lado, donde se sentó—. Pero para que veas que soy buena persona, he pensado en compartirlo contigo, a ver si te animas, que pareces un cascarrabias.

—A ver si uno no puede tener un mal día.

—Pues llevas varios seguidos. —Hizo un rollo con los billetes y se los guardó en el bolsillo—. Ya sabes, desde que te llamó…

—Camilla, no quiero hablar de eso.

—Quizá si te desahogas te sientas mejor. ¿Qué pasó? Deduzco que te dejó ella, o no estarías así.

—En realidad fui yo. —Se encogió de hombros, evitando mirarla—. Tenía mis motivos.

—Y te arrepientes.

—No, qué va. Los motivos siguen ahí: me puso los cuernos. Con mi mejor amigo.

—Vaya, qué…

—Cliché, sí. Soy un tópico andante: el amargado al que ha engañado su mujer con su supuesto mejor amigo y no lo supera.

Ella sonrió y le frotó un brazo.

—Cliché o no, los dos son unos cabrones.

Jesse la miró con suspicacia, pero la chica parecía sincera. Por lo menos no le había soltado un «¿seguro que la tratabas bien?» o «buscaría fuera de casa lo que no encontraba dentro». Suspiró mientras apagaba el móvil y enrollaba el cable de los auriculares.

—Creo que han roto —murmuró.

—Probablemente. Y te llama porque no quiere estar sola. —Él ladeó la cabeza y Camilla hizo el gesto de comillas con los dedos—. «Estoy arrepentida, ahora me doy cuenta de lo que he hecho.»

—No me ha dicho nada, pero supongo que para algo así me llamaría, no lo sé. ¿Por qué deduces que es eso lo que va a decirme?

—Típico también. Y en realidad será que él la ha dejado o que ella no sabe estar sola. Cualquier opción me vale, la cosa es que la mandes a la porra si te llama otra vez.

—¿No crees que debería hablar con ella?

—No, ¿para qué? Te comerá la cabeza, le darás mil vueltas, pensarás en volver a su lado y en unos meses, vuelta a empezar.

—¿Lo dices por experiencia?

—No, pero bueno, oye, que esto es lo que yo me imagino, tú haz lo que quieras. También tienes otra opción para evitar todo eso. —Él levantó una ceja y Camilla señaló el móvil—. Bloquearla.

Jesse miró la pantalla, pensando en si hacerlo o no. Ya lo había pensado más de una vez, pero al final no lo hacía y se preguntaba si era porque algo así lo veía incluso más definitivo que un divorcio. Bloquear su número, su perfil de Facebook, de Instagram… Era como eliminarla totalmente de su vida.

Algo que su madre, desde que se enterara de lo que había pasado, también le había repetido unas cuantas veces que hiciera. Quizá era hora, después de todo.

—Tengo una idea —dijo Camilla, dándole un manotazo.

—Joder, qué bruta eres.

—Bueno, perdona, señor piel delicada. —Volvió a darle, ignorando su gesto de protesta—. Me voy a hacer un nuevo tatuaje, temática bomberos. Todavía estoy con el diseño, pero oye, como tú y yo nos parecemos en ese tema, ¿qué tal si nos lo hacemos igual? Yo te lo haría a ti, claro, sin problema.

—¿Compartir tatuaje?

—Claro. Hemos compartido academia, ahora estación… ¡es perfecto!

Jesse la miró a los ojos, buscando algún significado más profundo. Hacerse el mismo tatuaje que otra persona era algo muy personal, muy… definitivo. Él no creía en tatuarse nombres de nadie, ni siquiera se había hecho el nombre de Vanessa cuando más enamorado había estado y menos mal, visto en retrospectiva. Pero aquello era diferente. Porque era bombero y Camilla también y sí, habían pasado muchas cosas juntos. No era un tatuaje tonto, tendría un significado especial.

Y entonces, mientras sus miradas se mantenían la una fija en la otra, notó algo extraño. Vanessa había quedado en un segundo plano, incluso el sitio donde estaban, porque le dio la sensación de que de pronto estaban solos. Nunca se había planteado nada con ella, pero de pronto se descubrió pensando cómo sería besarla.

Camilla notó que el ambiente de pronto había cambiado. No en plan incómodo, sino que había cierta tensión extraña, igual que la forma en que Jesse la miraba. Que, pensó, debía ser parecida a la suya, porque se dio cuenta de que no había apartado la vista de sus ojos marrones. ¿Iba a besarla? Y si era así, ¿por qué no se apartaba?

Fuera como fuera, se quedó con las ganas de saber qué habría ocurrido, porque comenzó a sonar la alarma y los dos se incorporaron como movidos por un resorte y el momento desapareció, oculto por la adrenalina y la emoción de salir a una emergencia.

Hicieron el cambio de turno poco antes de las ocho, y como era viernes, Jesse se ofreció a coger el coche e ir a buscar comida para la cena. A Camilla le pareció perfecto, ya que Ryan aún no había vuelto (y quién sabía a qué hora lo haría) y así podría hablar con Talisa con calma sobre lo sucedido entre biombos con el hispano.

La rubia solo había subido a su cuarto a cambiarse y de nuevo estaba en la cocina, entretenida con alguno de los múltiples papeles que llenaban su vida los últimos días. Camilla se sentó a su lado y la observó, negando con la cabeza.

—¿No puedes hacer eso en el trabajo?

—Es que allí no me dejáis concentrarme, estáis todo el rato gritando. Sois un puto incordio.

—Normal, si pretendes trabajar en la sala de relax es a lo que te expones. ¿Por qué no haces eso arriba, o en el despacho de nuestro maravilloso, guapo y sexy capitán? Ay, si fuera yo la que tuviera la oportunidad de estar a solas con él… ¿te imaginas cómo debe ser follar encima de su mesa? Me muero.

—Intento hacer números, ¿sabes? Esta charla no ayuda.

—Deja de trabajar y préstame atención un momento, que quiero contarte algo.

Camilla cogió los papeles y los guardó dentro de la carpeta ante la mirada irritada de Talisa, que esperaba no tener que seguir escuchando comentarios como el que acababa de oír. Que no ayudaban en nada a superar su historia, la verdad.

Se cruzó de brazos y la observó de forma interrogante.

—Dispara, ¿más sexo?

—No, aunque sueño con el día que tú y yo podamos intercambiar opiniones sobre los atributos de nuestros respectivos ligues. Que ya puestos, a ver si salimos de copas o algo, estamos a un paso de convertirnos en monjas.

—¿Esto era lo que querías contarme? —Talisa alargó la mano hacia la carpeta.

—No, no. Es que antes, en la academia, hablando con Jesse… ha habido un momento raro.

—¿Un momento «raro»? ¿A qué te refieres?

—Estábamos hablando de un tema importante y yo que sé, de repente ha cambiado el ambiente entre nosotros. Nunca me había pasado, suelo ser directa y liarme con los tíos a la primera.

—¡No!

—Me refiero a que siempre los tengo divididos en «ligues» o «colegas» y nunca se me habían mezclado esos dos grupos, no sé si me explico. Yo siempre he tratado a Jesse en plan amigo, y somos amigos, pero lo de antes ha sido… eso, «raro».

—Pero, ¿qué ha pasado exactamente para que lo llames «raro»? ¿Te ha besado o algo?

—No, ¡qué va! Aunque parecía que fuera a hacerlo, no sé. Mira, ¿te acuerdas en Dirty dancing, la primera vez que Baby ve a Johnny y parece que hasta sientes la baba resbalando por su barbilla?

Talisa frunció el ceño.

—¡Y dale con Dirty dancing! ¿Qué pasa? ¿No tienes otra película sobre la que hacer referencias?

—Es que esa es la que más veces vi de niña, qué quieres.

—Entonces, ¿se os ha caído la baba a alguno de los dos? —Talisa soltó una risita sin poder contenerse, la situación le parecía de lo más divertida.

Camilla se cruzó de brazos.

—No, graciosa. Pero casi, no te voy a engañar.

—A ver, que yo me entere. ¿No hace ni dos minutos estabas hablando sobre hacer algo en la mesa de nuestro capitán y acto seguido me confiesas que te pone Jesse?

Camilla se quedó unos segundos pensativa.

—Jesse está en segundo lugar —comentó—. Por si Darren me rechaza.

Seguro que le encantaría oírlo

—A ver, si me pones a los dos los ojos se me van hacia Darren, pero si él no está, pues Jesse también tiene algo —explicó la chica.

Se levantó para coger una bebida de la nevera, dejando a Talisa con los ojos abiertos como platos ante aquel comentario. Pero, ¿qué tenía Camilla en la cabeza? Aunque pensándolo mejor, ella tampoco era la más inteligente del patio, ni mucho menos.

Camilla se sentó, dispuesta a seguir la charla, pero en aquel momento la puerta se abrió de un fuerte golpe y Ekekiela entró con una cara que hubiera asustado al mismísimo Conan. Arrojó la mochila al suelo, resoplando como un bisonte mientras las dos jóvenes lo observaban.

—¡Los del aeropuerto son un hatajo de imbéciles incompetentes! —bramó, furioso.

—Eh, deja el suelo que eres capaz de hacer un boquete —empezó Camilla, y él le lanzó una mirada asesina—. Voy a llamar a mi padre, que hace mucho que no hablamos.

Talisa la observó ir, sabiendo perfectamente que era una excusa, pues Camilla y su padre hablaban un par de veces al año y dudaba que esa noche fuera una de ellas, pero no comentó nada. Cuando Ekekiela estaba enfadado, el aire se volvía irrespirable y todos ponían pies en polvorosa, ya que su genio era complicado de aguantar.

Y aquello era un bucle, porque el hawaiano no terminaba nunca de poder desahogarse con nadie, ya que todos desaparecían a la velocidad del rayo. Cosa normal, por otro lado, si los miraba como en aquel momento contemplaba su mochila de trabajo… parecía a punto de prenderle fuego o arrojarla por la ventana.

—Deja la bolsa, que no tiene la culpa de nada —comentó Talisa, incorporándose—. ¿Damos una vuelta por la playa y me cuentas qué ha pasado?

El primer impulso de Ekekiela fue negarse. No estaba acostumbrado a compartir con nadie sus cabreos o frustraciones, jamás lo había hecho, ni siquiera de crío con sus padres. Por norma general se tragaba el malestar hasta que este desaparecía y, de cualquier modo, tampoco tenía amigos a los que viera capaz de aconsejar algo con sentido.

Pero hablar con Talisa era otro tema. Era serena y razonable, no dudaba de que lo escucharía sin dudar, y quizás le viniera bien lo que pudiera decirle, aunque no le gustara. Además, era una forma de estar con ella sin los demás alrededor, algo que no quería desperdiciar.

Asintió malhumorado y se quitó las deportivas para lanzarlas junto al perchero.

—¿Y la cena?

—Jesse acaba de ir a buscarla, tenemos un rato.

—No tengo hambre de todas maneras —gruñó él, abriendo la puerta.

Talisa salió detrás, dejando también sus deportivas en la entrada. Ventajas de tener la casa al lado de la playa: podías salir y la arena te recibía con todo su amor. Como era de noche estaba tibia, así que la rubia esperaba que eso y el ruido relajante de las olas tranquilizaran un poco al hawaiano, que avanzaba por la arena como si estuviera en una maratón.

—Te tocaba en el aeropuerto, ¿no? ¿Qué pasa, no haces buenas migas con ellos? —La chica apretó el ritmo para ponerse a su lado.

—Es imposible hacer buenas migas con ellos, son una panda de estirados arrogantes. Que si el protocolo esto, el protocolo lo otro… ¡joder con el protocolo!

Talisa se detuvo.

—¿Te has saltado el protocolo?

—¡Pero si no ha sido nada! Bueno, casi nada.

Ekekiela también se detuvo, con cara de frustración. No le apetecía seguir paseando, así que dejó caer su corpachón de casi dos metros sobre la arena.

—¡No es para tanto! —protestó—. Hemos salido para una chorrada, no me acuerdo ni qué era, si te soy sincero. Y el capitán ha asignado las acciones, como siempre, y yo no me he enterado muy bien de lo que me había mandado.

Talisa lo escuchaba cruzada de brazos, y alzó la ceja.

—¿Que no te has enterado?

—Sí que lo escuché, pero llegado el momento, no sé por qué, no le hice caso.

—Claro que lo sabes: porque siempre haces lo que te da la gana y lo de obedecer no lo llevas nada bien.

Él se encogió de hombros.

—Mira, lo de estar en la radio controlando e informando no va conmigo. A Logan le han enviado con la manguera y es un inútil… Yo solo quería hacer el trabajo lo antes posible. Lo mejor posible.

—Lo mejor posible es trabajar en equipo y obedecer a tu capitán.

—Sabía qué dirías eso —refunfuñó Ekekiela, bajando la mirada hacia la arena.

La rubia se sentó a su lado, meneando la cabeza.

—¿Y qué te han dicho?

—Logan se ha cabreado porque le he tomado la delantera, luego el capitán me ha echado la bronca por abandonar la radio central y me ha dicho que no trabajo solo, y que la próxima vez me pone una falta por desobedecer o algo así, ¡esto es peor que el colegio!

¡Y tanto! Talisa dudaba entre reírse o no ante su expresión de niño malhumorado porque el profesor de turno le hubiera echado una reprimenda. Pero se podía imaginar la situación, Ekekiela pasando de sus compañeros y arrasando con su presencia y aquella tendencia a ir por su cuenta que tanto los había sacado de quicio en el pasado. Parecía que le costaba asimilar la unidad del equipo.

—Ay, Jimmy… —Le frotó el brazo—. No puedes actuar por tu cuenta y lo sabes. Para algo tenemos un capitán, es él quien da las órdenes.

—Pero este no es muy competente.

—Si está en el mando será por algo, ¿no? Y aunque tuvieras razón da igual, no puedes pasar por encima de su autoridad. ¿El resto del equipo qué ha dicho?

—A nadie le ha importado demasiado, la verdad. El equipo del aeropuerto no es como nosotros en la academia, no están tan unidos.

—Hombre, dales tiempo. Te recuerdo que en nuestros comienzos no estábamos así —se burló la joven.

—Supongo que tienes razón —aceptó Ekekiela a regañadientes—. ¿Me toca disculparme?

—¿No lo has hecho ya?

—Qué va. Me he ido cabreado como un gorila. —Ella soltó una carcajada—. ¡No le veo la gracia!

—Bueno, tú haz una cosa. —Talisa dio una palmadita para que dejara de mirar al suelo y alzara la vista hacia ella—. Mañana a primera hora vas al despacho del capitán y te disculpas. Usa un tono humilde, no el tuyo habitual, y le dices que sientes mucho tu comportamiento, que al ser novato y correturnos aún estás confuso. Que sabes que te has pasado de la raya y que no volverás a hacer caso omiso de su autoridad.

—¿Tengo que decir todo eso?

—Sí. ¿Quieres apuntarlo?

—Ja, ja, ja, ja. —Ekekiela miró hacia el mar, donde las olas rompían sin cesar—. Esto es más duro de lo que parece, ¿sabes? Ser correturnos es una mierda. El teniente Levine me lo vendió como una oportunidad para aprender de distintos grupos, pero la verdad es que es un rollo no tener un lugar estable. Cuando pasas tiempo con tus compañeros aprendes cómo son y se comportan, pero de este modo no termino de congeniar y amoldarme a nadie.

—Sí, eso lo comprendo.

—No sabes la suerte que tienes tú —se quejó él—. Estás con gente que ya conoces, con los que te llevas bien, y vuestro capitán es el mejor que os podía tocar.

—Sí, ya. —Talisa hizo una mueca.

Ekekiela dejó de mirar el paisaje para estudiar su cara.

—No entiendo ese poco entusiasmo. Si estuvieras en mi lugar no te quejarías tanto, te lo aseguro. —el hawaiano sacudió la cabeza—. Me parece que este trabajo no era lo que esperábamos ninguno, ¿verdad? No te veo muy contenta desde que empezamos.

Ella se encogió de hombros.

—Y eso que tú sabías a la perfección en qué consistía, ¿qué es lo que falla?

—No sé. Quizá lo del capitán Ladd nos afectó más de lo esperado.

—Bueno, pero habéis tenido suerte, tenéis a Darren.

—Menuda suerte —murmuró Talisa, y entonces se dio cuenta de que lo había dicho en voz alta—. Quiero decir que es temporal, se presentarán otros candidatos y vete a saber quién consigue el puesto al final, ¿y si es un capullo?

Ekekiela permaneció en silencio unos segundos, y después carraspeó.

—Tengo claro que no soy la persona más inteligente del mundo, pero ¿eres consciente de que cada vez que se menciona a Darren te cambia la cara por completo?

Ella lo miró a su vez, aturdida. ¿Tanto se notaba? Porque era la primera persona que le soltaba algo semejante.

—Y esto no viene de ahora —siguió Ekekiela—. En la academia ya era así. El día que se marchó de golpe te quedaste rara.

—¿Qué?

—Te quedaste rara. ¿Qué es lo que te pasa con él? —preguntó, y casi al instante pareció responderse a sí mismo—. Por favor, no. No me digas lo que estoy pensando.

Talisa estuvo tentada de negarlo todo, al fin y al cabo, Ekekiela solo estaba elucubrando. No tenía pruebas para corroborar su teoría.

Pero tampoco tenía mucho sentido: eran amigos y no le gustaba la idea de mentir. Porque una cosa era no decir la verdad si nadie preguntaba, pero él había demostrado ser más observador de lo que parecía. Si lo negaba, entraría en la mentira, y sería con premeditación.

Y bastante tenía con no haberle dicho nada a Camilla en su momento, esa cruz aún la llevaba encima… no le apetecía tener otra con Jimmy.

—Ufffff —murmuró, sin saber cómo lidiar con aquello.

—Entonces es verdad —afirmó Ekekiela, sin quitarle la vista de encima.

Estaba sorprendido, y un poco enfadado también. Vale, comprendía que lo hubiera guardado en secreto mientras se encontraban estudiando, ¿y después?

—Vale —dijo ella al final—. Sí, es verdad.

—Pero, ¿qué pasó?

Esa era una pregunta excelente que ojalá Talisa hubiera sabido responder. Si le explicaba que meses después seguía sin tener ni idea no la creería, seguro.

—Bueno, pues… es sencillo, Jimmy. Me enamoré de Darren en la academia, pero él de mí no. No hay mucho más.

—Pero… ¿Cuánto tiempo?

—Desde el primer simulacro —explico ella.

—Joder. ¿Y cuando se marchó de repente fue por ese tema? —Talisa negó—. Pero se largó a todos los niveles, ¿verdad? —La vio asentir—. Puedo partirle las piernas. ¿Quieres?

La rubia se echó a reír.

—¡Pero si no pudiste con él en las clases de defensa personal!

—¡Porque no me dejaba acercarme lo suficiente! —protestó Ekekiela, aunque verla reír hizo que se le pasara parte del enfado momentáneo—. Vaya, debiste quedarte de piedra el primer día al llegar y ver que otra vez era tu teniente. Ya me parecía que te veía poco entusiasmada, con la tabarra que dabas con ser bombero.

Talisa le pegó en el hombro, algo que Ekekiela ni notó.

—Se ha disculpado y eso —explicó—. Pero bueno, me resulta difícil estar allí con él todo el tiempo, así que tengo en mente la idea de pedir un traslado.

—Ya entiendo.

Con razón Talisa no notaba su existencia, si andaba liada con el mismísimo instructor. Eso en parte lo alivió un poco, porque significaba que no estaba perdiendo facultades, sino que ella ya había puesto sus ojos en otra persona.

Bueno, por el momento solo podía demostrar que era un buen amigo y tratar de apoyarla hasta que pasara el mal momento. Ekekiela no sabía mucho sobre tener el corazón roto, solo quería que Talisa volviera a estar feliz y alegre como cuando la había conocido.

—Y claro, Camilla no tiene ni idea de esto.

—No, y tiene que seguir así, Jimmy. Esto no puede saberlo nadie —se apresuró a decir Talisa, en tono firme.

—No te preocupes —la tranquilizó—. No diré ni una palabra.

Ekekiela hizo una pausa y después volvió a mirarla, como si de pronto observara a una desconocida. Y en parte así era.

—Te habrás sentido muy sola —comentó, al darse cuenta de la situación—. Está claro que sabes guardar un secreto.

—¿Me prometes que seguirá así?

—Solo si me haces un favor a cambio. —La rubia le lanzó una mirada interrogante—. ¿Te importa escribirme en un papel todo lo que tengo que decirle a mi capitán? Y que esté elaborado, por favor, no quiero que me ponga la falta esa.

Talisa negó con la cabeza, pero también sonrió, lo que era mejor que nada. Ekekiela le rodeó los hombros con el brazo para transmitirle ánimo y de paso recibirlo; no estaban tocados al mismo nivel, pero cada uno tenía lo suyo. Y al menos sabía que podían desahogarse juntos, lo cual era mucho más de lo que había tenido jamás con ninguno de sus amigos, donde las charlas destinadas a hacer desaparecer cualquier malestar de tipo emocional eran abortadas a los pocos segundos de haber empezado.

Sí, tenía que cuidar a Talisa. No podía permitirse el lujo de que unas de las pocas personas que se preocupaban por él estuviera mal o deprimida, y menos por un hombre. Un hombre idiota, ya puestos, que Ekekiela consideraba a Darren una persona lista y competente, pero con lo que acababa de escuchar no lo tenía tan claro. ¿Qué clase de bobo dejaba plantada a alguien como Talisa? No lo comprendía.

En fin, se aseguraría de tenerla protegida y no dejarla tanto a su aire, al menos cuando estuviera en la estación dos. Al principio había pensado que la joven solo buscaba su espacio, pero ahora se daba cuenta de por qué lo hacía. Pues eso iba a terminar: haría todo lo posible para que no se sintiera sola, así se le pasaría todo el malestar antes. Seguro.

Era lo bueno que tenía, le costaba hacer amigos, pero después era fiel como un sabueso, e igual de protector.

CAPÍTULO 7

Talisa llamó con suavidad a la puerta del despacho de Darren y aguardó unos segundos por si este respondía. Al ver que no se oía nada, repitió la operación y volvió a dar tiempo por si acaso. Perfecto: no estaba. Podía entrar, dejar todo el trabajo que había adelantado sobre su mesa y desaparecer en menos de medio minuto. Mejor imposible: ella cumplía lo prometido y no debía pasar más tiempo del necesario a solas con él.

Entró sin hacer ruido y dejó el montón de carpetas encima del escritorio. Había conseguido organizar todo en tiempo récord y ahora cada cosa estaba en su lugar correspondiente, lo que le facilitaría encontrar cualquier papel que necesitara el futuro, porque tenía bastante claro que él no pensaba ocuparse. Odiaba el papeleo y la burocracia y se lo había dejado cristalino.

Al menos, el turno finalizaba esa tarde. Podría descansar, y encima tocaba fin de semana, y sabía que iban a hacer una fiesta para celebrar su cumpleaños. Eso la distraería de la tensión constante que sentía en el trabajo, si es que era imposible estar a gusto con él por allí. Se ponía nerviosa en cuanto notaba su proximidad: todos sus sentidos se disparaban y así no podía seguir.

Había seguido los consejos del capitán Ladd para tratar de adaptarse, pero su problema no se resolvería con el tiempo, o al menos no a corto plazo. Así que quizás fuera el momento de plantearse el tema del traslado… tema que, por otro lado, también le producía desazón. Ver a Darren de forma continua era un suplicio, pero ¿y dejar de verlo? ¿Estaba segura de poder batallar por segunda vez con eso?

Aunque dolería menos, seguro, dado que ya no estaban juntos. Y aun así, no terminaba de atreverse a dar el paso y poner la petición sobre la mesa.

—¿Más papeles?

Talisa pegó un bote al escuchar su voz tras ella y se giró precipitadamente. Notó que se ruborizaba, como si la hubiera pillado haciendo algo malo, y ser consciente no ayudó a que se le pasara la sensación. Pero ¿por qué siempre le salían tan mal las cosas?

—Sí. Es que había mucho lío aquí, ya sabes. Lo he ordenado todo por carpetas, mira.

Darren echó un vistazo por encima de su hombro, pero fue breve. El tema seguía sin interesarle en absoluto: no estaba haciendo el menor mérito para que lo tuvieran en cuenta como capitán definitivo y tampoco pretendía ocultarlo.

—Vaya, no sabía que teníamos carpetas de colores en el archivo —comentó, al ver el montón con su correspondiente etiqueta encima—. Veo que estas cosas… se te dan bien.

—Me gusta la papelería.

—¿Qué?

—Sí. No se puede decir en voz alta, pero sí. Cuando era una cría siempre les pedía a mis padres esas cajas enormes que tenían pegatinas, papeles de colores y cosas así, pero nunca me las compraban. —Él alzó una ceja—. Con diez años, mi madre decía que esas tonterías eran para niñas pequeñas.

—Sí, mejor llevar un casco de bombero y pasar las horas en una estación, mucho más adecuado.

—Eso era por parte de mi padre, que ella tampoco le gustaba, la verdad. Bueno, da igual, como me voy a ocupar yo lo ordenaré a mi manera, si no te molesta.

—No, no, en absoluto. Es que no sabía que teníamos tanta variedad, eso es todo.

—¿Sabes siquiera dónde está el archivo? —Talisa no pudo evitar soltar una pequeña pulla.

Darren se sentó en su silla y sonrió. Bueno, que ella tuviera ganas de bromear no era mala señal, y tampoco andaba muy desencaminada. Sabía bien dónde estaba cada cosa en la estación, pero era cierto que no entraba allí casi nunca… El material de oficina lo aburría casi tanto como aquel montón de rutilantes carpetas que Talisa se había esmerado en ordenar con la esperanza de facilitar el trabajo. Su trabajo.

—¿Quieres sentarte? —preguntó.

Quería que se quedara, pero sabía que iba a negarse. A pesar de su breve y torpe intento de suavizar la situación, la rubia continuaba evitándolo. Ella tal vez no era consciente, pero Darren lo notaba a kilómetros… rara vez conseguía que lo mirara a la cara, y se había vuelto de lo más escurridiza. Después de su comportamiento era normal y lo lógico sería que la dejara en paz.

¿Por qué no podía dejarla en paz?

Se lo recordaba a menudo, pero esas buenas intenciones quedaban olvidadas muy deprisa, algo similar a lo que le sucedía cuando aún permanecían en la academia. Igual que la tensión que existía entre ambos, que se daba pocas veces porque apenas se quedaban solos, pero cuando eso sucedía… pues mal, muy mal.

Quería explicárselo, pero no sabía cómo hacerlo. No era muy dado a compartir inquietudes o sentimientos y le resultaba difícil, ¿de qué forma podía justificar su actitud en la academia? ¿Cómo explicarle que en realidad no era así, que no había sido él mismo durante esos meses y mucho menos en el momento de marcharse?

Ojalá pudiera abrir la boca y confesar que se había sentido atrapado, no por ella, sino por la situación que los rodeaba. Para alguien como Darren, que jamás cruzaba la línea, había supuesto una fuente de preocupación constante. Cuando no estaba con Talisa pensaba en ella, pero si estaban juntos solo le venía a la cabeza que lo que hacía no era correcto.

Resultaba agotador, y desquiciante, incluso a veces se le pasaba por la cabeza si se estaba aprovechando de ella. Era su instructor, joder, su trabajo era enseñarle y no caer en sus brazos a la menor oportunidad.

Por eso, el repentino regreso del antiguo instructor había sido la salida perfecta para zanjar una situación que no hacía sino darle quebraderos de cabeza. ¿Que lo había hecho fatal? Pues sí, no podía negarlo, pero tampoco había tenido mucho tiempo para pensar algo más diplomático, la verdad. Como excusa era pobre, pero no tenía otra. Y el hecho de haber tomado la decisión no lo libraba del malestar, de acordarse de ella, de echarla de menos.

Descubrir que estaba en el grupo de novatos fue una sorpresa, y de repente tenía que compartir sus horas, sus días, con la rubia. Y en el mismo turno. Si hubiera sabido que eso podía ocurrir, no habría rechazado la charla que le había pedido la joven antes de despedirse.

Todo era una mierda. En su cabeza tenía sentido, pero se veía incapaz de traducirlo a un grupo de palabras que ella pudiera comprender. Prefería dejarlo correr y tarde o temprano se acostumbraría a tenerla por allí, no dudaba que llegaría el día en que los dos pudieran estar sentados tranquilamente y charlando sin preocupaciones.

Ni preocupaciones, ni tensión, ni que se le fueran los ojos a donde no debía. O dejar de pensar en volver a deslizar aquellos mechones de pelo entre sus dedos, o besarla en el cuello, que cada vez que pasaba por su lado lo bastante cerca tenía esa tentación.

Talisa lo desconcentraba y desestabilizaba y no le gustaba sentirse así en el trabajo, menos en uno donde las distracciones no tenían cabida. Aun así, le preguntaba si quería sentarse y de ese modo prolongar la agonía. ¿Por qué se lo montaba tan mal?

La miró, esperando una respuesta. La rubia le devolvió la mirada y así permanecieron unos segundos, ambos sin articular palabra hasta que ella notó una vibración en su bolsillo. Sacó el móvil y vio el nombre de Abby en la pantalla.

—Perdona —se excusó—. Voy a… bueno, ¿ya tienes todo lo que necesitas?

Darren afirmó.

—Gracias por hacerlo.

Talisa se encogió de hombros para quitarle importancia mientras descolgaba.

—Nos vemos el lunes… descansa y eso.

Él volvió a asentir sin añadir más, así que la chica salió del despacho cerrando tras de sí. Se colocó el teléfono en la oreja, aliviada. Salvada por la campana, el ambiente había empezado a ponerse raro entre Darren y ella, así que cuando viera a Abby le daría un beso como agradecimiento.

—Hola —saludó—. ¿Qué cuentas?

—Solo quería asegurarme de la hora para la fiesta del sábado. Sigue siendo en vuestra casa, ¿verdad?

—¿Se te ocurre mejor sitio?

—¿Habrá alcohol?

—Es una pregunta idiota, Abby. Cumplo veinticinco, no cien. Pues claro que habrá alcohol.

—Perfecto, porque necesito mucho. Llevo una semana horrible.

Talisa sabía algo por Leo, pero este no había entrado en detalles, así que esperaba que Abby fuera más concreta el sábado. Camilla se ocupaba de organizar la fiesta y no había dicho mucho, excepto pedirle que desapareciera de la casa hasta las seis de la tarde. Como a esa hora empezaba a atardecer, Talisa ya imaginaba que tipo de fiesta sería: no muy familiar. Perfecto para distraerse de todo con la música, los mojitos y la playa de noche, y al parecer muy similar a lo que necesitaba Abby.

—Creo que Ekekiela se ocupa de las compras, así que traerá de todo en grandes cantidades. Y ya que Ryan tiene experiencia haciendo cócteles, la fiesta será de categoría.

—Si es que os lo montáis muy bien en esa casa, joder.

—Ah, y no digas nada, pero Camilla ha comprado un montón de bombillitas de esas de colores, las tiene guardadas en el armario de la entrada, que hace dos días se me cayeron encima. —Escuchó risas al otro lado.

—¿A qué hora…? Huy, te tengo que dejar, suena la alarma.

Abby cortó la llamada de manera precipitada y se acercó al resto de sus compañeros, que acababan de agruparse ante el sonido. Casualidad que surgiera algo tan cerca del cambio de turno, pero cuando tocaba no se podía hacer nada. Connor en seguida se reunió con ellos, sujetando la radio contra su oído.

—Vale, la calle Easter número ocho. Parece que se trata de una lavandería. —Se giró hacia Abby y le hizo un gesto—. Tú conduces, los demás al camión, ¡ya!

Ella se quedó perpleja, ¿de verdad le daba la oportunidad de hacer algo que no fuera contestar al teléfono? Salió del estupor a toda prisa para encaminarse al camión, no fuera que el capitán cambiara de opinión, y se encaramó de un salto al asiento del conductor agradeciendo su altura. Porque menudo monstruo estaba hecho aquel vehículo, por Dios. Llegaba por los pelos y conducirlo no sería muy cómodo, pero de su boca no saldría la menor queja. Debía ser profesional.

—Tyler, quédate al teléfono por si acaso tienes que contestar —ordenó Connor, una vez hubo ocupado el puesto de copiloto.

Leo, Jordan y Glenn subieron a la parte trasera y Connor le indicó con un gesto de cabeza a la chica que arrancara, lo que ella hizo. No era sencillo llevar el control de un camión tan enorme, pero en la academia había practicado bastante y logró mantenerse tranquila. Cuando llegó a la calle estuvo a punto de pasarse, así que detuvo el vehículo con un frenazo que por poco lanzó a Connor contra el salpicadero.

—Así se aparca. —Escuchó decir por detrás a alguno de sus compañeros, seguido de las inevitables risitas.

Como siempre, Abby sentía ganas de enchufarles con la manguera para ver si de ese modo se les pasaban las ganas de cachondeo, pero hasta ese momento había conseguido contenerse. Ignoró el comentario y saltó del camión entusiasmada, ¡por fin iba a poder actuar como un bombero de verdad! Llevaba tanto tiempo esperando ese momento…

—No. —Connor fue hasta ella con gesto resuelto al verla agarrar su equipo—. No vas a entrar.

—¿Qué?

—Toma. —Le tendió la radio—. Coordina desde aquí y ve transmitiendo todo lo que yo te diga.

Abby notó cómo la rabia ascendía por su garganta a la velocidad del rayo. ¿En serio la dejaba salir para después endosarle la dichosa radio? Ocuparse de eso era el equivalente a responder llamadas de teléfono cuando se encontraban en la estación, o sea, lo menos valioso.

—Pero yo… —empezó, aun sabiendo que sería inútil pues ya conocía la inflexibilidad del capitán.

—¡Leo, Jordan y Glenn, adentro! —gritó este, ahogando de ese modo su conato de protesta.

Los tres lo siguieron al interior, únicamente Leo le dedicó una mirada que trataba de enviarle ánimos o algo parecido.

Abby se vio de pronto sola y con la radio entre las manos, apretándola con tanta fuerza que parecía a punto de romperla. Las lágrimas luchaban por salir a la superficie, pero cogió aire y las retuvo como pudo.

No. Ese panda de hombres del jurásico no iban a doblegarla, eso jamás. Pese a que día tras día trataran de minar su ánimo, de crispar su humor, de infravalorar su valía, no se lo permitiría.

Algún día, le pesara a quien le pesara, podría actuar. Estaba preparada para ello y podría demostrarlo, por muchas piedras que aquellos hombres pusieran en su camino. Por mucho que ese maldito capitán iluminara sus esperanzas para derribarlas minutos después.

La radio zumbó entre sus manos.

—¿Cook, estás ahí? —La voz del capitán crepitó a través del aparato.

A la joven le pareció que sonaba hasta burlona y, en aquel momento, lo odió más que nunca.

—Estoy aquí —respondió, con voz helada.

—El incendio no ha subido a plantas superiores y lo tendremos controlado en breve, coordina la ambulancia porque los dueños estaban dormidos y han inhalado gases.

Abby se mordió el labio, otra vez con ganas de llorar. La oportunidad perfecta para haberse estrenado, algo no muy grave y sin víctimas mortales. Incluso podía haber sido didáctico, de haber querido el capitán Pearson.

Pero no, claro, estaba muy ocupado ninguneándola, para variar. Ya veía que su nombre iba a aparecer un montón de veces en su artículo, y todas para mal.

—¿Cook? —bramó él susodicho, ante el silencio como respuesta.

—Sí —contestó la morena.

—Si me oyes, contesta. Yo te informo sobre la situación y tú respondes «comprendido, capitán», ¿entendido?

Ojalá poder arrojar la radio al suelo y saltar sobre ella.

—Entendido.

—Pues coordina ya con el hospital.

—Comprendido, capitán —repitió con voz clara.

Abrió la frecuencia que la comunicaba directamente con el hospital y pidió una ambulancia después de informar del problema.

Después colgó, observando cómo el humo salía por la puerta mientras escuchaba las mangueras de sus compañeros trabajar.

Qué ganas tenía de ver la cara del capitán y los demás cuando el artículo estuviera en manos del mundo y todos pudieran conocer su comportamiento de mierda.

Tras pasar casi todo el día durmiendo y tomar una buena ducha relajante, Ryan cogió una cerveza y salió al porche a descansar, disfrutando del raro momento de paz que había en la casa. Entre los turnos de unos y de otros, siempre había alguien por allí, pero justo aquel día habían coincidido todos trabajando menos él. No era que no le gustara compartir espacio con ellos, más bien al contrario: el grupo se había unido más y la convivencia era genial, pero también le gustaba tener algún que otro momento para sí mismo. Sabía que pronto llegarían todos y el fin de semana libraban, ocasión perfecta para celebrar de paso el cumpleaños de Talisa.

Se acomodó en uno de los sofás mirando hacia el mar, cuyo azul reflejaba los tonos dorados del sol que comenzaba a descender para dar paso a la noche. Era todo tan idílico que le daban ganas de pellizcarse para comprobar que no estaba soñando. Pero no le hizo falta, porque el tono de su móvil interrumpió el momento.

Lo sacó de su bolsillo con un suspiro, esperando que no fuera la central para avisar de algún cambio de turno, pero al ver la pantalla frunció el ceño y contestó con rapidez.

—¿Gail?

—Hola… Hola, Ryan. ¿Te molesto? ¿Estás trabajando?

—No, tranquila, estoy en casa. ¿Ocurre algo?

—No. Bueno, no sé. Es que estoy… he venido a un sitio que…
—Ryan notó que su voz temblaba—. ¿Puedes venir a buscarme?

—Claro. Pásame la dirección por mensaje y voy ahora mismo.

—Gracias.

Colgó y Ryan esperó, mirando la pantalla hasta que le llegó la dirección, lo cual le hizo incorporarse con rapidez, dejando la cerveza olvidada en el suelo. Desde luego, la chica no podía haber elegido peor zona para ir. Por suerte, había seguido el consejo de sus compañeros y se había comprado un coche, así que no dependía de nadie para desplazarse y se fue a buscarla lo más rápido que la ley permitía.

Aún no había anochecido del todo, pero cuando se metió en la calle indicada ya quedaba claro que no era un lugar donde irían turistas, a no ser que se despistaran. Había gente sin hogar en las esquinas, entre cartones; las paredes estaban llenas de pintadas, las farolas rotas o sin bombillas… caminaba despacio para buscar a Gail con la vista, pero por la forma en que varios de los que allí estaban lo observaban, se dio cuenta de que si no se apresuraba quizá acabara sin ruedas en el coche. O algo peor.

Empezaba a pensar que se habría marchado cuando por fin la vio, atrapada en una esquina por un tipo que la sujetaba por una mano. Ryan detuvo el coche y bajó la ventilla.

—Gail, sube.

Los dos la miraron, la chica con alivio y el tipo con actitud despectiva.

—Lárgate, pringado —dijo, escupiendo al suelo.

Ryan se bajó del coche, esperando no llegar a tener que llegar a las manos. Las clases de defensa personal no le habían dado del todo mal, pero tenía claro que él no era Ekekiela y que, en circunstancias como esas, unos cuantos centímetros más de altura y, sobre todo, músculo, no le vendrían mal del todo.

—No queremos problemas —comentó, extendiendo la mano hacia Gail—. Vamos, ven.

—La chica ha venido voluntariamente —espetó el otro—. No creo que tú tengas lo que busca, tirillas. Y yo sí.

Sacó un par de bolsitas de su bolsillo con la otra mano. Gail las miró, y Ryan pudo notar la duda en su mirada.

—Gail —repitió—. Vámonos.

Ella apartó la vista y sacudió el brazo para librarse del agarre del camello. Se metió en el coche por el lado del conductor, pasando por encima del asiento para llegar al otro lado. Ryan la siguió con rapidez, cerró la puerta poniendo los seguros y aceleró para salir cuanto antes de allí, sin dejar de mirar por el espejo retrovisor. No se quedó tranquilo hasta que no se hubieron alejado unas cuantas calles y se encontraron en una de las principales que llevaban al centro de la ciudad.

Miró de reojo a la chica, que no paraba de moverse con nerviosismo.

—Tranquila —le dijo—, ya ha pasado, estamos lejos.

—Pero he ido —murmuró ella—. He ido, he ido, he…

—Y me has llamado, eso es que sabías que estabas haciendo algo mal. Es un gran paso.

La joven movía la cabeza, angustiada. Había estado tan cerca… ¿Por qué tenía que hacer esas cosas? Ni ella misma lo entendía. Pensaba que estaba bien y, de pronto, le invadían aquellos pensamientos negros, quería escapar de todo y, sin comerlo ni beberlo, se encontraba en un callejón comprando veneno. Porque eso era: veneno, y lo sabía. Pero cuando se ponía así, le daba igual.

—Necesito una reunión —pidió, nerviosa.

—Vale. ¿Sabes de algún sitio por aquí cerca? —Ella negó con la cabeza—. No importa, toma. —Le entregó su móvil—. He bajado una aplicación para esto.

—¿Qué? —Miró la pantalla, asombrada—. No sabía que existiera algo así.

—Imagino que tu espónsor anterior era de la vieja escuela.

—Sí, no le gustaban mucho los móviles.

—Pues es muy útil. Entras y te dirá todos los sitios donde hay reuniones y la hora. A ver si pillamos alguna.

—¿Cómo sabías esto?

—Me he estado informando y lo encontré en una web. No lo he probado, pero espero que funcione.

Gail abrió la aplicación, agradecida. Después del ofrecimiento de Ryan, había hablado con Talisa y sabía que su hermana tenía ciertas reservas al respecto. Casi había esperado que el chico se echara atrás, pero no. Y además se había preocupado de informarse sobre el tema. Quizá por una vez no había tenido tan mala idea, después de todo.

Ryan la miraba de reojo, preocupado. Su nerviosismo era palpable, veía cómo sus dedos temblaban mientras sujetaba el móvil y tocaba la pantalla. ¿Y si era algo más que una crisis? Había leído un montón sobre el tema para prepararse en caso de que lo llamara, pero ahora que estaba en aquella situación, no sabía si lo haría bien o complicaría más las cosas.

—¿Has llegado a comprar algo? —preguntó, por si acaso.

—No, no, has aparecido justo a tiempo.

—¿Y consumir?

Ella volvió a negar. Ni siquiera le molestaban las preguntas, entendía que desconfiara. Y encima estaría viendo sus manos, que con tanto temblor le parecía estar pasando de nuevo por el mono. Pero no era eso, no, solo sentía angustia por lo que había hecho, mezclada con un deseo casi incontrolable de saltar del coche y volver a aquel callejón. Ni siquiera estaba segura de lo que aquel tipo le había ofrecido, pero de haberlo comprado hubiera acabado en su organismo, seguro. Apretó el móvil con la mano, concentrándose en las instrucciones de la aplicación, hasta conseguir localizar un punto en el que comenzaba una reunión en unos minutos y que estaba cerca de ellos. Aliviada, marcó el lugar y el móvil trazó una ruta automáticamente.

—Estamos a unas calles, te voy diciendo —informó.

—Genial.

A la vez que el móvil indicaba, ella lo iba repitiendo a Ryan. Estar pendiente de eso, pero al menos la distraía un poco de su conflicto interior. Algo que hacer, en lo que mantenerse ocupada, siempre era de ayuda.

No tardaron en llegar a la ubicación y, por suerte, Ryan pudo aparcar cerca del edificio. Era un centro social, cuyas puertas estaban abiertas y había gente entrando.

—¿Puedes venir conmigo? —pidió Gail—. No es obligatorio, ya has hecho bastante con traerme, pero es que… no es mi grupo habitual, además, y…

—Tranquila, no me importa.

Bajaron del coche y entraron en el edificio. Había carteles informativos con las diferentes actividades que allí se realizaban, sobre todo de grupos de ayuda. Las indicaciones llevaban hasta una sala donde había varias sillas en fila, con un estrado al fondo y, a un lado, unas mesas con café y dulces.

—Pensaba que las reuniones eran de poca gente —comentó Ryan—. En plan sentados en círculo y tal.

—Sí, hay de todo. Grupos pequeños o como este, más grandes en los que quien quiere hablar, sube. —Se estremeció—. No sé si subiré…

—Bueno, tú tranquila, nos sentamos y ya vemos. ¿Quieres café?

—Y un par de donuts, que el azúcar es buen sustituto de las drogas.

—Sí, adictivo también es.

Le guiñó un ojo y preparó un par de cafés, pasándole uno, y después cogieron varios donuts para llevar a las sillas. Mientras esperaban, Ryan miró a su alrededor con disimulo. No sabía exactamente qué había esperado encontrar, pero allí había de todo: hombres y mujeres, jóvenes y mayores, con mal aspecto y bien vestidos… las adicciones no entendían de clases sociales ni edad, estaba claro.

Una mujer subió al escenario para dar la bienvenida, presentarse y contar su experiencia. Mientras hablaba, Ryan se dio cuenta de que Gail se había terminado los dulces y el café y movía la pierna con nerviosismo. Tenía una mano en la boca, mordiéndose las uñas sin cesar. Con suavidad, se la cogió y se la apretó.

—Vas a comerte toda la mano —le susurró.

Ella le sonrió en agradecimiento y sus miradas se cruzaron durante un segundo, pero Gail fue la primera en apartar la vista y volver su atención al estrado, riñéndose a sí misma. Estaba en una reunión, casi había tenido una recaída… No podía dejar que unos ojos, por muy azules y enormes que fueran, la distrajeran. A ver si, después de todo, no tenía que haberle dicho nada… Solo había visto a un compañero de Talisa, alguien responsable, amable, pero en aquel momento, de lo que era consciente de pronto era de su atractivo, del calor que le trasmitía el contacto de su mano y lo reconfortada que se sentía por su compañía. ¿Le pasaría lo mismo a él? ¡No, no, no! No podía pensar esas cosas, tenía que centrarse, así que en cuanto la mujer terminó de hablar, levantó la mano.

Ryan observó sorprendido cómo Gail subía y se ponía delante de toda aquella gente. La había visto tan nerviosa que no había esperado que lo hiciera. Además, solo de pensarlo le daban temblores. ¿Hablar de cosas personales delante de tantos desconocidos? ¡Ni loco!

—Hola —dijo Gail, tras tragar saliva—. Me llamo Gail y soy drogadicta.

—Hola, Gail —corearon los presentes.

—Consumo heroína. —Carraspeó—. Bueno, si tengo que detallar… Me he metido tantas cosas que estaría aquí toda la noche, supongo que me entendéis. —Algunas risitas nerviosas—. En fin, llevo sobria desde que tuve una sobredosis hace unos meses. No era la primera, pero quizá sí la definitiva. O eso espero. Estuve en el hospital y como siempre, hice daño a mis padres, a mi hermana… Es mi melliza, por cierto. Pero no nos parecemos en nada, ella está centrada en su carrera, no da problemas, y… —Sintió que sus ojos se llenaban de lágrimas y se los frotó—. Es todo lo que yo no soy. Y quiero ser como ella, no creáis, pero es difícil. Pensaba que estaba mejor y hoy…

algo se me ha cruzado y he ido a comprar. Casi lo echo todo a perder, pero al menos mi espónsor estaba ahí para ayudarme. —Sonrió a Ryan, que le hizo un gesto con la mano—. A veces pienso en cómo llegué a esto, y recuerdo la primera vez. Era adolescente, y nunca imaginé que algo que me hacía sentir tan bien, fuera a la vez tan malo. Tan… destructivo.

Ryan la escuchaba, asimilando todo lo que iba diciendo. Sus comienzos, sus caídas, las veces que se había levantado y vuelto a las andadas. En todo su relato, al menos, no culpaba a su familia, más bien al contrario. Hablaba de cómo sus padres la intentaban ayudar, a pesar del dolor que les causaba. De cómo Talisa siempre estaba ahí para escucharla, para contarle sus propios problemas y ella le daba su apoyo, por poco que fuera, porque al final siempre la decepcionaba. Y notaba que estaba realmente arrepentida, que quería cambiar.

Mientras la miraba, pensaba en lo que se parecía a Talisa y, a la vez, en lo diferentes que eran. Gail estaba demasiado delgada, las ojeras de su rostro eran más pronunciadas y su pelo no tenía el mismo brillo que el de su hermana. Además, despertaba en él un instinto que protección que jamás había tenido hacia Talisa, que era tan independiente y fuerte, tan decidida. Gail necesitaba ayuda, sí, pero estaba seguro de que si perseveraba lo podría lograr, solo necesitaba recuperar la confianza en sí misma.

Y si de él dependía, desde luego que iba a lograrlo, aunque tuviera que acompañarla a mil reuniones.

Fue al volver a mirarla cuando notó algo extraño en el pecho, una especie de calidez que le recordó a algunos de esos momentos con Angelina durante el curso… y se tensó al momento. ¿En qué estaba pensando? Ella era más joven, y… Bueno, era como Talisa, así que la edad justo no era el problema. No, lo que tenía que hacer era no divagar y pensar en que era una amiga a la que estaba ayudando, nada más, igual que haría con Talisa o Camilla.

Se dio cuenta de que la gente aplaudía, así que los imitó, maldiciéndose por haber perdido el hilo y no escuchar todo lo que la chica había dicho, que podría ayudarle a entenderla mejor. En fin, tendría que concentrarse más en las próximas reuniones a las que fuera con Gail.

Ella regresó a su asiento y parecía más tranquila, como si se hubiera quitado un enorme peso de encima.

—¿Estás mejor? —preguntó él.

—Sí, hablar siempre me ayuda. Tú… —Evitó mirarlo—. Espero que no te haya asustado.

—¿El qué?

—No sé, yo. —Se encogió de hombros—. Cuando te ofreciste a ayudarme sabías poco de mi historia, imagino, pero no es lo mismo cuando se van conociendo los detalles. He fallado tantas veces que…

—No pasa nada. —La interrumpió, cogiendo su mano de nuevo—. No dejaré que te caigas. Y si lo haces, te levantaré.

Gail sonrió un segundo, pero pronto miró hacia el estrado, para escuchar al chico que acababa de subir. Centrarse. Eso era el objetivo.

La reunión se alargó una hora más, durante la cual se fueron sucediendo relatos a cada cual más deprimente. Ryan no tenía muy claro aquellas terapias de grupo en las que cada uno contaba sus miserias, parecían una especie de competición a ver quién era el que más problemas tenía o el que peor lo había pasado en la vida, pero como parecía funcionar, no iba a ser quien dijera nada en contra.

Después de que la encargada diera por finalizada la reunión, se quedaron un rato más comiendo más donuts y charlando con alguno de los participantes. Cuando salieron hacia el coche, ya era de noche.

Gail sacó su móvil, que estaba vibrando, y tecleó unos mensajes.

—¿Todo bien? —preguntó Ryan.

—Sí, era mi padre, estaba preocupado. Le he dicho que salgo de una reunión y que me llevas ahora a casa.

Subieron al coche y Ryan comenzó a conducir hasta allí, mirando de vez en cuando a la chica de reojo. Parecía tranquila, al menos no se estaba mordiendo las uñas ni tenía expresión angustiada, así que se dio por satisfecho con su primera intervención.

—Siento haberte llamado —se disculpó ella—. No quería molestarte.

—Bueno, esa es la idea, ¿no?

—Sí, supongo que sí. —Se mordió el labio—. Mañana tengo terapia con mi grupo habitual, ¿quieres… quieres venir? ¿O trabajas?

—Libro el fin de semana. ¿Cuándo es?

—Por la tarde, sobre las seis.

—No sé si podré, por la fiesta, ya sabes.

—¿Qué fiesta?

Ryan se quedó callado, preguntándose si habría metido la pata. Claro, ahora que se paraba a pensarlo, también iba a ser su cumpleaños… Le daban ganas de darse una colleja, ¡si es que parecía tonto! Quizá Talisa no quería mezclar a su hermana en una fiesta con amigos y lo celebraban en familia, en cualquier caso, no era asunto suyo.

Pero Gail esperaba una respuesta, porque no hacía más que mirarlo de forma interrogativa.

—Nada, estamos todos libres y… eso, quedamos en casa…. —contestó, con vaguedad.

Gail no estaba satisfecha con aquella respuesta, sobre todo porque era el fin de semana de su cumpleaños. Demasiados habían coincidido con ella ingresada o de juerga a saber dónde, y había esperado que aquel, al estar sobria, lo podría celebrar con Talisa, pero su hermana no le había dicho nada de ninguna fiesta. Sería demasiada coincidencia, ¿no? Bueno, ya se enteraría, hablaría con sus padres a ver si sabían algo o qué tenían planeado para el fin de semana.

Ryan paró el coche y ella miró por la ventanilla, esbozando una sonrisa al ver la silueta de su padre recortada por la luz en la ventana de la cocina. Fuera la hora que fuera, siempre la esperaban.

Y demasiadas veces no había aparecido.

—Gracias de nuevo —dijo, abriendo la puerta.

—De nada. Cuídate.

—Eso intento.

Le sonrió antes de cerrar y se despidió con la mano al pasar a su lado para entrar en la casa. Ryan se aseguró de que se metía dentro antes de marcharse y regresar a la suya, dándole vueltas al tema de la fiesta. Aunque Gail no había vuelto a decir nada, así que quizá se estuviera preocupando sin motivo.

Ojalá.

CAPÍTULO 8

Nada más aparecer por la casa a la hora acordada, Talisa se había llevado la sorpresa del siglo al ver a su amiga tan arreglada, ya que esa noche parecía ir a por todas y llevaba un vestido negro y escaso que evidenciaba su envidiable figura, además del maquillaje. Camilla la observó con la misma expresión sorprendida al verla con una simple coleta y los vaqueros.

—No, así no puedes estar en tu fiesta de cumpleaños. ¿Qué puñetas has estado haciendo toda la mañana? Creí que te comprarías ropa chula o algo así.

Y de un tirón la había metido en el interior para después conducirla a su habitación. Tras un rato de rebuscar en los armarios y un tira y afloja en el que Talisa se negaba a llevar nada demasiado atrevido, le hizo ponerse un vestido que aguardaba una ocasión especial y la condujo al baño.

—Pensaba que era una fiesta informal entre nosotros —protestó la rubia—. ¿Por qué vas tan arreglada?

—He invitado a mucha gente, así que hay que estar presentables. Venga, maquíllate, la hora oficial es a las siete, no he terminado de preparar las bebidas y el picoteo y tengo que ultimar unos detalles en el porche para después.

No tenía sentido discutir con ella, así que Talisa obedeció. Esa mañana, al despertar, había cogido el móvil para llamar a Gail y que ambas intercambiaran unas palabras en el día de su cumpleaños. Ya había acordado anteriormente con sus padres celebrarlo el domingo juntos, pero su hermana pareció decepcionada al saber que ese día no podrían pasar un rato ambas. A ella también le hubiera gustado, pero no veía conveniente invitarla a la fiesta, y menos conociendo a Camilla, que habría llenado la nevera de alcohol. Ese ambiente no era lo que necesitaba su hermana, que además estaba en un momento frágil de su recuperación. Estaba al tanto porque Ryan le contaba sus avances, así que, a pesar de que doliera, Gail no podía estar allí. Música, alcohol y muy probablemente desmadre la conducirían a la historia de siempre, y si deseaba recuperarse debía erradicar ese tipo de ocio. Al igual que un exfumador no debía sostener el cigarrillo de nadie por riesgo a dar una calada, Gail tendría que evitar de por vida fiestas, locales de marcha y la juerga nocturna. Y no había más.

De forma que la rubia evitó mencionar la celebración, reduciéndola a una comida con el grupo. Aunque tampoco sabía que la fiesta iba a terminar siendo tan potente, algo que debería haber sospechado por organizarla Camilla.

Tras esa llamada, y como su amiga no la dejaba aparecer antes de las seis, se entretuvo haciendo una visita al salón de belleza del centro comercial que más próximo tenía. Allí, una chica muy amable le hizo un tratamiento facial, le arregló las uñas y le dio un masaje. Al salir, Camilla le había escrito pidiéndole que comprara algunas cosas que se le habían olvidado, así que mató el tiempo que le quedaba en el supermercado echando en una cesta cosas tan vitales como aperitivos, helado y unas cuantas bolsas de hielo picado que irían a engrosar las que ya tenían en el congelador. Después avisó a Camilla de que iba de camino, y al llegar, su amiga no la había dejado mirar el porche, tapándole los ojos hasta que estuvieron dentro.

Por increíble que pareciera, Talisa llegó hasta su cuarto sin haber visto la casa, así que dedujo que Camilla se había tomado muchas molestias para preparar aquello. Tendría que mostrarle su agradecimiento, aunque ahora ya veía claro que no sería una simple fiesta con sus amigos y algún añadido de última hora. Y el hecho de que Camilla le exigiera una presencia más allá de unos vaqueros y un top era muy relevante.

Delante del espejo, con su amiga pendiente de que no se quedara corta con el maquillaje, Talisa preguntó:

—¿Mucha gente?

—A ver, no es tanta, pero ya sabes cómo son estas cosas. Empiezas por unos y al final se te va un poco de las manos, pero ¿para qué queremos una casa tan grande si no podemos usarla en estos casos?

—O sea, que mañana moriremos recogiendo.

—Tú no, que para eso eres la del cumpleaños. Ya pondré a Jesse y Ekekiela a limpiar.

La rubia soltó una carcajada. No los imaginaba aceptando con tanta facilidad, pero si alguien podía conseguirlo, esa era Camilla.

Una vez tuvo el suficiente rímel y brillo de labios para que Camilla le diera su aprobación, se giró hacia ella.

—Eres un diez, chica. —La morena se acercó con un paquete entre las manos—. Toma, es mi regalo. Ya sé que hoy no abrirás nada porque es un lío, pero bueno… no me apetecía esperar a mañana.

—No hacía falta, tontina.

—Lo sé, pero lo vi en internet y pensé que era perfecto.

La cajita era tan diminuta que despertó la curiosidad de Talisa. Al abrirlo, se encontró con una maraña de auriculares que observó, perpleja.

—¿Y esto?

—Son auriculares dobles, mira. —Camilla los desenrolló en un periquete, para después mostrárselos extendidos—. Los enchufamos al Ipod y así podemos escuchar la misma música a la vez. Como siempre tomamos el sol juntas es una forma de estar todavía más unidas, ¿no crees?

Talisa no sabía qué decir. Si bien el regalo no era nada del otro mundo, la explicación de Camilla al respecto sí merecía ser apreciada. Le dio un abrazo con una sonrisa, enternecida por la ocurrencia de la chica.

—Muchas gracias —dijo.

—De nada. Y ahora vamos, que estos te están esperando para felicitarte antes de que venga todo el mundo.

Talisa la siguió, no muy convencida con aquel «todo el mundo». ¿Quién era «todo el mundo»?

Abajo aguardaban los demás y por fin pudo ver por qué Camilla no le había permitido ver la casa: la decoración debía haberle costado tiempo, mucho tiempo. Flotaban globos y guirnaldas por todas partes, y habían apartado los sofás para colocar las mesas en el centro del salón. Protegidas por manteles plateados, aparecían llenas de boles con picoteo, servilletas y cubiertos. Recibió besos y abrazos por parte de todos, sobre todo Ekekiela, que desde su última charla parecía empeñado en convertirse en su sombra o algo parecido, y tuvo que hacer un par de viajes para subir los regalos a su cuarto. No era el momento de ponerse a abrirlos, porque el timbre empezaba a sonar y pronto el salón estuvo lleno de gente, una gran parte de la cual le resultaba desconocida. Apenas si había podido saludar a Ryan, aunque lo había visto.

Una hora y varias copas después, Talisa se escurrió con Camilla a la cocina en busca de una segunda tanda de bebida. Estaba achispada, relajada, feliz y en espera de que el sol acabara de ocultarse para ver el porche, la morena le había prometido que iba a ser un espectáculo.

—¿Quién es toda esta gente? —preguntó, una vez lograron quedarse solas en la cocina.

Camilla abrió la nevera con una risita y sacó las tres jarras de margaritas que había preparado un rato antes. La cerró, apoyándose contra ella y se sopló el pelo para apartarlo de la cara.

—Las buenas fiestas tienen el aforo completo —respondió—. Venga, tú lleva una y yo me ocupo de estas dos. Y a ver si consigues que Ekekiela cambie la música, que eso no hay quien lo soporte.

—Cualquiera lo quita de ahí, le ha cogido el gusto a ser DJ.

Talisa agarró la jarra para regresar al salón, donde Ekekiela parecía encantado ante la idea de decidir lo que sonaba. Le guiñó un ojo al verla pasar, pero la rubia decidió depositar primero la bebida en las mesas antes de que los invitados destrozaran la casa por falta de alcohol. Abby la recibió con los brazos abiertos.

—¡Por fin! —exclamó.

—¿Por fin yo o por fin el alcohol?

—Ambas —respondió Abby, echándose a reír. Le dio un abrazo—. Feliz cumpleaños, por cierto. He dejado mi regalo arriba, donde me ha ordenado Camilla.

—¿Y Leo? Qué raro no verlo contigo.

Abby fue consciente en ese mismo momento de que sí, era muy extraño. Pero Leo le había comentado por teléfono que iría por su cuenta un poco más tarde, y como ella no quería esperar mucho, no le había dado importancia. Para algo tenía su coche también.

—Lo mismo estaba cansado y prefería pasarse después —comentó, encogiéndose de hombros.

—Mira, ahí está —dijo Talisa, señalando con la cabeza el otro extremo del salón—. Habrá llegado cuando estaba en la cocina. ¿Quién es la chica con la que está?

—Ni idea —contestó Abby con una sonrisa—. ¿Su hermana pequeña que aún estudia en el instituto, tal vez?

Las dos soltaron una carcajada que a duras penas controlaron cuando él las saludó con la mano y procedió a acercarse. Llevaba una caja de regalo entre las manos y a Skylar a su lado, aunque no sabía bien cómo se había decidido a invitarla a la fiesta. Aún le parecía muy joven, pero la idea de distraerse un poco y tratar de ver más allá de Abby se había abierto paso en su cabeza.

Llegó hasta la mesa de bebidas y abrazó a la rubia, poniendo la enorme caja en sus manos.

—Felicidades, ¿te has dejado vestir por Camilla?

—Qué bien me conoces —dijo ella resignada, y lanzó una mirada curiosa a la joven que permanecía junto a Leo.

—Hola —saludó Leo, dirigiéndose hacia Abby—. Esta es Skylar, viene conmigo. Skylar, ella es Talisa, la chica del cumpleaños, y ella Abby, del trabajo.

Abby resopló.

—«Del trabajo», ¡ten amigos para esto! —La morena sonrió al decirlo mientras alargaba la mano hacia Skylar—. Es un placer, ¿seguro que tienes edad para estar en esta fiesta?

—Voy a la universidad, así que… —respondió ella, sonriente pero firme.

—¿Y de qué os conocéis? —preguntó Talisa.

—Pues… —empezó Leo, mirando de reojo a Abby. Pero ella ni siquiera estaba prestándoles ya atención—. ¿No vas a abrir el regalo?

—No puedo —se quejó ella—. Camilla dijo que era un lío hacer eso durante la fiesta y que los abra después o mañana. Y como le he dicho a todo el mundo lo mismo no puedo hacer una excepción contigo.

—No te preocupes. —Leo se echó a reír—. La verdad que Camilla sabe organizar juergas, ¿has visto el porche? Está precioso.

Leo se dijo a sí mismo que debería callarse. Al recoger a Skylar se sentía tranquilo, pero en presencia de Abby ya no lo estaba tanto. Demasiado tarde, se dio cuenta de que llevar a la estudiante allí no había sido un intento de pasar página, sino una prueba. Quería ver cómo reaccionaba la morena ante la idea de verlo con otra chica y si eso le daba alguna pista al respecto. Y las perspectivas no parecían buenas. Abby parecía sentir curiosidad, pero ni celos ni molestia, lo que era una mierda.

—¿Eso son margaritas? —preguntó el chico, decidido a beber algo para relajar sus nervios.

—¿Todo bien por aquí?

Camilla se materializó junto a ellos, con un montón de copas de plástico en las manos y soplándose el cabello de la cara. La verdad era que como anfitriona no tenía precio, algo que Talisa agradecía mucho, ya que se ocupaba de sus tareas: atender invitados, asegurarse de que había comida y bebida de sobra, de que la música no cesara… casi parecía que en realidad fuera su fiesta. Aunque no le molestaba porque conocía a la chica de primera mano y sabía de su afán de protagonismo.

Iba a responder, pero justo en ese momento sonó el timbre.

—¿Puedes abrir? —pidió Camilla, mientras echaba hielo picado en las copas que acababa de depositar sobre la mesa.

—Sí, claro. ¿No teníamos suficientes invitados? —se burló.

Aún con el regalo entre los brazos, se acercó a abrir la puerta. Y ahí estaban Costa, Haneke y...

Logró controlar el «joder» que había estado a punto de soltar al ver a Darren al otro lado. Pero, ¿qué hacía allí?

¿Por qué? ¿Por qué? ¿Por qué?

Tal vez el hecho de estar tranquila y relajada durante una noche era demasiado y el karma había decidido que ni hablar. Esa sensación de despreocupación se esfumó al momento al verlo, sabía que ya no sería capaz de disfrutar del resto de la fiesta sabiendo que andaría por allí. Incluso aunque no se acercara a ella para nada, sentía la tensión.

—Hola, cumpleañera —saludó Haneke, dándole unas palmaditas amistosas en el brazo.

Camilla se había materializado junto a ella como por arte de magia, con una sonrisa tan amplia que podía competir con su escote.

—¡Qué bien, habéis venido! —saludó, efusiva—. ¡Venga, adentro, que no quiero que esta salga fuera antes de tiempo!

Les hizo un gesto para que terminaran de entrar. Su sonrisa tintineó un segundo al sentir un fuerte pellizco en el brazo, de forma que se volvió hacia la rubia, confusa.

—¿Qué?

—¡¿Has invitado a Darren?! —Talisa se las apañó para sonar enfadada sin dejar de sisear.

—¡Pues claro! Invité a todo el grupo, ¡no iba a dejarle fuera precisamente a él!

—Pero es el capitán, ¡es raro! ¡Es como invitar a tu jefe!

—No se comporta como un jefe, así que no veo el problema.

Talisa estuvo tentada de pegarle una bofetada, pero se fijó en que su amiga estaba concentrada en Darren y apenas escuchaba sus protestas.

La madre que la parió.

—No sé de qué te quejas, si hasta te ha traído un regalo —dijo Camilla y la agarró del brazo para llevarla hasta donde los recién llegados charlaban con Abby, Leo y Skylar—. Darren, qué detalle has tenido al traer un regalo.

—Sí, es una manía que tengo cuando me invitan a un cumpleaños.

—Bueno, ¿por qué no lo dejas arriba con los demás y vuelves? —le preguntó la morena a Talisa—. Ya casi ha anochecido y podremos salir fuera.

—¿Qué pasa fuera? —quiso saber Costa, curioso.

—Ahora lo verás. Darren, ¿me echas una mano con una cosa?

Darren miró a Camilla, después a Talisa y se quedó en blanco. Toda aquella situación lo superaba, ni siquiera sabía qué demonios hacía allí. La morena prácticamente lo había asaltado el día anterior, insistiendo un par de veces en que no podía faltar al cumpleaños porque Talisa se disgustaría. Cosa que estaba convencido de que no iba a ser así, pero claro, eso no lo sabía Camilla y no encontró ninguna excusa para negarse que no le hiciera quedar como un imbécil inaccesible que ignoraba a su equipo.

Terminó por aceptar con una especie de gruñido. Sería incómodo para ambos y encima tenía que ponerse a pensar en comprar algo, porque no podía aparecer con las manos vacías. Bastante tenía con aguarle la noche para encima hacerlo sin regalo. Y había dedicado media tarde a buscarlo en lugar de hacer otras cosas más útiles.

Claro que podía haberle comprado cualquier tontería, pero no era de esos. No, en cambio se había devanado los sesos pensando en algo que le gustara y que no fueran los típicos bombones o flores para terminar en una tienda a la que jamás se le habría ocurrido entrar. Tenía tantos colores que algunos hasta le resultaban desconocidos. Entre los millones de cosas que había, al final no le quedó otra que pedir ayuda a la dependienta, inventándose una sobrina ficticia cuando la susodicha había preguntado cuántos años tenía la niña del cumpleaños. En fin, esperaba que le gustara, al menos.

—Darren —insistió Camilla, a la que solo le faltó tirarle de la camiseta para arrastrarlo hacia ella.

Él salió de su momento de evasión y la miró. No quería acompañarla a donde fuera que pensara llevarlo. Sabía lo que iba a ocurrir si se quedaban solos, le enviaba señales con tanta claridad que podía cegar a todos los presentes. Iba a dar el paso, ese momento que Darren hacía tiempo que temía, y no quería. No le apetecía estropear la fiesta y por propia experiencia sabía que alguien como Camilla no reaccionaría con deportividad a un «no».

—Yo te ayudo —dijo Leo, al ver que Darren no respondía y, de paso, alejarse un poco de Skylar y Abby. Entonces vio como Camilla le hacía un elocuente gesto de cortarle el cuello, de modo que carraspeó—. Quiero decir… oye, ¿por qué no la ayudas a dejar los regalos arriba y luego ya bajas y así le echamos una mano todos?

Miró a Darren, convencido de haberle hecho un favor, pero al momento se dio cuenta de que Talisa lo fulminaba con la mirada.

Joder. Leo decidió cerrar la boca para dejar de meter la pata, porque no entendía qué estaba sucediendo allí: aquello parecía un campo de minas. Y bastante tenía con lo suyo como para meterse en algo más que ni siquiera entendía.

—Sí, que eso tiene pinta de pesar —comentó Abby, tratando de aligerar el ambiente extraño que se había creado—. ¿Qué le has traído, Leo, un bloque de cemento?

—Muy graciosa.

Talisa se dio la vuelta y sin articular palabra se encaminó hacia las escaleras, sujetando el regalo de Leo con fuerza. La idea de que Darren subiera con ella a su cuarto sin nadie presente era terrorífica, pero… que Camilla se lo llevara a solas para abalanzarse sobre él todavía lo era más. ¿En qué momento se les había ido todo de las manos?

Llegó hasta su puerta y trató de sujetar la caja con un brazo para poder abrir, pero Abby tenía razón: pesaba como si tuviera un maldito saco de tierra en su interior. Se peleó con el pomo, frustrada y enfadada, hasta que Darren llegó hasta su altura y abrió la puerta.

Ella lo miró, furiosa.

—Gracias —gruñó.

—De nada. Siento haber venido —comentó él—. No me apetecía.

—Gracias otra vez.

La joven fue hasta su cama para dejar el paquete de Leo encima y después alargó los brazos para coger el que llevaba Darren. Le sorprendió su ligereza y de pronto sintió una curiosidad inmensa por saber qué habría en su interior. Le sorprendía incluso que se hubiera tomado la molestia de buscar algo para ella, la verdad, y ese detalle volvió a cabrearla.

—No quería que me regalaras nada —refunfuñó.

—Yo tampoco, pero hubiera sido de mala educación aparecer con las manos vacías.

—No sé para qué has venido.

—Porque Camilla me puso muy difícil decir que no. No aceptó ninguna de las excusas que se me ocurrieron —explicó él.

—¿Cuántas excusas pusiste?

—Cuatro.

—Vaya, veo que dando excusas no eres muy bueno.

Darren acusó la indirecta, o más bien, directa, pero lo dejó pasar. No era el momento de entrar en nada personal, era su cumpleaños y bastante había hecho con aparecer así.

—Deduzco que realmente no querías venir—añadió ella.

—No, en absoluto. No me apetecía la idea de estropearte la fiesta, y ya puestos, tampoco de aguantar a Camilla. Me empieza a desesperar, si soy sincero.

—Ahí tienes una ventana, por si quieres huir —soltó Talisa, señalando la suya—. Eso se te da bien, ¿no?

Bueno, pues ya estaba. Darren tuvo claro que ahí se acercaban los reproches y no podía ignorarlo más… hasta ese momento ella se había controlado, quién sabía si por la presencia del resto o por su propia paciencia. Paciencia que esa noche parecía haberse esfumado, pero no le importaba. Escucharía lo que tuviera que escuchar, lo menos que podía hacer era tragárselo. Solo podía permanecer en silencio y dejar de pensar en lo mucho que deseaba besarla: no tenía claro que ella no le soltara una bofetada si lo intentaba siquiera, pero se le daban mejor las acciones que las palabras. Y no tenía otro remedio que asumir la realidad: el tiempo y la distancia no habían enfriado en absoluto sus sentimientos hacia la rubia.

Talisa abrió la boca, dispuesta a seguir con todo lo que pensaba decir, pero al ver su mirada se calló. ¡Ya estaba otra vez! No había conocido a nadie que dijera tanto con tan pocas palabras. Al igual que en la academia, Darren se hacía entender a su manera. Esas miradas, esos gestos apenas visibles pero que a ella la ponían alerta…

Sin embargo, le aterraba estar haciendo una lectura incorrecta, no pensaba volver a cometer el mismo error que en el pasado. No podía plantearse siquiera… nada, la verdad era que no podía plantearse nada.

Quien te rompía el corazón una vez, te lo rompía dos. Y sí, se sabía bien la teoría, pero aquello que le hacía hervir la sangre estaba otra vez presente, intoxicándolo todo y haciendo que no pudiera pensar con claridad.

—¡Todos fuera! —se escuchó a Ekekiela desde el micrófono.

Aquello hizo reaccionar a Talisa. Dejó el regalo sobre la cama, junto al resto, y pasó por su lado hasta la puerta, sermoneándose a sí misma por haber cometido la estupidez de quedarse a solas con él otra vez. ¡Cuánto deseaba alejarse y qué difícil resultaba!

No pronunció la menor palabra: solo bajó las escaleras sin pararse a ver si Darren la seguía y fue al encuentro de los demás, que se encontraban saliendo hacia el porche.

La fiesta se había vuelto de lo más extraña, pero el aire de la noche mezclado con la brisa salada del mar ayudó a despejar su cabeza.

Ekekiela le rodeó los hombros con el brazo nada más verla aparecer y sonrió.

—¡Ya era hora! ¿Te habías perdido en tu propio cuarto? —sonrió.

—Ya sabes, es muy grande. —Ella respondió a la sonrisa, desganada.

A unos pasos de distancia, Darren se metió las manos en los bolsillos con expresión seria. ¿Desde cuándo aquellos dos parecían tan íntimos? Claro, ya no los veía a diario como en la academia, y aunque allí habían llegado a ser buenos compañeros, ahora veía algo más. O eso parecía, desde luego. Se la veía totalmente relajada con Ekekiela, no había hecho ningún gesto para apartarlo o poner distancia entre los dos, y la forma en que hablaban o se tocaban era del todo natural, nada forzada. Entonces otra idea apareció en su mente: la casa. Que todos compartían, sí, pero… la cercanía, la convivencia, todo eso acercaba a la gente. ¿Y si entre Ekekiela y Talisa había algo más de lo que pensaba? Quizá no llegaban a compartir cama, pensamiento que le sulfuró al instante, pero podían estar a un paso de llegar a eso.

No debería importarle. Para nada, lo suyo con Talisa estaba más que terminado y los comentarios-reproche de la chica se lo dejaban claro, pero pensar que ella pudiera estar con otro le molestaba.

Y mucho.

Camilla dio unas palmaditas para atraer la atención de los presentes, lo cual hizo que Darren apartara la vista de la pareja. Iría a buscar una cerveza o, mejor aún, se escabulliría sin ser visto.

Una vez Camilla comprobó que todos la miraban y los murmullos desaparecían dando paso a la expectación, pulsó un botón y el porche se iluminó con cientos de bombillas de todos los colores. El efecto quedaba precioso al ser de noche, creaba un ambiente mágico.

—Felicidades —dijo la morena, mirando a Talisa con cariño, antes de señalar la mesa.

Jesse estaba allí, esperando. No le gustaba ser el centro de atención, pero claro, cualquiera le decía que no a Camilla. ¡Si hasta había estado horas ayudándola a colgar aquellas odiosas bombillas! Apartó una tela que la cubría y se escucharon exclamaciones de admiración. Allí había una tarta inmensa en forma de extintor, con una decoración tan bonita que daba pena hasta pensar en la posibilidad de cortarla. Esa zona no tenía nada que ver con el resto de la juerga que se había desarrollado en el interior de la casa, sino que resultaba mucho más personal e íntimo. Era todo un detalle por parte de Camilla y se notaba que le había puesto toda su ilusión, porque no le quitaba ojo de encima, esperando su reacción.

—Madre mía —murmuró la rubia, acercándose—. ¿Tú has preparado todo esto?

—Ajá. Y ha sido una pesadilla colocar tantas bombillas, no creas, pero no me dejaron hacer lo de los farolillos por el viento. —La chica parecía satisfecha y puso los ojos en blanco al escuchar un carraspeo proveniente de Jesse—. Bueno, aunque he de admitir que algo de ayuda he tenido.

—Es precioso todo. —Talisa la abrazó—. Muchas gracias.

Pero las luces y el pastel no venían solos, no. Llegaban acompañados de esa culpabilidad y remordimiento que sentía cada vez que pensaba cuánto la quería Camilla a su manera, y cómo ella se lo devolvía sin ser sincera.

—Ahora sí, a desmadrarse todos —ordenó Camilla—. ¡Pero por favor, que alguien sustituya a Ekekiela como DJ!

—Eh, ¿qué problema tienes? —se quejó este, frunciendo el ceño.

—Ya voy yo un rato —se ofreció Jesse.

—Ni hablar, que lo que escuchas tú es peor —se negó Ekekiela—. Ni te acerques.

—Recoger esto va a ser una pesadilla —comentó Ryan, acercándose al grupo—. Menos mal que tenemos el día libre, ¿lo celebras con tus padres y Gail?

—Sí, mañana comemos todos.

Ryan aún seguía pensando en la noche anterior y la expresión de la hermana de Talisa al saber que existía una fiesta a la que a todas luces no había sido invitada. Aunque informaba a Talisa de todas las llamadas y reuniones, aún no había podido comentarle la crisis de la noche anterior. Sobre todo, porque Camilla la había tenido fuera de la casa todo el día y después prácticamente secuestrada, y no era algo que le gustara discutir por mensaje. Dudó en si aquel era el mejor momento para decírselo. Al fin y al cabo, estaban en su fiesta y esa información podía aguársela… pero también quería que lo supiera antes de que la viera.

Decidió comentárselo, pero no tuvo tiempo, ya que de pronto vio como Talisa miraba hacia la playa. Se giró para ver qué era lo que llamaba su atención y ahí estaba Gail, aproximándose. Iba despeinada, sin maquillar y con unos simples vaqueros, como si hubiera estado tirada en el sofá y alguien la hubiera depositado allí por arte de magia. Miró a Talisa y a la chica, pero ya no tenía tiempo de decir nada.

—Vaya, hola —saludó Gail, una vez llegó a su altura. Miró a su alrededor con una sonrisa— La casa está muy chula.

—¿Qué haces aquí? —preguntó Talisa al momento, dando un paso hacia ella.

—Bueno, me enteré de que daban una fiesta por tu cumpleaños y he decidido venir un rato, si es que tienes tiempo para mí, claro.

—No, no puedes estar aquí —el tono de Talisa fue tajante—. Vete a casa, Gail.

Ryan se acercó a ella y la cogió con suavidad del codo.

—Yo te llevo —sugirió.

—No, no quiero irme. —Se desprendió de su mano, molesta, y miró a su hermana—. ¿Sabes? También es mi cumpleaños, ¿por qué no puedo celebrarlo contigo?

—Ya sabes por qué.

—No tiene nada de malo que vaya a una fiesta.

Camilla se cruzó de brazos, dejando el cuchillo con el que cortaba porciones de tarta. No quería que el ambiente se estropeara y la presencia de Gail atraía demasiado la atención de los invitados que aún permanecían en el porche, casi todos pendientes de la escena.

—Sí que lo tiene —respondió Talisa, sin ceder ni un ápice—. Te lo han explicado mil veces. Si quieres dejarlo todo debe ser diferente, y este ambiente lo tienes asociado a ese punto al que no puedes ir.

Gail suspiró, exasperada.

—O sea, que jamás podré ir a una fiesta durante el resto de mi vida, ¡es absurdo!

—No, no lo es, o al menos no hasta que tengas el control. Si sales de noche es fácil que acabes tomándote una copa y, si haces eso, harás todo lo demás.

—Tiene razón —la apoyó Ryan.

—Ya me he tomado una copa —dijo Gail—. ¿Por qué no iba a poder? ¡No tengo problemas con el alcohol!

—Pero tienes una adicción, sea la que sea —volvió a intervenir Ryan—. No tiene sentido sustituir una por otra. Lo sabes de sobra, te lo han dicho en el programa, lo repiten en las reuniones…

Talisa pareció agradecer sus palabras y apoyo. No así Gail, que lo miró dolida.

—Pensé que me apoyarías —acusó—. ¡Es mi cumpleaños! ¿Tan raro es que quiera estar aquí?

—No es raro, pero no puede ser —dijo el chico—. Gail, mira lo que pasó ayer, ¿ya se te ha olvidado? ¡No han pasado ni veinticuatro horas!

—¿Qué pasó ayer? —Talisa lo miró, con el ceño fruncido.

—Tuve una crisis, pero la superé. —Señaló a Ryan con el dedo—. ¡Eres un chivato, que lo sepas! ¿Por qué tienes que contarle nada? ¡Eres mi espónsor, eso no te da derecho a ir contando mi vida por ahí!

—Iba a decírtelo luego —dijo Ryan a Talisa, moviendo la cabeza e ignorando las protestas de su hermana—. Me llamó desde una calle que… Bueno, ya te la puedes imaginar, los detalles no importan. El caso es que fui a buscarla y la llevé a una reunión, por suerte no llegó a comprar ni consumir.

Talisa suspiró. No le extrañaba que hubiera ocurrido aquel percance, solo le dolía que Ryan estuviera metido en todo ese embrollo. Por no hablar del espectáculo que estaban montando en aquel momento, llamando la atención de todo el mundo presente en la fiesta. Incluso Darren, al que había perdido de vista durante un rato, estaba acercándose a ellos con expresión preocupada. Mientras tanto, se dio cuenta de que Ekekiela subía el volumen de la música, intentando que la gente se distrajera. Por su parte, Jesse se había ido hacia las bebidas y estaba dedicándose a rellenar vasos a diestro y siniestro. Ya se lo agradecería a ambos más tarde, menos mal que tenía aquel grupo genial de amigos con ella.

Tenía que terminar con aquello y rápido, así que se aproximó y cogió a Gail del brazo, tratando de hacer que se alejara.

—Si has bebido eso infringe las normas —le repitió en voz baja.

—¡Déjame! —Gail se soltó por segunda vez, en esa ocasión de su hermana—. ¿Sabes lo frustrante que es hacerlo todo mal? ¿Saber que nunca voy a poder llegar a tu nivel? Da puto asco, T, y me pone en una situación muy jodida.

Talisa no reaccionó ante sus palabras, que deberían dolerle, pero ya había superado la parte en la que se sentía culpable por las acciones de Gail. Era una carta que su hermana había utilizado demasiadas veces y sabía ignorarla. La chica utilizaría cualquier excusa para no irse, aunque acabara afectando a todos los allí presentes. Tendría que cancelar la fiesta, con todo lo que le había costado a Camilla organizarla, y llevársela de allí. Y llamar a sus padres, claro, que seguro que no sabían que estaba fuera. Pero entonces Ryan intervino de nuevo.

—Gail, se acabó, ¿vale? —dijo, con voz firme, y colocándose delante suyo para impedir que escapara—. Nos vamos de aquí, esto es mucho peor que la crisis de ayer y ya has molestado bastante.

—Pero…

—No. Ya discutiremos en el coche. Estás montando un espectáculo y créeme, la única perjudicada eres tú. —La cogió del brazo y miró a Talisa—. Le daré una vuelta para que se despeje y buscaré una reunión, tú sigue con tu fiesta y no te preocupes por nada.

—¿Estás seguro?

—Claro que sí. —Tiró de Gail—. Nos vamos.

La chica intentó protestar de nuevo, pero él hizo caso omiso y se la llevó hasta el interior de la casa, para coger las llaves de su coche.

—No quiero una reunión —protestó la joven, una vez en el asiento del copiloto.

—Ya, pero eso da igual.

Gail se cruzó de brazos con gesto obstinado y Ryan le puso el cinturón, ignorándola. Aunque solo hubiera tomado una copa de verdad y no más, como podía ser probable según su historial de mentiras, no podía llevarla así. Primero tenía que despejarse y tranquilizarse, por lo que condujo hasta una cafetería. Al ver que no iban a una reunión, Gail se relajó un poco y no protestó cuando le dijo que iban a entrar a tomar un café. O un par, los que hicieran falta.

—¿Me llevarás a casa después? —preguntó ella, poniendo su mejor voz de niña buena.

—Tú tómate el café y cuando te tranquilices hablamos.

Hizo un gesto a la camarera para que se acercara y pidió un par bien cargados, ya que a él le iba a hacer falta también. Preveía una noche movida.

CAPÍTULO 9

Darren había observado toda la escena desde la distancia. No había llegado a escuchar toda la discusión, pero tenía claro lo desagradable de la misma y que Talisa estaba afectada. Al menos no se encontraba sola: tenía a Camilla a su lado, frotándole el hombro con cariño, así como Leo y Abby, que la rodeaban. Dudó si acercarse, ya tenía su círculo de amigos apoyándola, pero al ver que Ekekiela dejaba el aparato de la música para dirigirse también hacia ella, decidió adelantarse.

—¿Todo bien? —preguntó—. ¿Necesitas algo?

Para su sorpresa, fue Camilla quien contestó, dejando a su amiga a un lado para cogerlo del brazo.

—Nada que un poco de diversión no cure —dijo la chica—. Y se me acaba de ocurrir una idea genial.

Talisa temía a Camilla y sus «ideas geniales», pero también reconocía el esfuerzo que había realizado en preparar la fiesta y la preocupación por ella, así que decidió darle un voto de confianza.

—Sí —contestó—. Sigamos con la fiesta y…

—No, no, me refiero a mañana. O cuando sea. Deberíamos salir.

Darren se sobresaltó, esperando haber entendido mal, y la miró de arriba a abajo.

—¿Tú y yo? —preguntó, por si acaso, y sin entender cómo aquello iba a divertir a Talisa.

—Sí. —Ella sonrió, coqueta—. Una cita doble. Nosotros por un lado, y te traes a un amigo para Talisa. Lleva meses un poco deprimida, seguro que le viene bien.

La rubia la miraba como si estuviera hablando en chino y, por la cara que tenía Darren, suponía que no era la única en desacuerdo con aquella extravagante propuesta. Abrió la boca para contestar, pero justo entonces llegó Ekekiela hasta ellos y Camilla, sin soltar a Darren, cogió al hawaiano también.

—O si no encuentras ninguno, no pasa nada. Talisa, aquí tienes a este muchachote libre, te recuerdo.

Las expresiones de horror de Darren y Talisa fueron prácticamente idénticas. No así la de Ekekiela, que de nuevo rodeó los hombros de la chica con un brazo como había hecho varias veces aquella noche y la estrechó contra sí.

—¡Me parece una idea genial! —exclamó.

Talisa se preguntó a quién matar primero. ¿A Camilla, por la sugerencia? ¿A Ekekiela, por estar tan cariñoso, además sabiendo lo suyo con el capitán? ¿O al propio Darren, por no decir nada? Empezó por fulminar a Camilla con la mirada, continuó por dar un codazo a Ekekiela y acabó apartándose un par de pasos de todos ellos.

—Creo que me voy a tomar algo.

—Te acompaño —dijo Abby, acercándose a ella—. Me muero de sed.

También había visto cómo palidecía y suponía que estaba afectada por el asunto con su hermana, así que no le parecía buena idea que fuera sola a beber. Lo mismo acababa tirada en alguna esquina y luego tenía que pasar la noche sujetándole el pelo, ya que parecía que Camilla estaba ocupada con cosas más importantes.

Darren vio alejarse a Talisa con Abby y decidió que era hora de marcharse de allí, antes de que se liara más el tema.

—Yo me voy —dijo, librándose de Camilla—. Ya nos veremos en la estación, chicos. Esto… una fiesta estupenda, ejem.

Ella hizo un puchero al verlo alejarse sin haber obtenido ninguna respuesta positiva, pero tampoco había dicho que no, así que pensó que no había ido tan mal la cosa.

Abby cogió un par de vasos y los rellenó con una de las jarras de margaritas. Le llevó uno a Talisa y se sentaron en el balancín.

—¿Estás mejor? —preguntó Abby—. No te preocupes, seguro que con Ryan está bien.

—Sí, lo sé. —Dio un sorbo, preguntándose qué diría la chica si supiera que aquello no era lo que más le preocupaba—. ¿Tú qué tal con lo tuyo?

Abby hizo una mueca, removiendo la bebida con una pajita antes de dar un largo trago.

—Bueno, el abogado de Leo es muy bueno, pero no sé, es todo tan… complicado. Habrá juicio, tendremos que declarar… y no sé qué dirá Deke.

—Seguro que nada malo de ti.

—No, pero bueno tampoco. —Se encogió de hombros—. Y el trabajo no ayuda, con esos turnos infernales.

—¿Van mejor las cosas con el tipo ese o qué?

—Nada, como siempre. Son todos iguales, unos cabrones. —Dio un largo trago—. Ya verán cuando… —Carraspeó, callando a tiempo. Todavía debía terminar el reportaje y aún no quería decir nada a sus amigos, al menos hasta que lo tuviera y supiera qué era lo que se iba a publicar exactamente, qué pasaba el corte y qué no—. No importa, olvídate de eso. En fin, ¿y qué pasa con Ekekiela?

—¿A mí? ¿Con Jimmy? —Se rio, divertida—. Nada, ¡qué va a pasar! Somos amigos, como siempre.

—¿Y eso lo sabe él? Porque ha dicho que sí muy rápido a la cita doble que ha propuesto Camilla, más que el capitán, ya puestos. Pobre, menudo temple tiene para aguantarla.

—Sí, bueno, sería para apoyarme.

—¿Seguro?

Talisa dirigió su vista al chico, que había vuelto a su lugar con la música, y que la saludó al ver que lo estaba mirando. Le devolvió el gesto sin poder evitar preocuparse un poco. ¿Y si Abby tenía razón? No quería estropear su buena relación de amistad. Conociéndole, él ligaba con cualquiera y le daba todo igual, pero… claro, hacía unos meses era así con todo: despreocupado, irresponsable, infantil… Ya no.

Frunció el ceño y decidió cambiar de tema, contraatacando al ver a Leo bailando con Skylar justo frente a ellas.

—¿Y tú con Leo qué? —preguntó.

—¿Yo con Leo qué?

—¿Sin novedades en el frente?

—¿De qué frente estás hablando?

—No sé, a ver. Compartís estación y estáis mucho tiempo juntos.

—Como vosotros.

—Sí, pero te recuerdo que ya tuvisteis vuestro momento en el coche.

—Exacto: un momento. Y ahí se quedó, ni hemos vuelto a hablar de ello porque no fue nada. Somos amigos y compañeros, y ya está. Ni siquiera hay química, ¿sabes? Esa noche sí, claro, fue una de esas cosas que pasan, pero ahora lo miro y no siento nada. Quiero decir, quizá si se tercia me volvería a acostar con él, pero no hay nada más.

Talisa no dijo nada. Lo de la química no iba a discutirlo con ella, estaba claro. Así como cada vez que compartía espacio con Darren notaba la tensión en el ambiente y le daba la sensación de que si se tocaban saltarían chispas, no veía eso en Leo y Abby. Sin embargo, sí que notaba interés, al menos por parte de Leo. Le parecía que la miraba cuando no se daba cuenta, incluso en aquel momento que estaba con la otra chica que había llevado, de vez en cuando lo había pillado observándolas.

—Además, fíjate en él, que se ha buscado un ligue —continuó Abby—. Si quisiera algo conmigo, no estaría con otra.

La rubia se encogió de hombros, tomando otro sorbo.

—Supongo que tienes razón —comentó.

—Voy a rellenar esto. —Le enseñó su vaso, casi vacío—. ¿Te traigo otro?

—¡Qué velocidad! No, tranquila, yo con este voy bien.

Abby se incorporó, terminó su bebida de un trago y atravesó a la gente que bailaba para llegar a la zona de bebidas.

Leo la siguió con la mirada, pero aunque pasó casi a su lado, la chica no le dijo nada ni pareció haberlo visto. Vaya por Dios, tanto bailar no estaba sirviendo de nada.

—Eh, que estoy aquí. —Skylar chasqueó los dedos delante de su cara—. ¿Se puede saber qué miras?

—¿Qué?

—O más bien, a quién.

—No sé qué quieres decir, yo…

—Mira, puedo ser joven, pero desde luego no idiota, y no me has hecho ni caso en toda la puñetera noche.

—Eso no es verdad. Estamos bailando, ¿no?

Skylar se cruzó de brazos, quedándose inmóvil en medio de la gente, de forma que él suspiró y dirigió su atención a la estudiante.

—Vale, perdona —se disculpó—. Supongo que estoy un poco distraído. El trabajo, ya sabes, al final aquí hay muchos compañeros y…

—… Y compañeras.

Leo enrojeció un poco, pero negó con la cabeza, buscando explicarse.

—No hay diferencia entre ellos.

—Claro. Por eso no quitas la vista de encima de esa chica. —Señaló a Abby—. Que es la misma con la que estabas en el bar donde nos conocimos. Te vi con ella, Leo, después de volver con mis amigas. Pensaba que no había nada entre vosotros porque había otra y no hicisteis más que hablar, pero creo que me equivoqué.

—No somos nada, solo amigos.

—¿En serio? ¿No es tu ex ni nada parecido?

—Qué va, nada de eso. Solo nos hemos acostado una vez, y eso no se puede llamar relación, así que…

Ella movía la cabeza, molesta. Joder, ¡con la ilusión que le había hecho que la llamara! Pero ahí había algo, estaba segura. Y que le confesara que se habían acostado, ya era una señal de que muy equivocada no estaba. Le daba igual si había sido una vez o veinte: no le quitaba ojo de encima y estaba todo el rato pendiente de la chica. Al salir a bailar pensó que eran imaginaciones suyas, hasta que la había visto sentada con la cumpleañera a pocos metros de distancia, justo donde podían verlos.

—Mira, Leo, me voy a marchar.

—Pero si te he traído yo.

—Pillaré un taxi o un Uber, me da igual. Pero aquí está claro que no pinto nada. O sí, pero no para lo que pensaba que era. Es obvio que quieres algo con ella, no sé si pensabas que trayéndome te sería más fácil olvidarla o si lo que querías era darle celos. En cualquier caso, no cuentes conmigo para experimentos.

Se giró para marcharse. Leo quiso sujetarla del brazo para impedírselo, se daba cuenta de que le debía una buena disculpa y se arrepentía de haberla invitado a la fiesta por el motivo equivocado. Pero Skylar no estaba dispuesta a escuchar ni hablar nada más con él, puesto que se deshizo de su brazo y, de paso, le plantó una bofetada que lo dejó seco en el sitio, más por la sorpresa que por el dolor en sí. Automáticamente, levantó la vista hacia Abby… y se dio cuenta de que sí, ella estaba mirando, como esperaba, y no parecía para nada contenta. ¿Habría funcionado la escenita, entonces? Porque de ser así, el golpe habría merecido la pena. Se acercó sin esconder su cara de culpabilidad, porque toda la situación se le había escapado de las manos y tampoco había querido molestar a Skylar, que parecía buena chica.

—Te ha dejado una buena marca en la cara —comentó Abby, sin suavizar su gesto.

—Sí, ya. —Se frotó la zona—. Es que bueno, me ha dicho que no le estaba haciendo el suficiente caso, que estaba… —La miró directamente—. En fin, más pendiente de otras cosas.

Abby suspiró. Joder, si al final iba a tener razón Talisa, mal que le pesara. Y ella en su mundo de la gominola, pensando que el sentimiento de amistad era mutuo y que no había nada más. ¿Por qué se tenían que complicar tanto las cosas? Bastante tenía con el tema de Deke para encima…

Vaya. A ver si Leo no le había ofrecido a su abogado solo por amistad, ¿y si esperaba así ganársela? No se lo había planteado en ningún momento, pero claro, tampoco que llevaría a una chica para darle celos o a saber qué.

—Leo, por favor, dime que no es lo que estoy pensando —rogó.

—¿Y qué estás pensando?

—¿Esperabas que tuviera celos de esa chica?

Él enrojeció y se encogió de hombros, indeciso. Abby no parecía enfadada, quizá… ¿decepcionada? No sabía qué decir para no estropearlo más, porque tampoco tenía pinta de que se fuera a echar en sus brazos precisamente.

—No sé, ¿puede?

Abby movió la cabeza, sin hacer ningún gesto para acercarse, por lo que el chico se mantuvo en su sitio, esperando a ver en qué quedaba todo. Joder, a ver si con la tontería se había cargado su amistad también…

—Leo, me gustas, lo sabes —explicó ella—. Y te quiero, pero solo como…

—… amigo, ya —terminó él, con expresión derrotada.

—Pensaba que lo sabías y que sentías lo mismo. —Leo apretó los labios, sin decir nada—. Lo siento, pero no puedo decirte otra cosa. Si quieres retirar tu oferta de dejarme a tu abogado, bueno, supongo que lo entiendo.

—¿Qué? —Abrió mucho los ojos, mirándola—. No, no, eso no tiene nada que ver. No lo hice por obtener nada a cambio, de verdad. Lo de hoy… mejor lo olvidamos, ¿no te parece? Mira, ha sido… yo qué sé, una tontería, no sé ni por qué se me ha ocurrido algo como eso, ¡yo no soy así! Sigamos como siempre, ¿vale? Amigos y compañeros.

Extendió la mano y Abby, tras dudar unos segundos, se la acabó estrechando. No estaba muy convencida, pero también le dolía pensar que podía perder su amistad y su apoyo dentro de la estación. Iría con pies de plomo con él, eso seguro, pero habían pasado tanto juntos que se merecía una oportunidad.

Aliviado porque ella no se hubiera marchado como Skylar, Leo la hubiera abrazado en aquel momento, pero decidió no presionar la situación y sugerirle, en cambio, ir a coger las bebidas juntos, a lo que la morena accedió.

Desde el balancín, Talisa había observado toda la escena como si fuera una película muda. Con el jaleo y la música no se había enterado de nada, pero por la bofetada que había recibido Leo, había deducido que muy desencaminada no andaba con sus suposiciones. Terminó su bebida y, como si hubiera estado esperando a que lo hiciera, Ekekiela apareció al segundo con un par de vasos en las manos y le ofreció uno.

—No, gracias, ya he tenido bastante —sonrió ella.

—¿Seguro? Porque te veo muy seria… ¿Estás preocupada por tu hermana?

—Sí y no.

No había recibido todavía ningún mensaje de Ryan, pero confiaba en él y sabía que se estaba encargando de su melliza. Aun así, una molestia en el pecho le recordaba el malestar constante que sentía. Como siempre, parte de su angustia se trasladaba a ella.

—Por lo demás, ¿qué te parece la fiesta? —preguntó él—. Camilla se ha esforzado mucho. Nos ha tenido esclavizados y encima pretende que recojamos, por cierto.

—Sí, algo me ha dicho. —Se rio—. Ha quedado genial, muchas gracias. Y una cosa, ya que hablamos de Camilla. —Él levantó una ceja—. Olvídate de la tontería esa de la cita doble. ¿Por qué te ha parecido buena idea? ¿O estabas fingiendo?

—No sé, un poco de todo. —Miró la bebida y luego a ella—. ¿No has pensado en el dicho ese, el de «un clavo saca a otro clavo»? No digo que yo sea el clavo necesario —se apresuró a añadir, al ver cómo lo miraba—. Pero quizá si sales por ahí y ves lo que hay, te olvides del capitán. Porque a él no lo veo muy dispuesto a volver o continuar o lo que fuera, ¿no?

Talisa se encogió de hombros, sin saber qué contestar. Darren no es que fuera un gran libro abierto, pero había ido a la fiesta. Sí, tras poner mil excusas porque también era incómodo para él, y encima con un regalo. De nuevo, se preguntó qué le habría llevado, y decidió salir de dudas. Se levantó y le dio una palmada a Ekekiela en un hombro.

—Gracias, pero de momento no, gracias. Ahora vuelvo, voy dentro un segundo.

Ekekiela se marchó con las bebidas a su puesto con la música mientras la chica se dirigía a su habitación. Miró el montón de regalos y los fue apartando hasta localizar el de Darren.

Se sentó en el suelo con las piernas cruzadas y el paquete en el regazo, dándole un par de vueltas con curiosidad. En fin, solo había una forma de salir de dudas, así que rasgó el papel sin miramientos.

Y entonces se quedó sin habla. La caja, una vez desenvuelta, tenía mil colores y arcoíris, con la tapa transparente mostrando diferentes compartimentos que alojaban purpurina, tijeras, pegamento, pegatinas de multitud de colores y formas, cintas… Con aquello podía hacer cualquier manualidad que se le ocurriera, era exactamente lo que tantas veces había pedido a sus padres y que no le habían comprado. Al momento, se enterneció pensando en cómo él había recordado su pequeña anécdota de niña. Solo de imaginárselo en una tienda pidiendo algo así le entró la risa, pero pronto se le cortó, precisamente por eso.

Mierda. ¿Por qué no le había comprado unos bombones y ya? ¿Por qué le había regalado algo tan especial? Tendría que darle las gracias… y no de la manera que le gustaría, no, manteniendo bien las distancias no fuera a estropear sus pobres avances.

Joder.

Gail apartó la taza de café y le hizo un gesto negativo a la camarera, que se acercaba con la jarra a rellenarla.

—Te juro que si tomo más café no duermo en un mes —gruñó, mirando a Ryan con los brazos cruzados.

—¿Se te ha pasado el efecto del alcohol?

—Supongo. —Se encogió de hombros—. ¿Ahora qué? ¿Vas a llevarme al centro a ingresar?

—De momento vamos a una reunión de emergencia, he localizado una aquí mismo. Y ahí veremos qué te dicen, aunque ya sabes que la chapa…

—Ya, ya, se reinicia todo. —Suspiró—. Otra vez. Solo ha sido una copa de nada, joder, ni que me hubiera bebido hasta el agua de los floreros.

—Eso da igual y lo sabes. ¿Lista?

—No, pero como no importa lo que yo diga, qué remedio me queda.

Siguió a Ryan al coche gruñendo por lo bajo. No solo se había perdido la fiesta, sino que encima le tocaba trasnochar y no de juerga, precisamente. ¡Si ella solo quería compartir un rato con su hermana! ¿Tan difícil era de comprender? Y a ella tampoco le había hecho ninguna ilusión verla allí, claro. ¿Por qué no la habría invitado? Ni que fuera a montar un espectáculo… Se mordió el labio, pensando en que precisamente era eso lo que había hecho. No había pretendido aguarle la fiesta, solo había tomado una copa para animarse un poco, porque ir de fiesta sin nada tóxico en el cuerpo era algo nuevo para ella, pero claro, sin medir las consecuencias de sus actos.

Como siempre.

Suspiró mientras Ryan aparcaba y la llevaba al interior de una iglesia, donde había una reunión en marcha. Imaginaba que, siendo sábado y de madrugada, no sería la única en aparecer de esa forma imprevista y no se equivocó: dos minutos después entró otro chico, con la misma cara de arrepentimiento que ella.

Allí sí, las sillas estaban en círculo, y una mujer estaba contando que se había marchado de una cena de empresa para no beber el vino que habían servido con el primer plato. El siguiente en hablar, un chico tan joven como ella, había huido de una discoteca a la que había llevado a su cita y en cuyo interior le habían ofrecido un par de porros. En lugar de explicarse, había dicho que iba al baño y allí estaba, confesándose antes de caer.

Así que cuando le llegó el turno, Gail se sentía aún peor de lo que había imaginado. Ya no tenía nada de alcohol que la distrajera, nada de ruido ni música ni excusas para justificar lo que había hecho: estropearle la fiesta a su hermana melliza. A la persona que más quería en el mundo, de nuevo le había hecho daño. ¿Es que nunca iba a aprender? Sin poder evitarlo, un par de lágrimas cayeron por sus mejillas cuando comenzó a hablar, contando lo que había pasado aquella noche.

Cuando terminó, la persona que dirigía el grupo se acercó y le apretó un brazo con comprensión.

—No te preocupes —le dijo—. Mañana descansa, celebra vuestro cumpleaños con tu familia. Y el lunes vas a tu centro a que te aconsejen.

—Pero, ¿y si me ingresan de nuevo? —Se pasó las manos por la cara—. No quiero volver a estar encerrada.

—Quizá solo sea una semana, en plan intensivo, ya que hasta ahora ibas bien. Pero tienes que ir de todas formas a la terapia, así que… no lo dejes pasar.

A su lado, Ryan le cogió una mano.

—Yo te acompaño, no tengo turno hasta la tarde —le ofreció.

Ella afirmó con la cabeza, evitando mirarlo. Con lo bien que iba todo… menos mal que le tenía de apoyo, menos mal que no había salido corriendo, porque entonces sí que no habría sabido qué hacer.

Se quedaron hasta que todos hicieron su ronda de testimonios, pero no a tomar café ya que Gail pensaba que había tenido más que suficiente aquel día.

—¿Te llevo a casa o prefieres dar una vuelta para despejarte? —preguntó Ryan.

—¿Se te ocurre algún sitio al que ir a estas horas que no incluya alcohol, drogas y desmadre?

—Claro.

Con los turnos y horarios que hacía conocía unos cuantos sitios que abrían veinticuatro horas, así que condujo hasta uno de dónuts para comprar una caja variada y un par de chocolates calientes. Con todo ello en el coche, la llevó hasta la playa, vacía en aquel momento. Todavía era de noche, pero ya se veía un ligero tono anaranjado al fondo del mar, por donde salía el sol.

Con el botín dulce y una manta que tenía en el maletero, Ryan llevó a Gail hasta la arena y lo preparó todo para que se sentaran encima.

—Espectáculo gratis y drogas baratas—dijo, pasándole la caja—. Por azúcar que no sea.

Ella sonrió y cogió un dónut cubierto de chocolate rosa y nubes blancas. Madre mía, acabaría engordando veinte kilos, lo veía venir… Dio un mordisco y miró al frente, disfrutando de aquel momento de paz. Era raro, normalmente llamaba a Talisa cuando le ocurría algo o siempre que necesitaba hablar, pero con Ryan era diferente. Podían estar en silencio, como en aquel momento, y no pasaba nada, se sentía cómoda. Como si lo conociera de mucho más tiempo del que lo hacía, como si él la entendiera y no hicieran falta palabras.

Contempló el amanecer admirando los colores, aquellos naranjas reflejados en el océano, cómo el sol iba saliendo poco a poco inundando todo con su luz y pensó en cuando había sido la última vez que había visto uno. Demasiadas veces había despertado con el sol dándole en la cara tras una noche de juerga, tirada en una playa como aquella o en un banco del parque, pero nunca se había parado a pensar en lo bonito que era, en la paz que transmitía.

Emocionada sin poder evitarlo, miró a Ryan y apoyó su mano sobre la del chico. Ryan se giró, sonriéndole.

—¿Te gusta? —preguntó.

—Muchas gracias, Ryan.

—No hay de qué. Podemos venir cuantas veces quieras.

Seguía con la sonrisa en la cara y ella se mordió un labio, sin poder apartar los ojos de los suyos. Era tan guapo… Se acercó hacia él y bajó el rostro, acercando sus labios hasta besarlo. Notó un escalofrío, entreabrió la boca al notar que él hacía lo mismo… y de pronto Ryan se apartó.

El chico se levantó como impulsado por un resorte y se pasó las manos por el pelo, maldiciéndose.

No, no, no, ¿qué había pasado? Era su espónsor, la hermana de Talisa… No podía liarse con ella, ¿en qué estaba pensando? Se giró hacia Gail con las manos en la cintura, mirándola preocupado, pero la chica no parecía para nada arrepentida.

—Gail, esto no puede ser otra cosa que lo que hablamos.

—¿No te gusto? —Hizo un mohín.

—Ese no es el problema. —Se arrodilló frente a ella y le cogió las manos—. Soy tu espónsor.

—¿Y qué? ¿Hay alguna norma? —Suspiró fastidiada—. Sí, claro que hay una norma, ya lo sé. Pero bueno, me puedo buscar otro o…

—No, hay más y lo sabes. No puedes tener relaciones íntimas con nadie, al menos hasta que estés un año sobria.

—Creo que esa es una norma absurda.

—No lo es, si no, no funcionaría.

—Pero podemos ocultarlo, ¿no? —Hizo ademán de besarle de nuevo, pero él la esquivó—. Ryan…

—Gail, no. Sabes perfectamente cuál es el proceso y en qué momento estás tú, sobre todo después de esta noche. Como mucho, te compras una planta como te han dicho y si no muere, vas al siguiente paso. No puedes saltarte ninguno.

Ella miró al suelo, fastidiada. ¿Por qué tenía que ser tan responsable? Joder, sí, por eso le gustaba, pero… ¿ni un resquicio de esperanza? Aunque no había negado que le gustara.

—Solo dime si te gusto.

—¿Te gusto yo a ti o es solo una excusa para distraerte de lo demás? ¿O solo te convengo porque estoy cerca?

Ella lo miró al momento, dispuesta a negarlo, pero se calló, meditando sus palabras unos segundos. No sería la primera vez que se lanzaba a algo que en realidad no quería solo porque lo tenía a mano. Pero había algo más, podía sentirlo, no era un capricho pasajero.

—Me gustas —musitó.

Pasó un dedo por la arena, haciendo círculos de forma distraída. Ryan la observó unos segundos, antes de apartarle un mechón pelo y acariciar su mejilla. Ella pareció esperanzada, pero el chico se mantuvo quieto, sin acortar la distancia que los separaba.

—Vamos a dejarlo aquí —dijo él.

—Pero no me has contestado.

Ryan suspiró, mirando al cielo y luego a ella. No quería mentir, así que…

—Claro que me gustas —confesó—. Pero no es el momento ni el lugar, Gail.

A la chica se le iluminaron los ojos y sonrió.

—Entonces, ¿más adelante? ¿Esperarás a que me recupere?

—Si quieres que siga siendo tu espónsor, tienes que seguir mis normas.

—Claro, pero ¿me esperarás? —insistió—. Aunque tarde un año.

—No puedo hablar del futuro, igual que tú no puedes prometerme que estarás un año sin recaer. Porque te recuerdo que hoy empiezas de nuevo.

Ella movió la cabeza, fastidiada. Si le gustaba, ¿tan complicado era decir que sí? Aunque al menos, seguiría siendo su espónsor, por lo que lo vería a menudo. Quizá tendría que llamarlo más para conseguir su atención, eso si no la ingresaban un mes en aislamiento. Ojalá con unos días bastara, porque ahora que tenía un objetivo a largo plazo, estaba segura de que no recaería y seguiría los pasos a rajatabla.

—Verás como no te decepciono —le prometió.

Le dio un beso en la mejilla con rapidez, antes de que él se apartara del todo, y echó a correr hacia el agua, quitándose la ropa hasta quedarse en ropa interior antes de meterse.

—Venga, ¡ven conmigo! —le llamó.

Ryan estuvo tentado. Mucho, viendo cómo ella saltaba sobre las olas y el sol se reflejaba en su piel mojada y desnuda. En cambio, negó con la cabeza y se sentó en la manta.

—¡Te espero aquí! —gritó.

Mejor comerse otro dónut lleno de grasa y azúcar, cualquier cosa que lo distrajera de la visión que tenía en frente. Uno de los dos tenía que mantenerse firme y él era el responsable, así que no le quedaba otra.

¿Esperarla un año? No sabía si le gustaba tanto como para eso, como para apoyarla durante todo el proceso y, además, visionar una relación de futuro que no estaría exenta de sobresaltos, de eso estaba seguro. Aunque cumpliera ese plazo, no había ninguna garantía de que fuera para siempre. Tendría que estar en tratamiento toda la vida, no podría saltarse nunca el proceso que había iniciado.

¿Estaba él preparado para algo así?

CAPÍTULO 10

La radio crepitó en mitad de una partida de ajedrez entre Costa y Jesse. Camilla se había ofrecido voluntaria para ir preparando la cena, pues eran cerca de las siete, y Talisa se encontraba tirada en uno de los sofás con un libro entre las manos. Por su parte, Darren hacía un par de horas que se había marchado a la central a una reunión.

La estación había estado en calma varios turnos seguidos, así que la alarma los sobresaltó a todos de manera momentánea. Haneke, que había heredado el cargo de teniente suplente hasta que Darren regresara a su puesto, se apresuró a pulsar el botón.

—Estoy aquí, ¿qué pasa?

—Estación de tren —contestaron al otro lado—. No sé si una mujer se ha tirado a las vías o el tren la ha arrollado. Hay que sacar el cuerpo.

—Vale, vamos hacia allí.

Haneke cortó la comunicación y se asomó a la sala de descanso.

—Venga, en marcha —dijo—. Camilla, ¿te quedas a cargo de esto?

—Vale —respondió ella, acercándose con una cuchara de madera en la mano—. ¿No esperáis a Darren?

—Está en una reunión —replicó él—. Además, creo que podemos ocuparnos los que estamos y perderíamos tiempo enviando a otra estación. Si vuelve le informas.

Camilla no insistió más, limitándose a regresar a la cocina tras hacer un gesto de despedida al grupo. Comprendía las miradas de pesar, pues aquello no sería una tarea agradable. Miembros mutilados, sangre por todas partes… No, los accidentes de tren no movían su adrenalina en absoluto. Y tampoco le iba a pasar nada por quedarse tranquila una noche a cargo de la estación, que la última experiencia resultó lo bastante impactante como para no ofrecerse todas las veces que sonara la alarma. Además, con suerte, Darren regresaría pronto y quizá pudiera estar un rato con él sin los demás alrededor.

—Tened cuidado —deseó, ya concentrada en terminar de preparar la cena.

La estación de tren de Pensacola no estaba a pleno funcionamiento desde que pasara por allí el huracán Catrina. Por el momento no había trenes de pasajeros y las vías se utilizaban para transportes de mercancías, por lo que la zona solía estar muy tranquila. Sin embargo, reinaba el caos y el murmullo, a pesar de que varios policías habían conseguido despejar la zona de curiosos. Costa detuvo el camión fuera y el resto bajaron, mientras la gente permanecía al otro lado de la cinta de seguridad, algunos incluso con el móvil en la mano esperando poder grabar algo.

Haneke se aproximó hasta el maquinista que, rodeado de policías, trataba de explicarse hecho un manojo de nervios.

—¿Qué ha ocurrido?

—El tren estaba llegando a la estación cuando la mujer cruzó las vías —murmuró el hombre—. Aunque no paramos aquí, siempre se reduce la velocidad por el tramo que es, pero… pero aun así no pude detenerlo a tiempo.

Costa se reunió con ellos tras echar un vistazo.

—La policía dice que está unos vagones detrás… debajo.

—Vamos a echar un vistazo —decidió Haneke y miró al conductor—. ¿Habéis desconectado el riel conductor?

El riel conductor que corría paralelo a la vía conducía la corriente de alimentación, y esta a su vez impulsaba el tren. Si estaba conectado, electrocutaría a quien lo tocara, y Haneke no iba a dejar que nadie se acercara a las vías hasta recibir el aviso de que no había peligro.

—Está desconectado —afirmó la policía.

—Entonces vamos. Ocúpate de esto. —Haneke le entregó la radio a Jesse y se giró otra vez hacia el agente—. No hay peligro de que el operador del ordenador central vuelva a conectar el riel mientras intentamos recuperar el cadáver, ¿verdad?

—Nosotros nos encargamos de eso —replicó el policía, con un gesto.

Jesse cogió la radio y siguió al grupo hasta llegar a la zona donde el tren se había detenido, sin terminar de llegar a la estación. La idea de sacar el cuerpo destrozado de una mujer de debajo del tren lo dejaba sin respiración, pero estrujó la radio entre sus manos y trató de coger aire despacio. Permaneció a una distancia prudente mientras observaba cómo Costa dejaba el equipo médico en el suelo y estudiaba el tren.

«No me metería ahí debajo por nada del mundo», pensó, consternado.

Y no era para menos. A la mujer le habían pasado por encima dos vagones y no debía quedar mucho de ella.

Cuando habían rebasado la mitad del primer vagón, se escuchó un ruido que provenía de debajo del tren. Haneke intercambió una mirada con Costa y Talisa.

—Ay, madre —comentó ella—. Me parece que está viva.

—Jesse, que venga una UVI móvil —ordenó.

El chico tragó saliva, mirándole a él y luego al tren.

Continuaron hasta el segundo vagón. Jesse observaba la escena con los ojos abiertos como platos, sin poder creerse lo que veía.

—Bueno —dijo Haneke—. Ahora hay que meterse debajo del tren a rescatar a esa mujer.

Cruzó una mirada con los dos, inquieto.

—Yo lo hago —se ofreció Costa.

—No —cortó Haneke—. Tiene que ser alguien más pequeño.

De pronto se hizo evidente que solo Talisa podía llevar a cabo la tarea: era la única cuya complexión delgada podía permitir que se colara por ahí debajo. Ella asintió con la cabeza y echó un vistazo. El espacio era tan reducido que tuvo que deshacerse del impermeable y quedarse en manga corta.

—Toma esto— Costa le dio unos guantes de látex— Evita tocar la sangre.

Ella reprimió una mueca al oírlo. La verdad, la idea de encontrarse con un baño de sangre no le atraía lo más mínimo, pero aquello también formaba parte de su trabajo.

—Con cuidado, Grady —le dijo Haneke.

—Tú vigila que nadie enchufe ese chisme y me electrocute —murmuró la rubia.

—Tranquila, la policía se ocupa de eso.

—Pues allá voy.

Se agachó hasta quedar tumbada del todo en el suelo, y se introdujo debajo del tren.

Jesse notó que la garganta se le quedaba seca. Observó a sus dos compañeros, que tenían la preocupación reflejada en sus caras, y entonces la radió zumbó.

Soy Darren, acabo de salir, ¿todo en orden?

—Cortez al habla, capitán —respondió este, con la mirada fija en la escena que se desarrollaba ante sus ojos—. Estamos en la estación de tren.

—¿Por el aviso de la mujer arrollada? Lo acabo de oír. ¿Qué está pasando?

El joven abrió la boca, pero la tenía tan seca que parecía imposible seguir hablando.

—¿Cortez? ¿Quieres decirme que demonios está pasando?

—Había que meterse debajo para rescatar a la mujer.

—No, no hagáis nada de eso hasta que yo llegue. Pásame a Haneke.

Jesse no contestó. Desde donde se encontraba ya no veía a Talisa y eso agudizó su malestar. Solo imaginarse debajo de aquella cosa que podía aplastarlo hasta dejar sus huesos triturados le provocaba ansiedad, aunque sabía que era prácticamente imposible que sucediera. Esa mañana no hacía mucho calor, pero notó que tenía la frente perlada de finas gotas de sudor.

—¡Cortez! ¿Quieres decirle a Haneke que coja la radio? No quiero que nadie se meta debajo de un tren hasta que vea como está la situación. Joder, ¿me oyes?

—Es que… ya están en ello, capitán. Ha ido Talisa.

—¿Qué? Vale, dale la radio a Haneke ahora mismo —insistió Darren, ya con tono exasperado al ver que Jesse parecía obviar sus órdenes—. ¡Cortez!¡Es una orden directa!

Jesse bajó la radio despacio y se quedó con los ojos clavados en el tren. Escuchaba a Darren, pero era como si sus palabras resbalasen, no se sentía con fuerzas ni para dar un paso.

Debajo del tren, Talisa pasó a rastras sobre el riel exterior y sintió cómo este le oprimía el vientre al mismo tiempo que el chasis del tren le apretaba la espalda. Tenía miedo de que el tren se moviera o algo y la aplastara, pero siguió avanzando con dificultad entre tubos y resortes.

La voz le llegó pocos segundos después, lejana y amortiguada.

—Sacadme de aquí.

—¿Está usted bien? —preguntó ella, arrastrándose sobre el riel interior.

—Me duele la cabeza. Me duele mucho.

Por entre la maquinaria, detrás de una rueda, Talisa alcanzó a ver a una mujer extendida entre el riel exterior y el interior. Se quedó muda de asombro, pues había esperado contemplar una carnicería, pero nada más lejos de la realidad: la mujer tenía las manos cruzadas sobre el pecho, como si estuviera tomando el sol, y se hallaba a escasos centímetros de las ruedas del tren, con el riel conductor a unos treinta centímetros a su izquierda. No había sufrido el menor daño.

—Joder. Increíble —murmuró Talisa, asombrada.

Se arrastró hacia ella, estudiando la mejor manera de sacarla. Lo más sencillo era deshacer el camino que había hecho, pero si estaba conmocionada le resultaría complicado y…

Un dolor agudo en la cara interna del brazo hizo que se olvidara del tema. Soltó una maldición y retrocedió como pudo, apartándose. Con las prisas por salir de ahí y rescatar a la víctima no había visto el cascote de cristal que apuntaba hacia arriba junto al riel. Parecía pertenecer a una botella y entonces Talisa comprendió que la mujer debía estar borracha y por eso había caído ahí. Había sobrevivido de forma inexplicable y con un simple dolor de cabeza de propina.

Se mordió el labio y echó un vistazo a su brazo. ¡Joder, cómo dolía! Pero no tenía tiempo de evaluar los daños y no quería permanecer ahí más tiempo del necesario, de modo que volvió a avanzar hacia la mujer, esta vez esquivando la punta del cristal.

Fuera, Haneke observaba las vías con el ceño fruncido, esperando ver aparecer a Talisa de un momento a otro. Parecía que hubiera pasado una eternidad desde que la chica se arrastrara bajo el tren y nadie le gustaba aquello.

—Viene Darren —avisó Costa, dándole un toque en el brazo.

En efecto, llegaba Darren, y no parecía muy contento. Haneke conocía de sobra esa expresión, así que se hizo a un lado cuando este llegó a su altura.

—¿Has mandado a Talisa ahí? —preguntó él al instante.

—Una mujer se ha puesto delante del tren y ha quedado atrapada bajo las vías. Al parecer está viva, así que…

—¿Así que?

—Talisa se ha metido debajo para ir a rescatarla, sí.

—¿Qué? Pero, ¿qué tienes en la cabeza?

—No veía qué otra cosa podíamos hacer, jefe.

—¿Y qué tal avisarme por radio y esperar hasta que llegara en lugar de enviar a una novata ahí debajo?

—Ninguno de nosotros cabía y los paramédicos no pueden hacer este tipo de tareas. Tenía que ir ella —contestó Haneke, con tono tranquilo.

Sabía perfectamente cómo responder a Darren cuando aparecía enfadado. A este le pasaba lo mismo que al capitán Pearson, y era que siempre querían que todo se hiciera a su manera, hasta cuando no estaban. Pero las cosas no funcionaban así, si alguien era teniente o suplente, era porque se confiaba en su criterio. Y Haneke confiaba en el suyo, aunque en ese momento su capitán no pareciera pensar igual.

Igualmente sabía que no montaría un follón allí, y eso fue lo que pasó. Los dejó atrás para agacharse bajo el tren y echar un vistazo.

—Grady, ¿cómo vas? —preguntó.

No recibió respuesta, así que se incorporó, preocupado. Costa parecía de pronto también agobiado, arrepentido por no ofrecerse con más insistencia. Ninguno quería que la chica nueva sufriera daños.

—¿Habéis llamado a alguna otra estación? —preguntó Darren—. A lo mejor los necesitamos.

—Cortez tiene la radio.

—Sí, pero no la usa, joder. —Darren se giró hasta localizar a Jesse, que permanecía unos metros alejado como si estuviera en trance—. ¡Ven aquí, necesitamos la radio! —Al ver que este no se movía, resopló—: ¿Quieres ir a buscarlo, Costa?

Este asintió a toda prisa, contento de poder alejarse unos segundos antes de que le cayera alguna bronca. Jesse continuaba sin reaccionar, así que Costa lo agarró del brazo y lo arrastró hasta donde estaban los demás.

—Creo que está bloqueado —comentó.

Darren le arrebató la radio con el ceño fruncido, momento en que Jesse pareció despertar de su letargo. Pero el capitán no llegó a pedir ayuda, porque justo entonces oyeron ruidos bajo el tren y vieron como un cuerpo emergía con lentitud. Un brazo, un trozo de falda floreada, una sandalia… y minutos después, una mujer rodaba hacia fuera.

Una camilla apareció como por arte de magia mientras Haneke y Costa se acercaban a la desconocida para ayudar a subirla encima.

—¿No tiene nada? —preguntó Costa, estupefacto como los demás.

—Quería cruzar las vías —farfulló ella, con voz estropajosa mientras la acomodaban en la camilla—. Si yo solo quería pasar al otro lado, en serio.

Haneke dejó a la mujer a un lado para reunirse con Darren, que permanecía con la mirada fija en el tren. Ambos estaban deseando que Talisa saliera de debajo de aquel trasto, de hecho, apenas comprendían cómo había podido colarse con lo estrecho que era. Si se quedaba atascada tendrían un problema peor…

Darren ya estaba empezando a pensar en qué determinación tomar cuando al fin la vieron arrastrarse con lentitud por las vías. Los dos suspiraron a la vez y Haneke se apresuró a tenderle la mano para ayudarla a ponerse en pie mientras le alargaba el impermeable de nuevo.

—¡Joder, Grady! ¿Te has parado a tomar un café?

Ella lo miró, enfurruñada.

—¿Tú sabes lo que cuesta avanzar a gatas sin apenas espacio? ¿Sabes lo que me ha costado mover a esa tía, que lleva un pedal encima nivel diez?

Darren la evaluó por encima para ver si había daños y decidió que parecía estar bien, de forma que hizo un gesto a Haneke.

—Volved a la estación, voy a hablar un momento con la policía y me reúno allí con vosotros.

Se marchó sin añadir nada más. Talisa lo siguió con la mirada, aún enfurruñada. Una palmadita en la espalda por haber llevado el rescate a buen puerto no hubiera estado mal, pero ni siquiera le había dirigido la palabra. Con él siempre era lo mismo: una de cal y otra de arena, al final veía que su actitud de alejarse todo lo posible era la correcta.

Soltó un resoplido de frustración.

—Va a caernos bronca —repuso Haneke.

—¿Qué?

—Conozco bien esa cara —contestó él—. Aún no has recibido ninguna suya, ¿verdad? Pues vete preparando.

—Recibí una en la academia...

Haneke soltó una risita, a pesar de que el ambiente no parecía estar para bromas.

—¿De verdad? ¿Por qué?

—Me robaron los uniformes y llegué tarde al entrenamiento, y sin vestir, claro. —Ella meneó la cabeza al acordarse de aquel fatídico día—. Me echó una bronca de la leche y me castigó un fin de semana. Dos días limpiando todos los trofeos de la academia.

—No está mal —se burló el chico, abriendo la puerta trasera del camión—. Bueno, entonces ya tienes experiencia y sabes lo que nos viene encima.

Talisa se subió al vehículo, aún sin comprender el motivo de que los fueran a reñir. Aunque, si algo había aprendido en el pasado, era a mantener la boca cerrada. Lo de replicar no había salido bien, así que no volvería a meter la pata de esa manera. Se acomodó en el camión, decidida a no dejarse provocar, y de esa manera regresaron a la estación, donde Camilla los aguardaba con cara seria.

—¿Qué ha pasado? Ha llegado Darren y parece enfadado. No ha querido ni un café, está en la sala de reuniones.

—Sí, ya vamos para allá —suspiró Haneke, sacudiendo la cabeza.

Entró el primero y Camilla aprovechó para acercarse a Talisa.

—Dios, parece que hubieras estado debajo de un camión —repuso.

—No andas desencaminada.

Camilla echó un vistazo al salón, donde Darren ya estaba discutiendo con Haneke, y tiró del brazo de su amiga hasta arrastrarla a la cocina.

—Toma. —Le dio una camiseta negra limpia—. Pantalones no tengo aquí abajo. Resumen, rápido, antes de que griten más. ¿Ha salido todo bien?

—Más o menos —explicó Talisa.

—Oye, estás sangrando —observó su amiga—. Y te veo un poco pálida.

—Sí, en cuanto acabe la bronca subo arriba a ponerme algo. —La rubia se ajustó la camiseta y volvió a colocarse el impermeable—. Esa mujer arrollada… he tenido que meterme debajo del tren a buscarla.

—¿Qué? ¿Estás loca? ¡Te podía haber pasado cualquier cosa!

En la sala de reuniones alguien dio un golpe sobre la mesa, así que Talisa suspiró y después de lanzar una mirada de disculpa a Camilla decidió reunirse con los demás. Esperaba que el tema no le salpicara demasiado, pero a saber. Camilla apagó todos los fuegos de la cocina y también se encaminó hasta allí, aunque se mantuvo apoyada en el dintel de la puerta y de brazos cruzados.

—Pero es que había que tomar una decisión —protestaba Haneke.

—¡No! De hecho, pensabas que la mujer estaba muerta, así que no era cuestión de vida o muerte.

—¿Y qué querías que hiciera?

—¿Llamarme al busca y comentarme lo que pasaba? —Darren parecía exasperado—. Cuando hay una situación complicada y poco común como esta me llamas y esperas a que te diga qué hacer.

—A ver, soy el teniente, también puedo decidir yo.

—No si la decisión es mandar a una novata que solo ha hecho un par de salidas. ¡Podía haber pasado cualquier cosa, joder! ¿Y si se queda ahí atrapada? O se corta con cualquier mierda… en un caso así hay que estudiar todas las opciones, tal vez hubiera sido mejor utilizar una grúa que no poner en peligro la vida de una compañera.

Haneke se frotó la frente.

—Eso no se me ocurrió.

—Ya, ya veo que no se te ocurrió, y de todas formas el hecho de que esté en una reunión no significa que no puedas llamarme si pasa algo, que parecemos nuevos. Y tú, ¿en que estabas pensando?

Darren cambió de Haneke a Talisa a la velocidad del rayo, pillándola desprevenida.

—¿Cómo?

—¿Cómo se te ocurre meterte ahí debajo sin más? ¿Es que aquí nadie piensa?

—Bueno, me limitaba a obedecer órdenes.

—Vamos, que si te mando cualquier locura, tú vas y la haces. Pues muy bien. —Ella abrió la boca para replicar, pero Darren cambió de persona otra vez, ahora mirando a Jesse—. ¿Y a ti, se puede saber qué te ha pasado? Se supone que tenías que estar informando en todo momento y no he conseguido ni que le pasaras la radio a Haneke. ¿Estabas dormido?

—No —murmuró Jesse.

—Vaya, qué raro, porque es lo que me ha parecido.

—Es que… no sé, ha sido algo…

—Podría entender que te bloquearas delante de un incendio o alguna cosa muy jodida, ¡pero manejando la radio me parece increíble! ¿Es mucho pedir que se responda cuando uno hace una pregunta? ¿Es mucho pedir que tu equipo sepa usar la radio o saber cuándo puede decidir por sí mismo o no?

Todos permanecieron en silencio, sin atreverse a decir ni media palabra. Había llegado ese punto en que nada de lo que dijeran podía servir, excepto para cabrear aún más a Darren.

Y Talisa pensando que el rescate había salido bien, madre mía, si se descuidaban acabarían todos con una amonestación por escrito. Y no lo veía justo. Sí, Darren tenía razón al advertirles del peligro, pero no le parecía para tanto… Además, habían actuado con precaución, incluso siguiendo la decisión más arriesgada. Vale, podía haber quedado atrapada y eso hubiera sido un lío de narices, y vale, la botella de una borracha por poco le atraviesa el brazo, cierto. Pero…

—¿Alguien piensa hacerme caso en esta estación, joder? —siguió protestando Darren y entonces se quedó mirando a Talisa—. ¿Estás sangrando?

—¿Qué?

La chica se miró, descubriendo que, efectivamente, la sangre debía haber corrido brazo abajo hasta llegar a su mano.

—¿Es el brazo? ¿Qué te ha pasado? —preguntó él, con el mismo tono de enfado.

—Ah, es un corte sin importancia. Había una botella rota justo en el riel y…

—¿Lo ves? —Darren lanzó una mirada acusatoria a Haneke, que puso los ojos en blanco—. Eso, encima pon esa cara.

Haneke soltó un suspiro.

—¿Cómo no dices nada? —insistió Darren, dirigiéndose a la chica.

—Iba a hacerlo, pero entonces has empezado a gritar.

Darren se frotó la frente y comprendió que no podía seguir por aquel camino. Estaba muy lejos de sentirse calmado y satisfecho con el equipo, pero decidió que ya había gritado lo suficiente. Se acercó hasta ella y le hizo un gesto para que se deshiciera del impermeable. Talisa obedeció, y al ver la cantidad de sangre que había en su brazo palideció un poco. No recordaba que el corte hubiera sido para tanto. En el momento sintió dolor, pero joder, ahora parecía mucho peor que al hacérselo.

—Vale, es un corte considerable —comentó Darren—. ¿No te duele?

—Sí, ahora me duele más que antes de mirarlo —dijo ella con una mueca.

—Vas a necesitar puntos, es bastante profundo.

—¿Qué? Oh, no … me dolerán más que el corte en sí, seguro.

—Trae algo para tapar esto y que deje de sangrar, anda. —Darren se dirigió a Costa—. Nos vamos al hospital ahora mismo, que la vean en urgencias.

Talisa soltó un resoplido, pero sabía que por mucho que protestara no serviría de nada. Costa regresó con un rollo de vendas y le hizo un vendaje improvisado para que aguantara hasta que llegaran al hospital. Talisa se lo agradeció con una sonrisa y después siguió a Darren hasta el coche, donde subió en el asiento del copiloto. Observó cómo el vendaje empezaba a volverse rosa y apoyó la cabeza en el asiento.

—Estás muy pálida —comentó él, nada más arrancar.

—Un poco mareada ya estoy, lo admito. —La joven cerró los ojos—. Será la suma del rescate, el corte y la bronca, no sé.

Oyó un ruido de exasperación y controló una risita. Ahora que parecía que Darren se había calmado no deseaba volver a irritarlo.

Intentó relajarse, en realidad era lo que necesitaba, y él respetó aquello y se mantuvo en silencio el resto del trayecto. Talisa lo agradeció, pero esa breve calma llegó a su fin cuando sintió que el coche frenaba, y al abrir los ojos se encontró en la entrada de Urgencias del hospital.

Observó la puerta sin estar del todo convencida, y eso que conocía los hospitales bien gracias a su hermana. Pero no estaba acostumbrada a ser ella la protagonista de esos incidentes.

—¿De verdad tengo que entrar? —murmuró.

—No van a venir ellos a darte los puntos aquí, digo yo. —Él alzó una ceja.

—No, quería decir si de verdad es necesario que me den puntos. —Talisa aflojó el vendaje con la esperanza de poder anunciar que ya no sangraba, pero no tuvo suerte.

—¿Te da miedo?

—¡Hey, que no es una experiencia precisamente agradable! ¿Te lo han hecho alguna vez?

—Soy bombero, ¡claro que sí!

—Pues a mí también, de cría, y el recuerdo que tengo es un dolor atroz…

—No me hagas obligarte a entrar, por favor. Bastante me habéis cabreado hoy para que te portes como una niña justo ahora.

Darren salió del coche y ella lo fulminó con la mirada. Comprendía que no habían actuado a su gusto y que era un fastidio tener que llevarla a urgencias de noche sin saber a qué hora podrían salir de allí, pero la asignatura del tacto… esa se la había saltado, seguro. Qué poca consideración. Qué capullo. Qué…

Se sobresaltó al oír unos golpecitos en su ventanilla y salió del coche dando un portazo.

—A lo mejor basta con esas tiritas de aproximación —dijo, una vez en la puerta de entrada.

—¡No puedo creer lo que oigo! ¿Te metes bajo un tren como si nada y ahora te asustan cuatro puntos?

Teniendo en cuenta que el corte le cruzaba medio brazo, Talisa sabía de sobra que la cantidad sería más cercana a trece que a cuatro, pero se abstuvo de decir nada más. Darren seguía de mal humor y bien sabía ella que cuando eso sucedía no salía ni una sola frase amable de su boca, así que lo siguió al interior hasta el mostrador de urgencias. No supo si fue el hecho de que fueran bomberos, el tono de Darren o una mezcla de ambas cosas, pero en menos de dos minutos había aparecido una enfermera para llevársela hasta un box. Por supuesto, Darren no se quedó fuera, sino que la acompañó y se quedó a un lado de la camilla, cruzado de brazos con gesto hosco.

—Vaya, menudo corte —comentó la enfermera, al quitarle el vendaje improvisado—. Por lo menos es limpio, ¿cristal o acero?

—Con un cristal, no lo vi y… —Darren resopló—. En fin, un accidente en un rescate.

La chica cogió unas gasas y desinfectante y comenzó a desinfectar la zona, comprobando que no hubiera restos de cristales.

—Te daré un poco de anestesia.

—Pero si no…

La enfermera ya le estaba pinchando cerca de la herida, así que Talisa cerró la boca. Bueno, al menos eso no molestaba mucho y si así dolían menos los puntos…

—¿Estás vacunada contra el tétanos?

—Sí, con catorce años, si no recuerdo mal.

—Bueno, por si acaso habrá que darte una de recuerdo.

«Entonces, ¿para qué pregunta?», pensó Talisa, refunfuñando para sí misma. Puntos y vacuna, dos por uno. O tres, contando la anestesia. Cupo completo, genial. Y de nuevo, la chica la estaba pinchando antes de darse cuenta. Hizo una mueca de dolor al notal la aguja clavarse en el músculo y cómo entraba el líquido. Ya se imaginaba el moratón que tendría al día siguiente, que unido a la cicatriz, formarían un buen cuadro abstracto.

—Qué eficacia —resopló.

—Gracias. —Sacó la aguja—. ¿Tu primera herida de guerra?

—Sí, la verdad es que sí.

—Bueno, pues felicidades. —Le tocó la zona alrededor de la herida para comprobar que la anestesia había hecho efecto y, acto seguido, comenzó a suturar—. Esto no es nada, pero como primera cicatriz para presumir, no está mal.

Le sonrió y Talisa relajó la expresión, correspondiéndole. Al fin y al cabo, la chica solo hacía su trabajo y estaba siendo muy amable, no tenía la culpa de que ella estuviera enfurruñada y Darren aún más. En unos pocos minutos terminó de coser la herida, de forma mucho más rápida e indolora de lo que Talisa había esperado.

—Te he dado seis puntos —informó—. Bien juntitos, para que quede menos marca.

—Ah, pues qué bien.

Se miró la herida, cerrada ya con el hilo de suturar de forma pulcra y eficaz. No daba tanta grima como había pensado, por lo que también la creyó en lo relativo al tamaño y forma de la cicatriz que tendría con el tiempo.

La enfermera se la cubrió con una gasa.

—Puedes quitártela mañana —le indicó—. En una semana estarás como nueva, te pasas por aquí y te quitamos los puntos —dijo.

—Perfecto, gracias.

—Voy a preparar el informe y os lo traigo para que lo firméis, esperadme aquí.

—¿Firmar?

Pero la enfermera ya se había marchado. Talisa miró a Darren, que seguía en su esquina sin quitarle ojo de encima.

—Es un accidente de trabajo, hay que firmarlo para luego meterlo en las incidencias del día y en tu expediente —explicó.

—Pero estoy bien, ni siquiera es una baja.

—Eso da igual. —Se acercó y miró su brazo más de cerca—. Podría haber sido peor.

—No vamos a empezar con esta discusión de nuevo, ¿no? Darren, alguien tenía que entrar y yo era la más pequeña.

—E inexperta.

—¿Y cómo se coge experiencia si no es en actuaciones como esta? Detrás de un escritorio no, desde luego.

Ante eso él se calló. Por mucho que quisiera mantenerla a salvo, tenía razón: era bombero y el peligro era inherente al puesto, no podía tenerla en el teléfono de recepcionista, menos cuando la chica valía para el trabajo.

—No me gusta que se incumplan mis órdenes —dijo.

—Haneke hizo lo que creía correcto. Si no confías en él, no deberías dejarlo a cargo.

Se calló al ver cómo la miraba. Joder, ¿no había decidido quedarse en silencio y no protestar? Pero claro, eso había sido antes de quedarse solos y ponerse nerviosa, como siempre que lo tenía cerca. Y encima en esa situación, que estaba sentada en la camilla de una enfermería y no podía evitar que los recuerdos la invadieran, la forma en que él le había curado aquella primera herida, su manera de acercarse y... Su mirada se desvió a la bandeja que tenía cerca con un rollo de algodón. Algo que no debería afectarle, porque desde luego sexy no era, pero claro, todo dependía de las circunstancias.

No, no, ya estaba otra vez imaginando cosas, porque al levantar la vista incluso le parecía que él estaba más cerca y que iba a...

Entonces Darren la besó. Sin decir nada, sin emitir ningún sonido ni tocarla, directamente posó sus labios sobre los de ella. Talisa abrió mucho los ojos, sorprendida, pero no retrocedió. Se quedó quieta, hasta que notó que le cogía la cara entre las manos y entonces dejó de pensar y le rodeó el cuello con los brazos, acercándole hacia sí.

Entreabrió la boca, dándole paso, jugando con su lengua como si quisiera devorarle allí mismo y por lo que parecía, él a ella también.

Darren le acarició las mejillas, sin pensar en el sitio en el que estaban, solo en lo mucho que había echado de menos su sabor, el tacto de su piel, la forma en que gemía ligeramente bajo sus labios. ¿Por qué había tenido que ser tan capullo? Si hubiera hecho las cosas mejor… pero claro, en aquel momento solo podía pensar en besarla, no en hablar ni mucho menos discutir, quería tumbarla sobre aquella camilla y…

—Pues aquí tenéis.

La voz de la enfermera hizo que se apartaran al segundo el uno del otro. Darren retrocedió como si lo hubieran empujado, poniendo un par de metros de distancia entre ellos. La chica pasó la mirada sobre ellos, preguntándose por qué ambos parecían haber corrido una maratón, entre el color de sus mejillas y las respiraciones agitadas. Le entregó los papeles a Talisa junto con un bolígrafo.

—¿Todo bien? —preguntó, por si acaso.

—Genial —contestó la chica, firmando sin leer. Se bajó de la camilla—. ¿Nos vamos, capitán? —Puso énfasis en la última palabra—. Nos estarán esperando en la estación.

—Claro.

Cogió una copia del informe y salió detrás, dándose cuenta de que el momento entre ellos había pasado. Si al llegar habían estado discutiendo, ahora el ambiente era aún peor. Talisa estaba seria, con gesto molesto, y Darren no quiso estropearlo más. Otro día hablarían del accidente… y del beso, cuando estuvieran más calmados. Porque si algo había sacado de todo aquello, era que no podía seguir actuando como si no hubiera nada. Qué hacer al respecto, bueno, eso era algo sobre lo que todavía tenía que meditar.

Talisa se mantuvo en silencio todo el trayecto, mirando al frente y evitando el contacto en todo momento. Ya tenía bastante con insultarse a sí misma como para entrar a discutir con él. No. Se mantendría lejos, como había decidido, y punto.

Aunque claro, aquel beso había estado muy bien. Demasiado, había despertado todas aquellas emociones que llevaba tiempo intentando reprimir y que, para su desgracia, no habían llegado a desaparecer.

Si es que era idiota, no había otra palabra para definirla.

CAPÍTULO 11

«Estoy en plena crisis nerviosa».

Leer ese mensaje por parte de Abby en el grupo de WhatsApp que compartían, sutilmente titulado «RescataGatos», había hecho que las alarmas de todos saltaran. Tanto Ryan como Ekekiela tenían que trabajar, así que, a pesar de preocuparse por su amiga no pudieron hacer mucho más aparte de enviarle una colección impresionante de *gifs* y emoticonos con abrazos. Jesse y Camilla se disculparon desde el supermercado, donde se encontraban haciendo la compra semanal, ya que ese era el último día que tenían libre en la estación dos antes de incorporarse al siguiente turno.

Leo también lo leyó, pero después de los últimos acontecimientos durante la fiesta de cumpleaños pensó que no sería muy procedente correr a consolarla, así que se limitó a enviar un mensaje de ánimo y decirle que si lo necesitaba podía avisarlo. Abby le dio las gracias, pero no le pidió que acudiera junto a ella, de forma que el chico desistió con un suspiro. Mejor pensaba en Skylar y en la manera de disculparse con ella por su imperdonable falta de etiqueta en la celebración.

Y cuando Abby ya pensaba que tendría que batallar sola contra su crisis, Talisa le envió un mensaje privado.

«¿Comemos juntas y me cuentas?»

A la morena le faltó poco para darle un beso al móvil y se apresuró a responder con una hora y un lugar. Llegó puntual al H2O, el bar de grill y sushi cerca de la playa que había elegido, y Talisa apareció cinco minutos después.

—Me ha costado aparcar —se disculpó, después de abrazarla a modo de saludo.

—No importa, acabo de llegar yo también. Vamos a sentarnos.

—¿Has elegido este sitio por algo en concreto?

—He leído que los cócteles son geniales.

—Últimamente esa frase se repite muy a menudo. —Talisa la siguió hasta la terraza, donde una camarera indicó una mesa frente al mar—. Mejor decimos que es por las vistas.

Abby soltó un bufido.

—Vivimos en Pensacola, todo tiene vistas.

Las dos se acomodaron y miraron la carta por encima, aunque ninguna tenía demasiado interés por la comida. Terminaron por pedir sushi y un par de bebidas, y la camarera se marchó para pasar la comanda a la cocina.

—Bueno, cuéntame, ¿por qué estás en crisis? —preguntó Talisa, preocupada.

—No le veo salida a esto.

—¿A qué te refieres?

—¿Cuánto hace que nos incorporamos al servicio? ¿Tres meses? —La rubia afirmó—. ¿Te parece normal que todavía no haya hecho ninguna salida en condiciones? Porque esa en la que me dejaron usar la radio no la cuento como tal.

Talisa sabía que la petición de custodia de Scott tampoco ayudaba a que Abby estuviera tranquila, pero veía claro que el hecho de no avanzar en el trabajo también le afectaba.

—Cuando empezamos creí que era por ser nueva, pero ha pasado el tiempo suficiente como para hacerme al grupo y nada, no hay manera. Connor no me da el menor voto de confianza, y mientras él no lo haga, mis compañeros tampoco. ¿Cómo voy a demostrar que puedo ser buena si nadie me da la oportunidad?

—Joder —murmuró Talisa, pero entonces aparecieron sus cócteles y tuvo que esperar a que la camarera se marchara de nuevo—. ¿No hay nadie con quien puedas hablar?

Abby se encogió de hombros y dio un sorbo a su copa.

—En teoría, cualquier queja tendría que hacérsela llegar a mi teniente y después al capitán, quien debería solucionarla. Pero claro, ir al capitán a quejarse del capitán no lo veo muy claro.

—Si es el protocolo para hablar con alguien de más arriba tendrás que hacerlo.

—A mí me parece una mierda todo. No sé si mi queja llegará tal cual la emita o ese tío le contará a quien sea cualquier versión pasada por su filtro, ¡no es justo! —La morena se bebió el cóctel en un par de tragos y se recostó contra la silla—. Estaba tan ilusionada, Talisa… No entiendo por qué tiene que pasarme esto a mí. No he hecho nada para que me traten así, así que lo único que se me ocurre es que sea por ser mujer.

—¿De verdad?

—Si desde que llegué no me han dejado hacer nada, excepto limpiar y responder al teléfono, trabajos siempre asociados a mujeres, ¿se te ocurre alguna otra explicación? —La rubia permaneció pensativa—. A vosotras no os pasa, ¿a qué no? Tú has hecho varias salidas, y no solo para sujetar la radio como si fueras una muñequita tonta. Y Camilla igual, que tuve que escuchar al imbécil de mi capitán decir que había estado genial y muy decidida.

Talisa no sabía muy bien cuáles eran las palabras adecuadas para animarla, porque lo cierto era que el asunto tenía mala pinta. Era probable que el capitán le hubiera cogido manía por algún motivo los primeros días y le costaba ceder para darle la oportunidad de actuar, o quizá no confiaba en ella. Y si no aflojaba un poco, sería complicado que Abby pudiera acoplarse al grupo y estar a gusto en el trabajo, sentirse una más. Algo básico en una estación de bomberos.

Apareció la comida, compuesta de ensaladas y sushi, y Abby aprovechó para pedir otro cóctel tropical.

—En fin —suspiró—. Que no sé qué voy a hacer. Entre el trabajo y que lo de Deke tampoco tiene buena pinta, parece que este no es mi año.

—No adelantes acontecimientos, que aún queda para la vista preliminar.

—Sí, pero sé lo que va a suceder. Aparecerá un juez que se sentará y le preguntará a mi hijo: «¿Con quién quieres vivir, bonito?», y este dirá: «Con mi padre». Pim pam, fin del juicio.

—Pero entiende que tampoco tienes el mejor trabajo del mundo para conciliarlo con un hijo. Me refiero a que tendrías que contratar a alguien para ocuparse cada tres días, no sé...

Abby atrapó un rollito de aguacate con los palillos y se lo llevó a la boca.

—Lo sé. Y he pensado que si dejo el trabajo podría encargarme de él.

—¿Dejarlo?

—Vamos, Talisa, no me jodas. Para estar de ese modo prefiero dedicarme a lo de antes, al menos allí no me trataban como si fuera una molestia.

—¿Con lo dura que fue la academia? Abby, no lo hagas.

—Pues si tienes alguna sugerencia mejor te escucho, gracias. —Abby la contempló—. No sabes la suerte que habéis tenido. Ojalá Darren fuera mi capitán, estoy segura de que nunca se comportaría de este modo.

Talisa se tensó al oír su nombre, aún recordaba la escenita en la enfermería. Desde ese día estaba de los nervios, porque su cuerpo y sus sentimientos la habían traicionado y no veía el modo de escapar de ello. Cada vez que lo pensaba le entraban ganas de llorar, porque era como tener un pastel de arándanos delicioso en la nevera y ser alérgica a aquella fruta. Quería comerse ese pastel, hasta la última miga, pero hacerlo era perjudicial para su salud… y si el ejemplo fuera real y no una metáfora, podría tirar la tentación a la basura y no mirarla jamás. Pero no veía la forma de dejar de ver a Darren, hasta que miró a Abby y una bombilla encendió su mente.

—Abby —dijo, poniéndole una mano sobre la muñeca para llamar su atención—, ¿y si pedimos un traslado?

La morena dejó de masticar en el acto, perpleja. Hasta ese momento no se le había ocurrido esa posibilidad. ¡Claro! Un traslado era perfecto. Sabía que podía pedirlo, desde luego, una vez finalizaran los cuatro meses de instrucción práctica, pero después tendría que esperar a que se librara alguna plaza y que esta no le pillara en la otra punta del estado.

Pero si ella y Talisa se ponían de acuerdo, era hasta probable que lo gestionaran de forma interna, sin ruido ni molestias.

Dios, trabajar en la estación dos, con Camilla y Jesse, con Darren como capitán… solo la idea de pensarlo hizo que sonriera.

—¡Madre mía, sería genial! —exclamó con una risita, hasta que cayó en un detalle—. Un momento, ¿por qué querrías tú trasladarte a mi mierda de estación? Porque si lo haces solo por mí no te lo permitiría ni loca, vamos.

—Un cambio de aires no viene mal, ¿no?

—¿Te has peleado con Camilla? ¿Es eso?

—Claro que no, ¿por qué iba a pelearme con ella?

—No sé, si no es eso no se me ocurre por qué querrías dejar tu estación para venirte a la mía.

La idea de abandonar la estación dos, y con ella a Camilla, Jesse, Costa y Haneke no era que le hiciera demasiada ilusión a la rubia, pero… no veía otras opciones. Si seguía allí, tarde o temprano se comería el pastel de arándanos y este le haría polvo el estómago, igual que la vez anterior. Y un beso de Darren tampoco le decía mucho, ya puestos, excepto que estaba dispuesto a volver a acostarse con ella, lo que no era suficiente. Era verdad que allí Darren parecía más relajado que en la academia, pero no se iba a arriesgar. Por supuesto, también podía hacer borrón y cuenta nueva e intentar que fueran amigos.

¿A quién quería engañar? Nunca podría ser amiga suya. Era imposible.

—Bueno, ¿qué más da el motivo? Lo importante es que, si quieres cambiar, tienes la oportunidad.

—Cómo no va a importar, Talisa, no te mandaría a ese nido de machos solo por librarme yo. ¿O es que no has escuchado lo que he dicho? Te ningunearán, te colgarán del maldito teléfono de recepción, te pedirán que les hagas cafecito, y si tienes suerte y pisas el camión, será en la parte de atrás y como responsable de la radio.

—No te preocupes por mí. Ya veré cómo me las apaño.

—¿Por qué te quieres ir? —preguntó Abby, mirándola con fijeza.

—Ya te lo he dicho, por cambiar de aires.

—Te lo he preguntado tres veces y las tres has esquivado mi pregunta. No me tomes por idiota, Grady, que no lo soy. O me cuentas qué pasa o la charla sobre el traslado se queda aquí y no va más allá, por mucho que me moleste.

Talisa emitió un ruido de fastidio. Abby no se iba a dar por vencida, era obvio, y a ella no se le ocurría ninguna mentira convincente que soltar.

Se bebió medio cóctel de golpe y después miró a su amiga. Porque sí, era su amiga. Quizá no fuera tan malo poder contar con alguien en el tema de Darren, ya que Ekekiela no servía de nada, excepto para azuzar en contra del capitán. Todavía recordaba el tono empleado en la fiesta mientras le remarcaba que Darren parecía no tener el menor interés por ella.

—Vale —decidió, dejando la copa—. Está bien, te lo cuento.

—Genial. —Abby se relajó al oírla e inclinó el cuerpo hacia adelante—. ¿Qué pasa?

—No pongas caras raras —advirtió la rubia—. Bien, ¿recuerdas cuando estuvimos en la academia?

Abby afirmó, tratando de recordar alguna cosa rara que hubiera ocurrido durante su estancia allí, aunque no pudo. Había disfrutado mucho de esa etapa, bastante más que de la laboral. Y ella pensando que todo sería más sencillo al acabar…

—Pues mientras estuvimos allí tuve una especie de lío con Darren.

La morena se quedó de piedra. Ni en un millón de años hubiera imaginado algo así. Talisa siempre le había parecido la típica chica buena que no hacía nada incorrecto, y en cuanto a Darren… en la academia le había dado mucho respeto, así que le costaba digerir semejante información. ¿Cómo habían conseguido llevarlo en secreto y disimular tan bien?

—Pero… pero… ¿qué?

—No duró mucho, un par de meses. Me dejó cuando regresó el titular de la plaza.

—Joder…

Ahora que lo decía, sí que la había notado menos dinámica después de aquello, pero no había sabido identificar bien si pasaba algo o no. Se había limitado a achacarlo a la presión de la recta final o a los problemas con su hermana.

Miró a su amiga, pero no había que ser vidente para comprender más o menos la situación.

—¿Por qué no me lo contaste? Podías confiar en mí.

—Era una situación delicada —contestó Talisa—. Por él, por mí… por Camilla.

—Dios, Camilla. Si se entera te arranca la cabeza —murmuró, y al momento se arrepintió de sus palabras, que a todas luces no eran las que Talisa necesitaba oír—. Lo siento, no quería decir eso, pero se hubiera enfadado, seguro.

—Eso lo sé, ¿crees que no la conozco?

—¿Tampoco se lo has contado después?

—No veía la necesidad, fue algo que sucedió allí y que ha terminado.

—¿Entonces lo del traslado a qué viene? ¿Tan incómodo es trabajar con él?

—No sé si incómodo es la palabra que usaría, pero es complicado. Mira, cuando se marchó fue sin dar explicaciones, sin una llamada para ver si podíamos al menos hablar sobre la relación. Se limitó a desaparecer de mi vida de un día para otro. Me cuesta perdonarle… y me cuesta olvidarle.

—¿Habéis hablado o algo?

—Sí, se ha disculpado, no tengo queja por ese lado.

—¿Pero?

—Sé que lo normal sería dejar todo atrás, que pudiéramos ser amigos y trabajar sin problemas, pero nada es normal y nosotros no podemos ser amigos. Yo no puedo ser su amiga —puntualizó Talisa—. Así que creo que lo mejor será cambiar de sitio.

Abby se terminó su segundo cóctel y dudó si pedir un tercero y otro para la rubia, que había llegado muy entera pero ahora parecía a punto de desmoronarse.

Dios, seguía sin creérselo… un instructor y una de las aspirantes habían tenido un lío delante de sus narices y no se había enterado, menudo olfato periodístico. Joder, con lo bien que quedaría eso en el artículo.

Se dio un cachete mental, ¡no podía mencionar aquello! Talisa era su amiga y se lo contaba en confianza, ¿cómo hacerlo público?

Pero era tan goloso, ¿y si cambiaba nombres y físicos y lo mencionaba solo de pasada?

—Te has quedado sin palabras —dijo Talisa, al ver que no reaccionaba.

—No esperaba algo así —se apresuró a responder Abby—. Pero ahora entiendo la cara de horror que puso Darren cuando Camilla propuso lo de la doble cita. —Se frotó la frente, pensativa—. Entonces, ¿tú crees que lo mejor es desaparecer y dejar de verlo? ¿Estás segura?

—Esto tengo que cortarlo de raíz, no puedo permitir que se repita. ¿Qué me dices, presentamos la solicitud al mismo tiempo?

Abby sacudió la cabeza, aún con dudas.

—Estaré bien —insistió la rubia—. Mira, si veo que se me hace muy cuesta arriba pediré otro traslado y arreglado. Seguro que en la brigada de socorristas aceptan a todo el mundo, nadie quiere ir allí nunca… —bromeó.

La morena soltó una risita al oírla. No estaba del todo segura de que su amiga pudiera estar a gusto en la estación uno con los neandertales de sus compañeros, pero a ella la idea de estar en otro grupo le sonaba a música celestial. Y si de ese modo Talisa lograba paz…

—Hecho —accedió—. La semana que viene le dejo mi propuesta al señor mandón en su despacho. Seguro que la lee con una ceja levantada y me pregunta: «¿por qué?»

—Arreglado entonces— sonrió Talisa— ¿Pedimos otra cosa de estas?

En el supermercado, Jesse empujaba el carro con expresión de paciencia mientras Camilla caminaba a saltitos delante suyo sin dejar de echar cosas en el interior. Cada vez que se despistaba, el chico sacaba parte de todas aquellas porquerías altas en grasa y azúcar que ninguno necesitaba en casa.

—Eh —dijo, en voz alta para que la chica dejara de guiñar el ojo al joven que reponía la fruta y lo escuchara—. ¿Piensas tenerme aquí toda la mañana o qué?

—Qué más te da, si no tienes nada que hacer. Talisa se ha largado con Abby y no hay nadie más libre, así que deberías estarme agradecido. Al menos te estoy entreteniendo.

—Oh, sí, qué gran diversión: hacer la compra. Qué suerte tengo.

Camilla retrocedió hasta ponerse a su altura, divertida.

—¿Otra vez nos visita el señor amargado? ¿Y qué le pasa hoy a nuestro querido señor amargado, se le han terminado las tortitas para el desayuno? ¿O quizá su conjunto de playa favorito no se ha secado y ha tenido que ponerse otra cosa? No, espera, ya sé… ¡su mami aún no ha aparecido para pellizcarle las mejillas!

Le pellizcó con una risita y Jesse apartó su mano, molesto.

—No te pases, que te doy margen, pero tengo un límite.

—A ver, te hago una ofrenda de paz —dijo Camilla—. ¿Quieres hacer alguna cosa por la tarde? No sé, ir a un partido o al cine.

—¿Se puede saber por qué eso es una ofrenda de paz si tú vas incluida en el paquete? —refunfuñó Jesse, tratando de ocultar una tenue sonrisa.

Después del momento incómodo entre biombos, Jesse no había querido dedicar mucho tiempo a pensar en el incidente. Entendía que eran cosas que pasaban, sobre todo cuando compartías todas las horas del mundo con ciertas personas. Se creaban vínculos, tal vez un exceso de confianza, y era fácil malinterpretar un gesto inocente. Además, ella no había vuelto a sacar el tema y no pensaba ser él quien diera el paso, no quería quedar como un blando o que Camilla creyera que estaba interesado.

¡Ni siquiera sabía si estaba interesado! Si ya una amistad sencilla con la chica era una pesadilla, ¿qué podía esperar de otro tipo de relación? Una locura.

También estaba el hecho de que Camilla no parara de hablar de otro hombre, claro, ese era un detalle importante. Pero Jesse sabía que era cuestión de tiempo que Darren perdiera la paciencia y la mandara a freír gárgaras, lo que no sabía era cómo ella no se percataba.

—Entonces no quieres salir. —Camilla se detuvo en la estantería de aperitivos y cogió un par de bolsas en cada mano, agitándolas—. ¿Tarde casera, mejor? Podemos darnos un baño en la playa antes, ¿qué me dices? ¿Nachos o patatas? ¿Patatas o nachos?

—¿Y cerveza?

—Cerveza, claro que sí.

—No, mojitos.

—Vale, pues mojitos. Tenemos mucho hielo picado de la fiesta, puedo prepararlo en un momento.

—¿Jesse?

Él se quedó clavado en el sitio al escuchar aquella voz. No necesitaba darse la vuelta para saber a quién pertenecía, aunque aquel lugar era el último donde había imaginado oírla.

Camilla bajó los brazos y miró hacia un punto situado por encima de su hombro. Después lo estudió a él, como sus hombros y su cara se habían puesto tensos y el rictus de sus labios, que mantenía apretados.

—Jesse —insistió la voz, a su espalda—. Hola.

El ruido de unos tacones resonó con fuerza y, de pronto, Vanessa se materializó ante sus ojos como por arte de magia. La observó, lívido, sin saber qué decir. Lo único que tenía claro era que no estaba preparado para ese momento, obvio, y que los recuerdos de lo sucedido en el pasado regresaban con una fuerza arrolladora. La tenía delante y sentía ira, pero también una opresión en el pecho muy familiar: dolor.

El chico seguía sin articular palabra y se produjo un silencio tan incómodo que hasta Camilla perdió las ganas de bromear. Estudió a la mujer que había aparecido de la nada con gesto crítico: sus rasgos latinos, el cabello negro brillante, los ojos color avellana. Era tan bajita que no parecía medir más de metro y medio a pesar de los tacones y tan anchas eran sus caderas como diminuto su busto. Supuso que sería la ex de Jesse, pero no le pegaba en absoluto, siempre lo había imaginado rodeado de bellezas californianas tópicas.

Hizo un barrido rápido comparándose con ella, pero al momento desechó ese pensamiento. Primero, qué idea tan absurda, y segundo, ella no tenía comparación con nadie, faltaba más.

—Soy Camilla —se adelantó, para así romper el momento de tensión.

—Vanessa —respondió ella, mirándola con recelo. Después se volvió de nuevo hacia el moreno—. ¿Qué tal estás?

—¿Qué haces aquí? —preguntó Jesse, en tono poco amable.

—Me he mudado hace poco y no vivo lejos, este supermercado es el que mejor me pilla. ¿Tú también vives por aquí cerca?

—Al lado de la playa —contestó Camilla.

La morena la agujereó con la mirada, algo a lo que Camilla no le dio la menor importancia. Jesse no parecía feliz por el encuentro, así que no se veía obligada a ser amable con aquella persona que le llegaba por el hombro.

—¿Estáis juntos, entonces? —preguntó Vanessa, pasando la mirada de uno a otro.

—No sé. ¿Estamos juntos, Jesse?

Él parecía confundido, a pesar del intento de Camilla de echarle una mano. Cogió aire y se enfrentó a su exmujer, cuyos ojos encerraban mil preguntas mudas. Conocía tan bien esa expresión en su mirada…

—¿Nos dejas un momento? —pidió a Camilla.

—Sí, claro. Estaré en la caja. —Ella se encogió de hombros, cogiendo el carro para pasar junto a ellos y dejarlos solos.

Una vez Camilla desapareció de la ecuación, Jesse movió la cabeza de forma negativa.

—¿Cómo es eso de que vives por aquí? ¿Y Rex?

—Ya te dije que lo habíamos dejado. Aquel era su piso, así que lo más lógico era que me marchara yo —explicó ella, con calma—. Esta zona la tengo cerca del trabajo.

Era verdad, Vanessa trabajaba en un banco no muy alejado del paseo marítimo.

—¿Qué tal en el banco?

—Lo de siempre, ya sabes. Muchas cuentas de jubilados que quieren invertir sus tres duros en bonos productivos. ¿Y tú? ¿Has cambiado de comisaría o algo?

Jesse negó, empezando a recuperar el color y el aire. Bueno, estaba hablando con ella en un sitio público y aún no había perdido los papeles, iba por buen camino.

—Eso lo dejé hace meses, ahora soy bombero.

—¿De verdad? —Ella sonrió— Sí que te pega más, sí. Lo otro era demasiado rutinario para ti. ¿Es interesante, te gusta?

—Es duro, pero de momento está bien. Y gano bastante más.

—Ya, si te puedes permitir una casa en la playa… ¿esa chica es tu novia?

—Es una de mis compañeras de trabajo.

—Así que, ¿no sales con nadie?

—Mira, mejor dejamos la conversación. Ya hemos intercambiado los saludos de cortesía y me parece suficiente.

Se dio la vuelta para irse, pero ella se apresuró a cogerle por el brazo.

—Jesse, espera —pidió—. No me devolviste la llamada. Tenemos que hablar.

—¿De qué?

—De lo que te dije por teléfono… de que te echo de menos.

—Por Dios, Vanessa, no puedo creer que pienses que esto va a funcionar —protestó—. Después de lo que pasó te presentas como si nada y dices que me echas de menos.

La mujer se encogió de hombros.

—Es la verdad.

—Estamos divorciados.

—Fue un error. Mi error. —Lo sujetó de nuevo al ver que se daba la vuelta—. Escúchame, por favor. No te pido más que una charla, que podamos hablarlo. ¿No hay una parte de ti, aunque sea pequeña, que todavía me siga queriendo?

Jesse se liberó de su mano, molesto.

—Sé que fui tan importante para ti como tú lo eras para mí —insistió Vanessa con firmeza—. Vale, lo estropeé todo, pero en estos últimos meses no he dejado de pensar en llamarte, en verte. Y sé que a lo mejor a ti no te pasa, pero…

—Oh, yo pienso en ti muy a menudo, sí. Aunque en el mal sentido.

—A eso me refiero, Jesse, piénsalo. Esa reacción tan visceral solo puede significar que no has dejado de quererme, ¿no? Nadie odia a una persona que le importa una mierda.

Jesse soltó un resoplido, sin saber qué responder. ¡La muy arrogante! Sabía perfectamente el poder que siempre había tenido sobre él. Pero no pensaba dejarse envolver por sus redes otra vez, ni de broma, le bastaba con unos cuernos.

—No vuelvas a llamar —advirtió.

Se dio la vuelta para ir hasta la caja, donde Camilla aguardaba impaciente. Le echó un vistazo, inquisitiva, y advirtió que aquel encuentro inesperado había arruinado el día; conocía de sobra a Jesse y sus enfados. Y quedó muy patente cuando la cajera empezó a pasar un montón de cosas calóricas que en circunstancias normales habrían sido vetadas nada más asomar por entre los alimentos sanos del carro y él no protestó ni una sola vez.

Pagaron la compra y se encaminaron hacia el coche, ella buscando la manera de iniciar una conversación con algún tema que no cabreara más al joven… no se le ocurría nada. Y, de todos modos, eran amigos: deberían poder hablar sobre cualquier tema.

Jesse abrió el capo, y entonces Camilla decidió que era momento de hablar de lo ocurrido. A la porra si se enfadaba.

—¿Era «no coger»?

Él se limitó a descargar las bolsas en el maletero, reacio a responder. ¿Es que Camilla nunca se daba cuenta de lo inoportuna que era? ¿No notaba que no era el mejor momento para realizar uno de sus interrogatorios?

—Jesse, te estoy hablando.

—No era nadie.

—Pues para no ser nadie te ha puesto de muy mal humor, además de dejarte mudo durante un buen rato.

—Es mi exmujer y no quiero hablar de ella, ya te conté más que suficiente. Terminemos de guardar esto y vámonos, por favor.

Cerró el capo con fuerza y fue a devolver el carro. Camilla se metió en el asiento del copiloto, pensativa. ¿Habría llegado a bloquearla después de que hablaran?

Jesse regresó para ocupar el asiento del conductor, aún con el ceño fruncido.

—¿Ha vuelto a llamarte? —preguntó ella—. ¿O la bloqueaste como te sugerí?

—No, no me ha llamado.

Pero sí que iba a bloquearla. Después de aquel encuentro, ya no quería ni volver a escuchar su voz.

Arrancó el motor mosqueado. No dijo nada durante el viaje de vuelta, y Camilla se mantuvo de brazos cruzados, sin saber qué hacer o decir para ayudar. Parecía que su intento de hablar se había saldado con un fracaso, pero le dolía verlo así.

Cuando Jesse aparcó justo en frente de la casa, la joven carraspeó.

—¿Sigues queriendo los mojitos? —preguntó.

—¿Qué?

—No sé. Puedo prepararlos y nos sentamos en la playa. A lo mejor es lo que necesitas, que nos emborrachemos un poco y hablemos.

—No quiero seguir con este tema, ¿vale? No sé qué manía tenéis las tías de que hay que hablarlo todo hasta la extenuación, cuando uno quiere olvidar algo lo mejor es no volver a mencionarlo ni a pensar en ello.

—Bueno, como solución es bastante pobre, pero…

—Oye. —Jesse se giró hacia ella de forma brusca—. Te agradezco que te preocupes de mi vida personal, pero creo que tienes bastante con solucionar la tuya.

—¿Qué quieres decir con eso? —Camilla se cruzó de brazos, a la defensiva.

—Lo que he dicho: que te ocupes de tus problemas sentimentales y dejes los de los demás, que estás a un milímetro de ser una entrometida.

—¿Qué yo me meto en la vida privada de la gente?

—Sí, hija, sí, ¿o no recuerdas que hace unos días hiciste pasar una vergüenza horrorosa a Talisa en su propia fiesta queriendo emparejarla con vete a saber quién?

Camilla tuvo que hacer memoria para recordar a qué se refería, y al hacerlo frunció el ceño.

—A ver, que eso no fue por ella. Lo hice por mí.

—No, si ya lo sé. Pero de paso te pusiste en plan casamentera y no le hizo la menor gracia, y si te fijaras en alguien más aparte de ti te habrías dado cuenta. —Jesse vio como la morena abría la boca para rebatir, así que continuó—. ¿Por qué no dejas tus coqueteos absurdos con Darren y asumes que no está interesado en ti?

—¿Cómo lo sabes?

—¿Acaso su cara de pánico cada vez que le sueltas algo no te basta? Te ignoraba en la academia, igual que ahora, y bastante educado es, yo habría sido mucho peor. Como ves tienes tus propios problemas en los que pensar, así que dedícate a tus cosas y olvídame.

Salió del coche dando un portazo. Camilla se quedó unos segundos sin reaccionar, pero no tardó en salir tras él a toda prisa para interceptarlo antes de que entrara en la casa.

—¡Oye! —le gritó, poniéndose a su altura—. ¿Quién te crees que eres para hablarme de ese modo? Solo intento ser una buena amiga, ¿es así cómo tratas a la gente que se preocupa por ti?

Le pegó en el hombro, lo que desconcertó a Jesse, que se quedó quieto.

—Mira, Camilla…

—Ni Camilla ni nada, si me vuelves a tratar como lo acabas de hacer no volveré a dirigirte la palabra, capullo.

Le dio un empujón, lo que hizo que Jesse chocara contra la puerta de la entrada.

—¡Ya sé que no soy perfecta! ¿Crees que no conozco mis defectos? ¿Por qué te piensas que la gente se termina cansando de mí antes o después? Mi forma de ser no es fácil, vale, pero cuando te he ofrecido hablar ha sido de buen corazón, para echarte una mano y que te desahogaras, no para que me usaras como un saco de boxeo donde soltar tus malos rollos.

Jesse no contestó a eso y Camilla pareció desinflarse de golpe.

—No me merezco esto —murmuró la chica.

Ambos permanecieron callados unos segundos, en los que Jesse fue consciente de cuánto habían gritado. De haber estado alguno de sus compañeros en casa, habría salido a la puerta para ver qué demonios era todo aquel escándalo.

Vale, se había pasado un poco, lo admitía. Pensaba todas y cada una de las palabras que había dicho, pero seguro que existía otra manera menos ofensiva e hiriente de decirlas. La chica estaba en lo cierto, la había utilizado como desahogo y no como amiga.

Dio un paso hacia ella, alzando las manos en gesto de paz.

—Camilla…

—¿Qué? ¿Vas a volver a gritarme y a decir cosas horribles?

Jesse no tenía nada claro qué iba a decir con exactitud, pero era la primera vez que veía a Camilla con aquella expresión triste y odiaba haberla provocado él. Quizá no hubieran empezado con el mejor pie del mundo en la academia, pero en ese momento no se le ocurría su día a día sin ella.

Se aproximó, con intención de rodearle los hombros con el brazo para pronunciar una disculpa… y lo que hizo fue atraerla hacia él y apretar sus labios contra los suyos. Ya era hora de saber si aquel momento entre ellos significaba algo o solo eran imaginaciones: si únicamente tenían amistad lo sabrían en un segundo.

Y por cómo se había quedado ella, inmóvil y sin despegar los labios, parecía que, en efecto, solo era por su parte… hasta que Camilla entreabrió la boca y le acarició la lengua sin el menor rubor. Un golpe de calor bajó desde la cabeza a la entrepierna a la velocidad del rayo, algo que hacía siglos que no le sucedía, y al parecer no era solo cosa suya, pues ella no dudó en agarrarle de la cintura para que no se alejara.

Cosa que no tenía la menor intención de hacer, ya puestos, porque menuda forma de besar… hizo un esfuerzo y se separó, confundido.

¿Qué acababa de pasar allí?

—Vaya. Qué raro —murmuró.

Camilla parecía pensar lo mismo, porque lo miraba con los ojos abiertos de par en par, como si no diera crédito. Hacía un segundo era el cascarrabias de Jesse y de pronto la película había cambiado por completo. Bueno, pues el nuevo argumento tampoco le parecía mal, ya puestos. Así que antes de que se alejara más, le cogió de nuevo de la camiseta y tiró de la tela hacia ella, dispuesta a no dejar pasar el momento. No sabía si era solo atracción sexual, el tiempo que llevaba de sequía, que Jesse besaba mejor de lo que se había imaginado o la suma de todo lo anterior, pero solo pensaba en empotrarlo contra la encimera de la cocina. Notó sus manos por dentro de su top y se movió para que ambos pudieran quitarse la parte de arriba, lo que les llevó pocos segundos antes de volver a besarse. Camilla le desabrochó el pantalón, metiendo la mano para acariciarlo mientras lo empujaba a la susodicha encimera. Sus respectivas habitaciones estaban a solo un tramo de escalera de distancia, pero ninguno tenía intención de llegar hasta ellas.

Al llegar a la encimera, Jesse le dio la vuelta y ella apoyó las manos en el mármol, gimiendo al sentir que la besaba en la curva del cuello mientras introducía sus dedos por la parte delantera del pantalón. Con otra mano le cogió la cara, girándola un poco para tener acceso a sus labios, a lo que Camilla se movió contra él. Joder, si se apartaba lo iba a matar. Estaba a punto, pero él la acariciaba de una forma que la hacía subir, bajar y, de pronto, elevarla de nuevo. Debió notar que ella estaba más que lista, porque sintió que sus pantalones y ropa interior caían al suelo y en menos de un segundo lo tenía dentro. Se sujetó a la encimera, echándose hacia atrás para intensificar sus embestidas y haciendo que ambos gimieran. Apenas si podía hacer más que eso, pero Jesse, en cambio, tenía sus manos por todas partes: la sujetaba por las caderas, la acariciaba por encima del sujetador, cogía su cara… Madre, ¿cuántas manos tenía ese hombre?

Jesse comenzó a moverse más rápido, mordiéndole el cuello, y subió una mano para acariciarle los labios. Entonces Camilla ya no pudo aguantar más y le mordió los dedos para ahogar el grito que salió de su garganta. Se quedó sin aire unos segundos, pero por suerte él seguía sujetándola y no perdió el equilibrio como temió que pasaría, porque notaba las piernas como si fueran de goma.

Despacio, Jesse la giró hacia él y la besó en los labios con suavidad.

—Joder —consiguió decir ella.

—Sí, opino igual.

La observó con los labios curvados en una media sonrisa y los ojos semicerrados, una expresión rara en él que, sin embargo, Camilla pudo interpretar. Ya no estaba enfadado, eso seguro, y diría que incluso relajado.

«Como para no, con el polvazo que me acaba de pegar», pensó.

—Voy a hacer los mojitos —soltó, viendo que no se le ocurría ninguna frase adecuada.

Él se echó a reír y se apartó un poco para subirse la ropa. Cogió la que había por el suelo y se la tendió.

—Por mí encantado —comentó.

—¿Los tomamos fuera?

—¿Quieres un *remake* de lo que acaba de pasar en el *jacuzzi*?

—No me refería a eso. —Levantó una ceja—. Pero mira, acepto la invitación. Siempre he querido probar en uno y encima al aire libre. ¿Te imaginas si nos ven los vecinos?

Él miró por la ventana, preguntándose a qué distancia estaba la casa de al lado exactamente y en qué ángulo pillaría. Pero entonces Camilla se quitó el sujetador, única prenda que le quedaba, y abrió la nevera para sacar los hielos y la hierbabuena… y entonces decidió dejar de pensar.

CAPÍTULO 12

Tras acompañar a Gail al centro de desintoxicación, Ryan se fue a la zona de la playa a dar una vuelta. Había pasado un rato con ella justo después de su turno, que había terminado a media tarde. Todavía era pronto y tenía libre el día siguiente, así que no le apetecía irse a casa aún. La chica estaba más animada, al menos. Había estado una semana ingresada, con aislamiento incluido durante un par de días, y ahora la dejaban salir durante el día e ir solo a dormir. Si no incumplía ninguna norma ni volvía a saltarse la abstinencia total, en unos días podría volver a casa, algo que estaba esperando con impaciencia. Al menos con ese objetivo en mente parecía que se lo tomaba todo más en serio, aunque claro, igual que había fallado otras veces, Ryan no las tenía todas consigo. Recordaba continuamente las palabras de advertencia de Talisa sobre lo complicado que era todo el proceso y, después de la escena de la fiesta, lo tenía mucho más claro.

Aun así, no pensaba echarse atrás: había hecho una promesa e iba a cumplirla, sobre todo porque Gail confiaba en él y hacía su parte: no volver a mencionar su atracción mutua ni el beso. Incluso era dueña de una planta… En realidad, un cactus, pero como gesto le valía.

Se sentó en una de las terrazas a tomar una cerveza y sacó el móvil para escribir en el grupo, a ver si querían que llevara cena para los que estuvieran libres, que según el calendario que habían puesto en la nevera para organizarse, eran Jesse, Camilla y Talisa. Los dos primeros habían ido al supermercado, pero si los conocía, seguro que estaban todavía pensando qué cocinar que no les llevara mucho trabajo y agradecerían algo hecho. Talisa no había escrito nada desde la mañana, que había quedado con Abby, pero imaginaba que ya estaba de vuelta.

Sin embargo, los mensajes que recibió no eran los esperados: Talisa le contestó que todavía estaba con Abby, Ekekiela le envió unos *emojis* enfurruñados quejándose de su turno y, por su parte, ni Jesse ni Camilla dieron señales de vida. Esperó un poco pero no contestaron, así que decidió coger lo que a él le apeteciera y no andar dando vueltas.

Cuando se levantó para salir, escuchó una voz femenina que le resultó conocida. Provenía de una mesa cercana, por lo que se giró para comprobar y sí, efectivamente, era ella: Angelina estaba sentada allí, junto con un grupo de personas que no conocía. Dudó unos segundos, ya que no estaba seguro de acercarse por si la molestaba, pero entonces ella lo vio y, al reconocerle, sonrió y agitó la mano en su dirección.

Ryan le devolvió el saludo y la observó mientras se levantaba para acercarse. La notaba distinta, no solo más sonriente, sino que hasta su forma de andar era más ligera.

—Vaya, qué casualidad —dijo Angelina.

—Hacía mucho que no nos veíamos. Estás muy guapa, me gusta lo que te has hecho.

Lo soltó de pronto, sin darse cuenta de lo que decía, pero era justo lo que pensaba: Angelina estaba más morena de lo que recordaba y se había hecho un corte de pelo que le daba un aire muy juvenil. Ella enrojeció un poco y se tocó los mechones, como si todavía no se hubiera acostumbrado a su nueva longitud.

—Gracias —contestó, sin dejar de sonreír—. Tú también estás bien. ¿Qué tal te va de paramédico?

—Mejor de lo que esperaba, la verdad es que me gusta. ¿Y tú? ¿Sigues en la academia?

Aunque no hubiera nuevas plazas para cubrir en las estaciones, la academia permanecía abierta para realizar cursos de formación, reciclaje y simulacros, por lo que se mantenían todos los puestos de trabajo.

—No, me han ofrecido un puesto en un hospital privado y llevo un mes allí. —Señaló la mesa con la cabeza—. Son mis nuevos compañeros. Todavía los estoy conociendo, pero estoy muy a gusto, aunque son todos más jóvenes que yo.

—Sí, ya veo.

Un solo vistazo le había bastado para comprobar que tenían aspecto de estar recién salidos de la escuela de enfermería. No parecía un grupo con el que Angelina fuera a congeniar, no después de la cita que habían tenido ellos dos, pero se la veía relajada y contenta, así que no dudó de sus palabras.

—Es mucho mejor ambiente que en la academia —continuó ella, como para corroborar sus pensamientos—. No es todo tan encorsetado ni anticuado. No sé, es más relajado, a pesar de ser un hospital. Lo de no trabajar sola ayuda, supongo.

—Me alegro por ti.

Era sincero al decirlo, porque saltaba a la vista que estaba contenta y feliz con aquel cambio. Nunca se la hubiera imaginado saliendo de su zona de *confort*, pero la vida estaba llena de sorpresas.

—Gracias. —Angelina miró hacia la mesa de sus compañeros y luego a él de nuevo—. Escucha, he estado pensando… bueno, desde que estoy con ellos tengo otra perspectiva, ¿sabes? Y creo que hay algunas cosas que… En fin, que quizá estaba antes cerrada a ellas y ahora no las veo igual.

—¿Por ejemplo?

—Dormir en una tienda de campaña. —Se encogió de hombros—. Hace poco hicimos una fiesta en la playa para celebrar los contratos, y se nos hizo muy tarde. —Se rio, moviendo la cabeza—. Ya ni me acordaba de lo que era trasnochar así. Y la cosa es que me lo pasé muy bien. Entonces empecé a pensar en… ya sabes, en aquella vez que salimos juntos y en todo lo que teníamos en común.

—O más bien no —sonrió él.

—Sí, exacto. No digo que me quiera ir un fin de semana al monte ni nada, pero bueno, no te diría que no a ver una película de acción.

Ryan se quedó mudo. ¿Acaso le estaba pidiendo otra cita? ¡Pero si la primera había sido un desastre! Además, llevaban meses sin verse ni hablar, ¿de dónde salía aquello? Había estado tan ocupado con la academia, el nuevo trabajo y sí, Gail también, que apenas si había vuelto a pensar en ella.

—Sé que es inesperado —dijo Angelina, señalando hacia la mesa, donde sus amigos los miraban con atención—. Y no te voy a engañar, Ryan, si no fuera por ellos no estaría aquí diciéndote todo esto. Pero me han animado a hacer otras cosas y al verte… Bueno, pienso en lo que pudo ser y no fue.

Entonces lo miró a los ojos. Y la chispa que Ryan creía totalmente apagada, resurgió de improviso. Notó algo en el pecho, aquella sensación de calor que lo invadía de forma inesperada, tal y como pasaba en la academia cada vez que coincidían.

—Vaya. —Fue lo único que consiguió decir.

—Sigo teniendo el mismo número. —Se acercó y le dio un beso en la mejilla—. Piénsatelo, ¿vale? Y me llamas.

Le sonrió y Ryan la miró mientras regresaba a la mesa, pensando en lo que acababa de pasar. Porque el beso no podía haber sido más casto y superficial, y aun así, su cuerpo se había puesto en una especie de alerta al notarla tan cerca. Hasta la piel de su mejilla parecía haberse calentado al contacto.

Así que no solo era una chispa, no, la química seguía allí. Y mientras se marchaba olvidando por completo la cena que pensaba comprar para sus compañeros, solo se preguntaba qué hacer al respecto.

¿Debía darle una nueva oportunidad? ¿O ignorarla y no estropear lo que fuera que tenía con Gail?

Joder, con lo tranquila que se presentaba la noche y lo complicada que se había vuelto de pronto…

Condujo hasta la casa en aquel estado de confusión, del que salió al bajarse del coche y darse cuenta de que tenía hambre y nada que comer. Vio que el coche de Jesse y la moto de Camilla estaban aparcados, así que dedujo que ya habrían vuelto de las compras.

—¡He llegado! —dijo, al entrar en la casa y encontrarla vacía—. ¿Hay alguien?

Se dirigió a la cocina, donde vio varias bolsas de la compra vacías y la jarra de la batidora con restos de lo que parecía mojito, por el olor a hierbabuena. Cogió un vaso y se sirvió lo que quedaba, imaginando que estarían en el exterior relajándose. Salió con la bebida en la mano y rodeó la casa, hasta llegar al *jacuzzi* y quedarse, literalmente, clavado en el sitio.

—Ah, hola, Ryan —saludó Camilla.

—Joder, ¡esto se avisa!

Se dio la vuelta con rapidez, levantando el vaso para cubrirse los ojos, que también había cerrado al momento, pero toda precaución le parecía poca. El agua borboteaba, pero había visto bien claro que Camilla estaba desnuda y, aunque Jesse estaba de espaldas a él y solo había llegado a ver sus hombros, imaginaba que estaría parecido.

—Tranquilo, ahora salimos —escuchó decir al chico.

—No, ni se os ocurra salir así—dijo Ryan con rapidez—. O por lo menos poneos algo encima, digo yo.

—Chico, ni que no hubieras visto a nadie en pelotas en tu vida —se rio Camilla.

—¡Pero no a vosotros! —Escuchó chapoteos y se giró, giñando los ojos antes de abrirlos por completo al ver que ya se estaban vistiendo—. ¿Qué es esto? ¿Nos hemos convertido en una comuna hippy?

—Que no, tonto, ha sido un folleteo sin más. —Jesse le dio un pequeño toque en el hombro—. Bueno, o no sin más, que ha estado muy bien. Tampoco es para que te asustes.

—Bueno, perdone usted, pero una nota o algo no habría estado mal. ¿Y si os llego a pillar en medio de todo?

—Pues te hubieras dado la vuelta, que eres un tío muy discreto. —Camilla se acercó y le pellizcó la mejilla.

—No pasa nada —añadió Jesse, terminando de ponerse la camiseta—. Ya pondremos un calcetín en la puerta la próxima vez.

—Un segundo, un segundo. —Ryan miró al agua y después a ellos—. No quiero detalles, pero sí que me digáis una cosa. —Los dos lo miraron—. ¿Lo habéis hecho ahí?

Señaló el jacuzzi y ambos asintieron, después de intercambiar una mirada cómplice.

—¿Lo has probado? —preguntó Camilla.

—No, ni pienso, vamos, es que ya ni bañarme. ¿Cómo lo vais a limpiar?

—¿Limpiar? —repitió Jesse.

—Joder, qué habrá ahí… Yo qué sé, de todo.

—El agua está supercaliente —dijo Camilla—. Eso se desinfecta solo.

Ryan no podía creer lo que estaba oyendo, pero veía que ninguno tenía pinta de tener intención de cambiar el agua, echar cloro o cualquier otra cosa. Pues nada, se veía vaciando el jacuzzi y frotándolo con lejía en su día libre.

—¿Pedimos algo para cenar? —preguntó Jesse.

—Por mí pizza —contestó Camilla, cogiéndole del brazo.

Se fueron hacia el interior, con Ryan detrás sin dar crédito a nada de lo que estaba presenciando. ¿Ellos dos, liados? Pero, ¿se había perdido algo?

—¿Desde cuándo pasa esto? —preguntó, haciendo un gesto para abarcarlos.

—No pasa nada… —empezó Camilla, ladeando la cabeza hacia Jesse—. O bueno, algo sí, pero todavía no lo hemos definido.

—No, nos ha pillado desprevenidos —dijo Jesse, cogiendo su móvil para llamar a la pizzería.

Ryan pestañeó, incrédulo. ¿Cómo, desprevenidos? Eso él, que no se esperaba para nada encontrarse a dos compañeros desnudos en la casa, pero ¿ellos? Ni que hubieran aparecido unos duendes, les hubieran quitado la ropa y juntado para tener sexo.

—No le des vueltas —siguió Camilla, cogiendo la jarra para hacer más mojitos—. En casa no cambia nada de momento, no tienes que actuar diferente con nosotros, ¿vale?

Jesse pidió la cena, dejó el teléfono y se acercó a Camilla para darle una palmada en el culo.

—Exacto, no va a afectar a la convivencia —corroboró.

Sobre todo, porque Camilla tenía razón: no habían definido nada, solo habían repetido la escena de la cocina (la cual pensó que mejor ni comentar, o Ryan los tendría con el estropajo a cuestas). No quería pensar en qué había pasado, por el momento mejor disfrutarlo y por lo que parecía, Camilla opinaba igual. Entre orgasmo y orgasmo no habían hablado más que de los mojitos o lo bien que se estaba en el agua, así que si no había conversación por el momento, él no tenía queja al respecto. Lo único que pensaba hacer era bloquear a Vanessa: acostarse con Camilla le había demostrado que la había dejado atrás, que lo que quería era mirar al futuro, y así al menos no podría llamarlo ni enviarle mensajes.

Talisa llegó cuando estaban terminando las *pizzas* y se unió a ellos, pillando uno de los últimos trozos. Aunque había picado algo con Abby antes de despedirse, a una pizza de cuatro quesos nunca le decía que no.

—¿Qué tal Abby? —preguntó Camilla.

—Mejor, solo necesitaba desahogarse. —Prefirió no entrar en detalles ni hablar sobre el traslado que habían acordado pedir, porque no sabía si se lo aceptarían, por un lado, y por el otro, cómo se lo tomarían ellos. Tenía que pensar cómo decirlo, ya que la explicación completa implicaría demasiadas cosas—. ¿Y por aquí, alguna novedad?

—Nada, todo igual que siempre —contestó Camilla, mirando de reojo a Jesse.

Ryan se atragantó con la pizza, pero se quedó callado, evitando mirar a la parejita. Joder, con lo poco que le gustaban los líos, y se encontraba ahí en el medio de todo. Bueno, seguro que Camilla esperaría a estar a solas con Talisa para contarle todo, ¿no? Las tías hacían esas cosas. Así que se calló y decidió que sí, limpiaría el *jacuzzi* y no comentaría nada al respecto.

Y entonces cayó en la cuenta de que no solo ellos estaban en plan secretismo, porque él mismo no había dicho nada sobre su encuentro con Angelina. Todavía no sabía si la llamaría, no había tenido tiempo de pensarlo en frío con todo el tema del *jacuzzi* de marras, pero tampoco era algo que quería comentar con el grupo, por mucha confianza que tuviera con ellos. Talisa estaba allí, y seguro que Gail le habría comentado algo sobre su conversación del día del cumpleaños. Y aunque no hubiera nada entre ellos, fijo que no veía con buenos ojos que él se planteara siquiera salir con otra, ¿no?

Pues nada, visto lo visto, iba a pasar un par de días libres la mar de entretenidos. Al final, el «jacuzzigate» iba a resultar lo menos problemático de todo.

Tras la comida, sobremesa y tarde con Talisa, Abby se había metido directamente en la cama al llegar a casa. Más que cansancio físico, lo que tenía era agotamiento mental: cuando no estaba en el trabajo estresada por la falta de oportunidades, tenía reuniones con el abogado sobre el tema de Deke, y todo ello le estaba causando mella. Hablar con Talisa y decidir pedir el traslado parecía que le había dado algo de paz, porque durmió mejor que en las últimas semanas y cuando se levantó, se sentía más animada de lo normal.

Con una taza de café en la mano, se fue a su ordenador y añadió todo el tema de Talisa con Darren a la primera parte de su artículo, la dedicada a la academia. No pensaba publicar aquello ni por lo más sagrado, pero lo tenía rondando en su cabeza y necesitaba plasmarlo en palabras para quitárselo de encima. Una vez escrito y revisado, continuó con la siguiente parte: su experiencia actual. Leerlo no le hacía ninguna gracia, puesto que parecía una sucesión de catastróficas desdichas y ni una sola acción o tarea interesante. Aparte del machismo inherente, claro, que seguro que vendería si Finn no lo encontraba todo demasiado exagerado, a pesar de ser la realidad que estaba viviendo.

Como si lo estuviera conjurando con su mente, su móvil vibró con la llegada de un mensaje, y vio que se trataba de él, pidiendo que lo llamara.

Abby estuvo tentada de no contestar, pero Finn le envió otro al cabo de unos segundos, así que cogió el móvil y devolvió la llamada.

—¡Ya era hora! —exclamó él al contestar.

—Oye, si vas a gritarme te cuelgo.

—No, lo que tienes que hacer es venir aquí ahora mismo.

—¿Para qué?

—No me pongas excusas porque si me has llamado es porque tienes libre, así que espabila. Es sobre tu artículo y no pienso discutir por teléfono.

—Vale, vale. —Suspiró, resignada—. Ya voy.

Colgó y fue a vestirse. Al menos aprovecharía y se tomaría un café con Leona, que desde la noche de borrachera con Leo no había vuelto a verla. Sí que hablaban a menudo o se enviaban mensajes, pero no era lo mismo.

Llegó al edificio de la revista y, mientras subía al despacho en el ascensor, pensó en que no echaba de menos aquello. Sí que le gustaba escribir, eso seguía igual, pero no sentía que se estuviera perdiendo nada por no seguir en aquellas oficinas. No como le ocurría en la estación, que lo único que quería era salir y demostrar lo que valía, todo lo que había aprendido en la academia. Eso sí lo echaba de menos: la adrenalina, el afán de superación, el compañerismo…

Joder, todo lo que la había animado a continuar y que Connor se estaba cargando con su actitud. Bueno, él y el resto de idiotas que estaban en aquella estación, que parecían escogidos a dedo. Durante unos momentos se sintió culpable por enviar a Talisa allí, si es que se aceptaba el cambio. Pero claro, si estuviera en su lugar, probablemente también haría lo mismo. Y Talisa tenía otro carácter, además de herencia y sangre de bombero en sus venas, así que quizá no la trataran igual que a ella.

No era justo, pero si se ponía en la mente de aquellos cavernícolas… para ellos tendría su lógica.

El pitido del ascensor indicando la llegada a la planta la sacó de sus pensamientos. Se echó un vistazo en el espejo del interior antes de salir, aunque sabía qué aspecto tenía: ojeras de cansancio, coleta hecha a todo correr y ropa cómoda. En fin, eso era lo que había: no tenía tiempo de ponerse mona y menos para hablar con Finn.

Salió hacia las mesas de sus antiguos compañeros y, al llegar a la de Leona, la pilló por detrás sin que la oyera y le tapó los ojos.

—¿Quién soy? —preguntó.

—La idiota de mi amiga a la que casi no veo —contestó ella, antes de girarse y darle un abrazo.

—Ya, yo también te echo de menos.

—¿Qué haces por aquí? ¿Vuelves?

No pudo ocultar la emoción en su voz, pero Abby negó con la cabeza.

—Solo vengo a hablar con Finn.

—¿Todavía vas a seguir, con lo mal que te va? ¿No tienes suficiente información?

—Sí, pero no se trata solo de eso, en esta estación todavía no he podido hacer nada interesante y quiero poder escribir sobre la vida real de un bombero, ¿sabes? Algo con acción, con emoción, desde dentro.

—¿Y qué vas a hacer con ese tipo, el capitán?

—Voy a pedir un traslado, como un intercambio con Talisa. —Miró hacia el despacho de Finn, que se había asomado y le estaba haciendo gestos con la mano de forma insistente—. Luego te cuento, ¿nos tomamos un café cuando salga de la cueva del ogro?

—Qué exagerada eres. —Se rio—. Claro, aquí te espero.

Le tiró un beso mientras Abby se dirigía al despacho.

—Cierra la puerta —le ordenó Finn.

Abby obedeció y se sentó frente a él con aparente calma. Después de lo que estaba viviendo en la estación, Finn le parecía un monaguillo, la verdad.

—Hace semanas que no me mandas nada —le soltó él, con el ceño fruncido.

—He estado muy ocupada.

—Pues el tiempo se agota, Abby, siento decírtelo.

—¿Por qué?

—La parte de la academia que me enseñaste más esa diatriba sobre tu nuevo jefe…

—Capitán.

—Lo que sea. Bien, todo eso se lo pasé al equipo de contenidos, como te prometí. Y les ha gustado.

Aquello la animó, y se echó hacia delante en la silla de forma inconsciente.

—¿En serio? —preguntó.

—Sí. Quieren un especial, nada de artículos individuales ni partes. No, nada de eso: será un publirreportaje. Abby, irás en un especial.

A ella se le iluminaron los ojos. Aquello significaba reconocimiento, para empezar. Los especiales se vendían mucho más que las revistas normales, se sacaba más tirada y, además, se les daba mucha publicidad. La visibilidad que tendría… en fin, se le ponía la piel de gallina solo de pensarlo. Aunque aún tenía que pulirlo, claro.

—Tengo que terminarlo —dijo.

—Por eso te he llamado. Tú verás, pero lo necesito en cuatro semanas. Terminado y revisado. Si no, no sale y se cierra tu ventana de oportunidad.

Ella se mordió el labio, pensativa. Tenía que repasarlo bien, cambiar los nombres, el orden de algunas cosas para evitar que se relacionara con sus amigos… y terminar la siguiente parte. Si el traslado iba rápido, podría añadir algo jugoso. Si no, tendría que escribir sobre las experiencias de sus amigos.

—¿Solo cuatro semanas?

—Sabes cómo va esto.

—Sí, lo sé. Dame seis.

—Abby…

—En serio, las necesito, estoy a punto de un cambio importante y así podré completarlo.

Finn miró su agenda, pasando páginas mientras tamborileaba en la mesa con el bolígrafo. Movía la cabeza de forma negativa, pero al final la miró suspirando.

—Supongo que puedo ganar algo de tiempo —dijo—. Por lo que me has mandado merecerá la pena, pero vete enviándome más según acabes partes, para ir editando y que no nos pille el toro, ¿de acuerdo?

—Genial, gracias.

—Pues eso era todo. —Abby se levantó—. Seis semanas, ni un día más.

—Que sí, que sí.

Salió antes de que cambiara de opinión. Pasó por la mesa de Leona y se fueron juntas a la sala de café, que estaba vacía en aquel momento.

—Tenemos veinte minutos antes de la hora punta —dijo su amiga, sirviendo el café—. Ya sabes que esto se llena a las once, así que cuenta.

—Van a darme espacio en un especial.

—¿Qué dices? ¡Eso es genial!

—Sí, tengo seis semanas, así que espero poder escribir sobre alguna experiencia propia en alguna salida, a ver si me dan una oportunidad.

—¿Y eso que me has dicho del traslado?

—Pues eso, Talisa también está a disgusto, así que vamos a proponer un cambio de estaciones, ella a la mía y yo a la suya.

—Así que nada con el tipo ese, ¿no?

—Si con nada te refieres a si ha mejorado el tema, no, lo que te cuento cuando hablamos es todo lo que hay.

—Ya. —Echó azúcar en el café y lo removió, mirándola pensativa—. ¿Y si es otra cosa?

—¿Cómo, otra cosa?

—¿Tensión sexual, por ejemplo?

Abby la miró como si estuviera loca. Su amiga sacó su móvil y trasteó con él, para al final enseñarle unas fotos de Connor de uniforme.

—Están en la web del departamento —explicó Leona, pasando con el dedo de una a otra—. Y chica, qué quieres, yo a este le hacía un favor.

—Pero, ¿tú me escuchas cuando te cuento que es un capullo?

—Si es que no hace falta que hable para lo que le haría.

—No, si ya tengo claro tus preferencias, visto lo tuyo con Finn.

—Bah, eso no es nada. —Hizo un gesto con la mano para quitarle importancia—. De hecho, me tiene mosqueada porque me ha quitado espacio en los últimos números, así que le he puesto en pausa de nuevo. Pero no estamos hablando de mí, sino de vosotros.

—Que no hay ningún nosotros, no te vuelvas loca.

Leona le mostró otra foto, pero Abby apartó el móvil de un manotazo. Como si no lo tuviera visto, que casi todos los días lo tenía delante. Sí, el atractivo era innegable, pero cada vez que hablaba lo estropeaba todo.

—¿Compartís las duchas?

—¡Que no pienses cosas raras! Y deja de buscar fotos.

—Ay, chica, qué susceptible te pones. A ver si va a ser porque tengo algo de razón y no me la quieres dar.

Abby resopló, sin decir nada. Cuando a Leona se le metía una idea en la cabeza, no había forma de sacarla de allí. No tenía sentido discutir con ella, por mucho que no tuviera razón. Porque desde luego que ella no se había fijado en Connor de esa forma… bueno, ciega no estaba, pero eso no quería decir nada, porque las discusiones eliminaban cualquier idea de atracción que pudiera surgir.

¿No?

Sacudió la cabeza, maldiciendo a Leona por meterle cosas en la cabeza que la distraían de su objetivo real. Además, si hubiera algo de tensión de ese tipo, sería mutua, y desde luego que estaba segura de que por parte de Connor no había nada de nada. La miraba como al resto de compañeros o mejor dicho, la miraba por encima de sus compañeros, que era peor. Así que no, ahí no había nada de lo que Leona sugería.

—¿Y con Leo? —preguntó entonces su amiga.

—¿Qué pasa, es el día de hablar de mí o qué?

—Bueno, es que desde lo que me contaste lo que pasó en la fiesta, no has vuelto a decir nada de él, entonces no sé cómo está el tema.

—Pues igual. —Se encogió de hombros—. Compartimos el coche y de momento su abogado sigue con mi caso, así que... no sé, imagino que seguimos como amigos. O eso espero, al menos, porque no quiero perderlo.

Cierto era que también lo notaba algo distante, no hablaban tanto como antes, pero también entendía que el chico quisiera poner cierta separación entre ellos después de lo ocurrido. No sabía si había vuelto a salir con Skylar o alguna otra, y no había preguntado para no levantar la liebre. Quizá su traslado también le vendría bien en ese sentido, si no se veían todos los días la incomodidad desaparecería y podrían volver a ser como antes.

Leona le frotó un brazo para darle ánimos, mirándola con compresión.

—Seguro que se le pasa —le dijo—. Y verás que el tema del juicio al final se queda en nada, estas cosas se complican más de lo que parecen y luego se arreglan siempre.

Abby le sonrió; agradecía su apoyo y sus palabras, pero no las tenía todas consigo. Como bien le había dicho Talisa, la profesión de bombero no jugaba a su favor y era uno de los puntos que su abogado había dejado claro. Así que quizá, al final, tendría que hacer algún cambio en su vida si quería tener a Deke con ella.

Y solo por eso iba a esforzarse en tener el reportaje listo en las semanas concedidas por Finn.

CAPÍTULO 13

Hacía un rato que Connor había terminado su resumen de la mañana, antes de comenzar el turno. Abby apenas le había prestado atención, presa de los nervios al pensar en lo que iba a hacer aquel día.

Había sacado los formularios de traslado del archivo y cumplimentado sin que nadie la viera, cosa bastante fácil teniendo en cuenta que todos la ignoraban la mayor parte del tiempo y que Leo seguía manteniendo las distancias. Los releyó por décima vez y se dirigió al despacho, decidiendo no posponerlo más. Llamó un par de veces con los nudillos y, al poco, escuchó la voz de Connor desde el interior, así que entornó la puerta y asomó la cabeza.

—¿Puedo pasar, capitán? —preguntó.

Él pareció sorprendido al verla, pero le hizo un gesto con la mano para que entrara. Abby cogió aire, cerró la puerta tras de sí y se acercó a la mesa para dejar los papeles delante suyo.

—¿Qué es esto? —preguntó Connor.

—Una petición de traslado.

El capitán cogió los papeles y les echó un vistazo, sin poder creer lo que había oído. Pero sí, la chica no mentía: era un formulario perfectamente cumplimentado en el que solicitaba el traslado a otra estación.

—Siéntate —le ordenó.

—Está todo ahí y…

Connor levantó la vista, elevando una ceja.

—Siéntate —repitió.

Abby suspiró y obedeció. Había esperado que saltara de alegría ante la perspectiva de perderla de vista, pero no, parecía justo lo contrario. Mantenía su expresión seria habitual, pero también enfadado. Con tantas broncas Abby sabía reconocer aquel gesto de sobra. Se cruzó de brazos y esperó, decidiendo dejar que hablara y así terminar cuanto antes. Si le contestaba sabía que sería peor, así que…

Connor leyó cada una de las líneas hasta llegar a la pregunta final, donde había un cuadro vacío en el que el solicitante podía explicar las razones que lo motivaban a pedir el traslado. Abby había escrito unas pocas frases, en las que describía su incomodidad en la estación, la ausencia de congenio con el equipo y que no se la había tratado con igualdad. Reprimió las ganas de estrujar el papel entre sus manos y la miró. Era una novata, por supuesto que no iba a tratarla con igualdad. Tampoco a Leo, no lo había enviado de cabeza al peligro como a cualquiera de los demás, pero a él no lo veía presentando ninguna solicitud.

—¿Te das cuenta de lo que estás haciendo? —preguntó. Ella afirmó con la cabeza—. No, creo que no.

—Pido un traslado.

—Sí, dejándome mal.

—¿Perdona?

¿Cómo? ¿En qué momento se tomaba aquello como algo personal? Que sí, por supuesto que tenía mucho que ver en que quisiera marcharse, pero de ahí a decir que lo dejaba mal… Eso sí que no era culpa suya, pero antes de ponerse a gritar, respiró hondo e intento adoptar un tono calmado.

—Creo que un traslado es lo mejor para todos —explicó—. Tú no me quieres en tu equipo, pero seguro que en alguna otra estación sabrán apreciar mis cualidades.

—Yo no he dicho que no te quiera en mi equipo.

—Bueno, eso es discutible, pero tampoco me has dado la bienvenida. Y con tus acciones, las salidas que ha habido desde que empecé y los trabajos que he desempeñado en ellas… en fin, creo que mis motivos están más que fundados.

—Si no estás a gusto o prefieres estar en otra, me parece perfecto. Pero no puedes poner como justificación que yo tengo algo que ver. Me dejas en mal lugar, a mí y a todos los del equipo.

Abby le arrebató las hojas, molesta y cogió un bolígrafo para tachar las líneas que hacían referencia al capitán.

—Le pones típex por encima si así te parece mejor —le dijo—. Pero quiero que se tramite la solicitud, así que te pediría que, por favor, la firmes.

Connor volvió a mirar las hojas, pero no firmó. Nunca nadie había querido irse de su estación, así que para él era un tema personal, claro que sí. Igual que si uno de sus hombres fallaba en alguna prueba o cometía algún error lo veía como su culpa, por no haber sabido enseñarles correctamente. Así que el hecho de que Abby se quisiera marchar no tenía otra explicación que su forma de actuar con ella, por mucho que eso le pudiera fastidiar.

—¿Por qué no te das más tiempo? —preguntó—. Todo nuevo trabajo necesita un proceso de adaptación, quizá necesites más semanas con nosotros para…

—No, ¿para qué? —Se encogió de hombros—. Ya sé utilizar la centralita con los ojos cerrados. He cambiado las pilas a tantos detectores de incendios que parece que se ha corrido la voz entre los jubilados y todos traen los suyos en mi turno para que lo haga.

Connor frunció los labios, sin poder replicar a eso, porque sí que había visto desfilar a más gente de lo habitual por la recepción. Estaban ahí para ayudar, responder dudas de ciudadanos, explicarles cómo funcionaba ese extintor que se habían comprado sin pensar…y, efectivamente, cambiar pilas si era necesario. Ella siempre permanecía con una sonrisa cuando atendía a esas personas y pensaba que quizá le había cogido el gusto, pero claro, ahora veía que eso no compensaba el hecho de no tenerla en cuenta en las salidas.

—Escucha, ¿y si cambiamos algunas cosas? —sugirió.

—¿Vas a mandar a otro al teléfono o a la radio, si me dejas salir?

—Bueno, podríamos hacer algún sistema de turnos… lo puedo proponer en la reunión de mañana, a ver qué opina el resto del equipo.

—No, eso no me vale. —Movió la cabeza—. Dirán que no, y lo sabes. Si quieres que me quede, necesito alguna garantía más.

Connor cogió los papeles de nuevo y, al llevarlos hacia él, empujó sin querer la taza de café que tenía encima de la mesa. Se echó hacia atrás con rapidez, pero no pudo evitar que se le cayera por toda la camiseta.

—¡Joder! —Dejó los papeles a un lado y se levantó—. Ahora vengo, no te muevas de ahí.

Y tal cual, se quitó la camiseta mientras se dirigía al cuarto privado. Abby se quedó mirándolo, inclinándose hacia delante para no perderse detalle. Si Leona estuviera allí… Joder, ¿pero cómo tenía ese cuerpazo, el muy cabrón? ¡Si hasta se le marcaban los oblicuos! No era justo, si no fuera tan imbécil le…

Sacudió la cabeza, echándose hacia atrás molesta consigo misma y con Leona por meterle ideas en la cabeza. Y ya puestos, con Dios por crear cuerpos como ese en mentes tan cerradas.

Connor salió con una camiseta limpia y papel para secar el café derramado. Miró de reojo a Abby mientras lo hacía, preguntándose por qué parecía más molesta que unos minutos antes.

Con lo guapa que era, y lo poco que sonreía… Frunció el ceño, preguntándose primero a qué venía pensar en ella de esa forma y segundo, cómo reaccionaría si se lo dijera.

Como poco le daría una bofetada, seguro. Ocupó su silla y la miró, intentando suavizar su expresión.

—Déjame estudiar el tema unos días —le dijo.

—Pero…

—Veré qué puedo hacer.

Abby suspiró y salió del despacho. Le daba igual lo que hiciera, estaba convencida de que las cosas no mejorarían, así que… ¿qué más daban unos días arriba o abajo? En fin, le diría a Talisa que quizá se retrasara un poco el tema, pero no pensaba retirar la solicitud, eso seguro.

Talisa se paseaba nerviosa de un lado al otro de la estación, comenzando mil tareas y sin llegar a terminar ninguna. Le había dejado a Darren la solicitud para el traslado entre un montón de papeles más. Sabía que la mayoría solía firmarlos sin leer, así que esperaba que lo suyo quedara disimulado entre el resto y lo garabateara sin más. Luego ella se encargaría de enviarlo a la central con el resto de documentación del día, así que estaba esperando que la avisara de un momento a otro para que lo hiciera. Con un poco de suerte, podría hacer todo el proceso de forma discreta y solo tendría que hablar de ello cuando se aprobara.

Dejó de ordenar uniformes al darse cuenta de que estaba mezclando los de todos y bajó a los camiones, donde Camilla y Jesse se ocupaban de dejarlos impolutos.

—¿Os echo una mano? —preguntó.

—Claro, eso siempre se agradece —contestó Jesse.

Cogió un cubo y un trapo, trasteó entre los botes para echar producto de limpieza y se fue a frotar uno de los laterales con energía, a ver si así descargaba parte de la tensión que sentía. No llevaba ni cinco minutos cuando Camilla se acercó.

—¿Te pasa algo? —preguntó la morena.

—No, ¿por qué?

—Porque estás frotando la pintura con lejía y no con cera.

Talisa miró el trapo y luego sus manos, confusa. Claro, ya le parecía que el olor no era el normal.

—Estoy un poco despistada.

—No, si ya…

—¡Talisa, a mi despacho!

La voz de Darren les llegó a través de los altavoces. El tono no daba lugar a dudas: estaba enfadado, y las dos chicas se miraron.

—No parece que sea para felicitarte —comentó Camilla.

—Será algún papel, ya sabes que los odia. —Suspiró—. Luego te cuento.

Tenía tantas ganas de hablar con él como de meterse en un incendio sin mascarilla, pero… en fin, mejor pensaba que era una tirita y cuanto más rápido la arrancara, mejor. Arrastró los pies hasta el despacho, donde Darren la esperaba en el dintel de la puerta.

—Ya era hora —gruñó.

—He venido lo más rápido que he podido —mintió, evitando tocarlo al entrar—. ¿Me siento?

—Oh, sí, claro, siéntate, esto nos va a llevar un rato.

Cerró la puerta reprimiendo las ganas de pegar un buen portazo y se fue a su silla, aunque no llegó a sentarse. Cogió la petición de traslado y la tiró sobre la mesa, justo enfrente de la chica.

—¿Puedes explicarme qué demonios es esto?

Ella carraspeó, evitando mirarlo mientras Darren se sentaba en el borde de la mesa junto a ella y se cruzaba de brazos.

—Bueno, pues es lo que pone ahí —contestó, tragando saliva—. Una petición de traslado.

—A tu nombre.

—Obviamente.

—Será obvio para ti, porque para mí no lo es. ¿Desde cuándo quieres marcharte de mi estación, Talisa?

—Casi desde el principio. —Lo miró—. Pero desde que me corté el brazo y nos quedamos a solas, más.

Aquello lo pilló desprevenido. No sabía qué había esperado como excusa, pero desde luego que eso no. ¿Era por él? Apretó los brazos contra su cuerpo para evitar darse a sí mismo una colleja.

Pues claro que era por él, ¿cómo no se había parado a pensar en que la situación era incómoda para ambos? Que él lo disimulara mejor era otra cosa, pero estaba claro que Talisa no lo estaba pasando bien o no llegaría al extremo de pedir un traslado. Joder, había pospuesto hablar sobre el maldito beso en la enfermería hasta pensar qué hacer al respecto y solo había conseguido empeorarlo todo. Eso y que Talisa decidiera que lo mejor que podía hacer era poner tierra de por medio. Pues sí que se estaba cubriendo de gloria, era como seguir un manual sobre cómo fastidiar las cosas, una tras otra.

—No hay puestos libres en otras estaciones—comentó, mientras pensaba en cómo salir de aquel embrollo.

—Eso está por ver.

—¿Cómo que está por ver? —Darren entrecerró los ojos—. ¿Sabes algo que yo no?

—Da igual. —Cogió los papeles, los revisó y se los acercó—. Tienes que firmarlos para poder enviarlos a la central.

—Eso ya lo sé.

Talisa cogió aire. ¿Por qué no podía ponérselo fácil? Nunca hablaban, ¿y ahora de pronto quería discutir sobre eso? ¡Si era la mejor solución para los dos!

—Mira, Darren, creo que no necesito explicarte por qué quiero irme. Aunque trabajemos juntos y actuemos como que no ha pasado nada, lo cierto es que pasó. —Le señaló y luego a sí misma—. Y sigue pasando, joder, no me digas que no estás tan incómodo como yo porque no me lo creo. ¿No ves que es lo mejor? Me voy la est… a otra estación, o a la brigada de socorristas, me da igual, y así cada uno podremos hacer nuestra vida.

—Tú vales más que para estar en la brigada de socorristas y lo sabes.

—Bueno, pues si a ti se te ocurre alguna otra solución, soy toda oídos.

Darren se quedó mirándola, preguntándose cómo resolver aquello. La sola idea de no verla más que en alguna salida esporádica, se le antojó insoportable. Cuando se había ido de la academia no lo había pensado bien, echarla de menos resultó una sorpresa inesperada, pero las circunstancias habían cambiado por completo: ahora trabajaban juntos y en igualdad de condiciones. Sí, era su capitán, pero eso esperaba que fuera algo temporal.

Por otro lado, no podía negar que acudía a la estación de otro ánimo desde que la rubia trabajaba allí. Una vez superada la sorpresa inicial, se había acostumbrado a su presencia, a que lo ayudara con las tareas que no le gustaban… pero claro, no era solo eso: no podía escudarse en el tema profesional cuando era obvio que existía mucho más. Si alguna vez había tenido dudas, el tema del tren había sido un estupendo catalizador para aclarar la situación: la preocupación casi le había nublado el juicio, además del momento posterior en la enfermería.

Comparaba aquel beso con una bomba de relojería: había encendido a ambos y ahora estaba a punto de explotar, solo que no de la mejor forma.

No, lo que había entre ellos no había terminado ni remotamente, pero… ¿podía hacer algo al respecto?

—No quiero que te vayas —soltó, de pronto.

Talisa trató de mantenerse imperturbable, pero se tensó y apretó las manos, sin levantarse de la silla.

—Necesito más que eso, Darren.

Él se acuclilló delante suyo y alargó una mano despacio, por si la joven se apartaba, pero como la chica siguiera sin moverse, le rozó el dorso de las manos con el dedo índice.

—Talisa, es que es…

—No me sueltes el discurso de que es complicado, ya no eres mi instructor. —Entonces sí, apartó las manos—. Y aun así no había ninguna regla escrita al respecto, igual que ahora. Porque te recuerdo que los protocolos internos eran una de las asignaturas y no hay ninguna norma que prohíba las relaciones entre bomberos. Ni aquí, ni en ninguna otra estación del país.

—Lo sé.

—¿Entonces?

¿Cómo explicárselo, cuando él tampoco lo tenía claro? Siempre le había costado expresar sus sentimientos, no era de los que iban gritando lo que sentía a los cuatro vientos. Pero con Talisa sabía que había ido demasiado lejos.

Primero había intentado evitar lo que pasaba entre ellos, ignorarlo, y una vez metido de lleno… igual, ocultándolo al resto del mundo. Le daba miedo que esa relación afectara a su trabajo, que lo desestabilizara. Si estaba con Talisa, ¿no se preocuparía por ella más que por el resto? Podría poner en peligro al equipo, y lo mismo por parte de ella. ¿Cómo ser objetivo cuando estaba a su lado?

Pensó en el tren, en las broncas que había soltado a diestro y siniestro. Una vez calmados los ánimos, admitió que quizá se había pasado un poco… pero claro, si reculaba tendría que explicar por qué, y no se veía con ánimos de admitirlo. Si su cabreo venía porque había sido Talisa la persona debajo del tren, entonces existía un problema. Y aunque deseaba convencerse de que su actuación hubiera sido la misma de haber sido esa persona Camilla o Leo, ambos igual de inexpertos, no las tenía todas consigo.

Y todo eso era lo que lo tenía intranquilo, pero no sabía cómo explicárselo a la rubia.

—Talisa… —empezó.

—Mira, otra cosa es lo que sientas tú, porque sinceramente, si lo único que esperas es que tengamos un par de revolcones y seguir como en la academia, desde ya te digo que no.

—No he dicho nada de eso.

—Ya, bueno. —Enrojeció, preguntándose si estaba sacando demasiadas conclusiones solo por el hecho de que Darren no hubiera firmado el traslado sin más—. Yo te aviso por si acaso, no pienso volver a estar oculta en las sombras.

—Eso lo entiendo, pero… —Volvió a cogerle las manos—. Mira, no quiero hacerte daño.

La rubia lo miró a los ojos y percibió que estaba preocupado, intranquilo… y, aunque quizá fuera producto de su imaginación, estaba segura de que había algo más profundo, algo que él se callaba o no sabía expresar.

Subió las manos y arrimó sus nudillos a los labios.

—¿Y si ya me lo estuvieras haciendo, aunque sea sin querer? —Le besó la otra mano—. ¿No vas a hacer nada al respecto?

—Talisa…

—¿Por qué te tomaste tantas molestias en mi cumpleaños?

—¿Qué? —Había esperado que sacara a relucir de nuevo el tema del beso, pero no aquello—. ¿Hablas de tu regalo?

—Buscaste algo especial, eso tiene que significar algo. —Dejó sus nudillos para acariciarle una mejilla y que la mirara a los ojos—. Y si no es así, dilo ya y firma los malditos papeles.

En lugar de contestar, Darren cogió su cara entre las manos y la besó. ¿Qué decir, cuando ella tenía razón? Había buscado algo especial porque eso era para él, no era una más del equipo y no tenía sentido seguir dando vueltas a la evidencia. Quizá era hora de dejarse llevar, por una vez en su vida, y no pensar tanto en las consecuencias de todo.

Se apartó un segundo para mirarla y, al ver que entreabría los labios, volvió a besarla, lenta y profundamente. Bajó las manos a su cintura para levantarla y cogerla en brazos, todo ello sin dejar de besarla más que las milésimas de segundo necesarias para no enredarse. Talisa se cogió de su cuello para no caer, con la mente repleta de recuerdos de los encuentros que habían tenido sobre la mesa de su despacho. Y eso le hizo recuperar algo de cordura, porque se repitió que no quería volver a lo mismo, por muy bueno que fuera aquello.

—Darren, espera.

—Voy a cerrar la puerta, tranquila.

Mientras lo decía, la llevó hasta allí y giró el cierre, bloqueándola.

—Te he dicho que no quiero volver a lo de antes.

—Y no será así, de verdad, te prometo que vamos a hablar. —La besó, llevándola hasta su habitación de descanso—. Pero después.

La tumbó sobre la cama, cogió el borde de su camiseta y se la subió poco a poco, dejando un reguero de besos desde el estómago hasta el encaje del sujetador. Pasó la lengua por el borde de las copas y tiró hacia arriba para quitarle la prenda. Después repitió la misma operación con el pantalón. Tiró las botas al suelo y se apartó para quitarse las suyas, que cayeron al lado. Aprovechando que estaba agachado, Talisa se acercó por detrás y agarró su camiseta para sacársela por la cabeza y pasar la lengua por su espalda, siguiendo la línea de la columna vertebral, y sonrió al ver cómo se le erizaba la piel. Le mordisqueó el lóbulo de la oreja, pasando las manos alrededor de su cuello y bajándolas por los pectorales. Tiró hacia atrás y Darren giró un poco la cabeza para besarla, dejándose empujar para acabar tumbado bocarriba sobre la cama.

Talisa se colocó encima suyo y le desabrochó el pantalón con un rápido movimiento. Lo enganchó a la vez que la ropa interior y con un par de tirones, lo dejó desnudo. Se inclinó para besar la zona alrededor del ombligo, jugando con la lengua mientras recorría cada parte de ese cuerpo que tanto había echado de menos. Su cabello cayó sobre él, rozando su piel, y Darren alargó las manos para cogérselo hacia atrás a modo de coleta manual y así subirla hacia su boca. La giró para ponerse encima, desabrochando el sujetador en el proceso con una facilidad pasmosa. Cogió sus caderas para deshacerse de la última prenda que se interponía entre ambos y, con un movimiento suave y que estuvo a punto de hacerla explotar al momento, entró en ella. Todo el cuerpo de Talisa se estremeció; era como si le reconociera y supiera lo que la hacía sentir, porque sus movimientos se adaptaban a los de él sin ningún esfuerzo. Puede que sus mentes no estuvieran en total sincronía, pero sus cuerpos sí… se buscaban y entrelazaban en aquella danza que tan bien conocían, como si no existiera nada más en el mundo.

Talisa le rodeó con las piernas, gimiendo contra sus labios y cuello, perdida en esos besos y caricias tan características de Darren. Dios, cómo lo había echado de menos…

Pero tampoco pudo pensar mucho en ello, su mente estaba nublada por el placer y concentrada en sentir, más y más, hasta explotar en mil pedazos.

Se quedaron abrazados, él sobre su cuerpo tembloroso, y sin hablar durante unos segundos o minutos, no podía asegurarlo. Fuera el tiempo que fuera, le pareció demasiado pronto cuando Darren se echó hacia un lado y la besó, sonriendo.

—Creo que aprecio alguna de las ventajas de ser capitán —comentó—. No está mal esto de tener una habitación propia.

—No, es todo un cambio a una mesa de despacho.

Hasta a ella le sonó a tono acusatorio, pese a que no había sido su intención.

—Talisa… no quería decir que… —Movió la cabeza—. No sé, que fuera a convertirse en costumbre y…

—Ya. —Se acomodó la sábana alrededor del cuerpo, pensando que parecía la típica actriz de película cubriéndose después de la escena de sexo, como si él no hubiera visto ya todo lo que tenía que ver—. Sé que he entrado aquí por mi propia voluntad, pero va en serio lo que te he dicho, Darren. No quiero volver a lo de la academia.

—Vale, pero…

—No me refiero a ir con un cartel que diga «estamos juntos», ni creo que sea oportuno emitir un comunicado. Pero tampoco quiero andar a escondidas.

—No, yo tampoco quiero eso.

—¿Y qué quieres?

Buena pregunta, pensó él, porque no podía soltarle un «a ti» así sin más, por mucho que fuera lo que sentía en ese momento. Tenía que pensar bien cómo enfocar esa relación.

—Veo que necesitas pensártelo —refunfuñó la rubia.

—No, bueno, sí, pero me estaba preguntado… sobre el traslado… ¿Qué me dices? ¿Rompemos esos papeles?

Talisa se mordió el labio, pensando en que parecía que había conseguido lo que quería visto que volvían a compartir cama y que al menos no había salido huyendo por la ventana. Que no había, ahora que lo pensaba, pero al menos también aceptaba no volver a lo anterior, así que tenía esperanza.

Sin embargo, se quedó callada porque se dio cuenta de que no se había parado a pensar en qué hacer después, en el caso de que Darren quisiera lo mismo que ella. Si una relación de pareja ya era complicada, en sus circunstancias más. Compartían horarios, lo cual era bueno, pero también había oído que compartir trabajo y relación quemaba antes a la gente, así que…

Por otro lado, estaba el tema de Camilla. Sabía que su amiga seguía colada por Darren, y desconocía cómo lo tomaría. Sobre todo, cuando se enterara de la parte en que habían estado juntos en la academia. Si su relación salía a la luz, al final se sabría todo. Necesitaba tiempo para pensar.

—Tampoco hace falta salir ahora y decir nada —dijo.

Él la miró, sorprendido. Después de sus palabras, había esperado que le pidiera algún gesto en aquel momento, algo que le diera confianza. Se incorporó un poco y apoyó la cabeza en una mano, mirándola.

—¿Entonces?

—Pues es que… no nos hemos visto nunca fuera de este elemento, de los bomberos. Ni siquiera sé dónde vives, ni si tienes familia, por ejemplo. Y tú sí sabes casi todo de mí. No solo por mi expediente, te he contado muchas cosas y además estuviste en mi fiesta… ya viste a mi hermana en todo su esplendor.

Una parte de ella también temía que, una vez pasado el momento de pasión y la excitación añadida por verlo como algo prohibido, la atracción que sentían se viera mermada o que no encontraran puntos en común y se aburrieran el uno del otro, tal y como le había ocurrido a Ryan meses atrás en su única y desafortunada cita con Angelina… pero desechó esa idea al momento. Al menos por su parte, sabía que estaba enamorada desde la academia. Y unos meses separados, al parecer no habían terminado con ese sentimiento.

Darren se tumbó y miró al techo, sopesando sus palabras. Vale, eso lo podía entender y tenía razón: al haber querido ocultar todo en la academia, no habían ido nunca a cenar juntos ni al cine ni nada por el estilo. Pero si no quería que se supiera todavía, entonces esto tampoco podrían hacerlo. Quizá podía invitarla a cenar a algún sitio o incluso a su apartamento. Sí, seguro que ir a su casa le parecía mejor, así podría verlo fuera del trabajo, en un entorno más privado y lleno de elementos personales donde podría ser como de verdad era.

—Además, está Camilla —añadió Talisa.

Él la miró con el ceño fruncido.

—¿Qué tiene que ver Camilla en todo esto?

—Es mi amiga y sabes que le gustas, ¡si solo le falta tirarse a tu cuello!

—¿Y? Nunca le he dado pie a nada.

¿A qué venía eso? ¿Acaso estaba celosa? Porque no podía haber dejado más claro a Camilla que no quería nada con ella, pero desde luego no tenía ningún problema en decírselo directamente si hacía falta.

—No, eso ya lo sé, es más por ella que por ti. Es complicado. —Él levantó una ceja y Talisa enrojeció un poco—. Bueno, no tanto como cuando tú lo complicas, pero… Da igual, ya me arreglaré yo con ella. Pero de momento mejor nos tomamos unos días para pensar, ¿vale?

Darren la miraba perplejo, sin entender nada. Primero le decía que no quería volver a estar en secreto, después que quería saber más de él y ahora colocaba a Camilla en la ecuación, quien jamás había pensado que pudiera tener algo que ver en todo aquel embrollo.

En fin, como no quería meter más la pata, afirmó con la cabeza. Seguiría las pautas que ella le marcara, a ver si así llegaban a alguna parte.

—Vale, lo que tú digas —contestó—. Escucha, he pensado que…

Pero entonces sonó la alarma, y Talisa se quedó sin saber qué le iba a decir. Bueno, ya hablarían con más tranquilidad.

Se vistieron con rapidez y, antes de salir, Talisa cogió los papeles para tenerlos guardados. Ahora que lo veía mucho más receptivo, seguro que todo iba mejor, pero por si acaso no quería quemar sus naves tan rápido. Además, si al final no los presentaba, tendría que avisar a Abby… de momento le diría que lo tenía que posponer unos días, pero por si acaso mejor tenerlos listos.

Se unieron a los demás en los camiones y, aunque Talisa estaba segura de que se le notaría algo, como todos estaban azorados por las prisas e incluso faltos de aliento por la carrera al camión, su propio rubor pasó desapercibido por completo.

CAPÍTULO 14

Connor salió de su despacho para asomarse a la sala de descanso, donde los miembros de su equipo tomaban café. Incluso Abby, que la mayor parte de las veces andaba desaparecida o dando vueltas por la estación, se encontraba allí. No intercambiaba palabras con nadie: solo se limitaba a leer un libro y cohabitar, y durante un instante, Connor se sintió mal por ello. Aquello era la imagen que representaba claramente lo que ella había escrito en la maldita petición de traslado que le había entregado por la mañana.

Siendo sincero consigo mismo, era cierto que no le había facilitado la integración en absoluto, pero es que no se sentía cómodo trabajando con mujeres. No se fiaba de dejar su vida en las manos de una y si la llevaba consigo, se encontraría todo el tiempo preocupado de que se encontrara bien.

Connor era ese tipo de hombre que había crecido con aquello de «mujeres y niños primero», y le costaba asimilar que las cosas habían cambiado y que ahora ellas podían blandir un hacha con la misma facilidad que ellos. O si no era la misma, era aceptable.

Había visto a Abby cargando las mangueras a la hora de limpiar, sabía lo mucho que entrenaba… pero le costaba terminar de darle la oportunidad. Prefería que se quedara a salvo en la recepción mientras respondía al teléfono, aunque fuera injusto y un comportamiento discriminatorio.

Retrocedió a sus comienzos, cuando era un joven recién salido de la academia y todo su interés consistía en despuntar y coger experiencia. Él también se enfadaba terriblemente cuando no lo dejaban actuar en todas las salidas, pero al final lo había conseguido a base de dar la tabarra a sus superiores. Pero era hombre, lo tenía más fácil.

—¿Qué tal está Tyler? —preguntó.

El pobre Tyler llevaba la mitad de la tarde encerrado en el lavabo. Recordaba haber comido unos tacos mexicanos el día anterior, justo antes de entrar a su turno, así que existía la posibilidad de que la comida estuviera en mal estado. Y, por extensión, haciendo estragos en su sistema digestivo. Vamos, que aún no había conseguido permanecer una hora completa en el mismo sitio sin tener que salir corriendo mientras sufría nauseas.

Connor volvió a mirar a Abby, que continuaba su lectura y en ningún momento había alzado la mirada para intervenir en la conversación. Como si no hubiera escuchado siquiera, Connor se dio cuenta de que estaba tan aislada que ya ni prestaba atención a lo que sucedía a su alrededor.

Otra vez se sintió mal por eso, sabía que una buena parte era culpa suya. Debería haber intentado integrarla desde el principio y no hacerle la vida imposible. Por lo que sabía sobre la estación dos, Darren no tenía el menor problema con las dos mujeres que tenía allí y ninguna se quejaba, ¿por qué no podía él ser igual? Quizá tuviera que llamarle para pedirle consejo…

Ella, además, parecía triste. Suponía que la parte familiar también ayudaba a que su humor no fuera el mejor, pero el trabajo no suponía un momento de evasión, desde luego.

¿Cómo podía arreglarlo, aunque fuera pasito a pasito, poco a poco?

La alarma lo sacó de sus pensamientos al instante.

—Calle Palmer, incendio en un edificio. Estación uno, incendio en un edificio en la calle Palmer.

Glenn, Jordan y Leo se levantaron sin perder tiempo y se echaron por encima los impermeables. Abby no se movió de su sitio, ¿para qué? No había necesidad de correr hasta la recepción, donde le aguardaba su inseparable teléfono.

Tyler apareció en la sala, aún pálido.

—Ya voy —murmuró, como si le costara hablar.

—No —ordenó Connor, después de ver el tono verdoso de su cara—. Estás enfermo, quédate al teléfono por si pasara algo. Vamos, Abby, coge tu equipo. Te vienes con nosotros.

Ella no reaccionó de buenas a primeras. Observó a Connor perpleja, hasta que procesó sus palabras y se levantó como si alguien le hubiera pinchado. Corrió hasta la zona de camiones para coger su equipo y saltó al interior de este con sus dos compañeros, aún sin creerse que una comida en mal estado le hubiera ofrecido aquella oportunidad.

—Enhorabuena, novata —le dijo Glenn—. ¡Vas a estrenarte por fin!

Abby no respondió nada, pero no ocultó una sonrisa. Esperaba que no le hiciera lo mismo de la vez anterior, que llegara hasta el incendio para después plantarle la radio en las manos. Si tenía en cuenta su petición de traslado, además, puede que por fin se unieran los astros para lograr su tan ansiada oportunidad.

El propio Connor se ocupó de conducir el camión hasta la zona. En cuanto hubo descendido de un salto, solo le resultó necesario echar un vistazo para darse cuenta de la magnitud del incendio que tenían delante. La brigada dos llegó justo en ese momento, así que Connor se apresuró a cubrir la distancia hasta llegar a Darren.

—Connor —dijo este, a modo de saludo echando un vistazo al edificio—. ¿Qué tenemos?

—Un edificio en construcción —respondió él—. Un sitio muy peligroso. Debemos ir con cuidado.

—Muy bien —dijo Darren—. Que tus chicos vayan por el tejado y nosotros empezaremos por abajo.

Connor asintió y le hizo un gesto al equipo, que aguardaban sus instrucciones.

—¡Muy bien, ya habéis oído, escaleras en mano y arriba!

—Capitán, ¿me quedo para cubrirte, o voy con el resto? —preguntó Abby.

—Ven conmigo, Abby. ¡Andando!

Hubo un cruce de equipos mientras todos cogían las mangueras y escaleras y se entrecruzaban para ir cada uno en la dirección correspondiente. De los huecos de las ventanas salían grandes bocanadas de humo, lo que les daba una idea de lo grande que se había hecho el incendio.

Connor y su equipo comenzaron el ascenso mientras Darren reunía a su grupo en la entrada principal para dar instrucciones. Jesse, en vista de su última actuación, había sido designado a utilizar la radio para informar y coordinar.

—¡Nadie en el edificio! —exclamó.

Aquel era el aviso que necesitaban, de forma que todos se pusieron las máscaras de oxígeno y cargaron con los tanques.

—Vamos allá —ordenó Darren.

Una vez dentro, el humo era tan denso que en cuestión de segundos dejaron de verse los unos a los otros. Talisa agarró la manguera que cargaba y estiró de ella, recibiendo contestación.

—¡Soy Camilla! ¿Talisa?

—Sí, no veo nada. ¿Y los demás?

—No lo sé, tal vez en otras habitaciones. No te preocupes y sigamos subiendo, el fuego parece venir de esta planta.

Camilla empezó a avanzar y Talisa la siguió.

—El suelo parece frágil —comentó.

—Ve con cuidado. —Camilla agitó la radio—. ¡Jesse! ¿Cómo van en el piso superior?

—No he recibido ninguna transmisión todavía —contestó este al otro lado—. Pero están llegando dos camiones más, acabo de ver a Ekekiela bajar de uno.

Las dos chicas habían llegado frente a una puerta, así que Camilla le pegó una patada tras otra hasta que esta cedió. La luz de las llamas hizo que retrocedieran al mismo tiempo.

—Dios mío, ¡mira eso! —exclamó la rubia. Abrió la manguera—. ¡Apagando!

—Voy yo también. —Camilla la imitó—. ¡Si hay alguien más por aquí, nos vendría bien su ayuda!

No escucharon ninguna respuesta, así que focalizaron sus esfuerzos en dirigir las mangueras hacia el fuego.

Connor ascendía, sin dejar de echar un ojo a Abby, que trepaba tras él. Llevarla a su lado era en cierto modo una carga, pero de esa manera podría protegerla si se daba la situación. El edificio estaba en construcción, algo que era peligroso por su inestabilidad. Algo sin terminar era como una trampa tras otra, nunca sabías si pisabas en un lugar bien apuntalado o seguro, así que prefería ocuparse él mismo.

Utilizaron las escaleras para subir hacia la parte superior del edificio y tratar de sofocar las llamas desde arriba. Abby recordó aquel día en la academia en que Darren los había puesto a prueba para comprobar si se venían abajo y un escalofrío la recorrió por completo, porque aquellos tiempos parecían tan lejanos…

—Entraremos en la cuarta planta —dijo a sus chicos—. Subid hasta la azotea y contadme cómo está todo por ahí arriba. Mantened la comunicación.

Glenn, Leo y Jordan afirmaron y continuaron el ascenso hasta la azotea.

Connor y Abby cargaron con la manguera y se encaminaron hacia la puerta principal, que al ser abierta expulsó aquel familiar manto grisáceo que todos conocían. Se deslizaron despacio, agarrados a la manguera para no perderse. El humo era tan molesto y denso que Abby apenas podía ver a través de él, y la manguera y el tanque se habían vuelto dolorosamente pesados.

—¡Abby, no me pierdas! —gritó Connor.

—Te sigo, capitán —contestó ella, aunque a duras penas lo veía.

Buscó a tientas hasta que encontró su impermeable y se agarró a él para así no quedarse atrás. Los chirridos y el calor no cesaban, pero la densa humareda no permitía una buena visión y ninguno sabía dónde había empezado el fuego. Comprendió entonces por qué era tan fácil que los bomberos se perdieran, era muy sencillo desorientarse en circunstancias así.

—¿Cómo vas? —le llegó la voz de Connor.

—Estoy bien —se apresuró a contestar, no fuera que la mandara salir.

—Vale —dijo Connor, manipulando los botones sin necesidad de mirar—. ¿Shaw, estás ahí?

—¡En la primera planta, todo está en llamas! ¿Dónde estás tú?

—En la cuarta, hay mucho humo, pero no estoy seguro de que aquí haya llegado el fuego. —Apartó la radio—. ¿Ves algo, Abby

—¡Capitán, el fuego parece estar en el segundo piso también! —exclamó la chica—. Deberíamos abrir un boquete para dar salida.

Lo sabía porque en esa planta notaba el calor, pero no tanto como si el foco estuviera en el tercero.

—¡Correcto, el fuego ha llegado al segundo piso! —la voz de Talisa crepitó por la radio—. ¡Se ha propagado hacia el primero y estamos tratando de sofocarlo, pero es bastante grande!

—Adelante, abramos ese boquete —dijo Connor, tras escuchar a Talisa.

Sacó su hacha, dio un paso… y sintió que el suelo se abría bajo sus pies y se lo tragaba por completo. Dio un grito y aterrizó de manera violenta sobre el lado derecho de su propio cuerpo.

Durante unos segundos, el dolor ocupó su mente y le hizo olvidar el incendio. Se medio incorporó, pero casi al instante fue consciente de que no podía mover el hombro, y mucho menos el brazo. Si lo intentaba, el dolor se hacía tan intenso que picaba más que el humo.

No era la primera vez que se le desencajaba, así que reconocía los signos. Miró hacia arriba, donde continuaban cayendo trozos del suelo que se había venido abajo, y se deshizo de la máscara de aire.

—¿Capitán? —Oía la voz de Abby varios metros por encima de su cabeza—. ¡Habla! ¡No sé dónde estás!

—Abajo —consiguió decir, con un jadeo.

Se tomó su tiempo para echar un vistazo a su alrededor y estudiar el lugar donde había caído. Ahora era consciente de que el suelo quemaba bajo su cuerpo, y de que por debajo de la puerta se filtraba un débil resplandor. No le hizo falta pensar mucho para comprender que se encontraba en una habitación de la planta tres, un piso por encima de donde estaba el fuego y uno por debajo de donde se encontraba Abby. Y ese fuego prácticamente le mordía el culo, por decirlo de forma concreta, lo que significaba que andaban escasos de tiempo. Tanto, que dudaba que cualquier equipo pudiera llegar a rescatarlo. Los vapores eran tóxicos y su tanque de oxígeno estaba vacío.

La morena trataba de encontrarlo a través del humo, y se arrodilló en el borde del boquete, con cuidado.

—¡Capitán, ya te veo! —exclamó, al localizarlo—. ¿Ves alguna manera de subir?

—No lo sé —contestó él—. No puedo mover el lado derecho, no sé si es el hombro o que me he roto el brazo.

—Inténtalo.

Connor recorrió de nuevo la estancia y calculó la altura. No había muchos metros, pero sin nada a lo que sujetarse veía difícil ascender.

—Si te lanzo el arnés, ¿te ves capaz de subir?

Con el hombro y brazo tocados lo veía imposible; la única opción era colgarse como un peso muerto y que alguien lo izara. Pero Connor tenía noventa kilos de puro músculo y era consciente de que Abby no podría tirar de él hasta arriba ella sola.

Al notar que su silencio era una negativa, ella pulsó el botón de la radio.

—Avisaré a los chicos para que vayan a buscarlo por el segundo piso —dijo ella—. Será cuestión de minutos, capitán.

—Abby.

Ella dejó la radio y lo miró, con una sensación de angustia al notar un tono que nunca antes había escuchado. Tampoco le gustaba cómo la miraba, con esa resignación en la cara.

Fuera lo que fuera lo que percibía, sonaba a derrota.

—¿Sí?

—La puerta es inaccesible por el fuego, y el primer y segundo piso están en llamas, extendiéndose hacia arriba.

—¿Y las ventanas?

—No hay ventanas.

Abby cruzó una mirada con Connor al comprender la situación. Se asustó, pero luchó contra esa sensación.

—¿Qué hago, capitán? Esperando órdenes.

—Vas a tener que marcharte.

—No puedo hacer eso —se negó ella al momento—. No voy a dejarte solo. No, de eso nada, tiene que haber alguna forma de sacarte.

Connor negó con la cabeza.

—Tú sola no puedes, Abby, y no voy a arriesgar la vida de dos o tres hombres. Así es el reglamento… Te ordeno que te marches.

—Pero capitán…

Se fijó en su gesto obstinado, pero ella no estaba dispuesta a abandonar así como así. Se quitó el equipo de la espalda para dejarlo junto al boquete en el suelo y abrió su radio.

—¡Atención, habla Abby! ¿Alguien me escucha? ¡Necesito ayuda inmediatamente! ¿Brigada uno o dos, alguien me oye?

Hubo un zumbido breve.

—Abby, soy Darren, ¿qué pasa?

—¡Cuarto piso! —informó Abby— Por favor, date prisa, tengo al capitán herido y voy a bajar a rescatarlo, traed una escalera!

—…Abby, no te oigo muy bien, ¿dices que bajas a rescatarlo? ¿Dónde está?

—Ha caído al tercer piso. No tenemos la escalera de emergencia y parece que se ha roto el brazo o dislocado el hombro, no lo sé con seguridad.

—Vale, escucha: la segunda planta está completamente en llamas, así que no se te ocurra bajar a donde haya caído. Mando a alguien que suba e intentamos un rescate desde arriba con un arnés.

—¡Pero no tenemos tiempo para eso! Si alguien no lo ayuda desde abajo tardaremos una eternidad y para cuando llegues será tarde, ¡no puede moverse apenas!

—El reglamento…

—¡Date prisa, por favor!

Abby dejó la radio en el suelo y volvió a asomarse al agujero. Bien, no había demasiada altura, si caía relativamente bien no se haría nada excepto algún que otro arañazo. Se sentó en el borde y sacó las piernas hacia abajo.

Connor la vio y al momento estiró el cuello.

—¡Abby! ¿Se puede saber qué demonios haces? ¡Ni se te ocurra hacer lo que estás pensando!

La joven lo ignoró por completo. Abrió la mochila para coger el arnés y se lo enrolló a la cintura con un nudo suave. Si lograba colocárselo sin problemas, para cuando llegara el equipo estaría listo y solo tendrían que subirlo… si Darren se daba prisa tenían una oportunidad.

Se dejó caer, encogiendo las piernas para tratar de amortiguar el golpe lo mejor posible. Aterrizó de lado, pero no había calculado tan mal, porque no notó ningún dolor aparte del golpe y los rasguños pertinentes.

El calor la abofeteó sin aviso, y a toda prisa se deshizo del impermeable para arrojarlo al suelo. Joder, el capitán tenía razón, el fuego estaba a punto de devorar la planta: el aire se había vuelto irrespirable y no parecía que tuvieran mucho tiempo.

—Eres estúpida —dijo Connor, meneando la cabeza—. ¿Por qué lo has hecho? ¿No ves que así moriremos los dos?

—Te voy a poner el arnés —dijo Abby, ignorando sus palabras—. He avisado a Darren, llegarán enseguida.

Se soltó el arnés de la cintura para colocárselo a él mientras dejaba el tanque de aire vacío en el suelo, junto a la mascarilla que también había dejado de ser útil.

—No vas a poder conmigo —refunfuñó él, molesto al notar cómo la joven se afanaba en abrochar las correas pese a la dificultad.

—Al menos vamos a intentarlo. ¿Qué tal el brazo?

—Duele como el puto infierno, pero aparte de eso… bien.

Abby terminó de abrochar el arnés y se sentó a su lado a esperar la ayuda. El calor era tan sofocante que apenas dejaba espacio para pensar en otra cosa, pero ella solo recordaba el simulacro final en la academia: «no se deja a nadie atrás».

Como había dicho Talisa: a menos que la cabeza se hubiera separado del cuerpo, había que pelear hasta el final, y eso era lo que pensaba hacer.

Notó una mano sobre la suya y se giró hacia Connor, asombrada porque aquel gesto era lo último que hubiera esperado de él. El capitán, siempre tan alto, feroz, seguro de sí mismo… había palidecido y ya no parecía tan fiero. Tenía miedo, igual que ella, porque estaban en ese punto donde inhalaban más gases tóxicos que otra cosa y quizá en cinco minutos perdieran el conocimiento. Le apretó la mano, respondiendo a su gesto, y así permanecieron unos segundos eternos hasta que escucharon una voz desde arriba.

—¿Estáis ahí abajo? ¿Abby?

Era Darren. Ambos alzaron la vista, esperanzados, y ella se puso en pie a toda prisa.

—¡Sí! ¡Rápido, tenemos el fuego encima!

Forzó la vista al oír voces arriba, tratando de ver.

—Espera —era la voz de Talisa—. Sí, sujétalo bien. ¡Aparta, Abby!

Esta se hizo a un lado, justo a tiempo de ver cómo Talisa descendía desde el cuarto piso con su arnés en la cintura. En cuanto puso los pies en el suelo se soltó para acercarse a ambos y se acercó hasta Connor, que la miró confuso. Parecía incrédulo de que hubiera dos mujeres ocupándose de salvarlo, pero de algún modo tenía lógica: sería más sencillo si tenían que subirlas a ellas después, ya que pesaban mucho menos.

El dolor impedía que pudiera efectuar un ascenso en condiciones: su única opción era colgarse como un mono y dejar que tiraran desde arriba, pero veía difícil que Darren pudiera subirlo solo, por mucho que ellas ayudaran impulsándolo desde abajo.

Abby lo movió como pudo, hasta que se dio cuenta de dónde estaba poniendo las manos y lo soltó como si le hubiera dado un calambre. Ese gesto repentino desestabilizó a Talisa, quien trataba de impulsarlo desde el otro ángulo.

—¿Qué haces?

—Le estoy tocando el culo a mi jefe —siseó la morena, para que Connor no la oyera—. ¡Es muy incómodo!

—No creo que le preocupe mucho, Abby, ¡y a mí tampoco! ¡Estamos a punto de arder como pinchos morunos!

Abby se mordió el labio y asintió.

—Tienes razón, sí, otra vez.

Entre las dos lograron darle el impulso que faltaba y el arnés quedó ajustado a la perfección.

—¡Venga, venga! —urgió Darren, desde arriba—. ¿Lo habéis atado?

—¡Listo! —dijo Talisa—. Ya podéis subirlo.

Entonces Abby vio como alguien se acercaba a Darren por su izquierda: Ekekiela.

Soltó un suspiro de alivio al mismo tiempo que Connor, porque entre los dos podrían con él, y no se equivocó: el capitán empezó a ascender, más despacio de lo que les hubiera gustado a las dos chicas. Talisa se quitó la máscara de oxígeno para ponérsela a su amiga, que llevaba mucho más tiempo expuesta a los gases que ella, y después permanecieron de pie y muy juntas mientras el humo se las tragaba casi por completo.

—Y aquí tiene una intoxicación por gases, querida —bromeó Talisa, cogiendo a Abby del brazo—. Muchas gracias por visitar nuestro hospital.

—No tenías que bajar —murmuró la morena, notando cómo las fuerzas la vencían.

—Tú sola no hubieras podido con él, ¿no ves que es un armario? Por lo menos pesa noventa kilos. De puro músculo —añadió Talisa, con una sonrisa de ánimo para que ambas trataran de olvidar lo mucho que empezaba a quemar el suelo.

Abby iba a replicar cuando oyeron ruido arriba, como si un cuerpo acabara de desplomarse en alguna parte. Dedujeron que Connor acababa de aterrizar en su destino, y no se equivocaron, pues segundos después un chirrido las sobresaltó y una escalera se materializó a su derecha.

—¡Vamos! —gritó Ekekiela—. ¡Subid ya, que esto se está poniendo complicado!

—Mucho mejor la escalera que el arnés —dijo Talisa, y le cedió el paso a la morena.

Abby subió lo más rápido que le permitieron sus piernas y Talisa la imitó sin perder ni un segundo más: el humo y los gases empezaban a hacer efecto, sentía la cabeza cargada y un leve mareo. Iba a mitad del ascenso cuando Ekekiela estiró el brazo y terminó de subirla a pulso. La rubia aterrizó en el suelo, pero no emitió el menor ruido de protesta hacia su amigo, que se arrodilló junto a ella.

—¿Estás bien? Me ha parecido que ibas a perder el conocimiento.

—Es por el oxígeno —intervino Darren, y se deshizo de su máscara para ponérsela a ella—. Venga, vamos, tenemos que sacar a Connor de aquí.

Ekekiela lo miró, fastidiado porque se le hubiera adelantado con el tema de la mascarilla. Eso ya no tenía remedio, pero aún podía ganar puntos: la levantó como si no pesara nada y le rodeó los hombros con el brazo para así poder ir más deprisa.

Connor podía caminar, y aunque se encontraba mareado debido a la inhalación de gases, logró apresurar el paso hasta llegar a las ventanas. Echó un ojo a la altura, pero sabía que la única opción que tenía era volver a descender en arnés: con el brazo inutilizado no sería seguro usar las escaleras.

—¿Cómo va el incendio? —preguntó, a través de la radio.

—¡Sofocando en la primera planta! —le llegó la voz de Camilla.

—Estamos mangueando desde arriba —informó Leo—. Enfriando el aire desde el quinto e iremos bajando de manera progresiva.

—Llegan otros dos camiones —dijo Jesse.

Connor asintió y se asomó por la ventana. Abajo ya había un grupo aguardando su descenso, con la famosa lona desplegada por si se caía, que esperaba que no. Comprobó que las correas estaban bien ajustadas y se giró hacia los demás.

Aquello de necesitar ayuda no se le daba demasiado bien y estaba convencido de que se reflejaba en su cara. Observó cómo Abby se acercaba la primera, dispuesta a sujetarlo. ¿Cómo era posible, después de la manera en que la había tratado?

Menuda cura de humildad estaba recibiendo. ¡Salvado por mujeres! No estaba preparado para asimilar esa información, así que suspiró, exasperado, y soltó un carraspeó.

—Ah, ya —dijo Darren, al darse cuenta de su incomodidad—. Vamos, Ekekiela. Hay que mantener las correas tensas para que no baje muy deprisa, si tiene lesiones es peligroso… ¿ves cómo se hace? Muy bien, sigue.

Ekekiela siguió las instrucciones de Darren con la ceja levantada y fueron soltando el arnés despacio para que el descenso no fuera brusco y terminara peor. Pareció que pasaba una eternidad hasta que el grupo que estaba esperando pudo recoger al capitán, momento en que todos soltaron el aire retenido.

—Vale, un problema menos —dijo Darren, y se dirigió a la radio—. ¡Que alguien me informe de la situación!

—Va remitiendo —fue Camilla quien habló—. Está más o menos controlado, jefe.

—Brigada uno, ¿cómo va todo por ahí arriba?

—¡Aún hay mucho humo, pero parece que se va diluyendo!

—¿Hay alguna ambulancia, Cortez?

—Tres —respondió este.

—Muy bien.

Darren cortó la comunicación y miró a Talisa y Abby, las dos que más gases habían respirado. De una visita al hospital no se iban a librar, pero le preocupaba que no estuvieran del todo bien para bajar con las escaleras. La rubia tenía mejor color gracias al oxígeno que le había cedido, pero aun así no estaba seguro.

Se preguntó si era celo profesional o algo más, igual que cuando el tren. Porque no había dudado ni un segundo en cederle la mascarilla, incluso en una situación más grave lo hubiera hecho. En realidad, era algo que había hecho antes por algún otro miembro de su equipo, pero incluso él, con su represión emocional, se daba cuenta de lo mucho que significaba.

Y pese a que Abby había roto el reglamento al iniciar un rescate no autorizado y desobedeciendo una orden directa de los dos capitanes, no podía culparla.

Ese era el auténtico espíritu del equipo de bomberos y Abby lo había entendido a la primera.

—Despacio, y al menor síntoma de mareo o lo que sea, un aviso —ordenó—. Ekekiela, asegúrate de que bajan sin problemas.

—Por supuesto que sí —contestó este al instante.

—¿Y dónde vas tú? —preguntó Talisa.

—Arriba, a ver cómo está la situación.

Se marchó sin retrasarlo más. Aunque Camilla había comentado que parecía estar controlado, no era la primera vez que había sorpresas inesperadas. Y en la parte de arriba todavía quedaban tres miembros de la brigada uno que se habían quedado sin capitán que los controlara, así que eso pasaba a ser ahora su prioridad.

—Vamos. —Ekekiela tiró de su brazo, molesto porque la rubia parecía más preocupada por dónde iba Darren que por salir de allí—. Ya habéis oído: despacio y al menor problema lo decís.

Las dos afirmaron. Ekekiela permaneció de brazos cruzados, dispuesto a esperar hasta que ambas tocaran tierra: si alguna se encontraba mal, podría bajar a toda prisa hasta su altura para ayudar, mientras que si iba el primero perdía esa opción. Aun así, en la calle se mantenían el grupo de bomberos que ya había recogido a Connor, lo que lo aliviaba.

Una vez todos estuvieron abajo sin problemas, señaló la ambulancia.

—Venga, tenéis que ir al hospital —ordenó.

—Pero aquí aún hay trabajo… —empezó Talisa.

—Pero vosotras no estáis en condiciones. Si quieres le pregunto a tu jefe, pero sabes que me va a dar la razón.

—Vamos. —Abby tiró de la manga de la rubia—. Así me entero de cómo está Connor.

Talisa la siguió al interior de la ambulancia, intrigada. Pero Abby tampoco podía dar muchas explicaciones, ni ella misma comprendía por qué estaba tan preocupada por él, ¡si era imbécil!

Pero era su capitán, imbécil o no, y no se quedaría tranquila hasta saber que estaba bien.

Se sentó junto a la rubia sin ocupar mucho sitio, pues había unos cuantos bomberos heridos y otros que seguramente se encontraban allí por lo mismo que ellas. No conocían a ninguno, así que se limitaron a permanecer en silencio hasta llegar al hospital, donde los servicios de urgencias se habían movilizado.

Una enfermera empezó a mandarlos a distintos sitios hasta que les tocó a ellas.

—¿Qué tenéis? —preguntó, examinándolas por encima—. ¿Gases?

—Sí —respondió Abby.

—Vale, pues seguidme. ¿A ti no te conozco? —La joven frunció el ceño al ver a Talisa—. Ah, ya me acuerdo, corte en el brazo. Espero que no le cojas gusto a venir a verme.

—Oye, ¿podríamos saber el estado de un bombero que ha tenido que llegar hace unos minutos? —quiso saber Abby.

—Después, primero sentaos aquí. —La enfermera señaló una camilla y se aproximó para examinarlas más de cerca—. Vale, irritación ocular ya veo, ¿resto de síntomas? ¿Dolor de garganta, espasmos..? —Ambas negaron—. Bien, estupendo. Pues oxígeno al cien por cien y dentro de un rato podéis marchar.

Les colocó las mascarillas y salió sin entretenerse más. Talisa y Abby se quedaron en silencio, cada una pensando en sus cosas, hasta que la rubia carraspeó.

—Abby —dijo, y ella se giró—. Lo que has hecho hoy… te has saltado el reglamento. Lo sabes, ¿verdad?

Esta se encogió de hombros.

—Me da igual. No podía dejarlo ahí.

—Pero podíais haber muerto los dos.

—No ha sido así. Darren ha llegado a tiempo.

—No sin antes lanzar una buena sarta de maldiciones. —Abby sonrió—. Aunque eso no es raro en él, así que no creo que diga nada. Se quedará entre nosotros.

—Bueno, él fue quien nos dijo aquello de que nadie queda atrás… —resopló Abby, balanceando las piernas—. ¿Crees que vendrá cuando aquello esté controlado?

—Seguro. Con cara de mal humor, pero vendrá, y más estando Connor ingresado.

—Voy a ir a preguntar. —Abby se sacó la mascarilla y la dejó encima de la camilla—. Tú quédate aquí, no tardaré. Solo necesito saber que está bien.

Talisa meneó la cabeza y la vio salir del box con una sonrisa. Vaya, nunca se sabía por dónde podía salir la gente. Abby no soportaba a su jefe ni en pintura, y sin embargo no dudaba en arriesgar su vida por él o incluso la posibilidad de ser sancionada por saltarse el reglamento. Estaba segura de que Darren omitiría lo ocurrido, aun así, Abby se había expuesto mucho por un miembro del equipo. Si después de aquello el capitán continuaba sin ver su potencial, entonces sí que el traslado estaría más que justificado… aunque claro, después de lo que había pasado con Darren, el suyo había quedado en suspenso, así que recordó que tendría que hablar con ella para que lo supiera.

De nuevo, se complicaban las cosas.

CAPÍTULO 15

No habían pasado ni veinticuatro horas del accidente cuando Connor se presentó en la estación. Llevaba el brazo herido en un cabestrillo, pero parecía que aquello no iba a impedirle ejercer sus funciones como capitán, porque según entró los llamó a todos para que fueran a la sala de reuniones.

—Menudas prisas por volver —comentó Leo a Abby según entraban en la sala—. A mí se me disloca un hombro y no me veis en un mes como mínimo.

—Será de los que no se pueden estar quietos.

En el hospital la habían informado de que no era nada grave, pero ella también había esperado que estuviera unas semanas de baja, como mínimo.

—Me alegro de encontraros a todos en plena forma —dijo Connor, tras revisar los informes que Glenn le había entregado—. Veo que en mi ausencia no ha habido ninguna otra salida, así que espero que hayáis aprovechado para descansar.

—Todos hemos dormido al menos seis horas seguidas —informó Glenn.

—Perfecto. Así hoy podéis dedicaros a las tareas más rutinarias, como los camiones, que necesitan un repaso. —Tyler levantó la mano—. ¿Sigues bajo mínimos?

—Sí, tomando mucho líquido, pero apenas puedo comer.

—Bien, pues al teléfono. El resto, a limpiar. Estaré en mi despacho.

Abby lo miraba sin poder creer lo que estaba escuchando. ¿Ni una sola mención a la salida? No esperaba medallas ni vítores, pero qué mínimo que decir algo, después de salvarle la vida. Si no fuera porque respetaba la vida humana en general, se arrepentiría de su actuación. Menudo idiota que…

—Abby, ven conmigo a mi despacho —ordenó él, al pasar a su lado.

La chica se levantó y lo siguió, todavía con el ceño fruncido. Solo faltaba que ahora le echara una bronca por saltarse el protocolo, que lo veía capaz. Ya en el despacho, se quedó de pie, mientras Connor sacaba una bolsa de hielos de una pequeña nevera que tenía junto a la mesa y se la ponía en el hombro, con un casi imperceptible gesto de dolor.

—¿No deberías estar en casa? —preguntó ella, sin poder reprimirse.

—Esto no es nada. Hielo y calor y estaré bien en un par de días.

Abby estuvo a punto de poner los ojos en blanco, pero no lo hizo al ver que la miraba.

—¿No te sientas? —preguntó Connor.

—No, lo que sea que quieras decirme espero que sea rápido. ¿Has firmado los papeles?

—No, no es nada de eso. Solo… bueno, es por lo de ayer… —Carraspeó—. No esperaba que… en fin, ya me entiendes.

—¿Estás intentando darme las gracias y no te sale?

Él pareció avergonzarse ante aquello, pero no lo negó.

—Algo así —contestó.

—Bueno, pues ahórratelo, porque ayer demostré bien claro lo que valgo y si querías agradecérmelo o felicitarme, haberlo hecho delante de todos, igual que haces cuando los demás realizan alguna actuación.

Y sin decir nada más, se dio la vuelta y salió del despacho pegando un portazo.

Connor se dejó caer en su silla, dándose cuenta de que no lo podía haber hecho peor. Abby tenía razón: cuando hablaba de las actuaciones, repasaba lo que había hecho cada uno y los felicitaba si lo merecían, así que tenía que haber dicho algo en la reunión. Se hubiera dado una colleja a sí mismo, si no fuera por el dolor del hombro. Después de todo lo ocurrido, no quería que Abby dejara su equipo. No por las excusas que le había puesto a ella, sino porque veía que realmente podía ser un buen activo para el mismo. Pero visto lo bien que le había salido aquella reunión, no quería estropear más el tema volviendo a llamarla a su despacho y si reunía a todos, ella lo vería como un gesto que venía demasiado tarde o forzado por sus palabras, así que se quedó sin saber qué hacer. Con renuencia, puesto que no le gustaba pedir ayuda, cogió su móvil y marcó el número de la única persona que creía que podía ayudarlo.

—Darren, soy Connor.

—Hombre, ¡qué sorpresa! ¿Qué tal estás? Déjame adivinar: ya estás en la estación, y no de visita precisamente.

—Por una tontería como un hombro dislocado no me voy a quedar en casa.

—No, ¿para qué dejar que se cure bien antes de volver a forzarlo?

—Mira, no te he llamado para que me eches la bronca por el hombro, para eso ya tengo al médico. Darren, tengo un problema y necesito tu ayuda.

El silencio se hizo al otro lado de la línea durante tantos segundos que Connor llegó a pensar que se había cortado la comunicación.

—¿Mi ayuda? —repitió Darren, por si había escuchado mal.

—Sí. Es sobre Abby.

—Ya viste que es un excelente bombero, al menos a mí en la academia me lo pareció. Deberías haberle dado una oportunidad mucho antes.

—Bueno, ejem, sí, pero el problema es que quiere el traslado.

—¿El traslado?

Vaya, justo a la vez que Talisa… Así que por eso lo había hecho, probablemente se habrían puesto de acuerdo y así se aseguraban de que había un puesto: una por otra.

—Está cabreada y aunque he intentado felicitarla por lo de ayer… —continuó Connor.

—¿Delante de todos o a solas?

—Joder, pues a solas, pero ha sido sin querer. En fin, que tú tienes dos mujeres en tu equipo y te va bien, así que… Dame algún consejo sobre cómo tratarla. ¿No haces ninguna distinción en absoluto?

—Ninguna —contestó, sin titubear—. Piensa en ella como en Glenn o cualquier otro y ya está.

—Pero no es Glenn.

—¿Es porque es una mujer o porque es ella específicamente?

Entonces fue el turno de Connor de quedarse en silencio unos segundos, dudando.

—Pues… ¿quizá un poco de todo?

—Déjame preguntártelo de otra forma. Si la conocieras fuera de la estación, ¿te sentirías atraído por ella?

—Supongo… ¿Tú qué harías?

«Si tú supieras… Joder, esto es como el tuerto guiando al ciego», pensó Darren.

—Bueno, no sé. —Carraspeó—. Habla con ella, pero no te pongas en plan… tú.

—¿Fuera de la estación?

—Ya sé que lo tuyo no es socializar, cuando no estás trabajando estás entrenando o dando cursos, pero no creo que te mate hablar con alguien fuera de horas. Sobre todo, porque deberías disculparte y lo sabes.

—Ya… —Se quitó el hielo con un suspiro—. ¿Debería regalarle flores o eso quedaría fatal?

—Connor, no tengo ni idea de cómo quedar bien. —Para dar consejos estaba, lo que le faltaba—. Seguro que se te ocurre algo. Eres un tipo de recursos.

—Ya te contaré, de momento no lo tengo nada claro.

—Y cuídate ese hombro.

—Descuida.

Colgó y se quedó mirando el móvil, sin haber sacado mucho en claro de la conversación. No tenía ni idea de qué hacer, y eso era muy raro en él.

Tras media hora de baño con sales relajantes, Abby se quitó parte de la tensión que había acumulado en aquel turno. Entre la petición de traslado, la salida y la vuelta de Connor, se sentía como si hubiera hecho dos o tres turnos seguidos. Aunque mirándolo por el lado bueno, tenía una experiencia genial para el artículo. Se puso ropa cómoda y se sentó a escribir, pero cuando estaba revisando, el timbre del portal la interrumpió. Fue al telefonillo cuando llamaron una segunda vez, aunque estaba segura de que no era para ella.

—¿Quién es? —preguntó.

—Connor.

—¿Connor?

—Pearson, tu capitán.

—No, si ya sé quién eres, pero… ¿qué haces aquí?

—¿Puedo subir?

Abby dudó, pero acabó pulsando el botón, preguntándose qué demonios querría ese hombre. Fue al ordenador para guardar el archivo con rapidez y apagarlo, solo faltaba que viera algo mientras estaba allí. Justo cuando lo había guardado, llamó a la puerta y fue a abrir. Lo primero que pensó fue que nunca lo había visto sin su uniforme y la descolocó un poco que llevara vaqueros, pero se recompuso con rapidez. Obviamente, tendría ropa, como todo el mundo. Seguía mosqueada con él y de buena gana lo hubiera dejado ahí plantado de pie, pero el cabestrillo le recordó que estaba recién accidentado e hizo un gesto hacia el sofá.

—Siéntate si quieres —ofreció.

Connor le entregó una bolsa de papel al pasar a su lado. Abby la cogió y miró su interior, sin saber qué esperar: un libro.

—¿Qué es esto? —preguntó.

—Un libro sobre la historia de los bomberos en Florida. Como eras periodista, pensé que te gustaría.

Abby abrió y cerró la boca sin saber qué decir. ¿A qué venía eso? ¿Una ofrenda de paz, acaso?

—Quería pedirte disculpas y pensé que flores o bombones sería muy...

—¿Poco original y machista?

—Ajá. —Se acomodó en el sofá—. ¿He acertado?

—Sí, gracias, seguro que es muy interesante.

Lo dejó encima de la mesa y acercó una silla para sentarse frente a él.

—Así que vienes a disculparte.

—Sí. Sé que tendría que haberte felicitado delante de todos y si no lo hice después de hablar contigo, fue porque supuse que lo verías forzado.

—Efectivamente.

—Pero en la próxima reunión daré un repaso detallado de la actuación, así que lo haré. Quiero que todos vean, sin lugar a dudas, que te mereces tu puesto en el equipo.

Ella ladeó la cabeza, mirándolo con desconfianza.

—¿Esto no será por el traslado, verdad? Por lo que dijiste de que te haría quedar mal.

—No, no, hablo en serio. Mira, dame un mes para probarte que las cosas van a cambiar. Y si en ese tiempo sigues pensando igual, firmaré lo que quieras.

Parecía sincero, pero Abby seguía teniendo sus dudas. Nadie cambiaba de la noche a la mañana, aunque estaba segura de que el hecho de que Talisa y ella lo salvaran, le habían abierto los ojos. ¿Debería darle una oportunidad? Aunque también debía tener en cuenta a su amiga, no quería que siguiera en su estación pasándolo mal por su culpa. Vaya, qué difícil se estaba volviendo todo...

Su móvil sonó en aquel momento y fue a contestar, agradeciendo la interrupción porque no sabía qué decir, aunque el motivo de la llamada desde luego no era para estar contenta. Cuando regresó a la sala, el traslado había pasado al último puesto en su lista de preocupaciones.

—¿Malas noticias? —preguntó Connor, al ver su cara.

—Sí... era mi abogado. —Se sentó a su lado, suspirando—. Tenía la vista preliminar sobre la custodia de mi hijo la semana próxima, pero lo han adelantado a mañana. Y no sé si estoy preparada, pensaba que tenía más tiempo. Seguro que es por petición del abogado de mi ex, para pillarme desprevenida.

—Probablemente. —Alargó la mano hacia ella y le apretó un hombro—. Lo siento, debe ser difícil.

—La separación fue fácil, ¿sabes? No tuvimos discusiones ni peleas, solo fue... como si descubriéramos que solo éramos compañeros de piso. Y con Deke también iba bien, pero poco a poco se fue distanciando. —Movió la cabeza—. No sé qué estoy haciendo mal o mejor dicho, qué hacer bien porque siempre acabo metiendo la pata.

—Seguro que tu hijo te quiere.

—Pero no tanto como para vivir conmigo. —Suspiró—. Yo quiero que sea feliz, pero no sé si con todo esto...

—Yo soy hijo de padres divorciados. Ni siquiera recuerdo vivir con los dos a la vez, me tenían a turnos y bueno, a veces no era divertido, para qué te voy a mentir. Pero es mejor que vivir con dos personas discutiendo, seguro que Deke estará bien. Los niños son más fuertes de lo que pensamos.

Connor movió su mano en un gesto de ánimo, y Abby colocó la suya encima, mirándolo. No se lo imaginaba siendo un niño, aunque seguro que siempre había sido igual de serio, de eso no tenía duda.

—Siento el rollo —le dijo, con un suspiro—. Mis problemas familiares no tienen nada que ver contigo.

—No, yo te he añadido otros. Aun así, con lo que tienes fuera de la estación, lo das todo. —Ella se encogió de hombros—. Por si te sirve, además de reiterar mi disculpa, quiero que sepas que tienes mi respeto y también apoyo en esto, si necesitas algo... dímelo.

—Gracias.

Vaya, aquello debía haberle costado mucho. No se imaginaba en qué podía ayudarla, pero lo de tener su respeto, sí que le llegó al corazón, era algo que nunca hubiera imaginado lograr. Por no hablar del detalle personal... que no era toda su historia familiar, pero seguro que tampoco le gustaba hablar de sí mismo como había hecho en aquel momento, no era de los que aireaban su privacidad sin más.

Se dio cuenta de que seguía cogiendo su mano y que él no se había apartado. Incluso, se había movido de forma inconsciente para acercarse más a su persona. Se preguntó si él también estaría notando que algo pasaba allí, y cuando Connor bajó la vista a sus labios, se dio cuenta que era así por la forma en que se oscurecieron sus ojos. Se acercó más y, como él no se moviera, decidió tomar la iniciativa y lo besó. Connor no dijo nada, pero pasó el brazo sano a su nuca para profundizar el beso, así que Abby no necesitó ninguna otra señal. Con cuidado de no tocarle el hombro, se colocó encima para acariciar sus mejillas. Después bajó las manos para meterlas por dentro de la camiseta, palpando los músculos. Con el cabestrillo no veía cómo quitársela, pero con el pantalón no tenía ese problema, así que lo desabrochó y se apartó para deshacerse de su ropa, con la mirada de Connor fija en ella.

—Abby… —empezó él.

Desnuda, la chica se colocó encima y le sonrió.

—Cállate y no lo estropees.

Lo besó de nuevo y Connor decidió obedecer, ya que no confiaba en su propio criterio y seguro que si sacaba el protocolo o su relación laboral a colación… en fin, se lo podía imaginar. Pero hasta a él se le olvidó todo eso cuando la morena se sujetó a su cuello y bajó para que entrara en ella. Sujetó su cintura con la mano sana, aunque ella se estaba encargando de todo y la forma en que se movía suplía de sobra que no pudiera colaborar demasiado. Le dejó unas cuantas marcas aquí y allá, eso sí, donde pudo alcanzar con su boca y dientes. A punto estuvo de soltarse el cabestrillo y que fuera lo Dios quisiera, pero ella lo tenía sujeto de tal forma que no podía hacerlo.

Se quedaron en aquella postura, abrazados, mientras ambos recuperaban el aliento y la realidad de lo que acababa de suceder se abría paso en sus mentes.

Antes de que Connor dijera nada, Abby se apartó un poco y lo besó, pensando que lo mejor sería darle naturalidad a todo. Aunque su relación jamás había sido natural, pero aquel era un buen momento para empezar.

—¿Quieres cenar algo? —preguntó—. Puedo pedir pizza.

Connor afirmó con la cabeza, sin ninguna gana de abandonar ese sofá. Y no fue hasta mucho más tarde que se marchó a su casa, satisfecho porque habían dado un gran paso hacia delante, aunque confuso también porque no sabía dónde les llevaría todo aquello, ni si ella cancelaría el traslado.

En el otro extremo de la ciudad, Ryan cenaba con Angelina tras haber ido al cine juntos a ver una película. La había llamado para quedar después de darle muchas vueltas, pero no quería quedarse con la duda del «lo que podría haber sido». La película había sido escogida al azar, con una moneda al aire, lo cual había aligerado el ambiente entre ellos. Y la conversación, desde luego, era más fluida y animada que en aquella primera y lejana cita. Angelina parecía otra persona y quizá, él también había cambiado al comenzar a trabajar. Ser paramédico no era lo mismo que estar en un bar de forma esporádica, ya había visto demasiadas cosas que le quitaban el sueño y suponía que todo eso influía también.

Angelina le estaba contando un fin de semana que había pasado con varias compañeras por una despedida de soltera, y rio al escuchar cómo habían acabado en un bar de trans bailando sobre la barra.

—No me lo puedo ni imaginar —comentó.

—Yo tampoco pensaba que haría algo así, pero ya ves. —Sonrió—. Creo que me han contagiado su locura. Aunque yo al menos recuerdo todo, porque su ritmo de tequilas por segundo sí que no puedo seguirlo. ¿Y tú con tus compañeros?

—Bien, todavía no llego a esos extremos, pero con el grupo de la academia me vale. Nos va bien todos juntos, hacemos fiestas a menudo y cuando nos vemos en alguna salida somos un buen equipo.

—¿No te planteas vivir solo?

—De momento no, la casa es genial y tengo la playa a dos pasos.

—Yo sigo en mi apartamento de siempre. —Dio un pequeño trago de vino, jugueteando un poco con la boca sin levantar la vista del líquido rojo—. Si quieres te lo enseño luego, podemos tomar café ahí.

Lo miró y Ryan tragó saliva, preguntándose si de verdad se refería a café o a la típica metáfora. Por si acaso, no dijo nada, moviendo solo la cabeza en un gesto que podía significar cualquier cosa.

Después del postre les llevaron la cuenta, y Ryan sacó la cartera con rapidez, recordando la metedura de pata de la primera cita.

—Ya pago yo —dijo.

Ella sonrió, cerrando su bolso.

—Vale, pues la próxima yo.

Lo cual le confirmaba que había hecho lo correcto. Habían quedado en la sala de cine directamente, pero Angelina le dijo que había ido en taxi, así que la guio hasta su coche.

El apartamento estaba más cerca del centro de lo que a él le gustaba, pero al menos pudo aparcar cerca.

—¿Subes a tomar café, entonces? —preguntó ella, al ver que se quedaba sentado.

Ryan la miró, preguntándose si debía o no subir. Pero Angelina se acercó y le dio un beso en los labios, dejando claro a lo que se refería.

Sus sentidos se pusieron en alerta y carraspeó, afirmando con la cabeza.

—Subo, sí —confirmó.

Ella sonrió satisfecha y se bajó del coche para ir a abrir el portal. Ryan la siguió, recordando todos sus encuentros en la enfermería y, sobre todo, lo bien que se lo había pasado esa noche. Si no era solo química, si además podían pasar tiempo juntos sin aburrirse… entonces quizá no se había equivocado al darle otra oportunidad.

Entraron en el piso, que casi se podía recorrer de un vistazo: una pequeña cocina unida al salón y dos puertas más, que supuso serían una habitación y un baño.

—Sí, es pequeño —confirmó Angelina, como si le leyera la mente—. Pero bueno, en el centro la verdad es que es todo muy caro y esto es lo máximo que me puedo permitir.

—Está muy bien.

—Gracias. —Dejó su bolso en un sillón y señaló el sofá, enrojeciendo un poco—. Ponte cómodo, yo… vengo enseguida, ¿vale?

—Claro.

Se sentó mientras la mujer corría a su habitación. Ryan miró a su alrededor, tamborileando con los dedos. Estaba todo ordenado, muy limpio, con pocos cuadros y adornos y las paredes pintadas de colores pastel, de forma que el lugar parecía más amplio de lo que en realidad era. En general, le gustó, aunque prefería su habitación en la casa de la playa mil veces.

Notó que su móvil vibraba en el bolsillo y lo sacó para mirar quién le estaba enviando mensajes. Al ver el nombre, suspiró: Gail.

Joder, con lo bien que estaba hasta entonces… debería guardarlo y no pensar en ella, pero seguía siendo su espónsor y tampoco era cuestión de ignorarla, así que abrió los mensajes.

«Hola, ¿qué tal estás? No hemos hablado en varios días.»

«Todo bien», contestó. «Mucho trabajo, ya sabes. ¿Y tú?»

«Hoy ya no tengo que quedarme a dormir después de la reunión, me dejan irme a casa.»

«¡Me alegro mucho!»

«¿Vienes a buscarme?»

—¡Enseguida salgo! —avisó Angelina, desde su habitación.

Ryan miró a la puerta de la que provenía la voz y a su móvil de nuevo, en un mar de dudas. Sabía que tenía que tomar una decisión en aquel momento, no podía quedarse con Angelina sin decir nada a Gail porque no quería mentir, ni dejar a Angelina sin explicarle por qué. Pero tampoco podía quedar bien con las dos, así que era el momento de elegir.

Y para hacer las cosas más difíciles, Angelina salió en aquel momento de su habitación vestida con una especie de camisón medio transparente que lo dejó clavado en el sitio, con los ojos abiertos como platos.

—¿Te apetece venir aquí? —ronroneó ella.

Ryan tragó saliva con dificultad. El móvil vibró entre sus manos y se sobresaltó, casi tirándolo al suelo. Miró la pantalla, parpadeando para poder leer lo que ponía.

«¿Vienes, entonces?»

Ryan dejó el dedo sobre el teclado, sin llegar a pulsar ninguna letra. Miró a Angelina, que se cruzó de brazos, sin saber el motivo de aquellas dudas.

—¿Tienes una emergencia o algo? —preguntó—. Pensaba que librabas hoy.

—Sí, no estoy de guardia, no es eso, yo… —Suspiró, tecleando un mensaje a todo correr antes de levantarse para acercarse a ella—. Angelina…

—Vaya, esa mirada no es de pasión, precisamente.

—Lo siento mucho. —La besó en la frente, un gesto que incluso a él le pareció insuficiente—. Pensaba que merecíamos una segunda oportunidad, los dos.

—¿Y? Yo creo que la noche ha ido bien, tú también lo pensabas o no hubieras subido. ¿Qué ha cambiado?

Ryan agitó la cabeza, aún con el móvil en la mano.

—No eres tú…

—… soy yo —completó ella, mirando al techo—. Sí, ya. Menuda excusa. ¿Estás saliendo con alguien? —Señaló el móvil—. Pensaba que estabas libre.

—Y lo estoy, no es… No es mi novia, pero es alguien… Digamos especial. No sé si saldrá bien, pero no quiero estropearlo antes de empezar siquiera.

—Ya. —Fue a la puerta de entrada y la abrió—. Pues adiós entonces.

—De verdad que lo siento.

—Yo más. —Ryan llegó a la puerta y le tocó el brazo para que la mirara antes de salir del todo—. Y escucha una cosa, si sale mal con esa chica… —Él la miró, con cierta esperanza—. Ni se te ocurra llamarme.

Y con eso, le dio un ligero empujón para que saliera y cerró la puerta con más fuerza de la necesaria.

Al otro lado, Ryan suspiró, mirando el mensaje que había enviado a Gail confirmando que iba a buscarla. Quizá se arrepintiera de su decisión y merecía aquel portazo, pero… Ya no podía dar marcha atrás. Además, se dio cuenta de que tenía ganas de ver a Gail y que se alegraba más de lo que había supuesto por que le dieran el alta, así que eso tenía que significar algo.

Eso esperaba, al menos.

El móvil sacó a Abby de un sueño profundo. Lo cogió sin muchas ganas, pero pegó un bote en la cama al escuchar la voz de Finn al otro lado.

—¡Ya era hora! —gritó él—. ¡Te he enviado como cien mensajes!

—¿Qué quieres a estas horas, Finn? —Bostezó y se frotó los ojos, intentando despejarse un poco—. ¿Qué hora es, por cierto?

—¡Pues las nueve, ni que fuera de madrugada! Escucha, Abby, tengo reunión dentro de una hora con el equipo del especial. Han adelantado fechas, así que mándame lo que tengas ya porque necesito enseñar algo.

—Pero…

—Abby, tengo que decir cuántas páginas ocupará aproximadamente y sabes que si no ven unos cuantos fragmentos tampoco pasará, así que tú verás: o me lo mandas ya o te quedas sin hueco.

—Joder, vale, ¡voy!

Colgó el teléfono y entonces se dio cuenta de la hora que era. Joder, joder, joder, se había dormido y a ese paso llegaría tarde a la vista. Se dio una ducha de menos de dos minutos mientras el ordenador se encendía, y cuando estaba abriendo el correo la llamó Leona.

—¡Que ya va! —contestó.

—Tía, que está histérico, me tiene a mí detrás de ti como si fuera su secretaria. ¿Se lo vas a enviar o no?

—Que sí, pero es que tengo que salir corriendo… Joder, dile que le mando aparte otro archivo con una actualización, que no me ha dado tiempo a añadirlo al completo.

—Vale, ¿dónde vas con tanta prisa?

—Han adelantado la vista de Deke.

—Vaya… ¿Quieres que vaya al juzgado?

—Si puedes, te lo agradecería.

—Mándame la dirección y me escapo.

—Voy.

Colgó, escribió la dirección por el móvil mientras con el otro ojo adjuntaba los archivos, enviaba el correo y, tras verlo aparecer en la bandeja de salida, se iba toda prisa sin esperar a que el ordenador terminara de apagarse. Con lo bien que había acabado el día y lo relajada que había dormido, menuda forma de comenzar el siguiente. Mientras conducía hacia el juzgado, pensó en Connor y en si la llamaría o actuaría como si nada hubiera ocurrido, pero cuando aparcó y sacó su móvil para avisar a Leona de que ya estaba allí, se encontró con que le había enviado un mensaje:

«Suerte.»

Bueno, no era mucho, pero viniendo de él, le pareció todo un detalle, así que contestó con un emoticono de abrazo tras dudar entre ese y el de beso y llamó a Leona. Su amiga estaba en la puerta, esperándola junto al abogado.

—Ya han llegado —informó el hombre—. Sobre todo, mantén la calma.

—Estoy tranquila.

—No lo pareces.

—Bueno, es que he venido corriendo. —Miró a Leona—. Y encima con Finn metiendo prisa, y además ayer… —Carraspeó—. Bueno, luego te cuento.

—Huy, qué intriga.

El abogado les indicó que entraran, así que Abby dejó para más tarde todo el tema de Connor, ya pondría a Leona al día con una de sus charlas tomando café. Seguro que iba a flipar, ella misma no se lo creería de no haberlo vivido. Justo cuando iban a entrar en la sala que les correspondía, su amiga la cogió del brazo y le dio el fular que llevaba al cuello.

—Da gracias a que el aire acondicionado me da ronquera y lo llevaba puesto —susurró.

—¿Para qué quiero esto?

—Para taparte, mujer, que parece que ayer te lo pasaste bomba. —Se lo colocó mientras Abby enrojecía—. Ahora sí que tengo intriga.

Abby sonrió, pero dejó de hacerlo cuando entraron y vio a Deke y Scott sentados a un lado de la sala, con su abogado. El niño la saludó con la mano, sonriente, y ella le devolvió el gesto igual, pero el sentarse al otro lado y con tanta distancia de por medio le pareció una metáfora perfecta de toda la situación.

El ujier esperó a que estuvieran todos en sus sitios para anunciar la llegada del juez, que ocupó su lugar y se ajustó las gafas para leer los papeles que tenía delante. Después miró a los tres, estudiando a cada uno de una forma tan intensa que a Abby le pareció que podía leerles la mente.

Y entonces, pidió que Deke subiera al estrado.

CAPÍTULO 16

Abby entró en el WaFFle CoFFee más próximo a la estación y revisó el papel donde había anotado los cafés que el resto del equipo habían pedido. Era habitual que uno de ellos saliera a comprar el desayuno, solo que hasta ese momento no había formado parte del circuito. Y el hecho de ser tenida en cuenta era una buena noticia: era como ser una más.

Hizo un barrido por el mostrador, sopesando la idea de llevar algún dulce. Lo desechó enseguida; en su unidad todos se cuidaban bastante para poder estar en forma, así que mejor evitar tentaciones innecesarias.

—Hola, ¿qué te sirvo? —preguntó la joven tras el mostrador—. ¿Lo de siempre?

—¿Qué?

—Estás en la estación uno, supongo. —Señaló el uniforme—. Siempre piden lo mismo… capuchino descafeinado para Jordan, *macchiato* con leche desnatada para Tyler, café largo solo para el capitán, uno con caramelo para Glenn… y bueno, a los nuevos aún no os he cogido el punto, la verdad. De hecho, creo que no te había visto hasta ahora, ¿acabas de llegar?

—No, pero no suelo salir mucho. Faltaría un moca cremoso y uno con leche normal para completar el pedido.

—Perfecto. —La joven pasó el pedido—. ¿Y qué tal es ser mujer en una estación de bomberos? Te tendrán mimada, ¿no?

La morena alzó la ceja, mordiéndose la lengua. Si ella supiera…

—Hablando de bomberos —comentó la chica que preparaba los cafés—. Esta misma mañana he visto un artículo al respecto en una revista y por lo que he leído… no es ningún camino de rosas.

Abby se sorprendió al escucharla. ¿Un artículo sobre bomberos? Pues si alguna revista se les había adelantado era una faena, aunque después saliera el suyo no causaría el mismo efecto.

Tendría que echar un vistazo para ver de qué iba y así evitar coincidir en la medida de lo posible.

—¿Qué revista? —quiso saber.

—Secret —replicó la joven.

Abby notó como si una corriente de aire frío hubiera invadido el local por sorpresa. Durante unos segundos pareció perder el aliento al entender lo sucedido: ¿Finn y Secret habían publicado su artículo sin permiso y sin avisar? ¡Si ni siquiera estaba pulido el todo! ¿Cómo era posible?

No, tenía que ser un error, otra cosa, otro artículo…

Dio la vuelta y abandonó la cafetería sin prestar atención a las voces de las baristas. Vale, Finn le había metido mucha prisa, avisando de que se adelantaba todo, pero de ahí a publicar algo sin acabar, sin decir nada y tan rápido, no se lo creía. Lo mismo era un avance o algo similar, y la chica no sabía bien de qué hablaba. Tenía que ser eso.

Giró dos manzanas hasta llegar al quiosco de la esquina y buscó con la mirada. Encontró un pequeño montón en el lado izquierdo del mostrador, así que cogió una y allí mismo, en la portada, el titular le saltó a la cara:

«Mujeres en el cuerpo de bomberos: ¿de verdad hemos avanzado?»

Por Abby Cook. Joder, allí estaba su puto nombre, en plena portada, debajo del título.

Dios mío. Dios mío, Dios mío, Dios mío.

Abrió la revista y fue directa a la página del artículo. Arriba, a la derecha, una pequeña foto suya con el nombre debajo, ¡la madre que los parió!

«Pertenecer al equipo de bomberos no es nada fácil, os lo aseguro. Todo han sido trabas desde que comencé, y no ha ido a mejor.»

La cabeza le daba vueltas y no sabía qué hacer. Finn se la había jugado, el muy hijo de puta. Ese documento estaba sin repasar, con partes plasmadas en grueso que no había editado… por ejemplo, un montón de textos sobre Connor y el resto de sus compañeros. O sobre la relación de Darren y Talisa en la academia y que nadie sabía. O las cosas que había hecho Ekekiela antes de recapacitar y ofrecer la mejor versión de sí mismo.

Joder, ¡joder! Con las prisas, había enviado el documento sin cortes, el que prácticamente había escupido en lugar de redactar. Y encima, ni siquiera habían metido al final el otro archivo adjunto con su actuación, que al menos rebajaba el tono anterior. Menuda cagada.

—¿La vas a pagar, guapa? —preguntó el dueño del quiosco.

Abby le tendió unas monedas como en sueños, sin saber qué hacer. Apretó la revista contra su pecho y sacó el móvil, donde descubrió que tenía un montón de wasaps de Leona.

Le dio al botón de llamar, controlando las ganas de romper a llorar en plena calle.

—¿Abby? Joder, acabo de verlo…

—¿Tú sabías esto? —gritó, sin poder evitarlo.

—No, ¡claro que no! Finn no ha dicho nada a nadie, es más, ni siquiera tengo claro que él lo sepa tampoco…

—¿Cómo no va a saberlo? ¡Es quien ha pasado el artículo!

—Sí, para que lo fueran editando, pero no tengo claro que esté al tanto de que lo iban a sacar en este número por sorpresa. ¿Estás bien?

—No, ¡para nada! Me van a crucificar, joder, y no estoy preparada. Dios mío, Leona, que era el borrador sin pulir ni cambiar los nombres… ¡no quería que se publicara todo eso, estoy metida en un buen lío!

Al otro lado de la línea, su amiga se quedó callada. Debía ser la primera vez que Leona no sabía qué responder.

—¿Quieres que te pase con él? —dijo, al final.

—No. Tengo que pensar cómo arreglar esto —murmuró, más para sí misma que otra cosa.

—Bueno, ha salido hoy… aún no lo habrán visto —aventuró Leona.

—Claro, un reportaje sobre los bomberos de Pensacola. Seguro que pasa desapercibido, sí —replicó Abby con cierto sarcasmo en la voz.

Leona procesó sus palabras y después carraspeó.

—Bueno, Abby, ¿y qué esperabas?

—¿Qué?

—Tú sabías que se iba a liar, ese es el motivo por el cual nunca llegaste a confesar a nadie que eras una periodista infiltrada.

—Espera, ¿sugieres que me lo merezco?

—No he dicho eso —dijo Leona— Solo digo que suavizar ciertas partes o nombres no iba a cambiar el resultado final. Por mucho que bautices a Connor como John, todo el mundo iba a saber quién es el capullo de tu capitán que te lleva ninguneando desde hace meses.

—Pero…

—Y toda la primera parte del artículo habla sobre la academia: ellos también van a saber perfectamente quién es quién. Esto ya lo sabías, y que iba a crear polémica, ¿qué pensabas hacer en las seis semanas que te había dado Finn de las que solo te quedaban cuatro?

Abby no supo responder porque Leona tenía razón, claro. Pero pensaba… suponía que tenía el poder de pararlo hasta unos días antes de la publicación. Contaba con tener tiempo para decidir si quería regresar a su puesto de periodista o quedarse como bombera. Y ahora había perdido esa ventaja, porque no se presentaba demasiado prometedor el tema.

—Pensaba que podía detenerlo si de verdad quería mantener mi trabajo como bombero. Seré idiota, pero creía que necesitaban mi permiso para publicarlo.

—Sí, en eso estoy de acuerdo y ha sido un golpe muy bajo. Pero la reacción hubiera sido similar, Abby. Se iban a enfadar contigo igualmente porque llevas mintiendo meses.

Ella se frotó la frente, desesperada. Sabía que su amiga estaba en lo cierto, pero eso no aliviaba la desesperación, aparte de que debía regresar a la estación. ¿Ya se habrían enterado?

Quizá no, ella era quien había salido a por los cafés, con lo cual era la única conectada al exterior. Pero claro, existía internet. Y la información volaba, así que no contaba con que no se enteraran, la duda era cuándo. ¿Le quedaban un par de horas para…?

No sabía qué hacer, cómo enfrentarse al tema. Justo cuando parecía que Connor y ella habían solucionado sus dudas laborales y parecía que podían iniciar algo, sucedía aquello.

—Luego hablamos —dijo, antes de colgar.

Leona no tenía la culpa de lo ocurrido, pero no se veía con ánimos de ser amable con nadie en ese momento. Apretó la revista contra sí misma y se puso en camino para regresar a la estación, rezando por tener algo de tiempo para al menos advertir de esa publicación.

Y debería avisar también al resto de sus amigos, porque… Dios, no quería ni pensarlo. No tenía ni idea de cómo empezar a arreglar la cantidad de líos que había formado con su publirreportaje.

Pero lo primero era esconderse en su biombo y leerlo para ver con exactitud el daño. Sí, lo había escrito ella, pero quizá tuviera recortes.

Cuando llegó a la estación, Leo estaba en la recepción con expresión aburrida.

—¿Y los cafés? —preguntó—. Porque te prometo que lo necesito.

—Había mucha cola y me he aburrido de esperar.

—¿Y esa revista?

—Ah, nada, una cosa que quería mirar. Ahora vengo.

Abby dejó a Leo con la palabra en la boca y trató de cruzar por delante de la sala de descanso sin que nadie advirtiera su presencia, pero entonces escuchó la voz de Connor.

—Abby, ven un momento.

«Mierda, mierda, mierda», pensó ella, deteniéndose en seco.

Vale, no tenía otro remedio que dar la cara. Cogió aire y entró en la sala, donde estaban todos sentados, Glenn con el portátil abierto.

Connor le lanzó una mirada fría como el hielo, lo cual sacó de dudas a la morena sobre si se habría enterado del artículo. Era obvio que sí y ella no sabía dónde meterse.

—Entra —ordenó Connor—. No sabíamos que seguías trabajando como periodista, estábamos leyendo tu reportaje justo ahora.

—¿Cómo…?

—No creerás que puede salir algo sobre la unidad de bomberos de aquí sin que seamos los primeros en enterarnos, ¿no? —Vio cómo seguía apretando la revista contra su cuerpo—. Mira, la has comprado y todo. Mejor en papel, déjamela.

Extendió las manos y Abby se la entregó. Le temblaban las manos, pero se sobrepuso. Leo se apoyó en la entrada de la puerta, cruzándose de brazos.

—¿Qué pasa?

—Abby ha escrito un reportaje sobre bomberos —informó Glenn— También sales, que abarca desde la academia. Tú debes ser ese chico pijo rico que no sabe qué hacer con su vida y necesita estímulos, seguro.

Leo frunció el ceño y miró a Abby de forma acusatoria.

—¿De qué están hablando? ¿Qué reportaje? ¿No se suponía que ya no eras periodista?

—Puedo explicártelo.

—Espera, espera —la interrumpió Connor, que había abierto la revista para localizar el reportaje y echarle un vistazo—. Esto es de lo más interesante, escuchad: «Los tenientes son profesionales, así como las pruebas diseñadas, pero no el comportamiento general del resto de alumnos de género masculino, hombres que se sienten amenazados por nuestra presencia y tratan de boicotear cada paso que damos. Y si esto en la academia era un hecho, aumenta de forma exponencial en las estaciones, para muestra la mía: un grupo lleno de machistas bajo el mando de un capitán obstinado, mandón, antipático y con tintes misóginos que vuelca sus esfuerzos en no permitir que salga adelante mi trabajo.»

Ella se mordió el labio, sin atreverse a decir nada ante las miradas acusatorias de todos los presentes. Hasta Leo la miraba de la misma forma, con esa expresión dolida de la persona que acababa de descubrir un lado de otra que no le gustaba en absoluto.

—Yo... —empezó.

—«Pero eso no es nada, porque el resto de cavernícolas se aplican con el mismo entusiasmo a la hora de ningunear a una compañera, relegándola a responder al teléfono o a limpiar, tareas asociadas a la mujer desde tiempos inmemoriales. No me extraña que no haya mujeres en Pensacola desde hace tantos años: tendrían que estar locas para bregar con estos elementos de encefalograma plano que lo único que saben hacer es contar chistes verdes.» Vaya, muy bonito, Abby, en serio. ¿Esto es lo que piensas?

—¡No! Bueno, antes sí, pero...

—¿Todo este tiempo estabas haciendo un trabajo de investigación? —preguntó Leo.

—No exactamente, yo...

—¿Una periodista infiltrada? —Tyler hizo una mueca—. Vamos, que nos estabas espiando. ¿No sabes que no se pueden tener dos trabajos al mismo tiempo?

Abby lo miró, apretando los labios.

—Por no hablar de la violación de silencio profesional —comentó Connor imperturbable, sin querer mirarla a los ojos—. Esto tendrá consecuencias, claro. No creas que puedes publicar esta basura sin que te pase factura.

Ella dio un paso hacia adelante, con gesto suplicante.

—¿Podemos hablar en privado un momento?

—Sí, claro. Vas a tener que firmar unas cosas antes de recoger tus cosas.

A Abby se le vino el mundo encima, ¿la estaba despidiendo? Pero él no podía hacerlo, ¿no? Tenía que ser oficial, aunque claro, lo de la violación del secreto profesional y los dos trabajos... eso no lo podía obviar.

—Suerte, «traidora» —dijo Glenn.

Leo observó cómo su amiga seguía a Connor hasta su despacho y se acercó, dispuesto a esperarla para que le diera una explicación.

Abby cerró tras Connor y se acercó hasta la mesa.

—Connor, escribí todo eso en momentos en que me sentía ignorada y desplazada. Tienes que comprender que...

—¿Que nos lleves mintiendo desde hace meses? ¿Que hayas puesto por escrito un montón de cosas que nunca deberían salir a la luz? ¿Que muchas de esas líneas nos dejan como un grupo de idiotas incompetentes? ¿Tienes idea del daño que acabas de hacer al cuerpo?

La joven tragó saliva.

—Se suponía que no tenía que salir así.

—¿Lo ibas a suavizar y en lugar de llamarnos cavernícolas ibas a usar una palabra políticamente correcta? —preguntó, en tono burlón.

Se sentó en la mesa y empezó a abrir cajones, rebuscando entre ellos.

—Perdona, no sé ni dónde están los formularios para este tipo de casos —repuso.

—Connor, tienes que dejar que me explique.

—Si soy tan malo no entiendo por qué te empeñaste tanto en salvarme. Ni lo que sucedió después en tu piso, para ser sinceros.

—Bueno, porque las cosas habían cambiado y…

—Esto —Connor agitó la revista ante su cara—, no tiene nombre. Hablar así del cuerpo, de tu equipo, traicionarnos de esa manera… Tú no eres bombero ni eres nada. No eres parte de la unidad, no entiendes de lealtad. No te quiero en mi estación.

—Pero…

—Estás suspendida de trabajo y sueldo, y se investigará tu expediente por violación del secreto profesional y por mantener dos trabajos al mismo tiempo. —Connor le alargó unos papeles sin cambiar su expresión distante—. Ya veremos si la sanción es definitiva o no, eso lo decidirán arriba, pero por ahora puedes recoger tus cosas y marcharte a casa.

Abby tenía ganas de llorar, y por nada del mundo quería coger aquel fajo de folios. Era como firmar su sentencia de muerte.

—Connor, por favor —le pidió—. No hagas esto.

—Lo has hecho tú, no yo. Ese reportaje ha salido en tirada nacional, si yo no informo será la propia comisión la que me llame en un rato.

La morena alargó las manos para coger los papeles, buscando sus ojos. No logró que le devolviera la mirada y no se atrevía a tocarlo por si acaso, pero seguía reacia a cerrar las cosas de ese modo.

—¿Y nosotros?

—¿Qué nosotros?

—Lo del otro día…

—Lo del otro día fue una aventura sin importancia, solo sexo. Y aunque de verdad pudiéramos plantearnos algo más, ¿en serio crees que después de esto sería posible?

De repente, Connor agitó la revista frente a ella, furioso.

—¿Cómo has podido escribir tanta mierda, Abby?

—¡Porque era real! —exclamó ella, sin poder contenerse—. No te ves reflejado en esa descripción, ¿verdad? Pues mira, siento mucho que te hayas enterado de este modo, pero esa persona del reportaje eres tú hasta un par de semanas, Connor. Terco, cabezota, machista y mandón, y siento mucho que hayas tenido que verlo impreso para ser consciente de ello, pero te aseguro que ni una sola de las palabras que escribí es mentira.

Él parpadeó.

—¿Que he violado el secreto profesional? Sí, vale, ahí tienes razón. Y que he metido mucho la pata, sobre todo contando las vidas de mis amigos, que es lo que más me duele. No ser sincera sobre cómo me habéis tratado en esta estación —gruñó Abby—. ¿O acaso es mentira que he estado meses en el teléfono? ¿Que no me dabas la oportunidad de salir? ¿Qué me ignorabas delante de los demás? ¿Dónde están las mentiras?

—Tú...

—¡Asume tu parte de culpa en esto! No hubiera escrito nada si hubieras sido normal, así que no te ofendas tanto. No eres tan buen capitán como piensas y punto. —La morena se incorporó—. Y por cierto, lo del otro día en mi piso no fue solo sexo, al menos para mí, pero ya veo que para ti no tuvo importancia. No sé de qué me sorprendo, va en línea con tu actitud habitual.

Connor resopló, tratando de que sus palabras no le hicieran efecto. ¿Cómo se atrevía a darle la vuelta a la tortilla para tratar de que se sintiera mal?

—Voy a por mis cosas.

Abby volvió a la carga antes de que pudiera decir nada y cerró de un portazo. Encontró a Leo a tan solo unos pasos, con esa expresión que odiaba ver porque reflejaba decepción, rabia, tristeza y un amplio abanico de emociones asociados a cosas negativas.

Se detuvo frente a él, sin encontrar las palabras correctas para que volviera a mirarla como en el pasado, con cariño, adoración, amistad.

—¿Cómo has podido, Abby? —Él señaló con la cabeza el portátil, donde estaba claro que había podido leer una parte—. Lo cuentas todo sobre nosotros, todo, hay muchas cosas ahí que son privadas. No tenías derecho.

—No tenía que haber sido así —musitó la joven.

—Así que para ti solo soy un niño pijo aburrido con el que pasar un buen rato si se tercia. —Leo se encogió de hombros—. ¡Qué idiota soy! Yo buscando la forma de que te enamoraras de mí y mientras tú acostándote con ese capitán al que tanto odiabas. Qué odio más raro, ¿no?

—Leo, yo…

La alarma interrumpió su frase de disculpa. Notó como la tensión se apoderaba de su cuerpo, para segundos después recordar que estaba inhabilitada. ¡Maldición! Ahora que había conseguido ser una más y lo perdía todo, ¡no era justo!

Leo meneó la cabeza y la dejó atrás para ir a coger su equipo. Uno tras otro, los miembros de la estación pasaron por su lado sin prestarle la menor atención mientras Abby volvía a sentirse invisible. Lanzó una última mirada a Connor cuando este salió del despacho, pero él la ignoró. Se encaminó hasta el camión, dando voces para reunir a todos.

—Derrumbamiento en la carretera ochenta y siete, cerca de la playa, ¡vamos!

El ruido del camión desapareció y la estación quedó en silencio minutos después. Abby se secó un par de lágrimas y subió al piso superior para recoger las pocas cosas que allí tenía.

Al dejar la estación sintió que abandonaba algo importante, pero ya no tenía remedio. Y aún le quedaba la peor parte: lidiar con sus amigos.

En el reportaje, que ahora veía que era el borrador sin editar, no se había dejado nada. Ekekiela iba a cabrearse mucho por contar sus andanzas en la academia, que seguro lo iban a dejar en mal lugar, pero Talisa… Talisa la iba a matar. Incluso Darren se enfadaría con ella, pese a que en su situación actual no iba a pasarle nada porque ya no estaba como instructor.

Dios, qué mal se lo había montado. Las cosas no podían ir a peor.

—¿Leo? ¡Leo!

El rubio entreabrió los ojos, aturdido. Todo se movía a su alrededor, pero el cielo era de color azul brillante, tanto que casi hacía daño.

Cogió aire, consciente del silencio que lo rodeaba… hasta que el ruido explotó a su alrededor. Las sirenas llenaban el aire, los gritos y voces llegaban amortiguados, el aire tenía un ligero olor a oxido y acre…

—Leo, mírame. —La voz subió un poco de tono—. Leo, soy yo, mira hacia aquí.

Hizo el esfuerzo de enfocar hacia la voz que le hablaba, que le era familiar. Y entonces vio a Talisa, pero en una posición extraña. Lo observaba desde arriba, como si…

Se dio cuenta de que estaba en el suelo e hizo ademán de moverse, pero el dolor recorrió todas y cada una de las partes de su cuerpo como una sucesión de aguijonazos. Gritó por aquel martirio, pero también porque no podía moverse.

—No, quieto, no te muevas —le dijo Talisa, arrodillándose a su lado—. Ya vienen las ambulancias, cálmate. Estoy contigo.

¿Estaba llorando? Mierda. ¿Qué coño había pasado? ¿Por qué estaba Talisa llorando y por qué no podía mover ni el maldito dedo meñique del pie?

Quiso hablar y le pareció como si una enorme bola de tierra atravesara su garganta. Trató de decir el nombre de la rubia, pero solo consiguió balbucear.

—Tranquilo, no hables. No pasa nada, Leo.

De pronto, la cara de la chica desapareció y su espacio se vio ocupado por dos paramédicos. Uno de ellos le resultaba familiar.

—Leo, vamos a subirte en una camilla, ¿vale? Intenta no moverte.

La voz también era conocida y se devanó los sesos hasta que cayó en la cuenta de que se trataba de Ryan. Pero, ¿qué golpe se había llevado para estar tan torpe?

Un recuerdo interrumpió sus pensamientos como un destello: todos fuera del camión y una red que se venía abajo, con una avalancha de piedras precipitándose sobre ellos.

Después, todo se volvía blanco hasta el cielo azul brillante.

—¿Qué ha pasado? —logró decir, aunque sonó a algo similar a un gorgoteo.

—Por favor, no te muevas —pidió el otro paramédico—. No sabemos qué lesiones tienes.

—¿Cómo van sus constantes?

Leo miró a uno y otro, molesto porque hablaban entre ellos como si su opinión no contara. Muy bien, se incorporaría y…

—Venga, al hospital —dijo Ryan—. ¿Quién viene con él?

—Ya voy yo —asintió Talisa—. Nuestro turno acaba en un rato.

Leo hizo un intento de protestar, pero entonces lo subieron a la camilla y de nuevo el dolor le nubló la mente.

—¿Es que nadie le ha puesto un calmante?

—Lo siento, ¡no me he dado cuenta! Ya lo hago.

—Cuidado con moverle el cuello, no sabemos cuántos huesos tiene rotos.

—Venga, joder, es para hoy.

La cabeza de Leo iba y venía, entremezclando voces y conversaciones y sin tener claro de dónde provenía cada una. La camilla traqueteaba camino a la ambulancia, pero al parecer le habían inyectado algo, porque el dolor ya no era tan intenso y sus ojos volvían a desenfocar. Las puertas se cerraron de golpe y trató de concentrar la mirada en el techo para no volver a dispersarse.

Cálmate, Leo, cálmate.

El derrumbamiento los había pillado por sorpresa, ahora se acordaba. ¿Y los demás? ¿Se encontrarían bien o estarían en una situación similar a la suya?

Con el collarín no podía girar el cuello, pero forzó los ojos todo lo que pudo hacia arriba y encontró a Talisa sentada a su lado. Le apretaba la mano, pero no notaba la presión.

—¿Y el resto? El… el equipo.

—No hables, procura relajarte.

—Por favor, dime si están bien.

—Glenn también va hacia el hospital por una pierna, los otros no sé exactamente qué lesiones tienen, pero no parecía que se hubieran roto nada. Tú te has llevado la peor parte, cuando hemos llegado… —Talisa cogió aire—. Connor trataba de sacarte, pero tenías demasiadas piedras sobre ti.

Vaya, su cara debía ser un poema también. No quería ni pensarlo.

—Antes estabas llorando. ¿Qué pasa? ¿Tan mal estoy?

La rubia se encogió de hombros, pero no despegó los labios.

Cuando llegaron al hospital, los paramédicos lo llevaron directamente para ser examinado. Una vez en manos de los médicos, Ryan y su compañero salieron hasta la sala de espera, donde Talisa permanecía sentada retorciendo la manga de su impermeable.

—Ahora hay que esperar —informó, sentándose a su lado.

—Sí, claro.

—¿Y el resto de los tuyos?

—No lo sé, estaban en la zona de crisis ayudando —murmuró Talisa—. Dios, tenía tan mal aspecto… estaba enterrado en piedras, Ryan. Es un milagro que esté vivo.

Él afirmó.

—Habrá que ver qué daños tiene, pero no tenía muy buena pinta. Ojalá no haya ninguna lesión medular ni nada por el estilo.

—¿Tenéis su móvil? —preguntó Talisa—. Habrá que llamar a su familia.

—Sí. —Ryan le tendió una bolsa con los objetos personales de Leo—. ¿Te ocupas y mientras voy a ver si me entero de cómo sigue?

La chica asintió y se incorporó para salir a la calle a llamar. Le dio un susto de muerte a la madre de Leo y después colgó, sin dejar de retorcer su ropa. Cómo había encontrado a Leo al llegar no se le iba a olvidar nunca: era lo peor que le había sucedido hasta ese momento. Ni siquiera un incendio enorme podía ser peor que ver a un amigo sepultado bajo un derrumbamiento de piedras en medio de una carretera. Sabía que el resto también había sufrido golpes en mayor o menor medida, pero Leo se encontraba en la peor zona.

Se deshizo del impermeable y fue hasta la máquina de café más próxima, dispuesta a inyectarse cafeína para aguantar el tiempo que le quedaba por delante. Una media hora después, un hombre alto irrumpió en la sala de espera y Talisa dedujo que se trataba del padre de Leo, ya que el parecido físico era evidente. Pálido y furioso al mismo tiempo, su aspecto impecable no dejaba lugar a dudas de su estatus.

—¿Y mi hijo? —bramó.

Una mujer entró inmediatamente tras él, recorriendo la sala con la mirada. Localizó a Talisa y se aproximó a ella.

—Hola, Talisa —saludó—. Gracias por llamar.

—¿Se sabe ya cómo está mi hijo? —Alden no se molestó con las cortesías de turno—. ¿Dónde hay un doctor en este maldito hospital? ¡Quiero que alguien me informe!

—Calma, señor Jacobi. Lo están examinando.

El hombre empezó a soltar un juramento tras otro y regresó al pasillo, decidido a encontrar a personal sanitario que respondiera sus preguntas. Anna se sentó junto a Talisa, su rostro una máscara de preocupación y angustia.

—¿Qué ha ocurrido?

—Un derrumbamiento en la carretera. Parecía que no era nada, pero la malla cedió y… —La rubia se frotó la frente—. Será mejor esperar al médico.

—Gracias por quedarte.

Mientras Alden Jacobi bramaba por los pasillos, los miembros de la estación dos fueron llegando en distintos momentos hasta quedar al completo.

—¿Alguien ha avisado a Abby? —preguntó Jesse.

—Le he mandado un mensaje, pero no lo ha leído —respondió Talisa—. Tampoco coge el teléfono, igual se ha quedado sin batería o algo así.

—Lo leerá tarde o temprano —respondió Ekekiela—. Lo importante ahora es saber cómo está Leo.

Justo en ese momento, la puerta se abrió para dar paso a un médico de mediana edad. Alden y Anna se levantaron a la vez, casi echándose encima.

—¿Cómo está?

—Bueno —empezó el doctor—, digamos que ha tenido suerte de no tener ninguna lesión en la cabeza ni en la médula… porque de cuello para abajo, está bastante tocado. Las dos piernas rotas, los brazos, costillas y otras fracturas importantes…

Anna se tapó la boca con la mano, conteniendo las lágrimas.

—¿Algún daño permanente? —interrogó Alden.

—En principio no. Le va a costar mucho tiempo, reposo y rehabilitación ponerse bien, eso sí.

—¿Puedo verle?

—Por supuesto. De uno en uno —comentó el médico, antes de despedirse con un gesto de cabeza.

Los Jacobi, desoyendo la petición del doctor, se apresuraron a salir de la sala de espera para ir al box donde estaba su hijo.

—Voy a buscar café —repuso Camilla—. E intento localizar a Abby de nuevo, ¿vale?

Talisa asintió. De dos pasos se acercó hasta la zona donde estaba Leo. Al ser un box de urgencias solo lo cubría un biombo, de forma que hasta ella llegaban retazos de los gritos que el señor Jacobi profería, al parecer olvidando que aquello era un hospital.

—… que lo dejes, ¿oyes? ¡Tu madre por poco sufre un infarto y…! —Un grupo ruidoso pasó por su lado, haciendo que perdiera el hilo por uno momento—. … no tienes necesidad de hacer… ¡para eso somos ricos, Leo!

La rubia se apoyó contra la pared con un suspiro. Camilla regresó con el café y, segundos después, apareció Darren. Lo miró, más consciente que nunca de que su amiga estaba entre ellos, porque si en algún momento había necesitado un abrazo suyo, era justo ese. Y no podía tenerlo, pero esa vez no era culpa de él, sino suya. Por retrasar el momento de afrontar la verdad frente a Camilla, sin atreverse a admitir que le asustaba hacerlo.

—¿Cómo está? —preguntó Darren.

—Aún no hemos podido verlo, pero creo que se ha roto todo de cuello para abajo.

No pudo añadir más, porque Anna Jacobi se aproximó a ellos. Era evidente que había llorado, aunque parecía más serena.

—Mi marido y yo vamos a casa a recoger unas cosas para poder quedarnos esta noche. Podéis pasar a verlo mientras —murmuró—. Y gracias por ayudarlo y venir hasta aquí.

Alden pasó junto a ellos gruñendo, sin despedirse siquiera.

Camilla agarró a Talisa del brazo y las dos se colaron en el box, donde Leo permanecía tumbado en espera de que le asignaran habitación.

—Hola, chicas —saludó él, con voz estropajosa—. Perdonad si digo alguna chorrada, pero me han puesto calmantes para parar un tren. Al parecer, esa va a ser la tónica durante un tiempo.

—¿Te duele? —preguntó Camilla, acercándose.

—Absolutamente todo, apenas puedo parpadear. —Hizo una mueca—. ¿Habéis visto a mi padre?

—Cómo no, y oírlo también. ¿Qué te decía?

—Pues que lo deje —respondió Leo—. Y lleva razón. —Ambas lo miraron—. Sé cómo suena, pero miradme, joder. Tengo el cuerpo roto por completo y podía haber sido peor, una parálisis o… ya sabéis. No tengo ninguna necesidad de sufrir más riesgos.

—¿Qué? —preguntó Talisa.

—Soy rico y no me avergüenzo de ello. ¿Soy egoísta por eso?

—¿Por qué? —preguntó Ekekiela, apartando la cortina para meterse al box—. Joder, tío, nunca había visto a alguien con tantas partes escayoladas.

Leo pareció resignado. Como si no lo supiera…

—Entonces, ¿quieres dejar el cuerpo? —insistió Camilla, estupefacta.

—Creo que puedo ser alguien en la vida sin tener que ponerme en peligro constantemente.

Los tres lo miraron con idénticas expresiones, pero de algún modo lo entendían.

—¿Lo has pensado bien? —La voz de Ryan hizo que se giraran, para descubrirlo a su lado—. Perdón, estaba justo ahí esperando y os he oído.

—Mírame, Ryan —dijo—. Me va a llevar meses recuperarme de esto. Y no quiero que vuelva a suceder, ni nada por el estilo. Este trabajo es muy duro y no lo amo tanto como vosotros, la verdad.

El grupo permaneció en silencio tras aquellas palabras, como si cualquier frase banal fuera a romper el momento de apoyo que se había formado. Querían a Leo, pero entendían su decisión y la respetaban, no había otra manera de reaccionar. Si además el proceso de recuperación le iba a llevar meses, la idea de dejarlo se haría más fuerte en su cabeza.

Darren apartó la cortina del box y los observó, estupefacto.

—Pero, ¿qué hacéis todos aquí? El médico ha dicho de uno en uno… —Hizo un gesto para desechar ese tema que ya no tenía solución y se aproximó hasta el chico—. ¿Cómo estás?

—Como si me hubiera roto todos los huesos del cuerpo. —Leo sonrió sin ganas y al parpadear le costó abrir los ojos de nuevo—. Vaya… se me va un poco la cabeza… ¿Sabes algo del resto de mi equipo?

—Glenn tiene una pierna rota, ahora lo están atendiendo, y los demás están de camino hacia aquí, han tardado un rato en despejar la zona. Bueno, menos Abby, que no he logrado localizarla.

—Nosotros tampoco —intervino Ekekiela.

Leo examinó sus rostros, uno por uno, aunque empezaban a difuminarse.

—¿No lo sabéis? —preguntó.

—¿Saber qué? —preguntó Talisa.

—La revista…

—¿Quieres una revista? —preguntó Camilla—. Pero si no vas a poder sostenerla.

Leo cogió aire, notando la lengua pesada en su boca

—Todo ahí, joder. Y la academia.

—No, no estás en la academia. —Darren pulsó el botón de la enfermera—. Será mejor que te dejemos descansar, parece que te están haciendo efecto las drogas.

—Pero tenéis que… salimos todos.

—No, cariño, tú te quedas aquí —le dijo Talisa, acariciándole el pelo—. Volveremos mañana a verte.

Leo refunfuñó por lo bajo, pero ninguno entendió qué decía y la enfermera llegó en aquel momento, así que le dejaron para que descansara. Al menos se recuperaría, aunque el susto no se lo quitarían a ninguno en mucho tiempo.

CAPÍTULO 17

Jesse, Talisa y Camilla pasaron por la estación para fichar y recoger sus cosas al volver del hospital, justo para el cambio de turno. Durante todo el trayecto, el chico se había mostrado más taciturno de lo normal. Suponían que era por lo sucedido a Leo, que impresionaba a cualquiera.

Jesse no paraba de darle vueltas a todo. Al llegar a la zona había pedido hacerse cargo de la radio: no quería ni acercarse a la parte más peligrosa, aunque había usado una excusa tan manida como un supuesto dolor de cabeza debido al calor para conseguir su objetivo. Después, cuando habían sacado a Leo, había coordinado los vehículos por radio, pero no se había acercado por temor a lo que pudiera encontrarse, razón por la cual ni siquiera había llegado a entrar al box. Suponía que quizá era peor así, su imaginación estaba causando estragos, pero después de lo que le habían descrito, solo podía pensar que podía haber sido él.

Él, aplastado por piedras, sin poder respirar, malherido en un hospital. Estaba cabreado consigo mismo porque no conseguía quitarse esa imagen de la cabeza, cuando debería estar preocupado por su amigo. ¿Qué estaba pasando? Cada vez le resultaba más difícil salir, sentía una opresión en el pecho cuando sonaba la alarma, como si se ahogara… Había esperado que mejorara con el tiempo, que fuera algo típico de novato, pero le estaba sucediendo justo lo contrario y no sabía qué hacer al respecto.

—¿Estás bien? —le preguntó Camilla, cuando se encontraron en la puerta.

—Sí, no pasa nada.

La joven le apretó el brazo, a lo cual él respondió rozándole los dedos. Habían tenido algún otro momento, pero no sabía muy bien en qué puesto estaban y le costaba sincerarse con ella. O con cualquiera, no quería ni admitir ante sí mismo que lo que le ocurría era que tenía miedo.

Entonces llegó Talisa y se dirigieron los tres hacia la salida. Pasaron por el despacho de Darren, que justo salía también.

—Descansad, chicos —dijo—. Y no os preocupéis por Leo, se pondrá bien. —Su móvil comenzó a sonar, así que les hizo un gesto para despedirse y cogió—. Dime, Connor. Habla más despacio, ¿qué pasa?

—Vámonos antes de que sea alguna bronca del borde y nos salpique algo —susurró Camilla, tirando de sus dos amigos.

Talisa se dejó llevar hasta el coche, no sin antes lanzar una mirada a Darren. Quizá esos días que tenían hasta el siguiente turno los podría aprovechar para sincerarse con Camilla y así, la siguiente vez que lo viera, podrían hablar ya sin secretos y decidir qué hacer. Sí, eso haría.

Por el camino miró el móvil, pero Abby no había contestado a ninguno de los mensajes todavía, y aquello la extrañó. Aunque se hubiera quedado sin batería, ya había tenido tiempo de cargarlo. Y que ella supiera, no había habido ninguna otra salida, por lo que debería estar bien. Pero no le dio tiempo a preocuparse, porque según entraron en la casa, Ekekiela irrumpió por la puerta trasera con un montón de revistas en los brazos.

—¡Vais a flipar! —exclamó.

—¿Qué pasa? —preguntó Talisa, mirándolo extrañada—. ¿Había rebajas en el quiosco o qué?

—Al volver a por mis cosas, el que estaba de guardia en la estación había comprado un montón para repartir. —Entregó una a cada uno—. Mirad.

—¿Un reportaje sobre los bomberos de Pensacola? —Camilla leyó el titular y buscó la página—. ¿En serio? ¿Somos famosos o qué?

—Mira quién firma.

Y entonces todos vieron el nombre, intercambiando miradas entre ellos.

—Pero… —empezó Talisa—, si ya no era periodista… ¿habla de su estación?

—Y de la academia también, no he leído aún, solo me han contado por encima. Parece que pone verdes a los suyos.

Se sentaron alrededor de la mesa de la cocina, cada uno con un número, y empezaron a leer. Talisa era rápida, por lo que fue de las primeras en llegar a la parte en la que hablaba sobre su historia con Darren. Se levantó de golpe, tirando la silla al suelo, sin poder creer lo que estaba leyendo. Alargó la mano hacia Camilla, pero justo la vio pasar la página… y mirarla.

—Camilla…

—Joder con Abby, no se ha callado nada —dijo Ekekiela—. ¿Habéis visto cómo habla de mí? ¿Y de Jesse?

Pero este contemplaba a Camilla, preguntándose por qué parecía tan afectada por lo que venía después. Bajó la vista y continuó leyendo, hasta llegar a la parte de Darren y Talisa.

—¿Te liaste con el teniente? —preguntó, sin dar crédito.

—Eso parece —masculló Camilla, cruzándose de brazos—. Nos ha mentido todo este tiempo.

—Tampoco era algo para poner un cartel —comentó Ekekiela, pasando un par de páginas—. ¿Y lo que dice de Connor? Tiene que estar que fuma en pipa.

—Tú no pareces muy afectado. —Camilla entrecerró los ojos—. ¿Lo sabías?

—¿Que Abby iba a escribir un artículo? En absoluto.

—¡No, lo de esta y Darren!

Señaló a Talisa, tiró la revista al suelo y se fue corriendo escaleras arriba, ante la mirada atónita de los dos chicos. Talisa se apresuró a seguirla, con aquel «esta» martilleando en su mente. La alcanzó justo en la puerta de su habitación y le cogió el brazo, pero Camilla se sacudió para librarse de ella.

—No me hables —le dijo—. ¡Ni me toques!

Talisa se mordió el labio, notando un fuerte sentimiento de culpabilidad. Joder, si lo hubiera hablado con ella antes… qué mal se lo había montado, tanto molestarse por el comportamiento de Darren y el suyo tampoco era para presumir.

—Camilla, lo siento.

—No, no digas eso. ¡No lo sientes!

—No fue algo que planeara, sé que suena a tópico, pero… sucedió y punto.

—Ya. Qué fácil, ocurrió y ya está. Son cosas que pasan, ¿no? —Talisa abrió la boca, pero Camilla no pensaba callarse—. Pues no, querida «amiga» —hizo el gesto de comillas con los dedos—, las cosas no pasan solas. La gente hace que ocurran. Te acostaste con Darren y no una vez, no, más de una. ¿O ahora me vas a decir que Abby se ha inventado algo?

—No —murmuró.

—¿Entonces qué? ¿Cuál es tu excusa? Sabías que me gustaba, desde la academia. Lo hablamos mil millones de veces, ¿o ya no te acuerdas?

—Pero es que a mí también me gustaba… y no encontré el momento adecuado.

—¿Cómo que no? ¡Si estamos juntas a todas horas, y en la academia igual! Podías haberme contado en cualquier momento que te lo estabas tirando. Pero no, decidiste seguir mientras yo me ponía en ridículo intentando que se fijara en mí.

—Camilla, siento que te hayas enterado así, de verdad. Pero tienes que saber que Darren nunca se ha interesado por ti. No te ha dado ni una señal, nada. Todo esto no puede venirte de sorpresa, no es culpa de nadie que no le gustes y…

—¡Porque tú estabas en el medio!

—Mira, creo que será mejor que te calmes y hablemos más tarde, porque ahora no razonas y…

—No, ya que hemos empezado, vamos a terminarlo. —La señaló con el dedo—. ¿Cómo puedes haberme hecho eso?

—No es nada personal, de verdad, por eso mismo no te lo conté en su momento. No quería hacerte daño, joder, si ahora mismo lo tengo esperando a ver qué hacemos porque quería hablarlo contigo antes.

—¿Cómo? ¿Eso quiere decir que os habéis vuelto a acostar? —Talisa enrojeció—. Pues genial, vamos, ya veo cómo me lo has contado.

—Camilla, creo que estás exagerando un poco. Vale que Darren te gustara, pero…

—¡No es por Darren! —Agitó los brazos, desesperada—. No lo entiendes, ¿verdad? Sí, claro que me duele que un tío que me gusta esté con otra. Pero los tíos vienen y van, Talisa, las verdaderas amigas no.

Talisa parpadeó, mirándola sin saber qué decir. Desde que había empezado la discusión lo había achacado todo a los celos, pero ahora veía que iba más allá. Y joder, tenía razón.

—Las amigas se ayudan. No se ocultan secretos, no se tiran al tío que le gusta a la otra sin decir nada. No traicionan la confianza así. —La señaló y luego a sí misma—. Te he contado mil cosas de mí, hemos compartido tanto que… —Sacudió la cabeza—. La academia fue dura, pero todas la superamos porque estábamos juntas. —Miró la revista, que Talisa llevaba enrollada en la mano—. Abby nos ha traicionado, vale, si es lo que vas a usar como defensa. Escribir todo eso... bueno, ya discutiré con ella y me imagino que los demás también. Pero tú y yo, además, hemos compartido estación, salidas peligrosas, ¡vivimos juntas, por amor de Dios! ¿Que no has encontrado el momento para decírmelo? ¿Cómo crees que me siento?

—Ya te he dicho que no quería hacerte daño. —Intentó acercarse, pero ella retrocedió—. Lo siento.

—¡Deja de decir eso! ¿Sabes lo que habría pasado? Si me lo hubieras dicho en la academia, probablemente me hubiera mosqueado. Pero luego te habría pedido detalles y nos hubiéramos tomado unos margaritas, igual que cuando Abby nos contó lo suyo con Leo. Lo único que has hecho ha sido crear una bola de nieve y dejar que creciera. Nuestra amistad no te importa, Talisa, solo te preocupas por ti misma.

Y se metió en su habitación pegando un portazo que hizo temblar los cristales. Talisa levantó la mano para llamar a la puerta, pero bajó el brazo sin llegar a hacerlo. No podía rebatir nada de lo que le había dicho, porque había ocultado la verdad demasiado tiempo. Y tenía razón: las amigas no se hacían eso. Joder, pues sí que estaban apañadas... Abby había mentido a todos, todavía tenía que leer todo el reportaje para poder evaluar los daños, pero que todo el mundo supiera cosas suyas privadas no le dolía tanto como que su amistad con Camilla se hubiera visto dañada. Y de eso no podía culpar a Abby.

Comenzó a bajar las escaleras arrastrando los pies, y a mitad de camino se encontró con Jesse, que estaba sentado en un escalón con gesto hosco.

—¿Nos has oído? —preguntó—. Bueno, qué tontería, si nos tienen que haber oído hasta en la playa. Siento el espectáculo.

—Yo lo siento más.

Se levantó para subir e ir a la habitación de Camilla. Talisa bajó a la cocina, mordiéndose el labio.

—Menuda bronca —comentó Ekekiela, aunque sin levantar los ojos de la revista.

—No sé cómo voy a arreglarlo —suspiró, sentándose a su lado—. ¿Qué más cuenta?

—Más bien todo. Y no nos deja a ninguno bien, en su estación tienen que estar contentos... ¿Será por esto que no fue a la salida ni apareció por el hospital para ver a Leo?

—Pues tiene toda la pinta. —Movió la cabeza—. No puedo creer que nos haya estado engañando todo este tiempo y que haya sido capaz de publicarlo así, sin preguntarnos antes ni... No sé, cambiar los nombres.

—No sé si será legal.

Talisa recordó el momento en el que salían de la estación y Darren hablaba por teléfono.

—Ni idea. Pero seguro que en el departamento estarán en ello.

Abrió de nuevo la copia que todavía llevaba en su mano y siguió leyendo.

Arriba, Jesse entró en la habitación de Camilla sin molestarse en llamar y cerró tras de sí.

—Joder, ¿no sabes lo que es llamar? —gruñó ella, desde la cama.

Estaba sentada abrazando un cojín y con los ojos llorosos, pero a Jesse la imagen no le enterneció en absoluto.

—¿Se puede saber de qué vas? —preguntó.

—¿Yo?

—Sí, tú. Cabreándote así con Talisa por Darren.

—¿Estabas escuchando?

—Yo y todo el barrio, sí. No intentes darle la vuelta, Camilla, que yo aquí no he hecho nada malo. O al menos no me he acostado contigo para sustituir a nadie, que es lo que parece que has hecho tú.

Camilla se frotó los ojos, aceptando el golpe y sintiéndose culpable. No había sido así, pero claro, podía entender que estuviera mosqueado. Joder, primero Talisa y ahora Jesse… Menudo día, a ver cómo se lo hacía entender porque en ningún momento había querido hacerle daño, ni que pensara que no le importaba nada, no era verdad. Le gustaba, eso era indiscutible, y creía que la cosa iba avanzando hacia alguna parte, pero se daba cuenta de que con lo que habría escuchado de su discusión con la rubia el tema podía malinterpretarse.

—Jesse, no estoy enamorada de Darren.

—No, ni de mí, que debo importarte una mierda. ¿Cómo has dicho? Ah, sí, «los tíos vienen y van». Qué tonto, pensaba que teníamos algo, pero veo que solo era el tipo de consolación mientras intentabas ganar el premio gordo.

—No es así —musitó.

—Ya, bueno, pues eso es lo que parece, así que chica, que lo disfrutes.

Salió para ir a encerrarse en su cuarto, cabreado más de lo que había creído posible. Se sentía como un imbécil, ¿es que todas tenían que aprovecharse de él? ¡No podía ser más tonto! Y pensaba que había aprendido con Vanessa, ¡qué equivocado estaba!

Ryan llegó justo para escuchar el portazo de Jesse y se sentó junto a Talisa levantando una ceja.

—¿Qué ha pasado? —preguntó, al ver sus caras.

Ekekiela le pasó una revista sin decir nada y, al igual que los demás, Ryan se quedó boquiabierto al ver la portada y el nombre de su, hasta entonces, compañera y amiga.

Estaban en absoluto silencio mientras leía el dichoso reportaje, cuando se escuchó el timbre de la puerta. Los tres se miraron, extrañados.

—¿Esperáis a alguien? —preguntó Ryan.

—No, a nadie —contestó Ekekiela.

—Quizá sea Abby —aventuró Talisa, levantándose—. Tendrá que darnos explicaciones sobre esto.

Fue a abrir con la esperanza de que fuera ella, pero en su lugar, se encontró a la última persona que esperaba al otro lado.

Darren.

—¿Quién es? —preguntó Ekekiela.

—Nadie, ahora vengo. —Salió al porche y cerró tras ella—. ¿Qué haces tú aquí?

—Venía a hablar contigo, ¿es mal momento?

—¿Tú qué crees? —Lo cogió del brazo y lo llevó a un lado entre dos ventanas, para que no los vieran—. Te puedes imaginar la que hay liada con el puñetero reportaje. Porque lo has leído, ¿verdad?

—Connor me avisó y lo he mirado en internet, sí. En la central están que trinan, el departamento legal está estudiando si se puede hacer algo. Sobre todo, porque no han cambiado ningún nombre y al menos nosotros no hemos dado permiso para que se publique nada.

—No, nosotros tampoco. —Suspiró—. No sabíamos nada.

—Ya lo imagino, no creo que a Ekekiela o Jesse les guste cómo salen retratados, ni… bueno, que tú le dieras el visto bueno a que contara lo nuestro.

—Ni loca. —Movió la cabeza—. No sabes qué discusión acabo de tener con Camilla por eso.

—¿Por mí? ¿Tan mal se lo ha tomado?

—Sí y no. O sea, es por ti, pero más por nuestra amistad, por el hecho de haberle mentido. No sé cómo lo arreglaré.

—Pero la que ha publicado el reportaje es Abby.

—Eso da igual, Darren, he traicionado nuestra amistad. Eso puedes entenderlo, ¿no? No se trata de una tontería de instituto porque nos guste el mismo chico, es más complicado que todo eso.

Él estiró el brazo para frotarle el suyo y atraerla hacia sí. Talisa se dejó abrazar, reconfortada por su contacto.

—¿Te han dicho algo la central por lo nuestro? —preguntó—. ¿Querías hablarme de eso?

—No, no, nada. Creo que les preocupa más el reportaje en sí mismo y la imagen de machismo que damos, lo nuestro parece una tontería en comparación.

Pues vaya con la tontería, pensó Talisa, consciente de que la noticia no tardaría en llegar a su casa. Seguro que algún excompañero llamaba a su padre, o él mismo compraba la revista al ver el artículo. ¿Qué bombero no lo haría, tratándose de su propia ciudad?

—Quería hablar contigo sobre lo nuestro —continuó Darren.

—¿Ahora? —Talisa se separó y lo miró, frunciendo el ceño—. ¿En serio, Darren? Ahora no es el mejor momento.

—Bueno, todo el mundo lo sabe o lo sabrán pronto.

—¿Y?

—Pues que ya no hay motivo para escondernos, no importa si se nos ve juntos fuera de la estación o incluso en ella, ¿no?

Talisa lo observó durante unos segundos, abriendo y cerrando la boca mientras pensaba qué contestar. ¿Tanto tiempo a escondidas, y ahora le venía con esas?

—¿Hablas en serio?

—¿Cuál es el problema?

—¿Cuál es el problema? —Le clavó un dedo en el pecho—. Te diré cuál es el problema, señor capitán teniente Shaw. El problema es que nunca has querido que se supiera lo nuestro, ¡nunca! En la academia, bueno, podía entenderlo, pero en la estación…

—Pero si fuiste tú la que me pidió tiempo. —Darren parecía atónito por su reacción.

—¡No le des la vuelta a las cosas! Ahora que te conviene, sí te parece bien que nos demos un revolcón a la vista de todos. ¡A buenas horas!

Él la observaba con expresión de genuina perplejidad. Y Talisa, de algún modo, era consciente de que era injusta, pero no podía evitarlo: todas las veces que había tenido deseos de gritar, de reprocharle su comportamiento… no había podido. O estaban en la academia y debían disimular, o estaban en la estación y también debían disimular, o cualquier situación en la que tuvieran que fingir. Y quizá en ese momento Darren no lo merecía, pero era una sensación imposible de controlar, como si una lengua de fuego subiera imparable por su garganta.

Estaba enfadada, muy enfadada.

—No entiendo nada —comentó él.

—¿Qué hubiera pasado si no sale ese reportaje? ¿Unos cuantos meses más de sexo a escondidas y luego un traslado?

—¿Un traslado? Pero, ¿de qué estás hablando? ¡Si eres tú la que lo ha pedido!

—No sé, estoy divagando, pero ahora que lo pienso, nunca has querido ser capitán, así que… ¿y si te ofrecen el puesto definitivo? A lo mejor decides que prefieres seguir siendo teniente en otra estación y de nuevo me haces una bomba de humo.

—Yo no haría algo así. —Estaba estupefacto. Había esperado que se alegrara de que se acabaran los secretos, pero veía que estaba totalmente equivocado—. ¿Quieres que hablemos otro día, cuando todo este tsunami haya pasado?

—No, creo que no tenemos nada de qué hablar.

—¿Estás rompiendo conmigo?

—¿Cómo voy a romper algo que nunca ha existido?

Se encogió de hombros y regresó al interior de la casa, sin mirar atrás. Subió directa a la habitación, cerró tras ella y se tiró sobre la cama a llorar, aunque no sabía con quién estaba más dolida: si con Camilla, por no escucharla y dar su amistad por terminada; con Darren, por decidirse cuando todo el mundo conocía lo suyo y no haber hecho ningún esfuerzo antes por ella; o consigo misma, por discutir con ambos y estropearlo todo. Por no hablar de la maldita traición de Abby, que había desencadenado todo. ¿Cómo había sido capaz? ¿Qué clase de persona podía mentir durante tantos meses y a tantas personas? ¿Acaso no tenía conciencia? No quería ni imaginarse lo que pensaría Leo al ver la revista… y entonces se dio cuenta de lo que les había dicho en el hospital. No había estado delirando: seguro que trataba de advertirles sobre la revista.

Pobre, no le extrañaba que quisiera dejarlo todo, ahora entendía que no era solo por el dolor y el trauma físico. Siempre había estado detrás de Abby, todos pensaban que lo que para ella había sido solo una aventura de una noche, no había sido igual para él. Seguro que el chico solo quería poner tierra de por medio.

Miró el techo de su cuarto, pensando en la discusión que acababa de tener con Darren.

¿De verdad acababa de romper con él?

Abby se presentó en las oficinas del periódico para enfrentarse a Finn. Atravesó las mesas como un elefante en una cacharrería y entró en su despacho con tanta fuerza que la puerta se golpeó contra la pared.

—¡Eres un sinvergüenza! —gritó, tirándole una de las revistas a la cara.

Finn la esquivó a duras penas y se levantó extendiendo las manos en un gesto de paz.

—Escucha, entiendo que estés cabreada —explicó—. Pero te van a pagar por palabra, ¿sabes cuánto vas a ganar con esto? Y quieren más, quieren que escribas sobre la estación porque les ha parecido hasta corto.

—¿Corto? ¡Joder, Finn! ¡Esa versión no era para publicar! Tenía otra preparada sin tantos datos personales y, además, quería hablar con mis compañeros antes para pedir su permiso.

Finn se encogió de hombros, como si no terminara de comprender aquel enfado.

—Pues si tenías otra preparada, haber enviado esa, ¿qué culpa tengo yo?

—¡Pues que todo el mundo queda mal!

—Pero tu jefe es un cabrón.

—No. Sí. —Agitó la cabeza—. Falta la parte que te envié en otro archivo, ahí me da una oportunidad, joder, ¡si hasta le salvé la vida! ¿Por qué coño no habéis publicado eso? Al menos habría quitado parte de la negatividad que hay en todo lo demás.

—Pues es que ni lo miré, perdona. Pensaba que era otro archivo de notas o yo qué sé, ¡fue todo muy rápido!

—¿Muy rápido? No, si ya. Tan rápido que debía estar media revista en imprenta cuando lo envié y lo habéis maquetado a la velocidad del rayo.

—Pensaba que lo sacarían en otro número, de verdad. Pero se les cayó el reportaje que iba a ir en este, así que decidieron meterlo. Lo vi una vez impreso, te lo juro.

—¿Y por qué no me avisaste?

—Pensaba que te gustaría la sorpresa.

—Huy, sí, estoy en éxtasis, ¿no me ves? Me han suspendido de empleo y sueldo, Finn.

—Bueno, ya te he dicho que vas a cobrar muy bien por esto.

—¡Da igual! Me gusta ser bombera, no quería echarlo todo a perder así, joder.

—Pues haberlo dicho hace semanas en lugar de seguir escribiendo o, mejor aún, no haberme enviado nada, ¿qué culpa tengo yo de que ni tú sepas lo que quieres hacer con tu vida? No puedes hacer las dos cosas y lo sabes. Si ibas a escogerlos a ellos, ¡habérmelo dicho!

Abby cogió aire, pero no discutió más con él: se dio media vuelta y se marchó, decidida a salir de aquel edificio y no volver jamás. Lo peor de todo era que tanto él como Leona tenían razón: debería haber dejado de escribir o, al menos, tumbar esa publicación. Y mucho menos, haber enviado nada. Pero tenía la espina de Secret clavada desde hacía tanto tiempo que no era algo que pudiera dejar atrás así como así.

No, en cambio, se había clavado la puñetera espina hasta el fondo. Se había quedado sin ninguna de las dos cosas, puesto que no pensaba volver a escribir allí nunca. Y su suspenso… en fin, quizá podría lograr que fuera algo temporal, trasladarse aunque fuera a otra ciudad, empezar de cero. Se frotó la frente, desesperada, porque eso era algo que tampoco podía hacer si no quería perder a Deke por completo. El juez había dejado bien claro que estudiaría el tema y que priorizaba la estabilidad del niño por encima de todo, así que, ¿cómo afectaría, además, aquello a todo el tema de la custodia?

Menudo lío, joder, menudo lío.

Llevaba el teléfono apagado desde que saliera la revista para evitar que Connor o algún otro la llamara, pero pensó que era hora de ver a qué se enfrentaba. Se sentó en un banco de un parque cercano al periódico y lo encendió. Al momento, la pantalla se iluminó con multitud de mensajes y llamadas perdidas. Empezó a mirarlos, esperando ver insultos o que le pidieran explicaciones, pero lo que se encontró fue con que Leo estaba malherido y ella sin enterarse. Revisó las conversaciones y mensajes hasta encontrar en qué hospital estaba y condujo hasta allí. No sabía si el chico querría verla, pero en un momento así, no podía ignorarlo y no estar a su lado.

En la recepción le indicaron en qué habitación estaba. Cuando llegó a la puerta, vio que su madre salía y se acercó despacio. No sabía si habría leído el reportaje y estaría enfadada con ella.

—Señora Jacobi —saludó.

—Ah, hola… ¿Abby?

—Sí, soy Abby. —Se acercó y le apretó una mano—. ¿Qué tal está?

—Bien, bueno, descansando. Será largo, pero al menos se recuperará. —Ahogó un sollozo—. Menos mal que lo sacaron.

Abby la abrazó, sin saber qué decir. No sabía muy bien qué había pasado, pero tampoco quería preguntar para que no supiera que no había comunicación con el resto de sus compañeros.

—Entra si quieres, seguro que agradece verte —indicó la mujer—. Yo iba a por un café.

Se secó la cara y se alejó pasillo abajo. Abby cogió aire y abrió la puerta asomándose con cuidado, pero al ver a Leo se llevó una mano a la boca para no gritar.

Tenía una venda en la cabeza, pero todo lo demás que cubría su cuerpo era escayola: sus brazos y piernas colgaban de unas barras metálicas. Pensó en darse la vuelta y marcharse, pero él debió oírla porque ladeó un poco la cabeza y la miró.

Leo entrecerró los ojos, preguntándose si las drogas le estaban haciendo tener visiones.

—¿Abby? —preguntó.

Ella entró y se quedó de pie a un par de metros de la cama, retorciéndose las manos con nerviosismo.

—Perdona —susurró—. Hubiera venido antes, no sabía… no sabía lo que te había pasado.

—¿Vas a sacarme una foto para el próximo reportaje? Seguro que venderías la hostia conmigo en portada.

—No, yo… perdona, Leo, no sé cómo explicarte… lo que se publicó no es real, no se corresponde a la actualidad y…

—Me importa una mierda, Abby. —Ella abrió mucho los ojos—. En serio, quédate con tu revista o con tu capitán cabrón, me la suda.

—Leo…

—¿Crees que después de lo que me ha pasado me importa algo lo que pienses de mí? Pues lamento desilusionarte, pero me quiero más a mí mismo. No voy a estar martirizándome por alguien al que obviamente importo una mierda.

—Sí que me importas.

—Di lo que quieras, de verdad, que me da igual. Peor lo tendrás con el resto, que te has quedado a gusto. No has dejado ni una piedra sin levantar.

—Lo sé, lo sé, tendré que hablar con ellos de uno en uno, no sé cómo lo arreglaré. —Suspiró—. Espero que cuando salgas podamos hablar, Leo, eres mi amigo y no quiero perderte.

Él cogió aire, dolido por dentro y por fuera.

—Ahora mismo solo quiero estar tranquilo.

Ella afirmó con la cabeza. Salió sin hacer ruido para no molestarlo más, solo esperaba que cuando se recuperara, pudieran hablar y, aunque su relación no volviera a ser la misma, al menos intentarlo.

Condujo sin rumbo durante un buen rato y sin darse cuenta, acabó aparcando delante de la academia. Bajó del coche y contempló la fachada, pensando en cómo había cambiado su vida desde que entrara allí por primera vez. Lo que había comenzado siendo un simple trabajo, un reportaje con el que ganarse el lugar que merecía en la revista, se había convertido en mucho más.

Había descubierto una vocación oculta, había hecho amigos, y personas que no esperaba sufrieron un cambio radical.

Cierto, a Connor le quedaban cosas por pulir, pero si había conseguido abrirle los ojos, igual que había ocurrido con Ekekiela y Jesse, entonces merecía la pena. Los cambios no se conseguían de un día para otro, sino paso a paso, y que ellas tres lograran las plazas significaba mucho. Pero claro, eso había quedado en un segundo plano ante todo lo demás después del reportaje

Se había centrado tanto en lo negativo, que lo positivo había quedado difuminado: que Talisa, Camilla y ella valían tanto o más que cualquiera de los otros candidatos; que Ekekiela y Jesse, de mentes cerradas, habían visto otra realidad; que gente desconocida se uniera para formar equipo y fueran, más que amigos, una familia. La lealtad, fortaleza, amistad, valentía y buen hacer de todos aquellos bomberos que arriesgaban sus vidas cada día. Tendría que haber puesto todo aquello en valor, pero no lo había hecho, y tampoco sabía cómo arreglarlo.

La puerta principal de la academia se abrió y vio aparecer una figura conocida. Tuvo deseos de salir corriendo al reconocer a Levine, pero al final se quedó quieta en el sitio, esperando a que llegara a su altura.

—Vaya, vaya —dijo él—. Abby Cook. Desde luego, no esperaba verte por aquí.

—¿Ha leído el reportaje?

—Vaya, directa al grano. —Se apoyó en el coche a su lado—. Sí, lo he leído. Al menos yo no salgo mal parado.

Ella sonrió a medias.

—Bueno, eso no es mérito mío, escribí la verdad.

—¿Eso hiciste?

Abby suspiró, negando con la cabeza.

—Lo que se ha publicado era un borrador chungo.

—Chungo, vaya palabra más culta viniendo de una escritora. —La observó—. ¿No era lo que querías publicar?

—No, claro que no, quería decir lo que había vivido, pero más pulido, más completo. No todo es malo y... bueno, además han salido cosas que son privadas.

—Ya, Darren me ha llamado para disculparse. —Se encogió de hombros—. Como si a mí me afectara lo que ocurre entre los instructores y sus alumnos. Mientras no afecte a la academia, como si se tatúan un mono en la frente. —Abby sonrió a su pesar—. ¿Tus compañeros se han enfadado?

—No he hablado con ellos, aparte de Leo, pero imagino que sí. Y Connor me ha suspendido de empleo y sueldo.

—Bueno, has roto unas cuantas normas, eso es normal.

—No quería hacer daño a nadie.

—Siento decirte esto, Abby, pero no hay vuelta atrás. Es como cuando abres una puerta y te metes de cabeza en un incendio: o lo apagas, o buscas cómo hacerlo, pero no retrocedes.

—No sé cómo apagar esto. —Lo miró—. ¡Si es que ni siquiera quiero volver a la revista! Solo quiero volver a la estación, ser bombera.

—Pues ya tienes un objetivo, Abby Cook. —Le tocó la sien con un dedo—. Ahora solo tienes que poner a trabajar esas neuronas para ver cómo conseguirlo. Y si una periodista es capaz de infiltrarse y pasar unas pruebas tan duras, seguro que puede arreglar un desaguisado como este.

Abby no estaba nada segura de eso, pero agradeció el apoyo y sus palabras. Levine, siempre tan sabio… ojalá lo hubiera tenido dentro de su cabeza cuando estaba en el ordenador enviando aquellos malditos archivos. En fin, tendría que hacerle caso y buscar la forma de salir de aquel embrollo… aunque no tenía ni idea de cómo.

CAPÍTULO 18

El hotel Grand Pensacola tenía una ubicación excelente, y una mejor distribución. Además de la lujosa recepción, con su imponente vestíbulo, poseía un restaurante en la segunda planta llamado 1912 y cuyos salones podían albergar una cantidad respetable de comensales.

Completaban el lugar quince plantas con las habitaciones y una terraza arriba del todo, junto a una piscina descubierta que podía usarse prácticamente todo el año.

El hotel había sufrido unas pequeñas reformas para ponerlo al día, pero el lavado de cara era inmejorable. Los huéspedes tenían montones de lugares de interés alrededor, como podían ser el zoo, museos y edificios históricos varios. La única pega era el tren, cuyo ruido se escuchaba en las habitaciones por las noches.

Pero eso no importaba demasiado a la hora de celebrar bodas. Era sábado y, entre los viajeros habituales y los invitados al evento, el hotel estaba completo.

Los camareros se afanaban de comedor en comedor, bandejas en mano y sin apenas tiempo de secarse el sudor de la frente. Los novios paseaban de un lugar a otro, todo risas y felicidad, hasta el momento de cortar la tarta, que hicieron entre música y aplausos.

En cuanto empezó a oscurecer, el padre de la novia anunció por el micrófono que una sorpresa los esperaba en la terraza superior del hotel, así que los numerosos grupos de gente se encaminaron hacia allí sin dejar de sujetar sus copas de champán.

Casi todos imaginaban (y esperaban) unos preciosos fuegos artificiales como colofón a la parte tradicional de la boda. Sería el toque final y el principio de la parte del desmadre, que la mayoría aguardaban con impaciencia.

Sí, era la boda perfecta, y el hotel perfecto. El elevado número de invitados se apretaban entre sí, lanzando exclamaciones de admiración ante el espectáculo pirotécnico mientras sorbían sus bebidas de diseño. Algunos hasta tenían los pies metidos en la piscina, después de dejar en el bordillo sus carísimos zapatos. Niños y no tan niños corrían, agitando las bengalas en el aire, perpetuando el ambiente festivo de la noche.

Todo estaba lleno de luces y brillo, de felicidad y risas, de calor y brisa suave.

Eran las nueve de la noche, y en las otras plantas, los turistas terminaban de ducharse y prepararse para salir a disfrutar de la cálida noche.

Los cocineros se afanaban para no verse pillados a la hora de atender el horario del comedor, pues conocían de sobra la noche que tenían por delante.

Amontonados entre la parte de abajo del edificio y la de arriba, que la chispa prendiera justo en la planta tres fue muy desafortunado.

El día no podía haber ido peor. Talisa no recordaba un ambiente tan tenso, nada más reincorporarse al turno. La estación nunca había estado tan silenciosa, ni sus ocupantes tan repartidos. Los únicos que seguían comportándose de forma normal eran Costa y Haneke, claro, y aunque no deseaban meterse, conocían el artículo y sus consecuencias.

Como si no fuera ya de por sí deprimente que el turno coincidiera con el fin de semana, no podía estar más distanciada de sus amigos. Camilla seguía sin hablarle, ni parecía que fuera a darle la más mínima oportunidad de enmendar su error. Así mismo, Jesse llevaba tres días de silencio sin apenas intercambiar palabras con los demás.

A Darren tampoco lo había visto apenas, excepto en momentos puntuales que había salido de su despacho para ir a por café. Talisa estaba tan arrepentida de sus últimas palabras que solo necesitaba el mínimo gesto para ir a hablar con él, pero Darren no parecía muy por la labor. Bueno, no tenía sentido sorprenderse, si ya de por sí era poco comunicativo, después de su charla podía esperar lo mismo o peor. Pero es que los ánimos estaban muy revueltos, la situación en casa era… un desastre.

Solo Ekekiela parecía actuar como mediador de la paz, algo bastante curioso y que la rubia jamás habría esperado por su parte, pero estaba claro que el hawaiano era una caja de sorpresas.

Ojalá lo hubiera tenido con ella, le vendría bien el apoyo, pero Ekekiela había sido requerido en la estación uno, ya que Glenn y Leo no estaban operativos y Abby suspendida.

Talisa consultó el reloj y decidió que era una hora magnífica para cenar. Pero no se veía con ánimos para cocinar, así que agarró el móvil y decidió hacer una ronda para tratar de que la normalidad regresara lo antes posible.

Entró en la sala de descanso, donde Haneke, Costa y Jesse jugaban a las cartas, aunque por la expresión del latino, parecía estar muy lejos de allí.

—Comida —informó la rubia—. ¿Quién tiene hambre? Voy a hacer un multi pedido.

—¿Japonés? —preguntó Haneke, y Costa asintió—. Dos por aquí, lo de siempre.

—¿Jesse?

—Cualquier cosa, lo que pidas tú —respondió él.

Talisa asintió y empezó a pulsar botones. Eran tantos que, desde el principio había decidido que lo mejor era tener una aplicación que controlara los gustos de cada uno, así después solo debía pulsar en el restaurante solicitado y el resto se hacía solo. Era sorprendentemente útil y ahorraban un montón de tiempo.

Subió a la zona de descanso, donde imaginaba que se encontraría Camilla. Llevaba todo el día allí metida y, cada vez que alguien le hablaba, se escudaba en un libro, según ella muy interesante y que no podía dejar. Talisa siempre veía el marcapáginas en el mismo lugar las veces que había pasado por su lado, no veía necesidad de comentarlo.

Convencida de que recibiría más bufidos, pero también de que debía seguir intentándolo, la rubia caminó entre biombos hasta encontrar a su amiga.

Camilla tenía la cara oculta tras el libro, así que dedujo que la había oído llegar de sobra.

—Hey —dijo a modo de saludo—. ¿Estás ahí detrás?

Hubo silencio, la tónica de los últimos días tras la discusión.

—¿Comida?

El libro se movió de forma casi imperceptible, pero Camilla continuó escondida.

—Vale, pues no te pido nada —dijo Talisa, decidida a no insistir.

Se giró para dejarla sola, y entonces oyó un carraspeo. Volvió sobre sus pasos para descubrir que la morena asomaba los ojos por encima de las tapas del libro.

—Comida india —su voz le llegó amortiguada.

—¿Qué?

—India —repitió Camilla, más alto—. Comida india. Lo de siempre, ¿lo tienes guardado?

Era la frase más larga que le dedicaba desde el fatídico día del reportaje, así que Talisa lo tomó como un avance. Breve, pero avance.

—Sí, lo tengo. Te aviso cuando llegue.

—Vale. —Camilla volvió a ocultar el rostro—. Gracias.

«Algo es algo», se dijo la rubia, antes de abandonar la segunda planta. Puede que pareciera poca cosa, pero con lo visceral que era su amiga, si no le había arrojado el libro a la cabeza podía considerarlo una buena señal. Poco a poco, le iba a costar algo de tiempo, pero quería creer que podrían recuperar su buena relación.

Llegó al piso de abajo y se detuvo delante de la puerta de Darren. ¿Qué hacía? ¿Le preguntaba si quería algo o lo dejaba correr? Lo más seguro era que recibiera una mala respuesta, o peor aún, una mirada de lo más fría. Pero tampoco quería ignorarlo como si no existiera.

La puerta se abrió justo cuando no había tomado la decisión y Darren giró la cabeza al verla apoyada contra la pared.

—¿Qué haces ahí?

—¿Yo? Nada. Descansar —se apresuró a responder ella.

—¿Descansar?

—Voy a hacer un pedido de comida y estaba haciendo la ronda de peticiones. He llegado hasta aquí y no sabía si preguntarte y arriesgarme a una mala contestación, o no decir nada y dejarte sin cena.

—¿Mala contestación, yo? Vaya, que pronto nos olvidamos de las cosas.

Talisa abrió la boca para replicar, pero la alarma abortó sus intenciones. Ese sonido siempre lograba sobresaltar a todos, daba igual la cantidad de veces que lo hubieran escuchado.

Darren sacudió la cabeza y abrió la radio.

—Brigada dos —contestó.

—¡Tenemos un incendio descontrolado en el Grand Pensacola! —Se escuchó, a través de los zumbidos—. ¡Todas las unidades allí! ¡Repito, incendio descontrolado en el Grand Pensacola!

—Mierda. —Darren cerró la frecuencia—. Mal asunto.

—¿Por qué?

—Ese hotel tiene quince plantas —comentó él, mientras se encaminaban a los camiones—. Son cerca de las diez de la noche, lo que significa que habrá gente dentro, mucha.

Ella lo siguió, preocupada. Darren tenía razón, un hotel era una pesadilla porque estaba lleno de potenciales víctimas. Y la gente, cuando se veía en peligro, hacía todo tipo de estupideces, además de que era bastante complicado reunirlos a todos en un mismo lugar para evacuarlos de la manera correcta.

—¿Es normal llamar a todas las unidades? —preguntó.

—Si es muy grande, sí. —Miró hacia su grupo, que estaba listo—. Jesse, conduce tú, y más vale que vueles. Me da que esto es serio.

Todos obedecieron, subiendo a la parte trasera del camión. Camilla no se sentó junto a la rubia, pero a Talisa no le sorprendió. Le preocupaba mucho que estuvieran enfadadas a la hora de trabajar, porque… el mal rollo no podía estropear la unidad, eso lo tenía claro, pero no sabía si su amiga también. ¿Sabría ser profesional, o se dejaría vencer por sus sentimientos?

Darren abrió de nuevo la frecuencia una vez se encontraron en camino.

—¿Alguien puede decirme qué está pasando por ahí? Llegaremos en diez minutos.

—¡Soy Ekekiela! —Les llegó su voz—. ¡Menudo caos hay aquí, jefe! Acabamos de llegar, pero… joder.

—¿Cómo está?

Hubo un momento lleno de ruido durante el cual fue imposible comprender nada. Las voces iban y venían, y el ruido de fondo era ensordecedor.

—Darren, ¡esto es de locos! —Ahora hablaba Connor—. ¡Están llamando a todos los bomberos disponibles, los suspendidos, los de baja a los que les funcionen brazos y piernas, todos!

—Dame la situación.

—El fuego prendió en una de las plantas inferiores, no estoy en seguro de en cuál.

—Ese hotel tiene al menos quince. ¿No funcionaron los aspersores internos?

—Tuvieron una inspección hace un mes y los estaban cambiando por obsoletos, ¡parece una puta broma! Quitaron los viejos y no habían puesto todavía los nuevos. Y encima hay una maldita boda, Darren. Como cien invitados o más están atrapados entre la azotea y las plantas inferiores, joder, y eso sin contar el resto de las habitaciones. Ahora mismo están hablando con los de recepción para saber la cantidad de gente que tenemos por ahí desperdigada.

—¡Los que están en la azotea que no salgan de allí!

—Ya, ese es el problema, que en cuanto sonaron las alarmas cundió el caos y ahora nadie sabe muy bien dónde están todos. Tenemos un helicóptero rondando por arriba para ver la situación y están llegando las telescópicas, pero vamos a tener que tirar de arnés, fachada y escalera.

—Vale, entendido, estamos ahí en tres minutos. —Darren cortó la comunicación y dedicó una mirada a su grupo, que no habían perdido detalle de la conversación—. Bien, ya habéis oído que la situación es muy grave. Sé que hasta ahora habéis trabajado poco en rescate de personas, pero tenemos que estar al cien por cien, ¿entendido?

Camilla y Talisa afirmaron, ya que era obvio que esa observación era para ellas. Y Jesse, al volante, no había podido escuchar bien la transmisión de Connor.

—Cuando estemos ahí dentro no quiero despistes ni tonterías. Si doy una orden, espero que se cumpla y me da igual que no os parezca correcto o lo que sea, a cualquiera que no siga al pie de la letra mis palabras le abriré un expediente, ¿entendido?

Haneke miró al techo, pero asintió. El resto hizo lo mismo, aunque todos sabían que Darren no decía aquello por quedar por encima. Estaba claro que la situación era muy seria y quería asegurarse que no hubiera bajas innecesarias.

Jesse frenó de golpe, haciendo que todos se sobresaltaran, pero no hubo tiempo para pensar en otra cosa. Nada más ver el panorama, se apresuraron a saltar del camión.

Connor no había exagerado: el espectáculo era terrible.

A partir de la planta tres, el fuego se había extendido hacia arriba y muchas ventanas aparecían naranjas. Algunas explotaban debido al intenso calor, otras arrojaban humo.

Un grupo de gente permanecía fuera del hotel, muchos con el pijama puesto, otros cruzados de brazos con gesto tenso mientras alzaban la vista.

—Connor, ya hemos llegado —informó Darren, al mismo tiempo que terminaba de ponerse la máscara y conectar el comunicador interno—. ¿Dónde estás?

—Soy Eric, de la brigada tres —respondió una voz—. ¡Evacuando a todo el mundo por debajo de la tercera, pero también se extiende hacia abajo!

—Aquí Aaron de la cuatro, estamos tratando de comprobar si los ascensores funcionan para ver si podemos acceder por ahí.

—Vale, ¿alguien sabe dónde se ha iniciado el incendio con seguridad? —preguntó Darren.

—Tercera planta, un par de niños jugando con bengalas.

—¡La madre que parió a las bodas con mierdas de estas! —La voz de Connor crepitó—. ¡Mi equipo y yo estamos subiendo por el lateral este hasta la azotea, vamos a necesitar ayuda para la evacuación de toda esta gente!

—Vamos para allá —dijo Darren, cerrando la radio.

El equipo siguió al capitán hasta la fachada más cercana, evitando la gente que aún salía del hotel con caras angustiadas. Al menos, cuando la brigada tres confirmara que no quedaba nadie en las plantas inferiores podrían centrarse en las superiores.

Los grupos de bomberos habían apilado todo tipo de materiales para que pudieran ser utilizados, y cuando llegaron encontraron escaleras pequeñas y también de las grandes en el suelo. Darren no tuvo que decir nada, pues al momento los cuatro cogieron una esquina cada uno y la apoyaron contra la pared, para después repetir la operación con otras dos.

—Muy bien, escuchad —dijo Darren—: El foco está en la tercera planta y es posible que haya llegado a la cuarta, así que entraremos en la quinta e iremos subiendo hacía arriba de dos en dos para ir recorriendo las plantas. Intentad reunir a la mayor cantidad de gente posible en las terrazas del lado este para que las telescópicas puedan ir sacándolos, ¿vale? Y sino, a la azotea.

Una figura se acercó a ellos, jadeando, y el grupo pareció sorprendido al descubrir a Abby.

—¿Qué haces tú aquí? —preguntó Darren.

—Me han llamado para venir a ayudar —explicó ella.

—Coge un equipo del camión y ven ya — ordenó Darren, sin preguntar nada más.

—¿Me encargo de la radio? —quiso saber Jesse.

—¿Estás de broma? ¿No ves cómo está la situación? Hoy nadie se encarga de la radio, Cortez, necesitamos a todos ahí dentro. —Le empujó hacia la escalera—. ¡Vamos! Camilla, ve con él. Quinta y sexta y hacia arriba.

Ella afirmó. Comenzó a subir por una de las escaleras menos largas detrás de Jesse, con la manguera a cuestas y sin saber qué esperar. Nunca había visto un incendio de aquella magnitud ni con tantas posibles víctimas, y el asunto daba vértigo, la verdad. Pero ese era su trabajo, lo que había escogido, así que siguió trepando.

—¡Mi equipo empieza a partir de la quinta! —informó Darren—. ¿Alguien por las intermedias?

—La brigada cinco acaba de subir de la onceava hacia arriba, ¡esto es un caos! ¡Hay gente atrapada en las habitaciones, en los baños y en las terrazas! No tenemos telescópicas para acceder a tantos sitios, ¡¡joder!

—Vosotros, a la séptima y octava —ordenó Darren a Costa y Haneke—. ¡Ya! Y recordad, reunid a todas las personas que podáis para sacar al mayor número posible a la vez. Tirad de arnés si no.

—Oído —asintió Haneke, y los dos no dudaron en elegir una de las escaleras intermedias para volar por ellas, edificio arriba y con sus mangueras a cuestas.

—¡Brigada cuatro, soy Michael, que alguien vaya preparando las lonas por ahí fuera!

Talisa miró a su alrededor, cómo grupos de bomberos corrían por todos lados transportando escaleras, equipos, máscaras. Otra ventana reventó, haciendo que los clientes evacuados gritaran por la sorpresa y la lluvia de cristales.

Las mangueras se perdían por la puerta de recepción, al mismo ritmo que los bomberos desaparecían en su interior. Ninguno salía, excepto el que sacaba a gente de última hora del restaurante y los tres primeros pisos.

Abby regresó a toda velocidad donde Darren y Talisa la esperaban.

—¡Ya estoy! —exclamó.

Por la expresión de la rubia, veía que estaba enfadada con ella. Lo normal, dado que llevaba tres días sin dar señales de vida ni explicación alguna. Se sentía como un avestruz que ocultaba la cabeza cuando advertía peligro, pero la solución se le resistía. Y mientras no supiera qué decir, ¿qué sentido tenía iniciar una conversación?

Tendrían que dejar sus diferencias de lado: la situación era más importante que esas rencillas, pero sabía que, en ese aspecto, ni Darren ni Talisa le darían problemas. Eran demasiado profesionales para dejar que los problemas personales interfirieran en una actuación, estaba convencida, y le quedó claro al momento.

—Muy bien, vosotras dos vendréis conmigo —dijo Darren—. Novena y décima. Cualquier problema por la radio, y con cuidado, por favor.

Las dos asintieron, acercándose a la escalera más larga de todas. Jesse y Camilla ya no estaban a la vista, por lo que habrían entrado en la quinta planta. En teoría, una vez dentro podrían acceder a todas las plantas, bien en ascensor si estos aún funcionaban y eran seguros por estar lejos de los focos, o bien por las escaleras del hotel. Todo eso suponiendo que el incendio no tuviera más focos o se hubiera propagado a la velocidad del rayo, ambas opciones dentro de la probabilidad. La idea era evacuar a cada persona que encontraran en esas plantas intermedias para terminar subiendo a la azotea, donde se encontraba el mayor grueso de gente, y así ayudar al equipo de Connor.

Talisa subió la primera, echando un vistazo hacia arriba. Ya no distinguía a Costa, así que iban a buen ritmo, ritmo que ella no podía perder, por lo que apretó el paso. Abby iba justo detrás, pendiente por si la chica perdía el equilibrio, tropezaba con la manguera o cualquier otra cosa.

Darren inició el ascenso tras Abby, un poco inquieto por tener a dos inexpertas a su cargo. Pero no había nada que pudiera hacer, y al menos si estaban con él podría cuidar de ambas en la medida de lo posible. Aunque después del rescate de Connor suponía que podrían apañarse solas: tampoco las subestimaba.

Llegó al noveno, donde las dos chicas lo esperaban en lo que parecía el vestíbulo del pasillo: el ascensor estaba justo al fondo, frente a ellos, y las habitaciones a ambos lados. Sin embargo, había demasiado humo y calor como para que el incendio estuviera en la tercera y cuarta planta.

—Parece que se está propagando muy deprisa —comentó él, tras apoyar la mano en una de las paredes—. Escuchad, voy a la décima para ver si queda gente en las habitaciones. Revisad esta y sacad a cualquiera que haya, id siempre hacia arriba, ¿queda claro?

Ambas se apresuraron a asentir.

—Mantened la comunicación —ordenó Darren.

Las dos lo observaron camino a las escaleras y se miraron, dudosas.

—¿Crees que el fuego está muy cerca? —preguntó Abby.

—Bueno, si algo sé es que puede aparecer de repente y sin previo aviso, así que será mejor que nos demos prisa —urgió Talisa—. Cada segundo perdido nos acerca más al fuego.

Abby asintió y siguió a la rubia. Había al menos diez habitaciones en cada mano y debían revisar todas, pues Talisa recordaba la información de Connor sobre gente metida en cualquier tipo de rincón, convencidos de ser un buen cobijo.

Empezaron a golpear las puertas, esperando escuchar voces desde el interior. Daban un pequeño margen antes de forzar las cerraduras a golpe de hacha para asegurarse.

Talisa parecía aliviada de encontrarlas vacías. Estaba deseando subir cuanto antes y así reunirse con todo su equipo. Además, el calor iba en aumento y eso no hacía más que generar preocupación por los compañeros que estaban en plantas inferiores.

«¡Basta!», se reprendió a sí misma.

Todos estaban preparados de sobra. Ella misma era una profesional y no podía dejarse vencer por ese tipo de pensamientos. Al igual que un bombero no podía elegir las vidas que salvaba, no podía vacilar por miedo al peligro; no tenía sentido en su trabajo.

Abby golpeó con fuerza la tercera puerta de la mano izquierda. Al no recibir contestación, descargó el hacha hasta hacer que la cerradura saltara por los aires.

Abrió la puerta con intención de echar un vistazo por encima, pero al fondo del cuarto vio a una mujer acurrucada contra la pared, con un niño no mayor de doce años abrazado a ella.

—¡Talisa, tenemos a alguien! —gritó.

La rubia dejó al momento la habitación contigua que estaba registrando para caminar hasta la voz de su amiga, sin dejar de observar a su alrededor. Recordó el gesto de Darren al tocar la pared e hizo lo mismo: mierda, el calor fluía a través de ella. Era una manera fantástica de aventurar lo cerca que tenían el fuego, y aunque de momento solo había humo, bien sabía ella que eso era la señal previa al estallido de las llamas.

Se reunió a toda prisa con Abby, que se había acercado hasta la mujer y el niño.

—Señora, no podemos entretenernos mucho, ¡hay que subir a la azotea!

Ella negó con la cabeza, con un terror tan puro en la cara que era imposible que resultara fingido.

—No, debemos quedarnos aquí.

—Usted no lo entiende, el incendio se está extendiendo hacia arriba y debemos conducirlos a todos hasta la azotea, donde se lleva a cabo la evacuación.

Ella volvió a negar y cerró los ojos, apretándolos con fuerza como si aquello fuera un mal sueño.

—Oímos que también había fuego por ahí arriba. Alguien decía que el sistema de ventilación había estallado y que era más seguro quedarse aquí —dijo, en voz baja.

Ambas mujeres intercambiaron una mirada, y Talisa pulsó el comunicador.

—¿Hola? Brigada uno, estamos en la novena y nos informan de un posible problema en el sistema de ventilación en las plantas de arriba. ¿Alguien sabe algo al respecto?

—Señora, si nos quedamos aquí tarde o temprano esto arderá —insistió Abby.

—No pienso moverme hasta que llegue ayuda.

—Nosotras somos la ayuda. —La morena se arrodilló frente a ella—. Van a tener que venir quieran o no, los dos. Nuestras órdenes son evacuar hacia la azotea, por donde acceden las grúas de rescate. Por las terrazas individuales no llegan bien y no tenemos tanto tiempo.

La mujer no parecía muy convencida.

—¿Alguien me escucha? —insistió Talisa exasperada, y se giró hacia Abby—. No oigo más que estática.

El hecho de no recibir respuestas no era del todo nuevo, pues existían diversos motivos por los que eso podía suceder. Desde que no llegara la señal a según qué sitios, interferencias o motivos más simples como que alguien se hubiera desecho de su máscara. Fuera como fuera, debían tomar una decisión.

—Darren dijo que debíamos ir hacia arriba —recordó Talisa.

—Está bien, vamos.

Abby obligó a la mujer a levantarse. Esta obedeció, al darse cuenta de que la decisión no dependía de ella y que, en efecto, las dos jóvenes eran la ayuda que habían esperado. El hijo también se puso en pie, sin soltar a su madre, y ambos las siguieron hacia la puerta.

Una vez fuera del cuarto, tanto Abby como Talisa fueron conscientes de que el humo cada vez era más intenso.

—Debemos comprobar el resto de las habitaciones —dijo la rubia—. Esta planta no tiene terraza. ¿Me quedo yo y los subes a la siguiente?

—Ni hablar, lo haremos rápido e iremos juntas.

La rubia asintió, y comprobaron los siete cuartos pendientes del lado izquierdo, sin encontrar a nadie más.

—¡Hemos terminado con la novena planta y llevamos a dos personas hacia arriba! —informó por la radio, a pesar del silencio al otro lado—. ¿Es seguro el ascensor? ¿Darren, me oyes? —Sacudió la cabeza al no recibir contestación por segunda vez—. ¡Maldito trasto! Espera, voy a ver.

Recorrió la distancia desde las escaleras hasta el ascensor y pulsó el botón. Aún les quedaba por revisar la décima y preferían dejar cuanto antes a los civiles en la azotea para que fueran evacuados lo antes posible, si no tendrían que llevarlos consigo. Un peligro constante que ninguna quería correr, y quince plantas para subir corriendo eran demasiadas, si los ascensores estaban operativos…

El timbre que anunciaba la llegada del aparato sonó, la puerta se abrió… y la llamarada saltó hacia delante, como una gigantesca lengua de fuego dispuesta a barrer cualquier cosa que encontrara en su camino.

Abby vio cómo su amiga salía volando hacia atrás y aterrizaba en el suelo, mientras el fuego se propagaba por las paredes y el techo. Quedó tendida allí, sin moverse, y Abby notó que la mano de la mujer apresaba su muñeca como si fuera un halcón que hubiera cazado una presa.

—¿Lo ve? —gritó—. ¡El fuego ha llegado aquí!

Abby miró a una y a otra, con la cabeza hecha un lío. ¿Qué debía hacer? Se suponía que lo primero era poner a los civiles a salvo: como bien les habían repetido en la academia, el bombero no elegía a quién salvar. E ir hasta Talisa no parecía lo más coherente, visto que el fuego se propagaba en dirección a las escaleras sin dar tregua.

Sabía que debía correr y poner a salvo a la mujer y el niño primero; después podría regresar a toda velocidad para rescatar a su amiga. Solo que las posibilidades de que la encontrara viva eran muy escasas y Abby lo sabía.

Abrió su radio, notando que empezaba a ser presa del pánico. No estaba capacitada para tomar aquella decisión, ¡no podía elegir!

—¡Soy Abby, tengo problemas en la novena planta y necesito ayuda! —exclamó—. ¡Por favor, que alguien me responda!

Los zumbidos se abrieron paso a través del ruido, como si alguien intentara contactar. Pero no lograba descifrar ninguno de los sonidos, reducidos a un galimatías sin sentido.

—Por favor —insistió—. Por favor, necesito que alguien me diga qué tengo que hacer. No puedo tomar esta decisión yo sola.

El crepitar se detuvo y de nuevo, el silencio como respuesta.

Empujó a la mujer hasta las escaleras, liberándose de su mano. Iba a hacer lo correcto, por supuesto que sí, lo que tenía que hacer.

En la azotea, Connor coordinaba sin descanso una evacuación que parecía infinita. Trabajaban con una escalera telescópica que media cincuenta y cinco metros y llegaba hasta la planta número quince. Quedaba por debajo de la azotea, así que él sujetaba a los civiles por arriba y Ekekiela los recogía desde la cabina hasta que esta se completaba.

El problema era la lentitud: hubieran necesitado al menos diez telescópicas para que el rescate fuera a buen ritmo, número que por supuesto no tenían.

Las cabinas solo podían recoger cinco o seis personas cada vez, y para evacuar un hotel aquello se quedaba muy corto. La gente estaba nerviosa e histérica, y se peleaban entre ellos para acceder los primeros, ignorando las filas que habían organizado sus hombres.

—¿Dónde está la otra telescópica? —preguntó, impaciente.

—Ya llega —respondió Eric, de la brigada tres—. Por la cara sur no llegaría tan cerca de la azotea, la entrada de la recepción no permite un buen acceso. La oeste no es mucho mejor, la grúa no entra en esa calle, es demasiado estrecha.

—¿Y la norte?

—Hacia allá va. La estructura tampoco es la mejor del mundo, pero podrá acercarse lo suficiente si coordinamos bien desde aquí. Agradeceríamos algo de ayuda para pasar a las víctimas hasta la cabina.

—¡Ekekiela! —exclamó, y el aludido se aproximó a toda velocidad—. Te necesitan por allí —dijo, señalando la ubicación con la cabeza—. La grúa no llega bien hasta la azotea.

—Veré lo que puedo hacer —afirmó él, y se alejó sin esperar un minuto más.

Connor estudió la zona: aquello era un desastre. La estructura del hotel no permitía que pudieran acceder con total libertad, pero tampoco era la primera vez que sucedía aquello.

—¡Basta! —vociferó, para acallar los gritos y quejas de la gente que aguardaba—. ¡Hacemos lo que podemos, así que un poco de calma, por favor!

Deseaba calmar los ánimos asegurando que estaban a salvo, pero los continuos estruendos que se oían por debajo de donde estaban no ayudaban en nada. Un hombre había metido la mano en el agua de la piscina, para comentar al momento que estaba bastante caliente. Connor repitió la operación, y no estaba caliente sin más: estaba ardiendo.

No deberían correr peligro, pero el rescate se estaba alargando más de la cuenta. Pese a sus esfuerzos, aún quedaba más de la mitad del personal civil aguardando su turno.

Entonces ladeó la cabeza y vio a Darren aparecer entre otros bomberos que corrían de un lado a otro agitando las mangueras.

—Me alegro de verte, ¡esto es un caos!

—¿Y tu cabestrillo? —preguntó Darren, levantando una ceja.

—Me lo he quitado, obvio. —Connor hizo una mueca—. ¿Cómo iba a trabajar con él puesto? No hubiera ofrecido mucha seguridad.

—No, claro. —Darren sacudió la cabeza, y observó a la gente—. Son demasiados.

—Esto está durando mucho, pero la otra telescópica está a punto de volverse operativa, en la cara norte del edificio. Ekekiela ha ido hacia allá, ¿me echas una mano con esto?

Darren asintió.

—¿Te funcionan las comunicaciones? —pregunto, mientras se acercaba hasta el borde de la terraza en espera de que la grúa regresara con su inquietante lentitud.

—Nada, solo estática y ruido. —Lo miró—. ¿No sabes nada de tu equipo?

—Nadie me contesta.

—No te preocupes, tienen recursos. La ausencia de noticias son buenas noticias, ¿no? —Hizo un gesto hasta la cabina, que acababa de llegar—. ¡Vamos, otro grupo de seis, y con calma!

Darren saltó al interior de la cabina para ayudar al siguiente grupo a entrar. Connor hacía una mueca de dolor cada vez que sujetaba a una persona por las axilas para después dejarla caer con cuidado hasta que su compañero la recogía, lo que no le pasó desapercibido a Darren.

El bombero que manejaba la grúa sacó la cabeza por la ventana lateral.

—¡Eh! —exclamó, hasta que Darren se giró—. ¡Mirad ahí! ¡Planta catorce!

Señaló con la cabeza una zona comprendida entre la fachada principal del hotel y justo donde comenzaba la cara oeste. En un balcón se divisaba un grupo de personas agitando las manos en su dirección.

Darren y Connor intercambiaron una mirada de preocupación, y el primero utilizó los prismáticos para echar un vistazo. Darren dio un golpe en la cabina para avisar al bombero de que estaba completa y subió a la azotea cuando Connor le tendió la mano.

—¿Cuántos? —preguntó.

—Cuatro, parecen. Tres niños y una mujer adulta. —Se frotó la frente, entregándole los prismáticos para que pudiera echar un vistazo.

Se mantuvo en silencio unos segundos. Una vez hubo asimilado aquello, explotó.

—¡Joder! ¡Joder! —gritó, furioso.

—Cálmate —le dijo Darren, devolviéndole los prismáticos.

—¿Cómo vamos a sacar a esa gente? —Se acercó a su altura y fijó la mirada en ellos—. ¿Y por qué demonios están ahí? ¡Tenemos bomberos por todas las plantas recogiendo gente! ¿Qué cojones hacen en esa puta terraza?

Darren no dijo nada. Conocía los estallidos de Connor, pero él prefería dedicar el tiempo a pensar qué hacían. Porque no se presentaba nada sencillo.

—Da igual el motivo por el que estén ahí. El caso es que están, y si no vuelven dentro es porque no pueden… o hay fuego cerca, o tienen algún otro problema. ¿Qué hacemos?

Connor se frotó la cara y los ojos, y soltó un suspiro.

—Olvida la grúa, Eric me acaba de decir que por esa calle no pueden entrar. Y desde aquí no llega ni de broma —resopló.

Los dos guardaron silencio unos segundos.

—Pues parece que solo queda una solución —dijo Connor, al final, y abrió su bolsa para sacar un puñado de cuerdas y arneses—. Uno de los dos tiene que ir hasta allí. El otro puede controlar el arnés desde aquí, por si… perdemos el equilibrio.

—¿Y una vez allí? ¿Mandamos a esos niños por el mismo camino?

—No seas sarcástico conmigo. Con cada uno en un lado manteniendo la cuerda tensa, si llevan el arnés pueden cruzar sin peligro.

—Son niños, Connor, ¿de verdad crees que serán capaces?

—Bueno, ¿tienes una idea mejor? Porque yo no.

De nuevo cruzaron una mirada, pero no, Darren no tenía una idea mejor. No confiaba en absoluto en que tres críos fueran capaces de cruzar de fachada a fachada enganchados a una cuerda como si fueran monos expertos, pero Connor tenía razón: no parecía haber más opciones.

—Iré yo —dijo.

—No, la idea ha sido mía y es justo que… —empezó Connor.

—Sí, tienes razón. Con ese hombro flojo parece lo más oportuno —murmuró Darren.

Connor le sostuvo la mirada unos segundos, pensando en replicar. Podía hacerse el duro, decir que estaba en plenas facultades, pero sería mentira. Puede que se sintiera al noventa por cien y totalmente capaz de coordinar y efectuar casi todas las tareas, pero ahí Darren estaba en lo cierto. No era lo mismo que te fallara el hombro en la azotea o sacudiendo la manguera que cruzando una fachada con tan solo un arnés.

No podía poner en peligro a esos niños ni a nadie por algo así. Necesitaban que uno de los dos llegara sano y salvo al otro lado.

—¿De acuerdo? —preguntó Darren.

—De acuerdo —aceptó.

—No te preocupes. Usa tu brazo bueno si me despeño y tienes que sujetarme.

—No me hace gracia.

—Nada te la hace —comentó Darren, quitándose la máscara y el tanque de oxígeno, además del impermeable.

Connor estuvo a punto de recriminarle por ello, ¿y si al llegar el cuarto estaba en llamas? Pero entendía que debía librarse de todo el peso innecesario si pretendía moverse con agilidad.

Expulsó el aire retenido y volvió a pasarse la mano por la frente. Odiaba esos rescates tan peligrosos, y más si había niños en la ecuación.

CAPÍTULO 19

Abby se giró hacia la mujer, que mantenía a su hijo aferrado contra ella, y la hizo retroceder hacia las escaleras.

—Espere aquí un minuto —ordenó, sin atreverse a mandarla sola hacia el piso superior por si acaso había peligro.

Ella afirmó, sin emitir el menor sonido.

Abby no lo pensó más. De ninguna manera iba a abandonar a Talisa a su suerte en medio de un pasillo en llamas: el traje que llevaban les daría algo de margen, la sacaría de la zona crítica y después pondría a salvo a las personas que habían encontrado.

Cruzó el pasillo lo más deprisa posible. El calor, el humo y la ceniza volaban a su alrededor como si pretendieran echarse sobre ella, el ruido de su propia respiración dentro de la máscara era ensordecedor. El fuego empezaba a tomar una dimensión importante, debía darse prisa.

Se agachó junto a Talisa y la movió un poco para ver si solo se trataba de una pérdida de conocimiento sin importancia o era algo más. La máscara se había desencajado del sitio, así como el tanque de oxígeno, por lo que se deshizo de ambos y la examinó: tenía algún rasguño, pero a simple vista nada más, excepto quizá los gases tóxicos del humo.

La rubia parpadeó, abrió los ojos y la miró, desubicada.

—¡Vamos! —urgió Abby, haciendo fuerza para levantarla.

Talisa se dejó incorporar, aún confusa y sin saber qué había pasado. Al darse cuenta de la presencia de llamas por todas partes pareció alarmada y miró a su alrededor, buscando la máscara.

—¡Déjalo, tenemos que salir de aquí!

Deshizo el camino de regreso a las escaleras, esquivando chispazos y cenizas que caían sobre ambas. Tirar de la rubia no resultó tan complicado al colaborar esta en la medida de sus posibilidades, pero en cuanto la oyó toser comenzó a preocuparse. Podía necesitar oxígeno inmediatamente, pero…

—¿Estás bien?

—¿Qué ha pasado? ¿He salido volando o algo así? Me duele todo.

—El ascensor ha lanzado una llamarada y luego ha explotado —informó Abby—. Toda la planta se ha incendiado, tenemos que irnos lo antes posible. Hay que llevar a…

Se giró hacia la escalera para notar que ya no había nadie allí.

—¡Mierda! —exclamó—. ¡Les dije que esperaran ahí!

—¿La madre y el hijo? —La morena asintió—. No pueden andar muy lejos. Vamos.

—Pero si al final es cierto lo del conducto de ventilación y van hacia arriba pueden estar en peligro, ¡¡joder!

—De todos modos, aquí tampoco podemos quedarnos. ¿Alguien comunica? —Talisa señaló su máscara, dado que ella había perdido la suya.

Abby empezó a subir las escaleras, al tiempo que hablaba por el comunicador.

—¡Aquí brigada dos! ¡La novena planta está en llamas y es imposible acceder por el ascensor a ninguna otra, nos dirigimos hacia arriba! ¿Vía libre?

Hubo un segundo de silencio, y de repente sonaron voces confusas, como si alguien tratara de hablar y fuera interrumpido de manera continua.

—… hacia arriba… grúa norte…

—¡Por favor, no se escucha bien! ¡Necesitamos información!

—Déjalo. —Talisa le dio en el hombro—. Está claro que hacia abajo no hay salida, así que…

Y señaló las escaleras con la cabeza. Abby afirmó, dejando por imposible el tema de la radio, y ambas comenzaron a subir hasta llegar a la planta diez. Allí, el humo era tan intenso como en la planta anterior.

—¡A la terraza! —Abby señaló con el dedo el final del pasillo, donde se veían dos puertas de cristal abiertas.

Allí se encontraban, en efecto, la madre y su hijo, ambos haciendo gestos para llamar la atención de la grúa que trabajaba en la cara este. Abby suspiró de alivio al verlos y volvió a pulsar el comunicador, que de pronto comenzó a emitir pitidos.

—¿Brigada dos? ¡Que alguien comunique, por favor!

—¿Connor, eres tú? —preguntó ella, atónita.

—¿Abby? —respondió Connor, con el mismo tono de sorpresa— . ¿Dónde estáis? —Al momento recuperó su tono autoritario habitual—. ¡Darren lleva un rato tratando de que alguien de su puto equipo responda y hasta ahora nadie lo ha hecho!

Abby miró a Talisa al mismo tiempo que articulaba «Connor» con los labios.

—Cara este, en la terraza de la planta décima, dos personas —informó—. Ahí dentro era imposible escuchar nada, solo ruido y estática. ¿No sabéis nada de los demás?

—No —replicó él, y segundos después añadió—: Vale, ya os veo. Por aquí la evacuación va muy lenta, ¿creéis que podríais bajarlos de alguna forma segura?

La morena se mordió el labio, mirando los dos rostros angustiados que tenían delante. Diez pisos no era demasiado para ellas, pero para civiles sin experiencia si podía serlo, además de los nervios, tensión y miedo de estar atrapados en un edificio en llamas.

Talisa la observaba, impaciente.

—¿Abby, lo ves posible? —insistió Connor—. No es por meter prisa, pero aquí arriba tenemos una situación un poco difícil.

—Tengo los arneses —dijo ella—. Necesito dos escaleras.

—Ahora mismo te las consigo —respondió Connor al momento—. Mucho cuidado, ¿vale? Nos veremos abajo.

Connor cortó la comunicación y ella se giró hacia la rubia.

—¿Y bien? —preguntó esta—. ¿Nos mandan la telescópica?

—Parece que están desbordados en la azotea. Hay dos trabajando sin descanso… nos va a mandar dos escaleras.

Talisa procesó sus palabras y comprendió.

—¿Escaleras? —repitió la mujer—. ¿Qué significa eso? ¡Dijiste que nos recogería una grúa si veníamos a una terraza!

—Lo sé, pero hay demasiada gente ahí arriba.

—¿Y cómo vamos a bajar? ¡Ni siquiera me atrevo a mirar hacia abajo, como para poner el pie en una escalera! Y el niño… —Lo apretó más contra ella—. Está muy asustado. Si pensáis que podrá bajar diez pisos… ¿y si resbala y se cae?

Abby asentía al escucharla, porque comprendía su preocupación. ¿Cómo hacerle entender que cuando el cuerpo estaba desbordado no dependía de ellas?

—Tranquila —dijo, tratando al mismo tiempo de calmarse a sí misma—. Sé que esto da miedo y estamos aquí para protegeros. Pero…

La señora miró por encima de su hombro y palideció, en parte porque las escaleras acababan de golpear contra la barandilla. Tanto Abby como Talisa sabían que abajo había personal encargado de sujetarlas y hasta con lona de seguridad, pero claro, las cosas desde arriba se veían de otro modo.

—Escuche…

—Los llevaremos —interrumpió la rubia.

—¿Qué? —preguntó Abby.

—¿Qué? —repitió la mujer, estupefacta.

—Es muy fácil. —Talisa se deshizo de su mochila y sacó el arnés, que agitó ante ellos—. Les pondremos el arnés y así estarán más seguros.

—¿Por llevarlos te refieres a cargados en la espalda? —preguntó Abby.

—Sí, eso es. —Se apartó un segundo para bajar el tono y que así solo la escuchara su compañera—. Aquí estamos perdiendo el tiempo. Esta gente no bajará nunca por propia voluntad, hay demasiada altura y tienen miedo. Yo llevó al crío y tú a ella, ¿crees que podrás?

Abby la miró de reojo. Era de constitución normal, pero si Talisa había conseguido cargarla a ella en la academia…

—Vale —dijo, al darse cuenta de que era la mejor opción—. Lo haremos así. —Se giró hacia la mujer con aspecto resuelto—. Voy a ponerte el arnés.

—Pero…

—A ver, señora —intervino de nuevo Talisa—, puede decidir qué le da más miedo: si bajar colgada por las escaleras o esperar aquí a que el fuego nos alcance.

La mujer guardó silencio.

—Pues decidido. —La rubia hizo un gesto al niño—. Tú, ven conmigo.

Abby no terminaba de verlo del todo claro. ¿Cómo se las apañarían para subir a la escalera con aquel peso a sus espaldas?

Talisa terminó de abrochar el arnés al niño y le dio una palmadita.

—Bien, ahora escúchame —dijo—: En cuanto estés encima, engancha esto en la correa de mi cintura y estarás sujeto a mí. Agárrate con todas tus fuerzas, ¿vale? Cierra los ojos si lo prefieres.

La morena la seguía con la mirada, atónita, ¡lo iba a hacer! El niño no era especialmente alto, pero Talisa tampoco, claro.

En cuanto este estuvo colocado en su espalda, Abby comprobó que su arnés quedaba enganchado al de Talisa y miró a la chica. Sintió como la madre la agarraba con fuerza de la muñeca, asustada, pero no se le ocurrió nada que pudiera decir para calmarla.

—Vamos allá —dijo Talisa—. ¿Estás bien sujeto?

Tras refrescar todo el pasillo al que habían llegado a través de la ventana, Camilla cerró la salida de agua y miró hacia atrás. Jesse sujetaba la manguera, sin moverse de donde estaba.

—Ahora tenemos que ir a revisar las habitaciones —dijo ella.

—¿Qué? No, no, seguimos con el agua, es más seguro.

—Nos han encargado la quinta y la sexta, así que vamos a revisar aquí, volvemos al terminar y subimos por fuera para poder llevar la manguera. —Él seguía negando con la cabeza, pero Camilla no estaba para tonterías, así que dejó la manguera y se acercó para tirar de su manga—. Vamos, no podemos esperar. El fuego se extiende, Jesse.

Le costó que avanzara y pareció que tardaban una eternidad en revisar todas las habitaciones de aquel pasillo. A cada paso, cada vez más cerca de las escaleras interiores, parecía que Jesse iba más lento. Tuvo que tirar de él más de una vez, y para cuando terminaron comenzaba a desesperarse.

Volvieron sobre sus pasos para recoger la manguera y vio cómo Jesse miraba hacia abajo.

—¿Hay fuego debajo de nosotros? —preguntó ella, preocupada.

—No, pero…

—Pues entonces sal y subimos, venga.

—Quizá debiéramos bajar, ¿no? Es más seguro.

Se daba cuenta de que se repetía, pero sentía como si su cerebro fuera a cámara lenta, no podía pensar con claridad y lo único que quería era salir de allí cuanto antes. Aunque hubieran refrescado la zona, el fuego podía alcanzarlos en cualquier momento. Si por el otro lado subía a toda velocidad, ¿qué le aseguraba que no les pillaría en cualquier momento? Se había iniciado en la tercera, joder, eso quería decir que eran los que más cerca estaban.

—¿Cómo saldremos? —preguntó, manteniéndose inmóvil.

—Pues por la azotea, como todos. Vamos hacia fuera.

Se echó la manguera al hombro y lo empujó hasta la ventana. Menudo momento que había escogido para dudar; entendía que tuviera un ataque de pánico o lo que fuera, ella también tenía miedo, pero lo había apartado a una esquina de su mente para centrarse en hacer su trabajo. Y salir viva de aquello, claro.

Al asomarse vio que el humo salía también de la cuarta planta. Eso quería decir que ya había llegado no solo a esa ala, sino que también ascendía. Que hubieran mangueado la quinta lo frenaría un poco, pero tendrían que darse prisa. Volvió a empujar a Jesse para que saliera y subió detrás de él, asegurándose así de que seguía a su lado. Al llegar al pasillo, de nuevo el chico se quedó junto a la ventana, pero Camilla le entregó la boca de la manguera y lo obligó a avanzar mientras la abría.

—El fuego está subiendo —dijo él.

—Cállate y apunta. —Cogió la radio—. Estamos mangueando la sexta planta, el fuego se ha extendido hasta la cuarta. —Esperó, pero solo oía estática—. Hey, ¿me oye alguien?

—¿No funciona la radio? —El pánico era patente en la voz de Jesse—. Camilla, vámonos, tenemos que salir de aquí.

—No sin revisar las habitaciones. Sigue con el agua, empezaré a mirar.

Cogió el hacha y comenzó a registrar las habitaciones. Sabía que no deberían separarse, pero si quería que el fuego no los alcanzara debían darse prisa y era la única forma que se le ocurrió.

—… hacia arriba —escuchó por la radio—. Trasladamos escalera uno, repito, trasladamos escalera…

Y entonces notó que ya no caía agua cerca. Se giró y descubrió que Jesse había cerrado la manguera y estaba asomado a la ventana, agitando los brazos. Corrió hacia él y lo apartó de un tirón.

—¿Qué haces? —gritó.

—¡Nos han quitado la escalera! No vamos a poder salir de aquí, Camilla.

—Saldremos por dentro. Vamos a dejar la manguera abierta, terminamos las habitaciones y subimos por el interior.

Él no parecía escucharla, seguía intentando ir hacia la ventana y al final la chica optó por darle una bofetada que le giró la cabeza. Jesse la miró, tocándose la cara, y tragó saliva.

—¿Estás conmigo? —gritó ella, cogiéndolo por los brazos.

Jesse afirmó, aunque su mente solo le gritaba que saliera de allí como fuera. Siguió a Camilla como un autómata, atravesando el pasillo y revisando las habitaciones que quedaban. Al llegar al hueco de la escalera se asomaron y tuvieron que echarse hacia atrás cuando llegó el humo.

—Mascarillas —dijo Camilla.

Jesse sacó la suya con manos temblorosas y se le cayó al suelo. Al ir a cogerla, sintió que se mareaba y en lugar de agarrarla, la empujó y cayó por el hueco. Se quedó mirando cómo caía y desaparecía entre el humo, mientras Camilla tiraba de él hacia atrás con la suya puesta.

—¡Jesse, reacciona, vas a ahogarte!

Pero él tenía la mirada perdida. Camilla lo arrastró como pudo escaleras arriba, pero solo consiguió hacerlo durante una planta: pesaba demasiado y, además, se resistía a ser empujado, así que lo dejó apoyado en una pared y se quitó su mascarilla para ponérsela. Corrió de una ventana a otra, buscando cómo salir, hasta localizar una bajo la cual habían colocado una lona. Intentó avisar por radio, pero por segunda vez solo recibió chasquidos. Joder, ¿dónde estarían los demás? ¿Estarían bien? Su última conversación con Talisa vino a su mente, «comida india». Ni siquiera le había dirigido la palabra aquellos días en la casa; ojalá estuviera bien, lo primero que pensaba hacer cuando salieran de aquel infierno era ir a hablar con ella y arreglar las cosas. Era más que su amiga, era como su hermana, y no podía dejar que algo así las distanciara. En aquel momento, todo le parecía de lo más estúpido. Sí, le había mentido, pero ella también había estado demasiado obsesionada con Darren… y encima teniendo a Jesse, al que también debía una disculpa.

Regresó junto a él, tosiendo porque el humo y los gases invadían toda la zona.

—Vamos, saldremos por allí —le indicó.

—No puedo moverme.

—Pues claro que puedes.

A pesar de que casi no veía con el humo y de los accesos violentos de tos, Camilla consiguió llevarlo hasta allí. Hizo gestos para que los vieran y, cuando comprobó que estaban preparados, lo arrimó a la ventana.

—Ahora saltaremos —dijo.

—No, no, no pienso hacerlo, está demasiado alto.

Camilla lo movió como pudo y, sin hacer caso de sus protestas, lo empujó. Sin aliento y con la espalda dolorida por el esfuerzo, lo vio caer y aterrizar sano y salvo sobre la lona. Aliviada, levantó la pierna para salir también, pero entonces la radio emitió varios chasquidos y escuchó la voz de Abby. No podía oír bien lo que decía, pero entendió que estaba en apuros en la planta novena. Esperó un poco, pero nadie contestaba; no sabía si alguien más la habría oído o cómo de grave era la situación, pero quitó la pierna de la ventana. Aunque les hubiera traicionado, seguía siendo una compañera y, además, había visto que entraba con Darren y Talisa, así que quizá ellos estaban heridos y por eso pedía ayuda.

La humareda del pasillo lo hacía prácticamente irrespirable y se dio cuenta de que no había recuperado su máscara, seguía con Jesse.

Así que se cubrió la cara con el brazo y cogió aire para avanzar intentando no respirar. Al pasar junto al ascensor, notó que salía mucho calor de él, por lo que dedujo que el incendio había subido por allí y llegaba a más plantas. El humo comenzaba a cegarla, pero siguió avanzando al ver que por las rendijas de la puerta se filtraban llamas y alcanzaban la alfombra. Aunque la habían mojado, el fuego era demasiado fuerte y no se detenía. Cada vez veía menos y notó que se mareaba ligeramente, pero no podía seguir sin respirar y aunque cada bocanada sentía que la envenenaba, no le quedaba otra. Le pareció ver unas figuras en el humo, ¿serían bomberos, gente atrapada…? No podía saberlo, pero entonces creyó escuchar voces femeninas.

—¿Talisa? —preguntó, mirando a su alrededor sin ver nada en realidad—. ¿Abby?

El humo se movió delante de ella, formando sombras, y con las pocas fuerzas que le quedaban, corrió hacia allí. Tenía que avisarlas de que no bajaran, era peligroso y morirían todos. Pero cuando llegó a donde pensaba que estaban, alargó los brazos hacia delante y solo se encontró con el vacío. Debía estar delirando, lo cual no era extraño teniendo en cuenta todo lo que había respirado. Tropezó con algo y el impulso la llevó hacia delante, pero ya no pudo hacer nada: la barandilla de la escalera golpeó su cintura y cayó, sin poder agarrarse a nada. Ni siquiera pudo gritar, con la garganta quemada por el calor. El fuego y el humo la engulleron, pero antes de que fuera consciente de lo que ocurría, su cuerpo golpeó el suelo y quedó tendida en medio de un charco de sangre, rodeada de llamas y con los ojos fijos en el hueco de la escalera.

Connor retorcía una mano tras otra, sin apartar la mirada de la fachada. Estaba nervioso, desde el momento en que había ayudado a Darren a abrocharse el arnés hasta el momento de comprobar que la cuerda estaba bien, sin marcas ni desgastes visibles.

Tenía la sensación de que era algo que debería hacer él y que había accedido muy deprisa cuando Darren se ofreció a llevarlo a cabo. Pero no confiaba del todo en que su hombro respondiera del todo bien y no podían permitirse ni un solo fallo.

Los niños… siempre llevaba mal ver a niños en peligro. No era que no le preocupara el resto, pero aquello era superior a él.

—¿Estás bien? Te has puesto muy pálido.

—Sí, es todo esto. —Señaló la azotea con un la cabeza—. ¿Has comprobado que los cierres estén bien?

—Ajá. Tú no sueltes la cuerda.

Connor asintió, dándole una palmadita. Si la soltaba tendrían problemas añadidos, pues sin cuerda aquella gente no tendría manera de llegar hasta allí, y mandarlos sin sujeción era una muerte segura. Ya tenía sus dudas de que ese rescate se saldara de buena manera…

Notó cómo la cuerda se desenrollaba poco a poco, según Darren se alejaba.

Este dudó un segundo antes de pasar al bordillo y echó un vistazo hacia abajo. Era probable que las lonas aparecieran de un momento a otro porque nunca estaban fijas, sino que se iban moviendo según las necesidades, pero por ahora iba sin ellas.

No era la primera vez que le tocaba deslizarse por los bordillos de una fachada, una tarea peligrosa y lenta, pero se le daba bien concentrarse. Sabía que tenía que dejar la mente en blanco y centrarse en avanzar sin prisa, pero sin detenerse.

Antes de posar el pie se aseguraba de la estabilidad y entonces seguía. Mientras alguna piedra no se desprendiera por sorpresa se sentía relativamente tranquilo, y gracias a su sangre fría en ciertos momentos había llevado montones de rescates a buen puerto.

—¿Qué tal vas? —exclamó la voz de Connor, sacándole de su estado de concentración.

—Joder, pues si me pegas estos sustos…

—Perdona. Ya casi estás.

Era verdad. Los tres niños y su madre se habían apartado hasta un extremo de la terraza para hacerle sitio y que pudiera entrar. Al estar más cerca, Darren se dio cuenta de que el borde quedaba un poco por encima de la barandilla, lo que era mala suerte: siempre resultaba más fácil bajar los pies hasta encontrar apoyo que tener que subir, pero no había nada que pudiera hacer al respecto.

Saltó al interior de la terraza al llegar y se quitó la máscara.

—¿Estáis todos bien? —preguntó, y las caritas anonadadas de los niños asintieron—. Perfecto, ¿y usted? —preguntó, dirigiéndose a la madre.

—Sí —dijo ella, con voz preocupada.

Darren se asomó al interior de la planta, y casi al momento retrocedió: todo ardía. Si el humo aún no había salido era porque las puertas de la terraza estaban cerradas, pero aquello también resultaba un peligro, pues podían reventar en cualquier momento.

Vale, esa era la respuesta a por qué estaban fuera: el fuego los había arrinconado. ¿Acaso todo el edificio estaba igual?

No había recibido noticias de ninguno de los suyos desde hacía demasiado tiempo. Eso lo tenía preocupado e inquieto, la idea de perder a alguno de su equipo…

Por no hablar de Talisa. Se arrepentía de haberla dejado sola con Abby, sabía que estaba capacitada, pero el incendio se había complicado mucho y ahora el hotel parecía una ratonera. El fuego se extendía sin tregua hacia arriba, y aunque por todas las ventabas se veían escaleras y bomberos, lonas y mangueras, nunca se sabía qué podía pasar.

Pero no podía permitir que esos pensamientos lo distrajeran, no en aquel momento. Se reunió de nuevo con la madre y los niños, que se parecían mucho entre ellos, además de estar en una sorprendente calma.

—Vaya, ¿sois trillizos? —Los tres asintieron, y él miró a la madre—. Bien, le explicaré cómo vamos a llevar a cabo el rescate.

Ella asintió, con una mirada de gratitud que lo hizo sentir incómodo.

—¿Vendrán a por nosotros?

—No, las grúas no pueden acceder hasta aquí. No son tan largas.

—¿Y por ese lado?

—Por esa calle tampoco pueden entrar.

—¿Y cómo salimos?

—¿Se ha fijado por dónde he venido yo? —La mujer asintió—. Pues por ahí.

Vio cómo su cerebro se esforzaba en comprender una manera sencilla de desandar el camino que él había recorrido. No la encontraba porque no existía, claro, y la vio soltar una risita de nerviosismo.

—¿Cómo?

—Será muy fácil —mintió Darren, y se agachó frente a los tres hermanos—. Os voy a poner un arnés a cada uno.

—¿Cómo los del rocódromo? —preguntó uno de ellos.

—Exacto, igual que esos.

—Nos gusta el rocódromo —añadió otro.

—Bueno, va a ser algo parecido. El arnés irá sujeto a esta cuerda —dijo, agarrándola—. Estará tensa porque mi compañero que está al otro lado la tiene sujeta.

Los trillizos lo miraron, dibujando la idea en sus pequeñas cabezas.

—¿Es como hacer escalada en línea recta?

—Exactamente así, pero teniendo mucho cuidado con dónde ponéis los pies. Primero aseguráis uno y después otro, sin pararse. Podéis sujetaros a la pared si os sentís más cómodos.

Miró a la madre, que parecía la viva imagen de un fantasma. La comprendía, por supuesto, pero su explicación sobre la situación había sido lo bastante precisa como para que estuviera atenta.

—¿Y si nos caemos?

—No os vais a caer, recordad que estaréis enganchados a la cuerda. Yo la sujeto desde aquí y mi compañero desde allí. Como mucho habrá algún balanceo que otro.

No añadió que, si quedaban suspendidos en el aire, el rescate sería harto difícil. Eran bomberos, no escaladores profesionales. Y meter un helicóptero ahí resultaba impensable.

—En el rocódromo siempre hemos subido hacia arriba. Y si había que bajar, te descolgabas y el monitor te recogía.

—Pero es más fácil ir en línea recta que hacia arriba, ¿no?

Los trillizos alzaron la vista hacia su madre.

—Vale, escuchad —dijo ella, agachándose—. Todo va a salir bien. Tenemos que hacer caso de todo lo que nos está diciendo. Es igual que en el rocódromo, asegurad un pie antes de posar el otro, y no miréis abajo. Tened mucho cuidado y al otro lado os recogerán.

—¿Y nos darás helado?

Darren alzó una ceja al escuchar aquella pregunta. Miró al niño que la había formulado y este se encogió de hombros.

—No nos dan azúcar nunca. Somos realfooders o como se diga —explicó—. Los procesados y los azúcares refinados están prohibidos.

—Entiendo —dijo Darren, preguntándose qué edad tendrían aquellos tres para hablar de ese modo.

—Si lo hacéis bien a la primera os daré todo el helado que queráis —prometió su madre.

—¿Una semana?

—Sí, una semana entera —dijo la mujer, que no sabía si reír o llorar.

Un tercer hermano se asomó a la barandilla.

—Está muy, muy alto —observó.

—No te vas a caer —le respondió otro.

—¿Cómo lo sabes?

—Tienes que hacer caso del bombero. Es quien manda —comentó el tercero—. ¿No, mamá?

—Sí, cariño, me temo que sí.

Darren dejó caer la bolsa a sus pies y le tendió la cuerda a la mujer.

—Ha estado muy bien con ellos —dijo—. Sujétela y no la suelte. Voy a poner esto a los niños.

—Seguro que esta pregunta es ridícula, pero… yo también tendré que cruzar así, ¿verdad?

—Sí, me temo que sí. —Él sacó el manojo de arneses y desenganchó unos de otros, liberando los cierres—. Tiene suerte, sus hijos van al rocódromo y están familiarizados con esto. Los niños son más valientes de lo que pensamos.

—Más que yo, no lo dudo.

Dentro sonó una explosión cercana, lo suficiente para que ella pegara un respingo.

—Esto no es seguro —comentó Darren—. Hay que darse prisa. ¿Quién será el primer valiente?

Los tres hermanos cambiaron una mirada entre ellos, hasta que finalmente uno alzó la mano.

—Yo nací el primero —explicó a Darren.

—Muy bien, ven aquí.

Darren se agachó para asegurarse de que el niño metía ambas piernas en el juego de cuerdas. Si el arnés no se colocaba bien podía resultar muy peligroso. En una ocasión, un hombre mayor no había metido las piernas, limitándose a rodearse la cintura con él, y al primer tirón esta había resbalado hasta su cuello.

Por suerte, estaba él para asegurarse de que todo iba en su sitio. Le dio una palmadita de ánimo y abrochó el gancho principal a la cuerda que aún sujetaba su madre. Después, levantó al chiquillo hasta la barandilla y fue a reemplazar a la mujer para mantener la cuerda tensa.

—¿Preparado? —preguntó, y el primer niño dudó una breve milésima de segundos antes de afirmar con la cabeza—. Recuerda, asegura un pie antes de levantar el otro. Concéntrate en seguir adelante y en nada estarás con mi compañero.

La madre forzó una sonrisa dedicada a su hijo, aunque se veía claramente que estaba a un paso de la histeria. Darren la comprendía, pero le preocupaba más el fuego que veía en el interior de la habitación. Si explotaba…

Permaneció tenso mientras observaba al niño vacilar. Tenía que coger un pequeño impulso para subir al alféizar por el cual debía moverse y esa era la parte que lo preocupaba más, si ahí perdía el equilibrio quizás no quisiera volver a intentarlo, lo que no podía permitir. No había tiempo.

Pero lo hizo bien. Se impulsó con la parte superior del tronco y al momento quedó pegado a la pared. Miró por encima de su hombro.

—¡Neil, cariño, mejor no mires hacia abajo! —exclamó su madre, muerta de preocupación.

Con una lentitud desesperante, el niño comenzó a dar pasos siguiendo la dirección de la cuerda.

Una vez con el niño a sus espaldas, Talisa se tomó unos segundos para calmarlo y preguntarle su nombre. El chiquillo se llamaba Tobias, y dado que tendría que dirigirse a él en algún momento mientras descendían, mejor llamarlo por el nombre para que así estuviera más tranquilo.

Para tener doce años tenía un peso más que respetable, pero no había nada que pudiera hacer. Estaban preparadas para ese tipo de rescates y debían tratar de facilitar el trabajo, no ocasionarles más a los equipos de la azotea, que seguían muy atareados.

Había dejado su máscara atrás, y con ella la radio de comunicación. Le preocupaban el resto de sus compañeros y también Darren… aquel incendio estaba resultando un completo y absoluto caos.

Había tenido un breve momento de tensión al tener que sacar medio cuerpo al vacío con aquel peso extra encima, pero no tardó en encontrar el apoyo de la escalera y eso la tranquilizó. Lo malo era Tobias: se movía demasiado, tratando de girar el cuello para mirar hacia abajo, y eso corría el riesgo de desestabilizarlos.

—Por favor, trata de no moverte —pidió—. ¡Puedes hacerme perder el equilibrio!

Abby la observaba desde arriba, preocupada. Sí, ese era justo el problema: transportar gente no era como cargar un jamón, las personas se movían de un lado a otro, se agitaban si estaban nerviosos… y entonces comprendió lo difícil que era asumir que los civiles dependían de ellos. Estaban en sus manos por completo. Y ella, ¿se veía capaz de hacerse cargo? ¿Y si perdía a alguno, cómo enfrentarse a algo así?

Apretó las manos en la barandilla, sin quitar la mirada de Talisa. Iba despacio, pero segura, y el niño parecía un poco más relajado.

—Está bien —dijo, mirando a la mujer—. ¿Cuál es tu nombre?

—Patricia —murmuró ella.

—Yo soy Abby. —Se acercó con el arnés en las manos—. Muy bien, vamos a ponerte esto.

Le colocó el arnés y se incorporó, dejando salir el aire retenido. Llegaba la parte difícil, así que subió a la barandilla y de ahí pasó a la escalera.

—Vamos. —Le hizo un gesto—. Adelante.

Había valorado tratar de hacerlo con ella encima, pero era imposible. Levantar todo aquel peso para subir a la barandilla y después pasar a la escalera… Era más sencillo que Patricia se colgara sobre ella una vez estuviera acomodada. Si ella controlaba los nervios no tenía por qué haber problemas, pero no parecía que lo hiciera.

—¿Te asustan las alturas, Patricia? —preguntó, al verla dudar.

—No. Bueno, creía que no, pero… —Miró abajo y rápidamente desvió la vista.

—Tómate tu tiempo.

La señora cogió aire y se sentó sobre la barandilla. Le costó unos minutos conseguir quedar de pie en ella, pero lo consiguió. Los tres pasos que había hasta la escalera parecieron eternos a ojos de Abby.

—Muy bien —dijo esta, cuando estuvo a su altura—. Ahora, muy despacio, cógete a mí. Haz fuerza con el brazo en la barandilla todo el tiempo que puedas y no te preocupes por la escalera, son muy resistentes.

Patricia dudaba.

—Busca apoyo en los pies para abrochar tu arnés al mío y después te enganchas con los brazos y las piernas, como cuando jugabas al caballito con tu hijo, ¿vale? ¿Lista?

La mujer cogió aire y se deslizó hacia ella. Abby sintió la presión empujando hacia abajo cuando se colgó como un peso muerto sobre su espalda. Se mantuvo sujeta haciendo fuerza y entonces la presión bajó ligeramente cuando Patricia apoyó los pies en la escalera, un par de peldaños más abajo de donde estaba ella.

Escuchó el click que necesitaba oír y después Patricia siguió sus indicaciones: se agarró a ella como si le fuera la vida en ello, demasiado.

Abby bajó un peldaño con dificultad.

—Afloja un poco la presión —pidió—. Vas a ahogarme si no.

Patricia obedeció, aflojando un poco su presa, aunque no del todo. Abby inició el descenso, notando que empezaba a sudar. Notó un balanceo y se detuvo, azorada.

—¡Por favor, trata de moverte lo menos posible! —exclamó—. ¡Podemos caer ambas!

—Lo siento, ¡lo siento! Es que estoy… por favor, volvamos arriba.

—¿Qué? No, ni hablar. Tenemos que bajar —negó Abby—. Voy a dejarte en la calle sana y salva, ¡solo tienes que estarte quieta!

Volvió a descender, pero esa vez, Patricia se movió con más ahínco. Abby trató de estabilizar a ambas, pero era imposible poder centrarse en pisar donde debía con una mujer que se movía como una peonza subida en sus hombros.

—¡Basta o iremos las dos al suelo! ¡Por favor, estate quieta!

—¡Quiero regresar! —farfulló la mujer, contra su cuello.

Abby estuvo a punto de perder el equilibrio ante los zarandeos, pero logró sujetarse. Quedó agarrada a la escalera, respirando de forma agitada, y sin atreverse a mirar abajo por si las lonas habían desaparecido.

Ese rescate era un maldito desastre, pero no podía volver arriba. Allí no existía salida alguna y debía hacer lo mejor para la persona que transportaba, por mucho que la estuviera sacando de sus casillas. Pero en cuanto movía un pie para ponerse en marcha, la mujer se movía con ella, aunque no para ayudarla: o trataba de asirse a la escalera, algo sin sentido pues sabía de sobra que estaban unidas por el arnés, o se balanceaba haciendo que todo temblara.

—¡Patricia, tienes que parar! ¡No vamos a volver arriba, así que ya basta!

Agarró la escalera con toda la fuerza que logró sacar, y descendió otros dos peldaños mientras la mujer protestaba y le echaba las manos al cuello en un intento de sujetarse. Menos mal que aún llevaba la mascarilla, sino estaba convencida de que pisaría el suelo con la mitad del pelo.

No era culpa de la mujer, solo tenía un ataque de pánico. En el peor lugar y momento del mundo, pero así era los ataques de pánico, no solían avisar.

Bajó otro peldaño, y otro… y casi estaban casi a mitad de camino cuando Patricia reanudó sus zarandeos. Hizo fuerza y Abby notó que perdía el apoyo de los pies.

—¡Para! ¡Para, vamos a caer! ¡Vamos a…!

Entonces se soltó de la escalera y notó cómo caía al vacío.

Connor cogió al segundo niño en brazos cuando este completó el recorrido. Suspiró, aliviado, como cada vez que una persona se encontraba en una situación de peligro y esta llegaba a su fin. El primer niño, que respondía al nombre de Neil, había tardado una eternidad en llegar hasta donde lo esperaba, pero lo había hecho. Bien por ambos.

Pero no sobraba tiempo, en la última transmisión Darren había manifestado cierta urgencia por acabar con ese rescate, y es que la habitación de la terraza donde estaban era una olla a presión que podía estallar en cualquier momento.

Sin embargo, tenían las manos atadas. Nada podían hacer cuando la solución pasaba por un alféizar y un arnés: imposible correr.

—Hey, campeón —saludó, al soltarlo en el suelo—. ¿Y tú cómo te llamas?

—Matt —dijo este, acercándose a su otro hermano.

—Vaya par de hombrecitos, ¿eh? —Le palmeó la espalda con tanta fuerza que el niño se encogió, y acto seguido abrió la comunicación—. Venga, Darren, vamos al cincuenta por cien. Tenéis que salir ya de ahí.

Un pitido cortó la respuesta de Darren, superponiéndose a su voz.

—A todas las unidades, parece que tenemos algunas bajas.

—¿Qué? —preguntó Connor.

—Las plantas de abajo están sofocadas y ya están mangueando hacia arriba… pero sí.

—¿Quiénes?

—No sé nada de momento, informaré en cuanto me digan algo.

—¡Mierda! ¡Mierda, mierda!

—¿Qué pasa? —la voz de Darren volvió a ocupar su frecuencia.

—Alguien ha caído, pero no sé quién. —Connor se frotó la frente—. ¡Esto es una pesadilla!

En el otro extremo del edificio, Darren hizo el mismo gesto que su compañero. Era una malísima noticia saber que habían perdido gente, pero peor era no saber qué gente.

Sin embargo, no podía pensar en eso, debía seguir adelante con lo suyo. El tiempo que tenían era prestado, ni más ni menos. El tercer niño, Lance, ya estaba preparado. Y aunque ver a sus hermanos superar el paseo sin obstáculos le había infundado valor, de los tres parecía el más miedoso. No se decidía a subir de la barandilla al alféizar, así que Darren terminó por subirlo a pulso. No había tiempo para tonterías, no quería transmitir su preocupación, pero…

Acto seguido, preparó a la mujer. Esta observó cómo su tercer hijo daba pasitos de bebé sin querer soltar la pared.

—No sé si voy a ser capaz —murmuró.

—No queda más remedio. Si tus hijos pueden, no vas a ser menos. —Le abrochó todo y regresó su atención a la fachada, deseando que sus pensamientos impulsaran a aquel chaval a llegar de una vez.

Fue el trayecto más largo del mundo para Darren. Cuando la cuerda se aflojó al fin, indicativo de que Connor tenía en sus manos al tercer pequeño, soltó un suspiro de alivio y se giró a toda prisa hacia la madre.

—¿Ha llegado bien? ¿Ya lo tienen a salvo?

—Sí. Vamos, es tu turno.

—De verdad, no sé si voy a poder hacerlo…

—De verdad, no hay otra opción. Esas ventanas van a explotarnos encima de un momento a otro, y no sé tú, pero no me gustaría estar aquí cuando ocurra.

La mujer cogió aire y asintió. Se apoyó en su hombro para subir a la barandilla y de ahí pasó al bordillo con relativa facilidad. El primer paso le costó, el segundo también… y al tercero se vio más segura. Darren observó cómo revisaba los ganchos del arnés para asegurarse de que estaban bien atados, al igual que uno comprobaba varias veces el cinturón de seguridad en la montaña rusa. Ella le dedicó una mirada y él alzó el pulgar.

—Venga, vas muy bien. —Abrió la radio—. Connor, allá va la última. Avísame por aquí cuando la tengas.

—Recibido.

Connor se concentró en la cuarta figura, rodeado por los trillizos. Todos contemplaban absortos cómo su madre iniciaba el camino ya recorrido por ellos, y se agarraban unos a otros como para transmitirse apoyo.

—Lo conseguirá —dijo Connor, al verlos—. Y en cuanto lo haga podréis subir a una de esas. —Y señaló con la cabeza la grúa que continuaba trabajando a sus espaldas.

La azotea comenzaba a verse despejada, la mayor parte de los huéspedes del hotel habían sido evacuados y solo quedaban un par de grupos en espera, pero aún faltaba mucho para que el incendio estuviera controlado.

Connor contaba cada paso de la mujer, y pronto, la tuvo tan cerca que le bastó con alargar los brazos y cogerla en el aire hasta él. La depositó en el suelo y ella rompió a llorar, dejando salir el miedo y la tensión. Los trillizos corrieron a rodearla.

—Muchas gracias —farfulló la mujer en voz alta, pero sin dirigirse a nadie en particular.

—No tiene que darlas, es nuestro trabajo.

—Lo sé, pero aun así…

Y entonces oyeron la explosión.

Connor se dio la vuelta y cogió los prismáticos a toda velocidad para corroborar de dónde provenía aquel ruido: los cristales de la terraza habían explotado por el calor contenido de la habitación en llamas. No veía a Darren.

Saltó del borde de la terraza y cruzó a toda prisa la azotea para ir hasta la zona de equipamiento, donde estaba Ekekiela. Este lo observó cambiar su tanque de oxígeno y coger una mascarilla extra.

—¿Dónde vas? Aquí no hemos terminado.

—Me voy a por Darren.

—¿Qué?

—Está en la otra punta de la planta quince.

—¿Qué? —repitió Ekekiela.

—El sitio donde estaba acababa de explotar. Voy a por él.

Ekekiela le puso la mano en el hombro, que Connor miró alzando una ceja.

—Deja que vaya yo. No estás para rescatar a nadie. —Observó su hombro.

—No. Esa planta está en llamas y no sé cómo estará el camino hasta allí.

—¿Entonces?

—No voy a mandar a un bombero que lleva meses en el cuerpo, Ekekiela. Necesito que te quedes aquí y termines de coordinar la evacuación. ¿Lo harás?

Ekekiela asintió, despacio.

—Está bien, no te preocupes por eso, yo me encargo. Tú trae a Darren de vuelta.

—Si está vivo, lo haré.

Connor se marchó sin mirar atrás. No sabía nada: si Darren estaba vivo, si había salido volando por la terraza, si las llamas lo habían alcanzado, o quizás un cristal, pero igualmente tenía que ir a por él. Ekekiela era demasiado novato para poner pegas o conocer bien los procedimientos, si en su lugar hubiera estado cualquier otro capitán no se lo habrían permitido.

Después de todo el rescate mirando la terraza, conocía de sobra cómo llegar a ella. Encontró humo por la primera mitad de la planta, y focos de fuego en la segunda, pero eso no lo detuvo.

Las habitaciones más próximas a su destino arrojaban una pesada manta de humo, calor y llamaradas: todas aparecían en plena combustión.

Connor buscó la del final y le dio una patada a la puerta. El fuego le saltó prácticamente a la cara, haciendo que retrocediera. Se había propagado por completo, desde el techo hasta las paredes, pero se acercó todo lo posible para ver la terraza, ¡bingo!

Darren seguía allí, tirado en el suelo, y parecía inconsciente. No podía saber si estaba muerto, pero tenía que pensar en la manera de llegar hasta él.

Echó un vistazo a su alrededor por si descubría alguna manguera, pero los equipos no debían haber llegado todavía a esa planta, porque no había ninguna.

«¡Joder!»

Iba a tener que cruzar a pelo. Sin manguera, ni agua, ni ayuda. Solo él y que pasara lo que tenía que pasar, porque no iba a dejar a Darren allí.

Cogió aire y se metió en la habitación.

—¿Abby? ¿Estás bien?

La morena parpadeó hasta conseguir enfocar la mirada. Sus ojos solo veían el cielo nocturno plagado de estrellas de Pensacola, y tardó un momento en ser consciente de que estaba tumbada.

¡Dios, se habían caído de la escalera! ¿Y la mujer…?

Oyó un gemido bajo ella y entonces se incorporó.

—Despacio —dijo un bombero, tendiendo su mano—. Baje despacio, esto se mueve mucho aunque no lo parezca.

—Te ayudo —se apresuró a decir Talisa, sujetándola por el otro brazo.

Abby se arrastró como pudo fuera de la lona de seguridad, y entonces comprobó que los gemidos pertenecían a Patricia, que estaba bajo su cuerpo. Se frotó la cabeza, dolorida y perpleja, sin terminar de encajar lo ocurrido.

—Te caíste de la escalera —explicó Talisa, una vez estuvo en pie—. Te has dado un buen golpe, aunque creo que esa mujer estará peor. Aterrizaste sobre ella.

—No dejaba de moverse, si me caí fue por su culpa…

—Lo sé. Ven, ahí está Ryan, que te eche un vistazo.

La condujo del brazo hasta allí, sin querer soltarla por si se mareaba. Ryan hizo que se sentara y le quitó la máscara, que Talisa se apresuró a coger.

Mientras el chico desinfectaba los rasguños de su cara y le tocaba la cabeza y cuello para ver si sentía dolores, la rubia abrió la comunicación.

—Brigada dos, soy Talisa. Abby y yo estamos abajo después de un rescate complicado, ¿cómo va todo por ahí arriba?

—Hola, muchacha, aquí Costa —escuchó—. Casi todos evacuados, según he oído. Todavía hay pisos en llamas, estamos en ello.

—¿Sabéis algo de Darren?

—Hace un buen rato que no comunica por ninguna frecuencia.

Ella cortó con una mueca. Joder… vale que habían estado sin poder contactar un rato largo, pero la última vez Connor había informado sobre él, y ahora nada. ¿Dónde estaba, si la mayor parte de la gente estaba evacuada?

Dejó la mascarilla a los pies de Abby y se alejó de la zona donde los paramédicos atendían a cualquier lesionado.

La entrada del hotel parecía el escenario de una guerra. Había ambulancias, heridos en camillas, gente llorando, bomberos que corrían de un lado a otro, mangueras por doquier, escaleras tiradas en el suelo.

Talisa avanzó entre unos y otros, notando que algo caía sobre ella: ceniza.

Llovía ceniza.

Unos metros más allá, descubrió a Jesse sentado junto a dos camillas cubiertas. Tenía la cabeza apoyada sobre sus piernas y se frotaba las sienes.

Murmuró su nombre y él alzó la mirada. Estaba horriblemente pálido, y aunque su piel brillaba por el sudor, al mismo tiempo tiritaba.

—¿Dónde está Camilla? —preguntó ella.

Jesse miró de reojo las camillas que tenía a su lado. Talisa siguió su mirada, con el terrible presentimiento de que uno de aquellos dos cuerpos pertenecía a su amiga, pero sin querer aceptar la idea.

Aguardó a que el chico dijera algo, algo que sacara el pensamiento de su cabeza. Algo como… «Enseguida viene, está cogiendo el hacha del camión.»

Jesse no solo no lo dijo, sino que empezó a llorar. Talisa volvió a mirar los dos cuerpos cubiertos, ahora segura de que Camilla estaba ahí.

No podía ser, no se lo creía, pero al mismo tiempo, no era capaz de levantar la sábana para corroborarlo. Tampoco quería tener esa última visión de su amiga: sabía que no se le quitaría de la cabeza jamás.

Fue hasta donde Jesse y se sentó a su lado, poniendo una mano sobre el brazo del chico. Ninguno de los dos habló, ya no les quedaban fuerzas: parecía que las hubieran perdido esa noche.

No supo el rato que estuvo allí. Solo salió de aquel silencio terrible cuando empezó a ver movimiento en la entrada del hotel: más camillas, bomberos sacando gente, ambulancias que encendían sus sirenas y arrancaban sus motores de camino a un hospital que seguro estaría desbordado aquella noche.

Talisa se incorporó al ver a Connor. Tenía la cara cenicienta y el uniforme hecho jirones, e iba caminando apresurado junto a dos paramédicos en dirección a una de las ambulancias.

Si Connor estaba con Darren y ahora aparecía de esa guisa…

Se acercó a toda prisa hasta ellos y al ver a Darren en la camilla estuvo a punto de perder el equilibrio. Era más de lo que podía soportar.

—No está muerto —se apresuró a decir Connor, al ver su cara pálida y angustiada—. Pero tampoco sé exactamente qué tiene, le ha explotado una habitación encima.

Ella lo miró con expresión estúpida, como si no comprendiera sus palabras.

—Sube —dijo Connor, y la agarró del brazo para meterla dentro de la ambulancia al ver que no reaccionaba—. Ven al hospital.

El ruido de las puertas traseras cerrándose la sacó de su estado. Entre la mascarilla de oxígeno y la vía improvisada del brazo era verdad que Darren no parecía estar en su mejor momento. Continuaba inconsciente y tenía algunos cortes, pero era imposible evaluar los daños que no se veían a simple vista.

—No creo que tenga nada roto —comentó Connor—. Seguramente sea solo el golpe, aunque se lo llevó en la cabeza, eso sí. Pero tengo fe.

—¿Lo has sacado tú?

—¿Tanto se me nota?

—Te has quemado. —Señaló con la cabeza sus brazos, que mostraban quemaduras de primer grado, allí donde el fuego se había comido su uniforme.

—Estaba en una zona complicada.

Ella afirmó y volvió a mirar a Darren. ¿Cómo habían perdido tanto tiempo con tonterías? ¿Y si ya no tenían la oportunidad de…?

—Gracias—murmuró, con un nudo en la garganta.

Si había alguien ahí arriba, esperaba que no fuera tan cruel como para arrebatarle a dos personas que quería esa misma noche.

Como había imaginado, en el hospital reinaba el caos. Las salas de espera y los boxes de urgencias estaban llenos de gente, pero Connor intercambió dos palabras con la chica del mostrador y al instante aparecieron dos celadores para llevarse la camilla donde iba Darren.

Una enfermera se llevó a Talisa y a Connor a un cuarto, donde los examinó. La joven solo tenía unos rasguños en el rostro y el cuerpo dolorido de cuando había caído, pero Connor tenía quemaduras que tratar.

Talisa salió a buscar el lavabo y un café. No comprendía por qué la gente la miraba como si fuera un fantasma hasta que se vio en el espejo de los servicios.

Dios, parecía como si acabara de salir de una explosión.

Al ver su aspecto se dio cuenta de todo lo que habían perdido esa noche y no logró controlar las lágrimas. No importaba, mejor ahí que no en presencia de las personas ante las cuales debía ser la fuerte.

Abrió el grifo y se lavó la cara, dejando que la ceniza corriera por el desagüe al mismo ritmo que su tristeza. Lo de Camilla era un agujero negro que parecía absorberlo todo. Había perdido a su amiga sin ni siquiera llegar a reconciliarse. «Comida india» eran las últimas palabras que le había dedicado.

Una vez terminó de llorar y de lavarse la cara, se quitó el impermeable y lo dejó sobre el lavabo, constatando que el resto de su persona parecía estar bien. Se deshizo la coleta antes de que se volviera un nudo horrible y así, un poco mejor, regresó a la sala de curas donde Connor protestaba por las molestias.

Poco después, apareció un celador. La enfermera aún no había acabado con Connor, así que lo dejó allí para seguir al hombre hasta Darren.

—El doctor pasará en cuanto pueda —informó, cuando la dejó allí—. Puede quedarse con él todo el tiempo que quiera, hay un sillón muy cómodo y esto se alargará unas horas.

Talisa le dio las gracias y entró en la habitación donde habían alojado a Darren. No sabía si el médico ya lo había examinado y pasaría a decirle algo, o si transcurrirían horas antes de que pudiera echarle un vistazo. Pero tal y como estaba el hospital, sabía que sería inútil ponerse a buscar a alguien. No quedaba otro remedio que esperar.

Se acercó al sillón, se quitó las botas y entonces recordó que había olvidado el impermeable en los servicios. En fin, qué importaba.

Rodeó la camilla y se tumbó junto a Darren, rodeándole la cintura con cuidado de no interferir en la vía que le habían puesto. Ella no era chica de sillones para visitas, no señor. Se quedó así durante un tiempo indefinido que no supo calcular, hasta que notó que una mano le acariciaba el pelo.

Levantó la vista y se encontró con los ojos azules de Darren, mirándola con ternura.

—Menos mal que has despertado —dijo, abrazándolo con más fuerza y moviéndose para besarlo.

Darren le correspondió unos segundos, hasta emitir un quejido que hizo que ella se apartara y lo mirara con preocupación.

—¿Qué te duele? —preguntó.

—Pues casi todo —suspiró él—. La cabeza, pero estoy bien. —se apresuró a decir, al ver su cara de susto—. Ya sabes, es dura… nada grave, Talisa.

Pero ella tenía los ojos brillantes, se sentía al borde de las lágrimas de nuevo. Entonces entendió que allí, en ese momento, no tenía motivo para aguantar la compostura… la tensión de todo lo sucedido la superó y comenzó a llorar.

—Tranquila, de verdad —decía Darren—. Estoy bien, no pasa nada.

—¿No lo sabes?

—¿Saber qué?

—Camilla.

Y lloró con más fuerza. Darren la abrazó en silencio, sin preguntar nada porque ya suponía la respuesta. Cerró los ojos, sin saber cómo consolarla porque él mismo notaba una opresión en el pecho. Perder a un compañero era duro, siempre, pero además Camilla había sido su alumna, era amiga de Talisa… y sabía que habían discutido por su culpa.

—Lo siento —murmuró.

—Lo sé. —Se incorporó y se frotó las mejillas con decisión—. Se acabó, ¿me oyes? No pienso continuar así.

Él la miró sin entender, preocupado por sus palabras. ¿Se refería a ellos? ¿Quería romper definitivamente la relación? No, no quería perderla, no así…

—Desde ahora estamos juntos de forma oficial —siguió Talisa—. Si nos enfadamos, hablamos. No nos vamos y lo dejamos estar porque no quiero que nuestras últimas palabras sean «comida india».

—Vale…

—Nada de secretos, lo sabrá todo el mundo y si hay pegas, uno de los dos se cambia de estación y ya está. ¿De acuerdo?

—Me parece perfecto.

Lo de la comida india no lo tenía muy claro, pero no protestó. En cambio, le cogió la cara para acercarla hacia sí y besarla.

En la entrada de urgencias, Ryan estaba cumplimentando un informe cuando vio entrar a Gail a toda velocidad, con cara asustada y mirando a todas partes como si buscara a alguien. Vio que corría hacia un pasillo y se apresuró a interponerse en su camino, cogiéndola por los brazos para que lo mirara.

—Gail, ¿qué pasa? —preguntó—. ¿Os han llamado?

—No. —Ella negó con la cabeza—. Pero siento que algo ha pasado, Ryan. Llevo todo el día con una sensación extraña y… al ver el incendio en las noticias, lo he sabido. ¿Está aquí? ¿Está herida?

Vaya, así que la conexión que tenían las mellizas era en ambos sentidos.

—Nunca me había sentido así, hacía mucho tiempo que… —Gail seguía hablando atropelladamente—. Creo que las drogas inhibieron mi capacidad de sentir, pero ahora… Tengo que verla, ¿dónde está?

—Está bien, tranquilízate. No le ha pasado nada. ¿Cómo has venido hasta aquí?

—Me ha traído mi padre, está aparcando.

—Vale, vamos, está con Darren. Verás que no le pasa nada.

Le cogió la mano y la guio a través del laberinto de urgencias, lleno de boxes con bomberos y huéspedes del hotel heridos en mayor o menor consideración. Hubiera esperado a su padre para ir juntos, pero la veía tan mal que no quería que tuviera una crisis nerviosa o algo peor. Sobre todo, cuando su hermana estaba ilesa.

Por fin, llegaron a la habitación donde estaba ingresado Darren. Ryan abrió la puerta… y allí estaban los dos: Talisa apoyada en él mientras se besaban como si no hubiera un mañana. Gail suspiró aliviada mientras él carraspeaba. Pero fue otra voz la que les hizo separarse.

—Hola —dijo el padre de las chicas, apareciendo en la puerta junto a Gail—. Veo que estás bien, hija. Imagino que tú debes ser Darren. Su capitán, ¿verdad?

Él se acomodó en la cama, intentando adoptar una postura de normalidad, pero suponía que era una batalla perdida, visto cómo los había encontrado. En fin, había formas peores de conocer al padre de una novia, ¿no? Extendió la mano y afirmó con la cabeza.

—Darren Shaw, encantado.

Y las mellizas vieron cómo su padre se la estrechaba con fuerza y lo felicitaba por su trabajo, como si no acabara de pillar a una de ellas en su cama.

Tras un buen rato de pruebas, mascarillas y un nuevo cabestrillo, Connor por fin consiguió librarse de médicos y enfermeras y salió de la habitación. Le habían advertido que le tendrían allí ingresado en observación al menos veinticuatro horas, pero necesitaba saber cómo estaba todo el mundo. Le habían informado de las bajas y algún herido grave, aun así quería verlo por sí mismo. Fue habitación por habitación, *box* por *box*, hasta encontrar a Abby en uno, con una mascarilla de oxígeno. Al verlo, la chica hizo ademán de quitársela, pero él se adelantó y la sujetó contra su rostro.

—No te la quites hasta que te digan.

Ella puso los ojos en blanco.

—¿Eso haces tú? —Señaló su hombro—. No recuerdo que llevaras cabestrillo hace un rato.

—No es lo mismo. Y no es por ser un machito… —Carraspeó—. Se me necesitaba y punto.

Una enfermera entró y comprobó la saturación de Abby. Satisfecha con lo que veía, le quitó la mascarilla.

—El médico pasará enseguida —le dijo—. Espere aquí hasta que la mire, puede que tenga que quedarse un rato en observación.

Abby suspiró fastidiada. Quería salir de allí, ir a ver a sus compañeros, saber cómo estaban. Miró a Connor, que seguía de pie como si no tuviera otro sitio al que ir.

—¿Tú sabes cómo están todos? —Él afirmó con la cabeza—. Bueno, ¿y? Talisa salió conmigo.

—Sí, ella está bien. Todos tienen algún golpe o quemadura…

—Como tú. —Señaló sus brazos—. Esas vendas son de eso, ¿no?

—Sí, pero bueno, ya curará. —Tragó saliva y se acercó, con gesto aún más serio—. Abby, no todos… han salido.

Ella recordó vagamente haber visto algo al salir, un par de cuerpos cubiertos, pero todo había pasado muy rápido. La habían metido en una ambulancia y se la habían llevado antes de hablar con nadie.

—Un chico de la estación tres —dijo Connor—. Y… Camilla.

Abby notó cómo las lágrimas llegaban a sus ojos. No, no podía ser. ¿Camilla? Era imposible, no podía haberle ocurrido nada, ¡si estaba en plena forma! Seguro que era un error.

—No hablé con ella —susurró.

—¿Qué?

—No la llamé. —Tragó saliva—. A ninguno, después del artículo. Quería disculparme, pero no sabía cómo, solo quería tiempo, y… y ya no lo tengo.

Se cubrió el rostro con las manos, echa un mar de lágrimas. Connor se sentó a su lado y la atrajo hacia sí.

—Seguro que sabía que lo sentías —dijo, aunque las palabras le sonaron vacías.

—Tengo que ver a los demás, decírselo. No puedo permitir que pase algo y no sepan que nunca les hubiera traicionado, que ellos… Connor, ellos son como mi familia. —Lo miró—. Sé que sigues enfadado, pero por favor, tienes que creerme, nunca hubiera hecho nada para hacerles daño.

Él afirmó, secando sus lágrimas con un dedo. En aquellos días había podido pensar con tranquilidad en todo lo sucedido, desde que Abby entrara en su estación. Incluso, desde que la viera por primera vez cuando estuvo de visita en la clase de la academia. Y en todas sus conversaciones, se había dado cuenta de que no había sido nada justo. No podía hacer nada con la suspensión, eso estaba fuera de sus manos, pero intentaría ayudarla a volver, si eso era lo que quería. Después de verla aquel día, se lo merecía.

—Te llevaré con Talisa y los demás, si quieres —le ofreció.

—Gracias. —Hipó, conteniendo los sollozos—. Menuda bombera soy, aquí llorando como una niña.

—Las lágrimas no te hacen peor, Abby. —Volvió a pasar el dedo por sus mejillas—. Te hacen humana. ¿Podrás perdonarme tú a mí?

—¿Qué? Ella se irguió, sorprendida—. ¿De qué hablas, Connor?

—De todo, en general. ¿Crees que podemos empezar de cero?

—Ya no estoy en la estación.

—Eso no importa. Podemos conocernos fuera… Si tú quieres.

Ella lo escuchaba sin dar crédito y, cuando lo asimiló, se preguntó si debía perdonarlo. Se lo había puesto difícil, mucho, aunque ella también había metido la pata hasta el fondo, así que quizá podía decir que estaban empatados y sí, por qué no, empezar de nuevo. Le cogió una mano y sonrió a medias.

—De acuerdo —contestó.

Con cuidado de no tocarle los brazos vendados ni el hombro dolorido, se acercó para besarle con cuidado y así dejar el trato sellado.

EPÍLOGO

—¿Entonces no lo vas a aceptar? —preguntó Talisa a Ryan, mientras preparaban unos cócteles en la cocina.

—Definitivamente, no —aseguró él—. No cambiaría el puesto de paramédico por nada, de verdad.

De vez en cuando echaba de menos la acción, eso no iba a negarlo, pero parecía que había encontrado su lugar y por el momento no tenía intención de dejarlo. Ekekiela había ocupado el puesto de Camilla en la estación dos y él podía escoger entre cubrir el de Leo, o ir a la dos, ya que Jesse había renunciado al puesto de forma definitiva. Al pensar en él, miró por la ventana. El chico estaba sentado en una silla de mimbre cerca de Ekekiela, que se ocupaba de la barbacoa. Había seguido un tratamiento por sus ataques de pánico y la depresión por la culpabilidad que sentía tras la muerte de Camilla. Sin embargo, no había vuelto a ser el mismo y no se veía capaz de volver a trabajar como bombero en una estación, por lo que decidió renunciar a la plaza. Levine le había ofrecido ir a la academia. Dar clases teóricas era seguro y, además, podría dar charlas desde su experiencia para crear conciencia sobre lo peligroso que puede ser no avisar a tiempo de los bloqueos en momentos de tensión. No había dicho que no todavía, así que esperaban que eso fuera una buena señal y pronto estaría en activo de nuevo, aunque fuera desde el otro lado de la barrera.

—¿Qué tal Darren? —preguntó Ryan—. ¿Vendrá de buen humor o en plan refunfuñón?

Talisa sonrió, aunque sabía por qué lo preguntaba. Después de meses haciendo pruebas y estudiando a varios candidatos para el puesto definitivo de capitán, en la central habían decidido que no tenían a nadie mejor que él y se lo habían ofrecido. En realidad, más que ofrecido, le habían enviado un comunicado con su nuevo cargo y sueldo, así que no tenía mucho margen de maniobra.

—Ya se le ha pasado el mosqueo, así que mientras yo siga haciendo el papeleo con mis carpetas de colores no protestará.

También ayudaba a tenerlo de buen humor, como a ella, el hecho de no tener que andar a escondidas. Tenían sus «momentos», como cualquier pareja, pero habían conseguido un equilibrio en el que separaban lo profesional de lo personal y les iba bastante bien. Mejor de lo que había esperado, incluso. Conocía su piso y a veces se quedaba a dormir allí, aunque la rubia prefería su casa junto a la playa mil veces.

Ryan cogió unas naranjas y saco el exprimidor.

—Gail está a punto de llegar también —dijo—. Le haré zumo, para que tenga algo más sano que los refrescos.

Totalmente alejada de las drogas y el alcohol, Gail iba cada vez mejor y la pesadilla de una recaída se veía muy lejana. Siempre estaba ahí, presente sobre sus cabezas, pero incluso había comenzado a estudiar un módulo de auxiliar de enfermería y las esperanzas de todos estaban bastante altas.

Ryan paso el zumo a un vaso, justo cuando llamaban a la puerta.

—¡Soy yo! —avisó Gail desde el otro lado.

Con el vaso en la mano, el chico fue a abrir y se lo ofreció en cuanto abrió la puerta.

—Servicio personalizado—le dijo, con una sonrisa.

Ella se lo cogió y le dio un beso, enrojeciendo ligeramente al ver a Talisa observándolos.

—¿Qué tal, hermanita?

—Vaya, con tanta efusividad pensaba que no me habías visto.

Gail le sacó la lengua y Talisa se acercó para darle un abrazo. Todavía no se acostumbraba a verla así, con las mejillas y caderas más rellenas, sin ojeras ni aspecto demacrado. Y feliz, porque Ryan parecía causar ese efecto en ella.

No tuvieron tiempo de hablar nada más, porque Abby se aproximaba por el sendero de entrada con Connor. También se le hacía raro verlos juntos, pero parecían estar bien. Abby había pasado una mala época tras el incendio. Por un lado, había recibió la noticia de que el juez otorgaba la custodia de Deke a su exmarido, aunque con visitas permitidas según sus horarios siempre y cuando no interfieran con la vida del niño. Pensó en recurrir al estar suspendida, pero no tener trabajo era aún peor que ser bombera, por lo que lo aceptó. Volver al periódico quedaba fuera de sus planes y temía quedarse al final sin nada. Por otro lado, seguía suspendida; temía que la cosa se alargara en el tiempo, y no sabía cuánto le durarían sus ahorros. Pero su actuación en la estación, unida a un informe positivo de Connor, habían logrado que fuera reinstaurada en su puesto y estaba de vuelta en la estación desde hacía ya un par de meses. No solo le iba mejor con Connor, sino que los demás también la trataban de otra forma tras haberla visto actuar.

Al entrar, abrazó a Ryan y a Talisa de forma cariñosa; Connor se mantenía un paso por detrás y solo alargó la mano para estrechar las de ellos mientras Abby saludaba a Gail. Sí, ya no era tan seco como antes, pero tampoco daba demasiadas muestras de afecto en público.

—Pasad al jardín, enseguida estaremos todos —indicó Talisa.

Ryan cogió las jarras de cóctel y Abby se encargó de los vasos, cargando a Connor con unos cuantos en el proceso.

Talisa había dejado la puerta abierta, ya que solo quedaban Darren y Leo por llegar. Al primero tenía ganas de verlo, eso era ya una constante, aunque solo hiciera unas horas que se hubieran separado, pero a Leo apenas si lo habían visto desde su accidente. Hospitalizado unos tres meses, tras unas semanas de dura rehabilitación, lo único que quería era tranquilidad para pensar qué iba a hacer con su vida a partir de entonces.

Escuchó ruido y se asomó justo para ver dos coches aparcando junto a la entrada. Dio un par de palmadas de alegría y corrió hacia Leo, sin apenas darle tiempo a entrar.

—Cuidado, que me aplastas —rio él.

—Huy, perdona, ¿te he hecho daño?

—Tranquila, puedes abrazarme todo lo que quieras. —Ella volvió a hacerlo—. Tanto tiempo con escayolas y después con fisioterapeutas torturadores, necesitaba un abrazo así.

—Te hemos echado de menos, Leo.

—Yo también a vosotros.

Se oyó un carraspeo y ambos miraron. Darren permanecía a su lado, pero ninguno se había dado cuenta de cuándo se había acercado. Talisa soltó a Leo para ir a besarlo.

—Venga, están todos detrás —dijo, cogiendo a cada uno de un brazo.

—Yo también te he echado de menos —le susurró Darren en el oído mientras caminaban.

—Tonto. —Se inclinó hacia él—. Venga, luego te compenso. ¿Te quedas a dormir?

—Hecho.

Al principio no le gustaba quedarse allí, se sentía raro teniendo en cuenta que era el superior de todos ellos, pero al final pensó que fuera de servicio eran iguales y así se comportaban cuando estaba allí.

—Abby está con Connor —comentó Talisa, cuando estaban a punto de salir al jardín.

—No pasa nada, eso ya es historia —dijo Leo, encogiéndose de hombros.

—¿Seguro?

—Sí. ¿Recuerdas a Skylar?

—Claro, pobre chica, seguro que no se le ha olvidado mi cumpleaños.

—No, bueno, ejem. La llamé hace poco para disculparme por eso…y en fin, vamos a salir, le he pedido una segunda oportunidad.

—Vaya, me alegro por ti.

Llegaron al jardín y, durante unos minutos todo fue un caos de abrazos, saludos e intercambio de vasos. Abby dudó en acercarse a Leo, pero él dio el primer paso y pronto la tensión que todos temían que apareciera, desapareció por completo.

Ekekiela empezó a repartir hamburguesas, gruñendo por lo bajo tras haber hablado con Leo.

—¿Qué te pasa, cascarrabias? —preguntó Talisa, entregándole una cerveza.

—Nada, aquí todos emparejados menos yo. Al final tendré que apuntarme a una web de esas para bomberos solteros.

Talisa rio y le frotó el hombro con cariño.

—Tranquilo, ya llegará la que te haga sentar la cabeza.

—Eh, que yo no he dicho nada de eso, con cosas temporales aquí y allá me vale.

Talisa movió la cabeza. Si es que no tenía remedio, pero bueno, lo quería igual. Como a todos, pensó, recorriendo el jardín con la vista. Notó una punzada en el pecho al mirar la esquina donde Camilla solía sentarse y que ahora permanecía vacía, como si le estuvieran guardando el sitio. El dolor pasaría, eso decía todo el mundo, pero echarla de menos… de eso no estaba tan segura. Había tantas cosas que le recordaban a ella que parecía imposible. Incluso había quitado unos crisantemos del jardín, que al florecer traían consigo recuerdos del entierro, donde fue la flor estrella. Recordó la ceremonia y cómo se convirtió en un espectáculo: el cortejo fúnebre había ocupado varias calles, formado por todas las estaciones y con escolta policial. ¡Hasta el alcalde había hablado en su entierro, dedicándole unas palabras como si la conociera de toda la vida! Para ella todo había sucedido como en un sueño o, más bien, una pesadilla, porque al despertar Camilla seguía sin estar allí. Recordaba el rostro apenado de su padre, la placa de mármol, su foto de uniforme al lado y el féretro cubierto con la bandera de barras y estrellas. Pero no había vuelto a visitarla, no lo creía necesario: la sentía allí, en aquel rincón, más cerca que en un cementerio solitario.

Darren se acercó y le rodeó los hombros con el brazo, besándole la frente.

—¿Todo bien? —preguntó.

—Sí, vamos a brindar. —Hizo ruido con un tenedor sobre su copa para llamar la atención del resto—. Chicos, acercaos. —Se colocaron todos en semicírculo frente a ella, mirándola—. Solo quería deciros que me alegro mucho de teneros a todos. Ojalá… —Tragó saliva y movió la cabeza, forzando una sonrisa—. Venga, un brindis. Por los presentes… —Les señaló con su copa y la levantó al cielo—. Y por los ausentes.

Todos corearon con ella y brindaron, por sí mismos, por los que vendrían y por los que se habían quedado en el camino.

—Dedicación, honor, profesionalismo, compasión —dijo Darren, chocando su copa con la de Connor.

Y todos repitieron aquellas palabras sintiéndolas como suyas, incluso Gail. Era el lema de los bomberos de Pensacola, pero también se había convertido en algo más que eso: eran sus vidas.

Eva M. Soler, nacida en Cruces, Vizcaya, un 7 de junio de 1976, empezó a escribir desde muy pequeña, tras desarrollar un fuerte interés por la lectura alimentado por una extensa imaginación. Siempre dando prioridad al género de suspense y terror, también se mueve en género romántico *new adult* o *chick lit*. Está felizmente casada y vive en Castro Urdiales.

Idoia Amo, nacida en 1976 en Santurce, con quince años se mudó a Sopuerta, donde se ha establecido de forma definitiva con su marido y sus hijos tras pasar varios períodos en el extranjero. Durante toda su vida ha escrito relatos, pero siempre de forma personal y para su círculo más cercano. En solitario tiene publicada una novela romántica titulada «Acordes de una melodía desenfrenada».

Ambas autoras se conocieron a los catorce años, volviéndose amigas y lectoras de sus propios escritos, pero hace un par de años decidieron que sus estilos podían complementarse bien, lo cual ha dado como resultado varios libros. todos ellos disponibles en Amazon y en su web.

Han recibido el premio Hemendik que otorga el periódico Deia por su labor como difusión de la literatura romántica.

Para más información: www.idoiaevaautoras.com

En el departamento de bomberos de Pensacola (Florida) llevan dieciséis años sin que una sola mujer ingrese en el cuerpo. Un dato de lo más interesante para Abby, una periodista harta de malgastar su talento en una revista de cotilleos y que aspira a escribir artículos serios.

¿Por qué no presentarse a las pruebas y preparar un reportaje acerca de las trabas que encuentran las mujeres en ese campo? Como muestra, además de la propia experiencia, tendrá a sus dos únicas compañeras entre una treintena de aspirantes: Talisa, para quien ser bombero es un sueño desde niña y que está decidida a lograrlo a pesar de los obstáculos; y Camilla, una joven cansada de la monotonía que desea dar un punto de emoción a su vida. El día a día en la academia es duro e intenso, pero estos chicos son material inflamable y hasta encontrarán tiempo para el amor.

¿Cuántos conseguirán llegar hasta el final y quiénes se quedarán por el camino?

En todo grupo de amigas existe esa que se alegra de que las cosas te salgan mal. Esa incapaz de disimular su sonrisa cuando apareces con unos kilos de más. Esa que se regocija cuando te despiden de tu último trabajo. Esa que sonríe cuando tu corte de pelo se descontrola y acabas pareciendo un crestado chino. Esa cuyos piropos son, en realidad, insultos. «Me encanta tu maquillaje, disimula tu enorme nariz».

Una invitación de boda pone patas arriba el mundo de Audrey y Briana, dos chicas adineradas acostumbradas a tenerlo todo. Audrey tiene una cuenta pendiente con el novio y no dudará en planear la manera de estropear la celebración con la ayuda de Briana, aunque arrastren al resto de sus amigas durante el proceso.

Érase una vez un plan maquiavélico y una venganza salpicada de romance. Una historia donde, ni los buenos son tan buenos, ni las villanas tan villanas...

Alexander Green es un joven cirujano plástico que vive en Los Ángeles, entre fiestas y surf, hasta que es testigo de un crimen que lo obliga a entrar en protección de testigos. Para su asombro, es enviado a Sutton, un pequeño pueblo de Alaska, todo lo contrario a lo que está acostumbrado. Un lugar tan lejano como el corazón de la jefa de policía local, Rylee Scott, una treintañera que ha renunciado al amor, y que pronto despertará el interés de Alex.

Romance, comedia y nieve, juntos en una sola historia...

Alexandra es la oveja negra de la familia. Profesora de instituto, divorciada y de aspecto común, nunca ha conseguido estar a la altura de lo que su madre esperaba de ella. Y tampoco va a lograrlo en esta ocasión... ¡todo lo contrario!

En la boda de su estúpida perfecta hermana menor con el guapísimo senador Ethan Lewis, a quien Alex ama en secreto, se monta tal follón que el enlace acaba por no celebrarse. Y Alex decide que es un buen momento para aprovechar ese viaje de novios a la Riviera Maya que tiene pinta de quedar relegado al cajón de «cosas para devolver».

Ni corta ni perezosa, se embarca en un vuelo con su mejor amiga Skye, dispuesta a desconectar y divertirse durante cuatro maravillosas semanas. Quieren playa, sol, excursiones y margaritas, pero cuando llegan allí les espera una gran sorpresa: el senador, su jefe de campaña y una sola suite que compartir...

¡La esperada continuación de "Luna sin miel"!

Skye no está en el mejor momento de su vida. Un año después de las vacaciones en México con Alex, su carrera como fotógrafa se ha estancado, tiene ciertos problemas económicos y su vida sentimental es un desierto desde que abandonó a Owen sin darle ninguna explicación.

Alex le pone en bandeja de plata la oportunidad de dar una vuelta de tuerca a eso con una oferta muy tentadora: el puesto de fotógrafa oficial en la gira de campaña a la presidencia de Ethan, su ahora prometido. para Skye significa recuperar el amor por su trabajo y olvidarse del dinero durante un tiempo, pero también está la parte difícil: lidiar con Owen y los sentimientos que aún tiene por él.

Owen es un adicto al trabajo, Skye es un espíritu libre.

Entre kilómetros y gasolina, ciudades de Estados Unidos y discursos de campaña, equipos revoltosos y tabletas de chocolate, ¿podrán dos personas tan diferentes reencontrarse en el punto donde lo dejaron un año atrás?

Cosas que haces cuando tu novia te deja:

1) Odiar a su nuevo novio, como corresponde.
2) Evitar coincidir con ella.
3) Refugiarte en tu familia y tus amigos.
4) Pensar que de buena te has librado.
5) Plantearte si quieres seguir trabajando para su padre.
6) Tragar bilis cuando se dedica a restregarte a ese puñetero musculitos.
7) Buscar a una chica que te deba un favor y hacerla pasar por tu pareja, aunque tengas que refinarla antes.
8) Espera... borra eso...

En los planes de Liam no entra que su novia actual, Sarah, le abandone tras enamorarse de otro durante sus vacaciones en Australia. Tampoco que peligre su posible ascenso en el bufete donde trabaja, que su hermana se ponga a salir con un guaperas que a todas luces le partirá el corazón, y mucho menos que su atractiva, aunque plebeya vecina, Summer, le destroce el coche durante un accidente en el aparcamiento.

Harto de que Sarah se dedique a amargarle la vida paseando a su nuevo ligue ante sus ojos, este abogado estirado decide seguir un consejo poco sensato: convencer a Summer de que se haga pasar por su novia ante ciertos eventos del bufete. Para que todo salga bien solo necesita refinarla un poco, pero lo que en principio parecía algo sencillo acaba derivando en un giro inesperado...

Bienvenidos a Kiltarlity. Un pequeño pueblo escocés donde no faltan los hombres rudos, los dialectos imposibles, la tradición de los clanes milenarios y, por supuesto, la persistente lluvia.

A sus treinta y dos años, Leslie Ferguson ha logrado alcanzar el éxito en el trabajo y posee un alto nivel económico, pese a que su carácter avinagrado no despierta demasiadas simpatías en sus relaciones sociales. Cuando es enviada a un pequeño pueblo de Escocia por motivos laborales, la estirada joven no tiene más remedio que viajar hasta allí acompañada por su ayudante personal, Shane. Pronto, Leslie descubrirá que su refinado estilo de vida no es compatible con este lugar: sus empleadas no la respetan, no tiene centros comerciales donde satisfacer su vena consumista, y el encargado de ayudarla en su proyecto es un atractivo *highlander* que no para de burlarse de ella.

Pero lo que parecía ser una pesadilla compuesta por niebla, humedad y gente tosca, no solo pondrá a prueba su paciencia durante un año, sino que cambiará su vida de forma radical...

Hay parejas que se casan porque la llama del amor es tan fuerte que solo quieren pasar el resto de su vida juntos. Otras, porque desean formar una familia llena de cariño y respeto.

Y luego están Callum y Alissa.

Callum y Alissa trabajan juntos, pero no se llevan bien.

Callum y Alissa no tienen nada en común, y nada es nada.

Callum pasa de Alissa porque es seria, controladora y mandona. Alissa desprecia a Callum porque es vago, mujeriego y cuentista.

Callum y Alissa cometen el error de beber más de la cuenta durante la fiesta de fin de año del trabajo. Lo que podía haber quedado como una terrorífica anécdota pronto se complica al darse cuenta de que durante la borrachera se han casado.

Sí, exacto, has leído bien: casado.

Por circunstancias que no vamos a revelar aquí, ambos van a tener que aprender a convivir el uno con el otro, una tarea ardua y difícil porque son polos opuestos. Y ya sabemos lo que sucede con los polos opuestos…

A veces, el destino se ríe de ti en tu propia cara.

Aisha, psicóloga del departamento de policía en Las Vegas, se dedica día tras día a unir los pedazos rotos de sus compañeros de profesión, además de asesorar a víctimas de todo tipo de violencia. En este entorno, se presenta ante ella un nuevo y difícil reto: tratar a Jackson, un sargento que ha sido degradado y trasladado tras ciertos comportamientos agresivos en el trabajo.

Pese a su carácter hosco, la doctora no puede evitar sentir una fuerte atracción por este hombre tan complicado, lo que la lleva a investigar su pasado. Convencida de que tiene que haber una experiencia traumática que le haga comportarse así, no duda en localizar a una persona que arroje cierta luz sobre él, algo que complicará todavía más las cosas.

¡Sumérgete en esta saga de novelas *New adult* que exploran la vida de un grupo de universitarios en un exclusivo internado de Montreal!

En lo alto de una montaña de Montreal se encuentra el lujoso internado Sharidan. Un lugar selecto y elitista donde las familias adineradas envían a sus hijos para que cursen sus carreras universitarias. No es solo el dinero lo que le da su buena reputación, sino el alto rendimiento de la universidad y la vigilancia a la que someten a los polluelos de los millonarios.

En ese marco nevado tenemos a nuestros protagonistas: JD, un americano de clase media que ha conseguido una beca para estudiar audiovisuales y Syd, una británica cuya posición social es tan alta como fría es su relación con su progenitor. Ambos simpatizarán desde el primer momento, desarrollando una amistad que poco a poco se irá transformando en algo más, mientras son secundados por otros personajes. Como Dennis, líder del grupo musical Black Legend, o los mellizos Gauthier, los chicos más populares de la universidad. Sin olvidar al equipo de profesores, cuya tarea va más allá de la simple enseñanza.

Todos ellos se darán cita en un ambiente diferente lleno de líos amorosos, mucha música, hockey sobre hielo, clases, profesores, carreras y las siempre difíciles relaciones entre padres e hijos.

Little Falls es un pequeño y tranquilo pueblo de Minnesota donde nunca sucede nada.

Los habitantes de este idílico lugar desconocen los turbios asuntos que se gestan en Camp Ripley, la base militar afincada a unos kilómetros, donde se están llevando a cabo una serie de peligrosas pruebas virales.

La desaparición de una joven del lugar pone sobre aviso a la jefa de policía Emma Jefferson, quien no tarda en descubrir que se ha propagado un virus, resultado de un proyecto llamado Anxious: un virus que produce infectados rabiosos y que pronto se convertirá en pandemia con consecuencias catastróficas.

Drama, supervivencia, miedo... ¿estás preparado para que tu mundo cambie por completo?

Me dirijo a todos los supervivientes del desastre que está asolando nuestra querida nación para darles un mensaje de esperanza. Me he visto obligado a declarar el estado de excepción, pero el ejército está ahí para ayudarles. Si se encuentran con algún soldado, no huyan: identifíquense y serán evacuados a un lugar seguro.

No todo está perdido.

Nuestro país se encuentra inmerso en una lucha por la supervivencia y pasarán años antes de que sea habitable de nuevo. Nuestro ejército y científicos se están encargando de ello. Hasta entonces, estamos organizando varios lugares donde poder reinstaurar nuestra sociedad y modo de vida americano.

Aquellos que se encuentren en la costa Oeste, diríjanse a los puertos de Seattle, San Francisco y San Diego.

En la Costa Este, a los puertos de Jacksonville, Nueva York, Boston y Portland.

La frontera con México se encuentra cerrada y Canadá está en la misma situación que nosotros, por lo que las únicas salidas son por mar.

Unidos, lo lograremos.

Buena suerte.

Imagina un concurso televisivo dispuesto a todo con tal de subir la audiencia.

Imagina que alguien desaparece sin dejar rastro en un área de servicio.

Imagina que tu deseo más preciado se cumple, y debes pagar el precio.

Imagina que un reflejo hace aflorar tu lado más perverso.

Imagina que el mundo llegara a su fin, y solo tuvieras un último día.

Imagina un túnel de terror en vivo, cuyo macabro recorrido se convertirá en una experiencia aterradora.

Imagina…

Adolescentes sin escrúpulos, lugares de pesadilla, desapariciones misteriosas, padres perversos, demonios internos, rituales de iniciación, una pizca de amor, y sangre… mucha sangre.

«He trazado un círculo, hecho con sangre. Un círculo que delimita Salvación de principio a fin. Nadie puede salir de aquí, y el que lo intente, morirá. Vais a pagar... un sacrificio cada doce meses. Uno por año, como ofrenda por mi sufrimiento.»

Si te gustan nuestros libros, te pedimos que apoyes nuestra carrera de forma legal y rechaces el pirateo. Es la forma de que podáis seguir disfrutando de cómo escribimos, ya que sin ventas es muy difícil seguir publicando, tanto en Amazon como en editorial.

Apoya a tus escritores de la manera correcta.

¡Gracias!